When He was Wicked
by Julia Quinn

青い瞳にひそやかに恋を

ジュリア・クイン
村山美雪・訳

JN283199

ラズベリーブックス

When He was Wicked by Julia Quinn
Copyright © 2004 by Julie Cotler Pottinger

Japanese translation rights arranged with Julie Cotler Pottinger
c/o The Rowland & Axelrod Agency, New York through
Tuttle-Mori Agency, Inc., Tokyo

日本語版翻訳権独占
竹書房

本書の執筆中、ずっとつきあってくれた、B・B・に
最良の出来事は待つ人々に訪れる！

そしてまた、ポールにも
題名は『マラリア時代の愛』がいいと言うような人だけれど

謝辞

ポール・ポッティンガー医学博士、フィリップ・ヤーネル医学博士に、それぞれ感染病と神経学の専門家のご意見を賜り、感謝いたします。

青い瞳にひそやかに恋を

主な登場人物

フランチェスカ・スターリング……………ブリジャートン子爵家の三女。
マイケル・スターリング……………フランチェスカの夫ジョンの従兄。
ジョン・スターリング……………キルマーティン伯爵。フランチェスカの夫。
ヴァイオレット・ブリジャートン……………先代ブリジャートン子爵の未亡人。
アンソニー・ブリジャートン……………ブリジャートン子爵。
ケイト・ブリジャートン……………アンソニーの妻。
ベネディクト・ブリジャートン……………ブリジャートン子爵家の次男。画家。
ソフィー・ブリジャートン……………ベネディクトの妻。
コリン・ブリジャートン……………ブリジャートン子爵家の三男。
ダフネ・バセット……………ブリジャートン子爵家の長女。
サイモン・バセット……………ヘイスティングス公爵。ダフネの夫。
エロイーズ・ブリジャートン……………ブリジャートン子爵家の次女。
グレゴリー・ブリジャートン……………ブリジャートン子爵家の四男。
ヒヤシンス・ブリジャートン……………ブリジャートン子爵家の四女。
ジャネット・スターリング……………ジョンの母。
ヘレン・スターリング……………マイケルの母。
ペネロペ・フェザリントン……………フランチェスカの友人。

第一部

一八二〇年三月　イングランド、ロンドン

1

……すこぶる愉快な時間とまでは言えないが、それほどひどいものでもない。なにはともあれ女たちはいるし、女たちがいるところでなら、ぼくは陽気にやれるのだから。

——マイケル・スターリングが近衛歩兵第五十二連隊の一員としてナポレオン戦争に従軍中、従弟のキルマーティン伯爵、ジョンへ宛てた手紙より

人生には必ず転機というものがある。その瞬間、人はまるで胸を撃ち抜かれたかのように

痛烈な衝撃を受けて息を呑み、みじんの疑いもなく人生が一転してしまうことをはっきりと悟る。

マイケル・スターリングはフランチェスカ・ブリジャートンを目にしたとき、初めてそのような衝撃を受けた。

それまではずっと女の尻を追いかけ、逆に追いかけられてはほくそ笑み、のめり込んだふりをしては今度は追わせる側に立つ駆け引きに出て、抱擁や、キスや、男女の交わりを楽しみつつけっして本気になることはなかった。だが、フランチェスカ・ブリジャートンをひと目見た瞬間、立っていられるのがふしぎなほど、たちまち激しい恋に落ちていた。

ところが不運にも、フランチェスカがブリジャートンの姓でいられるのはそれから残りわずか三十六時間となっていた。あろうことか、フランチェスカと出会ったのは、彼女がわが従弟と結婚する前夜の祝宴の席だったからだ。

人生とはしょせんそのように皮肉なものなのだと、マイケルは大人らしく冷静に考えようとした。

だが大人げない胸のうちでは、まったくべつの文句をつぶやかずにはいられなかった。

最も近しい従弟の婚約者に恋して以来、つい大人げない気持ちになることも多くなった。むろん、そのような気持ちはうまく隠した。見るからに落ち込んでいる態度など取れるはずもない。そんなことをすればやたらに勘のいい誰かに気づかれ、お節介にも体調を尋ねらかぎらない。マイケル・スターリングの本心を隠してとぼける能力についての自信は根拠がないわけではなかったのだが（なにしろ数えるのも億劫《おっくう》なくらい大勢の女性たちを誘惑しながら、ひとりの男にも決闘を申し込まれることなくやり過ごしてきた）、いまいましくも、これまで恋したことがなかったのは事実であり、率直に尋ねられればとぼけられなくなることもないとは言いきれなかった。

　なので、マイケルは笑い、陽気に振るまい、女たちを誘惑しつづけ、ベッドをともにするときについ目を閉じてしまうようになったことも気にしないよう努めた。そんなふうでは自分の心を見つめなおして祈るのも意味がないように思えて、教会に通うのはやめた。なにぶんキルマーティン領に程近い、一四三二年に建てられた教区教会は石壁がもろくなっていて、落雷の直撃には間違いなく耐えられそうになかった。

　神が罪人《つみびと》に一撃を加えたいとおぼし召しなら、マイケル・スターリングほど格好の標的はいまい。

　マイケル・スターリングは罪人だ。

　それは名刺に書いてあるかのようにあきらかだった。そんなものを見れば母が卒倒してしまうと思わなければ、少々ひねくれた遊び心で、実際にその言葉を名刺に印字していただろう。

　マイケルは放蕩者とはいえ、女性をさほど熱心に口説く必要はなかった。

　どれほど多くの女性たちとつきあっていてもふしぎと罪の意識を感じたことはなく、いまでもそれは変わらない。もちろん、相手の女性たちもみなこちらに気があるからだ。その言葉の意味どおり口説くだけなら、強姦まがいの行為に及ばないかぎり、男がその気のない女を誘惑することはできない。マイケルが相手にするのは誘惑されるのをあきらかに望んでいる女性のみで、そうではないとしても、わずかでもためらいが感じとれたら、背を翻《ひるがえ》して歩き去る。即座にきっぱりと去る決断ができなくなるような情熱にとらわれて自制心を失うことはない。

それに、純潔の娘には手を出さないし、既婚の女性とはベッドをともにしない。いや、嘘はひとつでたくさんなので正直に言えば、多くの既婚女性たちともベッドをともにしてきたが、ろくでなしの亭主を持つ女性たちばかりで、さらに言うなら、すでに跡継ぎとなる息子をふたり産んでいて、そのうちひとりが病弱なようなら三人産んでいる女性にしか手を出さないと決めている。

男なら行動の規範を持つべきだ。

しかし……いまはその規範を外れたことをしている。けっして許されないことを。罪深い行ないであり、このままでいれば魂はいつか黒く穢《けが》れてしまうだろう。たとえ欲望に衝き動かされない強さを保てたにせよ、きわめて濃い灰色に染まるに違いない。なぜならいま自分は……。

従弟の妻を欲しているからだ。

ジョンの妻を。

ジョン。

よりにもよって、ジョンはマイケルにとって、たとえ実の兄弟がいたとしてもおそらくはそれ以上に近しい存在だった。父亡きあと、マイケルはジョンの一家に引きとられた。ジョンの父親に育てられ、男の心得を教えられた。だからつねにジョンとともにいて――。

ああ、まったく。どうしてこのような想いをしなければならないのだろう。ジョンの妻を恋する相手に選べば地獄に落ちる理由なら一週間かかっても挙げきれない。どれだけ考えようと、あるひとつの単純な事実はけっして変わらない。

彼女は自分のものにはならない。

フランチェスカ・ブリジャートン・スターリングは手に入らない。

それでも、その従弟夫妻の客間で胸をむかつかせるほどにこやかに視線を交わすふたりを前にしてソファに腰かけて踝《くるぶし》をもう片方の膝にのせていると、飲み物ぐらいもっといただいてもいいだろうと皮肉っぽく思った。

「いただくとするか」そう言うとひと口に飲み干した。

「どうしたんだ、マイケル？」ジョンが、いつものように腹立たしくも聞き逃さずに問いかけてきた。

マイケルは満面の笑みをとりつくろって、グラスを高く持ちあげた。「喉が渇いただけだ」いかにも食道楽らしい態度で答えた。

そこはロンドンのキルマーティン館《ハウス》だった。ほかにスコットランドにはジョンとともに育ったキルマーティン邸《てい》（館でも城でもなく、ただのキルマーティン邸と呼ばれている）が、エディンバラにはもうひとつのキルマーティン館があり、祖先には創造力を持つ人間がひとりもいなかったのだろうかと、マイケルはたびたび考えていた。そのほかにもキルマーティン山荘《コッテージ》（二十二部屋もある屋敷にしては不似合いな名称だ）、キルマーティン殿《アビー》、さらにもちろん、キルマーティン屋敷《ホール》もある。住まいの名称に称号名ではなく姓を取り入れようと思う者がいなかったことが、マイケルには信じがたかった。〈スターリング館〉でもじゅうぶん威厳を示せるのではないだろうか。スターリング家の野心旺盛で創造力の欠けた祖先たちは伯爵位を授かって浮き足立ち、ほかの名称を考える気持ちの余裕すらなかったのかもしれない。

ウィスキーのグラスを口につけて軽く鼻で笑った。とすれば、〝キルマーティン様式の椅子〟に腰かけ、〝キルマーティン茶〟を飲んでいたこともありえたわけだ。実際、一族が直接関わらずとも事業に乗りだせる策を祖母が見つけていれば、おそらくキルマーティンの名の付いた椅子で同じ名の茶を飲んでいたのだろう。厳格な祖母は、嫁いできたのではなくもともとスターリング家の生まれではないかと思われるくらい気位の高い婦人だった。祖母にとってキルマーティン伯爵夫人の称号はどれほど高い称号にも劣るものでなく、成り上がりの侯爵夫人や公爵夫人のあとに夕食会の席に通されて、不愉快そうに鼻を鳴らしたことも一度ではなかった。

女王にはどうしていたのだろうと、マイケルはふと冷静に考えてみた。祖母も女王の面前では膝を曲げて伏《ふ》していたはずだが、相手が誰であれほかの女性に敬意を表する姿はどうしても想像できなかった。

フランチェスカ・ブリジャートンなら祖母にも気に入られたはずだ。子爵の娘であるというだけでは鼻であしらわれたかもしれないが、ブリジャートン家は名門できわめて人気も高く、絶大な影響力を持つ一族だ。加えて、フランチェスカは背筋が伸びていて、振るまいに気品があり、辛らつで茶目っ気たっぷりのユーモア感覚も備えている。あと五十歳年嵩《としかさ》で、これほど美しくなければ、スターリング家の祖母のすばらしく気の合う話し相手になっていただろう。

そして現に、フランチェスカは従弟のジョンと結婚し、キルマーティン伯爵夫人となった。ジョンはマイケルの一歳年下とはいえ、つねに序列を重んじるキルマーティン家では、れっきとした一族の継承者だ。ふたりの父親は双子だったのだが、ジョンの父親のほうがマイケルの父親よりこの世に七分早く生まれた。

この七分こそマイケル・スターリングの運命を決めた時間であり、それがなければこの世に生まれてさえいなかったかもしれない。

「二年目の結婚記念日はどうしましょうか？」フランチェスカが問いかけて、部屋の向こう側に歩いていき、ピアノの前に腰をおろした。

「きみの望むようにしよう」ジョンが答えた。

フランチェスカは蠟燭《ろうそく》の明かりのもとでも驚くほど青やかな目をマイケルのほうへ向けた。

いや、鮮やかな青い瞳だと知っているから、そう見えてしまうのかもしれない。このところずっと青色に包まれた夢をみているような気がする。フランチェスカ・ブルーと呼ぶにふさわしい青色に。

「マイケル?」フランチェスカの声の調子は二度目の呼びかけであるのを告げていた。

「失礼」マイケルは答えて、しじゅうこしらえている皮肉めかした笑みを浮かべた。この笑みさえ見せていれば、何か重要なことを考えていたとは誰にも思われない。「聞いてなかった」

「何かいい案はないかしら?」フランチェスカが訊く。

「なんのことだい?」

「わたしたちの結婚記念日のことよ」

たとえフランチェスカに矢を放たれたとしても、その言葉ほど胸に突き刺さりはしなかっただろう。それでも、マイケルは自分でも呆れるほどうまく本心を隠してさりげなく肩をすくめ、「ぼくの記念日ではないからなあ」と言い添えた。

「それはそうだけれど」と、フランチェスカ。マイケルは顔を向けなかったが、瞳をぐるりとまわしていそうな口ぶりだった。

だが、瞳をまわしてはいない。マイケルにはそれがわかっていた。この二年、胸を締めつけられるような思いでじっと彼女を観察してきたのだから、そのようなしぐさはしないのも知っている。皮肉、不満、いたずら心といったものはすべて声の調子と口ぶりに表れるが、瞳をまわすようなことはしない。ただ相手をまっすぐ見つめ、唇をほんのわずかにゆがめるだけで――。

マイケルは反射的に唾《つば》を飲み込んで、すぐに飲み物を啜《すす》ってごまかした。それほど長いあいだ従弟の妻の唇の動きを観察していたとはけっして褒められたことではない。

「もちろん」フランチェスカがなにげなくピアノの鍵盤に指先をのせ、音は鳴らさずに続けた。「結婚している相手のことはよくわかっているつもりよ」

「そりゃそうだろう」マイケルは独りごちた。

「なんて言ったの？」

「続けて」マイケルは先を促した。

フランチェスカがむっとしたように唇をすぼめた。たいがいは兄弟たちといるときによく見せる表情だ。「でも、あなたはしじゅう陽気に過ごしてらっしゃるから、助言をお聞きしたかったのよ」

「ぼくがしじゅう陽気に過ごしている？」マイケルは訊き返した。社交界では〝陽気な放蕩者〟と呼ばれているくらいなので多くの人々にそのように見られているのは承知しているが、彼女に言われたのが癇《かん》にさわった。中身のない軽薄男だと言われているように聞こえる。

おそらくそれは事実だろうと思うのでよけいに腹立たしかった。

「違うというの？」フランチェスカが訊く。

「否定はしないさ」マイケルはつぶやいた。「しかし、なんたって結婚の才能がないのは確かなのだから、結婚記念日の祝い方について助言を求められる役目には向いてない」

「才能があるかどうかなんてまだわからないわ」

「墓穴を掘ったな」ジョンが含み笑いして、今朝のタイムズ紙を眺めながらソファにゆったりと背をあずけた。

「まだ結婚を試してもいないのに」フランチェスカが指摘した。「どうして才能がないなんてわかるの？」

マイケルはおどけた笑みをこしらえた。「ぼくを知っている人間なら誰にでもはっきりとわかっていることではないかな。それに、ぼくと結婚してどんな得がある？　称号もないし、地所も――」

「地所はある」ジョンが口を挟んで、新聞の向こう側でまだ耳を傾けていることを示した。

「少しはな」マイケルは認めた。「どのみち、もとはジョンから分与されたものなのだから、きみたちの子供に遺せればそれほど嬉しいことはない」

フランチェスカが夫のほうへ目をやり、マイケルはその心のうちを正確に読みとった――ジョンは従兄に、何か心から人生の目的と思えるものを与えようとして地所を分与したのに、と。マイケルは数年前に軍を除隊して以来、のんびりと気ままに過ごしていた。そして、けっして口には出さないものの、ジョンが従兄を危険な地へ送って自分だけイングランドのため大陸へ出征しなかったことに罪の意識を感じているのもよくわかっていた。

だが、ジョンは伯爵家の跡継ぎだ。結婚し、子をもうけて、家を繁栄させる義務がある。誰もそのような男に戦争へ行くことを求めてはいない。

分与された地所――なかなかに美しく快適な領主屋敷と二十エーカーの土地――は、ジョンの償《つぐな》いの形なのではないかとマイケルはつねづね感じていた。フランチェスカが同じように考えているらしいことも薄々察していた。

でも、フランチェスカは夫にそれを尋ねようとはしなかった。兄弟に囲まれて育ったからなのだろうが、男性というものを理解しているのがあきらかに見てとれた。男性に尋ねてはならないこともきちんと承知している。

だからこそ、マイケルはいつも少しばかり不安を抱いていた。自分では気持ちをうまく隠しているつもりでも、ひょっとしてフランチェスカに気づかれているのではないかと。むろん、気づいていたとしても言うはずはないし、ほのめかしすらしないだろう。皮肉にも、そういうところが自分とよく似ているような気がしてならなかった。フランチェスカは好意を持たれていると気づいたとしても、絶対にそのようなそぶりは見せないはずだ。

「キルマーティンへ行ってはどうかな」マイケルはだし抜けに言った。

「スコットランドに？」フランチェスカが言い、変ロ音の鍵盤を軽く押さえた。「社交シーズン直前なのに？」

マイケルはにわかにどうしても去りたくなって立ちあがった。そもそもここへ来るべきではなかったのだ。「どうしてだめなんだい？」すげない口調で訊いた。「きみの好きな場所だ。ジョンも気に入っている。ばねの利いた馬車を使えばたいした長旅じゃない」

「一緒に来るだろう？」ジョンが尋ねた。

「遠慮しておく」マイケルはきっぱりと断わった。結婚記念日を祝う場にいられるはずがあるだろうか。けっして手に入れられないものを改めて思い知らされるだけのことだ。そしてまた後ろめたさを呼び起こされる。いや、正確には、感情を増幅させられると言うべきだろう。呼び起こされるまでもなく、毎日、感じているものなのだから。

汝、そなたの従弟の妻を求めることなかれ。

モーセはこの一文を聖書に書き忘れたに違いない。

「いろいろと用事があるんだ」マイケルは言った。

「そうなの？」フランチェスカが興味深そうに目を輝かせて訊く。「どんな？」

「どんなって、つまり」皮肉まじりに続けた。「目的もない無益な人生にも、いろいろとやらなければならないことはある」

フランチェスカが立ちあがった。

ああ、まずい、彼女が立ちあがって、こちらへ歩いてくる。触れられるのだけは避けたかったのだが。

フランチェスカに上腕に手をかけられ、マイケルは必死に動揺を押し隠した。

「お願いだから、そういう言い方はしないで」と、フランチェスカ。

マイケルは彼女の肩越しに見やったが、ジョンは新聞を高めに上げて聞こえないふりをしている。

「どうしてぼくがきみたちの計画に加わらなくてはいけないのかな？」ややきつい口調で訊

いた。
フランチェスカが手を引き戻した。「わたしたちはあなたのことを心配してるのよ」
わたしたち。わたしでも、ジョンでもなく、わたしたち。ふたりでひとつなのだというこ
とをさりげなく感じさせる言葉。ジョンとフランチェスカ。キルマーティン夫妻。もちろん、
本人は意図的に使ったわけではないにしろ、マイケルにはそのようにしか聞こえなかった。
「ぼくもきみたちを大切に思っている」そう答えて、いっそイナゴの大群でも襲来しないも
のかと待ちわびた。
「わかってるわ」フランチェスカは男の苦悩に気づきもせず続けた。「もっと親切な親戚に
なってなんて頼んでないわ。でも、幸せになってほしいのよ」
マイケルはジョンのほうを見て、目ではっきりと〝助けてくれ〟と訴えた。
ジョンがようやくそしらぬふりをやめて新聞を置いた。「なあ、フランチェスカ、マイケ
ルは大人の男なんだ。自分でふさわしい幸せを見つけられるはずだ。時機さえくれば」
フランチェスカの唇がすぼまり、いらだっているのがマイケルにも感じとれた。彼女は話
の腰を折られるのが嫌いだし、自分の生きる世界や、そこに住む人々について思うように事
が進まないのは認めたくないのだろう。
「わたしの姉妹をぜひご紹介したいわ」
勘弁してくれ。「もうお会いしてるじゃないか」マイケルは即座に答えた。「それも、全員
に。ひとりはまだお嬢ちゃんだし」

「もう、お嬢ちゃんでは――」フランチェスカは言いかけて歯ぎしりした。「たしかにヒヤシンスはふさわしくないけれど、姉のエロイーズなら――」

「エロイーズ嬢と結婚する気はない」マイケルはにべもなく退けた。

「なにも結婚してと言ってるんじゃないわ」フランチェスカが言う。「せめて何度か、ダンスを踊ってみてもいいのではないかしら」

「踊っただろう」マイケルは念を押すように答えた。「それでもうじゅうぶんだ」

「でも――」

「フランチェスカ」ジョンが遮《さえぎ》った。その声は穏やかだったものの、やめさせようとする意図はあきらかに聞きとれた。

マイケルはジョンに感謝のキスをしたい心境だった。もちろん、ジョンは女性ならではのよけいなお節介から従兄を救おうとしただけで、よもやその従兄が自分の妻に恋するのと、その妻の姉妹に恋するのとではどちらのほうが罪深いのか悩んでいようとは思いもしないだろう。

エロイーズ・ブリジャートンとの結婚など考えられるものか。フランチェスカは夫の従兄をいびり殺すつもりか？

「散歩にでも出かけない？」唐突にフランチェスカが言った。

マイケルは窓の向こうを見やった。空はすでにすっかり暮れている。「散歩には少し時間が遅くないかな？」

「逞《たくま》しい男性がふたりもついていてくれるのよ」フランチェスカが言う。「それにメイフェアの通りならとても明るいもの。確実に安全だわ」夫のほうを向く。『あなたはいかが?』

「今夜は約束があるんだ」ジョンは言い、懐中《かいちゅう》時計を確かめた。「でも、きみはマイケルと出かけてはどうかな」

その言葉もまた、ジョンがマイケルの想いにまるで気づいていない証しだった。

「いつも楽しくやれるふたりなのだから」ジョンが言い添えた。

フランチェスカが向きなおり、その微笑みでマイケルの胸の奥をわずかにまた突き刺した。

「そうしない? 雨がやんでいるうちにぜひ少しでも新鮮な空気を吸っておきたいわ。それに、じつを言うと、きょうはずっとなんだか気分がすぐれなかったの」

「かまわないとも」予定がないのはみなに知られているので、承諾した。死に場所を慎重に耕しているような暮らしなのだ。

第一、フランチェスカには逆らえなかった。この場を離れ、彼女とふたりきりになるべきではないのはわかっている。欲望に正直に行動できるわけでなし、実際、どうしてそのような責め苦を味わわなければならないのだろう。今夜はベッドでひとり、後ろめたさと欲望に同じくらい苛《さいな》まれることになるのも目にみえている。

それでも、フランチェスカに微笑みかけられれば、いやとは言えなかった。たとえ一時間でも彼女とともにいたい気持は抑えられない。

彼女のそばにいられればそれでいい。キスもなければ、熱っぽい視線を交わすこともなく、愛の言葉を囁《ささや》きはしないし、情熱の吐息を漏らしもしない。

そばにいて微笑んでくれさえすれば、哀れな愚か者の男は喜んで散歩の誘いを受けるのだ。

「ちょっと待ってて」フランチェスカは戸口で立ちどまって言った。「外套《がいとう》を取ってくるわ」

「急いだほうがいい」ジョンが声をかけた。「もう七時をまわっている」

「マイケルに守ってもらえるから大丈夫」フランチェスカは潑剌《はつらつ》とした笑顔で答えた。「でも心配しないで、すぐに戻るから」そう言うと、夫に茶目っ気のある笑みを見せた。「わたしはせっかちなんだから」

従弟がぱっと顔を赤らめると同時にマイケルは目をそらした。ああ、〝すぐに戻る〟という言葉の裏にどのような意味が込められているのかはけっして知りたくない。けれども悲しいかな、いくつもの候補が頭に浮かび、そのどれもが欲望をそそられるものばかりだった。これから一時間、それらをあれこれ考え、自分がその相手をしているところを想像して過ごすことになるのだろうか。

マイケルは首巻《クラヴァット》を引き締めた。いまならまだフランチェスカとの散歩をとりやめられる。家に帰って冷水に浸《つ》かるのもいいだろう。もしくはベッドをともにできる栗色の長い髪の女を見つけるほうがいいかもしれない。そのうえ運がよければ、青い瞳の女を。

「申し訳ない」フランチェスカが部屋を出ていくとすぐにジョンが言った。

マイケルははっとして従弟の顔へ目を戻した。まさかフランチェスカの意味深な言葉について謝っているわけではないだろう。

「妻がよけいなお節介を焼いたことだ」ジョンが言う。「まだじゅうぶん若いのだから、結婚を急ぐ必要はないよな」

「きみのほうがぼくより若いんだぞ」マイケルは反論するような口ぶりで返した。

「ああ、でもフランチェスカにめぐり会えた」ジョンはそれしか説明のしようがないとでもいうように肩をすくめた。たしかにそのとおりだ。

「彼女に言われたことは気にしていない」マイケルは言った。

「ああ、そうだよな。その目を見ればわかる」

それが問題なのだとマイケルは思った。ジョンは目を見て心を読みとれる。彼ほどこの世で自分のことをよく知る人間はいない。心を煩《わずら》わせている事があれば必ずジョンに見抜かれてしまう。いま自分が苦しんでいる原因を気づかれていないのは奇跡だ。

「もうよけいなお節介は焼かないように妻に話しておく」ジョンが言う。「好きな相手だからこそ妻が気を揉んでいるのはわかってくれていると思うが」

マイケルはどうにか硬い笑みをこしらえた。言葉までは返せそうにない。

「散歩につきあってくれて感謝する」ジョンは言って腰を上げた。「雨のせいか、妻は一日じゅう少し機嫌が悪かった。めずらしく気がふさぐと言っていた」

「約束は何時なんだ？」マイケルは尋ねた。

「九時だ」ジョンが答え、ふたりは廊下へ出て歩きだした。「リヴァプール卿と会うことになっている」

「議会の用件で？」

ジョンはうなずいた。従弟は貴族院で非常に重要な役目に就いている。自分が伯爵位を継いでいたらそれほど真剣に仕事に取り組めただろうかと、マイケルはたびたび思っていた。たぶんできなかっただろう。考えても仕方のないことだが。

ジョンが左のこめかみを揉んでいるのに気づいた。「どうした？　なんだか少し……」どう言えばいいのかわからず、言葉が途切れた。いつもと何かが違う。そうとしか言いようがなかった。

ジョンのことは何もかもよく知っている。おそらく、フランチェスカより知っているだろう。

「頭痛がひどいんだ」ジョンが低い声で答えた。「きょうはずっと」

「アヘンチンキを持ってこさせようか？」

ジョンは首を振った。「あれは嫌いなんだ。頭がぼんやりしてしまうだろう。リヴァプール卿と会うのに頭が働かなくては困る」

マイケルはうなずいた。「顔色が悪いな」なぜだかわからないが、アヘンチンキを飲むようジョンを説得できるとは思えなかった。

「そうか？」ジョンは訊き、痛みに顔をしかめて、こめかみをさらに強く押さえた。「悪いが、横にならせてもらう。出かけるまでまだ一時間あるんだ」

「わかった」マイケルは低い声で応じた。「誰かにあとで起こすよう言っておこうか？」

ジョンが首を振る。「自分で近侍に頼む」

そのとき、フランチェスカが濃紺のビロードの長いマント式の外套をまとって階段をおりてきた。「お待たせ」自分にまっすぐ向けられたふたりの男性の視線をたしかに意識して言った。だが廊下におりると、眉をひそめた。「あなた、どうかなさったの？」夫に尋ねた。

「ちょっと頭痛がするだけだ」ジョンが答えた。「たいしたことはない」

「横になったほうがいいわ」

ジョンは苦笑いを浮かべた。「ちょうどまさにそうするつもりだとマイケルに話していたところだ。約束の時間に間に合うようサイモンズに起こしてもらうよ」

「リヴァプール卿とお会いになるの？」フランチェスカは心配そうに尋ねた。

「ああ、九時に」

「治安六法の件で？」

ジョンがうなずく。「ああ、それと金本位制復帰についてだ。たしか、朝食のときに話したよな」

「どうかご無理は――」フランチェスカはいったん口をつぐみ、首を振って微笑んだ。「わたしの気持ちはわかっているものね」

ジョンも微笑み返し、身を乗りだして妻の唇に軽く口づけた。「いつだってきみの気持ちはわかっているとも」

マイケルは見ていないふりをした。

「いつもではないわ」フランチェスカがいたずらっぽく温かみのある声で言う。

「肝心なときにはいつもだ」と、ジョン。

「ええ、それはほんとうね」フランチェスカは認めた。「謎めいた女性でいるためにはそのくらいでちょうどいいわ」

ジョンがもう一度妻にキスをした。「わたしとしては秘密は何もないほうが嬉しいが」

マイケルは咳払いをした。こうした場面に立ち会ってもたいして難儀はしない。ジョンとフランチェスカはいつもとなんら変わったことをしているわけではないからだ。多くの人々が口にするとおり、ふたりは同じ莢《さや》の豆のごとくすばらしく調和していて、見るからに愛しあっている。

「もう遅くなってしまうから」フランチェスカが言う。「少し新鮮な空気を吸ってくるわね」

ジョンはうなずいて、一瞬目を閉じた。

「あなた、お加減は大丈夫？」

「大丈夫だ」ジョンが言う。「ちょっと頭痛がするだけだから」

フランチェスカはマイケルが軽く曲げた肘に手をかけた。「外出から戻ったらアヘンチンキを飲んだほうがいいわ」玄関口に来ると肩越しに夫に声をかけた。「いまは飲みたくないでしょうから」

ジョンは疲れたような表情でうなずき、階段をのぼっていった。

「かわいそうなジョン」爽やかな夜気のなかに踏みだし、フランチェスカが言った。大きく空気を吸い込み、ため息をついた。「頭痛は嫌いだわ。いつも打ちのめされてしまいそうな気分になるんですもの」

「ぼくには経験がない」マイケルは言い、彼女を玄関前の階段下の舗道へ導いていった。

「ほんとうに？」フランチェスカが顔を見あげ、胸が疼《うず》くほど人懐っこい表情で唇の片端を引き上げた。「幸せな方ね」

マイケルは思わず笑いだしそうになった。こうして、愛する女性と夜道を散歩している。それだけでも幸せなのか。

2

……たとえひどい時間を過ごしていても、きみはそう書いてはこないだろう。女たちについては、せめて清潔で病気持ちではないのを確かめてからつきあってくれ。ほかにも何か気晴らしできることを探したほうがいい。それと、頼むから、命を危険にさらすようなことはしないでほしい。感傷的だと思われようが、きみがいなくなってしまったら、どう生きていけばいいかわからない。

――ナポレオン戦争中、キルマーティン伯爵が近衛歩兵第五十二連隊に従軍中の従兄マイケル・スターリングへ宛てた手紙より

マイケル・スターリングにはたしかに欠点もあるが、フランチェスカにとってはほんとうに最も大切な友人だった。

大変な遊び人で（フランチェスカはその行動を実際に目にしていて、ふだんは聡明な女性たちが彼に誘惑されれば完全に理性を失ってしまうのはまぎれもない事実だった）、従弟夫妻の願いに反していまだ真剣に人生を歩もうとする様子は見えないものの、それでもやはり

フランチェスカにはいとおしく感じずにはいられない存在だった。

マイケルはジョンの一番の——というのはもちろん、妻を娶《めと》るまでだったが——親友であり、この二年のあいだに、フランチェスカにとっても同じように親しい友人となっていた。

それは意外なことでもあった。男性を親友のひとりと考えられる日がくると、どうして想像できただろう？　たしかに四人も兄弟がいればどれほどしとやかな婦人であれ慎み深さは忘れがちになるものなので、もともと男性のそばで気詰まりを感じるほうではなかった。でも、フランチェスカはほかの姉妹たちとは違っていた。姉のダフネとエロイーズ、それにまだ判断するには少し若すぎるかもしれないが妹のヒヤシンスにしても、とても大らかで陽気な性格をしている。三人とも狩りや射撃といった、一般に活動的な趣味と言われるものが得意な女性たちだ。彼女たちのそばにいる男性たちはいつもくつろいでいて、フランチェスカの目から見ると、そのように男性と気さくにつきあえるところは三人ともに共通していた。

フランチェスカだけは違った。つねにほかの家族とは自分が少し違うように感じていた。家族を心から愛していて、家族の誰のためであれ命を投げだせるが、たとえ容姿はよく似ていても、内心ではいつも自分はすり替えられた子ではないかという疑いをわずかながらも抱いていた。

ほかの家族はみな社交的なのに、自分は……内気とまでは言えないものの、どちらかというと控えめで、発言にも慎重だ。冷静な皮肉屋と言われるようになり、機会があればつい兄弟姉妹に辛らつなひと言を放ってしまうのも認めざるをえない。もちろん、愛情を感じていて、おそらくは長年ともに過ごしてきた甘えも多少あるからこそ言えるのだろうし、すぐさま言い返されるので気兼ねもいらない。

そういう家族なのだ。ともに笑い、からかいあって、言いあいもする。そうした賑《にぎ》やかさをフランチェスカだけはほかの家族よりいくぶん静かに、やや斜《しゃ》にかまえて眺めていた。

ジョンに惹かれた理由のひとつは、ブリジャートン家で頻繁に繰り広げられるこうした騒動から単純に逃れられるからだったのかもしれないと思うこともあった。愛していなかったわけではない。初めから愛していた。いまでも全身の隅々までジョンへの愛情に満たされている。ジョンとは似ている面が多く、心から通じあえた。でも、母の家を出て、ユーモア感覚もぴったりのジョンともっと穏やかに暮らせることに言いようのない安堵を感じていたのも事実だった。

ジョンは自分を理解し、気持ちを汲《く》みとってくれる。

ジョンは自分に足りない部分を補ってくれる。

ジョンに出会ったとき、フランチェスカはまるでようやく欠けていたパズルのピースを見つけたかのような、とてもふしぎな感覚に襲われた。圧倒されるほどの愛や情熱を感じたわけではないが、やっとほんとうに自分らしくいられる相手を見つけたのだという、胸揺さぶられる思いが湧いていた。

それは出会ってすぐ、突然湧いた感情だった。なんと声をかけられたのかは思いだせないが、ジョンの唇が最初の言葉を発したとたん、フランチェスカは安らいだ気分になっていた。

そして、ジョンといるうち、彼とほとんど兄弟同然の従兄、マイケルとも自然に顔を合わせるようになった。ジョンとマイケルはともに育ち、歳も一年しか変わらないこともあり、あらゆるものを分かちあってきた。

といっても、すべてではない。ジョンは伯爵位の継承者で、マイケルはその従兄なので、当然ながらふたりの男子はまったく等しくあつかわれていたわけではなかった。それでも、フランチェスカが聞いた話や、スターリング家の一員となって知った事実からすると、ふたりが同じように愛情を与えられて育ったのは確かなようなので、マイケルの陽気さもそのおかげで育まれたものなのだろう。

そのせいなのか、ジョンが爵位と富、いわばすべてを引き継いでも、マイケルに羨んでいるそぶりは見えなかった。

実際、マイケルはジョンを羨んではいない。フランチェスカは内心その事実に驚いていた。ジョンと兄弟のように育てられ、しかも自分のほうが一歳上だというのに、一度も、何ひとつ妬《ねた》んだことがないなんて。

だからこそ心からいとおしく思えた。それを面と向かって褒めようとすれば、きっとマイケルは笑い飛ばすだろうし、自分の多くの悪行を挙げ連ねて（残念ながらどれも誇張ではないのだろう）、ひねくれ具合と悪人ぶりをこれでもかと証明しようとするに決まっているが、ほんとうのマイケル・スターリングは寛容な心と、男性としては無類の愛情深さの持ち主だ。

彼にはすぐにも妻を見つけてもらわなければと、フランチェスカはいてもたってもいられない気持ちになっていた。

「それで」口を開くと、夜の静けさに自分の声があまりに唐突に響いた。「わたしの姉妹に何か気に入らない点があるの？」

「フランチェスカ」マイケルの声にはいらだちが聞きとれたが、同時にわずかにおどけた調子も含まれていることにフランチェスカはほっとした。「ぼくはきみの姉妹と結婚するつもりはない」

「結婚してほしいとは言ってないわ」

「口で言うまでもなく、顔にあきらかにそう書いてある」

フランチェスカは口もとをゆがめて彼を見あげた。「わたしのほうを見てもいないのに」

「たしかにそうかもしれないが、実際に見る必要もない。きみが考えていることはわかる」

そのとおりなので、フランチェスカは胸を突かれた。時どき、マイケルがジョンと同じぐらい自分のことを理解しているように思えて恐ろしくなる。

「あなたには妻が必要だわ」

「その件についてはぼくを悩ませないよう、ご主人に約束させられなかったかい？」

「約束したわけではないわ」フランチェスカはとりすました顔でちらりと目を向けて答えた。「頼まれたから、一応は――」

「一応は、か」マイケルはつぶやいた。

フランチェスカは笑った。彼にはいつも笑わされてしまう。

「妻とはふつう夫の願いを聞き入れるものではないのかな」マイケルは右の眉を吊り上げた。

「現に、結婚の誓約書にもそう書かれていただろう」

「あなたがもしそういう妻を娶《めと》ったら、わたしは悪影響を及ぼしてしまいそうね」フランチェスカはここぞとばかりに彼の結婚についてほのめかし、いかにもうんざりしたふうに軽く笑った。

マイケルが向きなおって父親ぶるような表情で従弟の妻を見おろした。ほんとうに貴族らしい男性だとフランチェスカは思った。爵位の務めを負うにはだいぶ責任感に欠けるが、こんなふうに人を見るときの傲慢で自信に満ちた態度は王族の公爵にもひけをとらない。

「キルマーティン伯爵夫人の務めに、ぼくの妻を見つける仕事は含まれていないはずだ」

「ぜひ含めてほしいものだわ」

マイケルが笑い、フランチェスカは嬉しくなった。いつものようにこちらも彼を笑わせることができた。

「わかったわ」きょうのところは結婚話をあきらめることにして言った。「それならまた、悪行でもお聞きするわ。ジョンが呆れてしまうようなお話を」

それはジョンの前でも楽しんでいるゲームだった。ジョンはいつも表面的には呆れたふりをしているが、マイケルの話を自分と同じように楽しんでいるのをフランチェスカは知っていた。夫は一度お決まりの諫《いさ》める言葉を発したあとは、毎回しっかり耳を傾けている。

マイケルは多くを語りはしない。むしろ慎重なくらいだ。でも、遠まわしに思わせぶりに語ってくれるだけでも、フランチェスカとジョンはいつもじゅうぶんに楽しめた。結婚でもたらされた幸せは何ものにも代えがたいものとはいえ、放蕩者のきわどい話を嫌いな者はいない。

「あいにく、今週は悪行はしてないな」マイケルは答えて、フランチェスカを導いてキング・ストリートのほうへ角を曲がった。

「あなたが？　ありえないわ」

「まだ火曜だしな」マイケルが言う。

「ええ、でも、神を冒瀆《ぼうとく》できない日曜をべつにしても」フランチェスカは、日曜であろうとなかろうと間違いなく何かしら悪さはしているはずだといわんばかりの視線を投げた。「月曜だけでもいろいろなことができるものだわ」

「今回にかぎってはそうでもなかったんだ」

「それなら、何をしていたの？」

マイケルはしばし考えて、答えた。「とりたてて何も」

「そんなことはないでしょう」フランチェスカはいたずらっぽい口ぶりで続けた。「少なくとも一時間は起きていたはずだもの」

マイケルはつと押し黙り、相手をいくぶんいらだたせるしぐさで肩をすくめて言った。

「何もしなかった。歩いたり、話したり、食べたりはしたが、振り返ってみて、何かをしたとは思えない」

フランチェスカは思わず彼の腕をぎゅっとつかんでいた。「何かしらあるはずよ」やんわり言った。

マイケルが顔を振り向けて、目に不可解な銀色の光を灯《とも》してフランチェスカを見据えた。ふだんはあまり見せない激しい感情が表れている。

すぐにその感情は消え去り、いつもの様子に戻ったが、マイケル・スターリングは人々に見せている姿とはまるで違う男性なのかもしれないと、フランチェスカは思うことがあった。時どき、自分も欺《あざむ》かれているのではないかとさえ感じる。

「そろそろ戻ろう」マイケルが言う。「もう時刻が遅い。きみに風邪でもひかせたら、ぼくがジョンに首を取られてしまうからな」

「わたしの落ち度だもの、ジョンはわたしを叱るわ。あなたもよくご存じのくせに」フランチェスカは言い返した。「きっとベッドにシーツだけをまとった女性を待たせているから、そう言って早く切りあげようという魂胆なのね」

マイケルは目を向けてにやりと笑った。そのいたずらっぽく危険そうな笑みを見れば、貴族の婦人たちの半数が称号も個人資産もない彼に夢中で恋している理由もうなずける。

「悪行の話を聞きたいと言ってただろう？　もっと詳しく知りたいんじゃないか？　たとえば、シーツの色とか」

フランチェスカは腹立たしくも自分の顔が赤く染まるのを感じた。顔を赤らめているのはいやでたまらないが、ありがたいことに夜の薄暗さでほとんど目立たないはずだ。「黄色ではないことを祈るわ」うろたえて会話を途切らせたと思われるのは癪《しゃく》なので、どうにか言葉を継いだ。

「顔が黄ばんで見えてしまうもの」

「黄色いシーツは敷かないな」マイケルが間延びした口調で言う。

「そうよね」

マイケルはそれがこの話題を打ち切るための返し文句なのだと気づいたらしく、含み笑いした。束の間の沈黙に、ささやかな勝利をゆずってくれるつもりなのだろうとフランチェスカが胸をなでおろしかけたとき、マイケルがさらに言葉を発した。「赤だ」

「なんのこと？」と言いつつ、もちろんフランチェスカはその意味に気づいていた。

「たしか赤いシーツだった」

「そんなことをわたしに言うなんて、信じられない」

「きみが尋ねたんだぞ、フランチェスカ・スターリング」じっと見おろすマイケルの額に艶やかな黒い髪がひと房かかっている。「ご主人に告げ口しないだけ感謝してもらわなくては」

「ジョンはわたしを疑ったりしないわ」

答える気はないのだろうと思ったのも束の間、マイケルはふたたび口を開いた。「わかっているとも」不自然に硬く重々しい口調だった。「だからこそ、きみをからかえる」

フランチェスカは舗道を見つめ、でこぼこの部分を探していたが、しごく真剣な声につられて顔を上げた。

「きみは、けっして道を踏み外さないとぼくが信じられる唯一の女性だ」マイケルは言って、従弟の妻の顎に触れた。「そういう意味で、ぼくがどれほどきみに敬服しているか、わからないだろうな」

「わたしはあなたの従弟を愛してるわ」フランチェスカは低い声で言った。「けっして彼を裏切りはしない」

マイケルは手を体の脇に戻した。「わかってる」

月光に照らされたマイケルの顔はあまりに美しく、愛を切望しているかのように見えて、フランチェスカは胸が張り裂けそうだった。これほど完璧に整った顔をした長身の筋肉質な男性に抗える女性はきっといない。しかもその内側を時間をかけて探れば、心やさしく、誠実で、信頼できる男性であることは自分だけでなく誰でも気づけるはずだ。

いうまでもなく、どこか危険な香りもして、そこにまず女性たちは惹きつけられてしまうのだけれど。

「行こうか?」突如魔法が消えたかのごとくマイケルが言い、屋敷の方向へ頭を傾けた。フランチェスカは吐息をついて向きを変えた。

「気晴らしにつきあってくださってありがとう」くつろいだ沈黙が何分か続いたあとで言った。「雨で気が変になりそうだったというのは大げさに言ったわけではないの」

「そうは言ってなかった」マイケルは答えて、すぐさまひそかにしまったと思った。正確には気が変になりそうではなく、気分がすぐれなかったと言っていたのだが、その程度の違いを指摘するのは小やかましい学者か、恋にとりつかれた愚か者ぐらいのものだ。

「言わなかったかしら？」フランチェスカは眉根を寄せた。「でも、ほんとうにそう思ってたの。わざわざ言うこともないのかもしれないけれど、気分がふさいでいたのよ。新鮮な空気のおかげですっかりよくなったわ」

「お役に立てたのなら光栄だ」マイケルはうやうやしく応じた。

フランチェスカはにっこりして、マイケルとともにキルマーティン館の玄関前の階段をのぼっていった。最上段を上がると、執事が待ちかまえていたらしく玄関扉が開いた。玄関広間で、フランチェスカが外套を脱がせてもらうあいだマイケルは脇で待った。

「飲み物をいかがかしら。それともすぐに出ないと約束の時間に間に合わない？」フランチェスカはいたずらっぽく目をきらめかせて尋ねた。

マイケルは廊下の突きあたりにある時計を見やった。七時半。自分を待っている女性などいないし、約束もないのだが、相手をしてくれる女性なら探せばすぐに見つかるので、そうすべきだと思った――このキルマーティン館に残るのはどうも気が進まない。

「行かなくちゃならない。やることがたくさんあってね」

「ほんとうはやることなんてないんでしょう」フランチェスカが言う。「どうせ悪さをしたいだけなんだから」

「すばらしい娯楽じゃないか」マイケルはつぶやいた。

フランチェスカが言い返そうと口を開きかけたとき、最近雇われたばかりの近侍、サイモンズが階段をおりてきた。

「奥様？」近侍が問いかけた。

フランチェスカはそちらを向き、頭をわずかに傾けて先を続けるよう促した。

「旦那様のお部屋をノックして、二度、お名前を呼びかけたのですが、ぐっすり寝入ってらっしゃるようなのです。それでもやはり、起こしたほうがよろしいでしょうか？」

フランチェスカはうなずいた。「そうね。ほんとうは寝かせおいてあげたいわ。このところ、とても忙しく働いてらしたから」と言いながら、マイケルのほうをちらりと見やった。「でも、リヴァプール卿との打ち合わせはとても重要なものらしいの。だから――いいえ、いいわ、わたしが自分で起こしにいくわ。そのほうがいいでしょう」

マイケルのほうを向く。「あす、お見えになる？」

「いや、ジョンがまだ出かけていないのなら、もう少し待とう」マイケルは答えた。「歩いてきたので、一緒に馬車に乗せていってもらえればありがたい」

フランチェスカがうなずいて急ぎ足で階段をのぼっていき、残されたマイケルは低く鼻歌を鳴らしながら手持ちぶさたに廊下の壁に飾られた絵をぼんやり眺めて歩いた。

と、突然、フランチェスカの悲鳴が聞こえた。

マイケルは階段をのぼった記憶もないままに、いつの間にか、入ったことのなかったジョンとフランチェスカの寝室に来ていた。

「フランチェスカ？」囁きかけるように言った。「フラニー、フラニー、いったい――」

フランチェスカはベッドの脇に坐り込み、だらりと垂れさがったジョンの腕にしがみついていた。「彼を起こして、マイケル」叫ぶように言う。「起こして。わたしのために。起こして！」

マイケルは地面が抜け落ちたように感じた。ベッドは部屋の向こう側にあり、三メートル以上離れていたが、はっきりとわかった。

自分ほどジョンのことを知っている人間はいない。誰ひとり。

そのジョンがもうその部屋にはいなかった。消えてしまった。ベッドにあるのは――。

ジョンではない。

「フランチェスカ」かすれ声で言い、ゆっくりと近づいていった。まるで自分のものではないように手脚に力が入らず、怖くなるほど動作が遅く感じられた。「フランチェスカ」

フランチェスカが打ちひしがれた大きな目で見あげた。「起こして、マイケル」

「フランチェスカ、ぼくは――」

「早く！」フランチェスカが声をあげ、つかみかかってきた。「起こしてよ！　あなたならできるわ。起こして！　起こしてったら！」

フランチェスカにこぶしで胸を叩かれようが、首巻《クラヴァット》をつかまれ、息苦しくなるほど揺さぶられようが、その場に立っているしかなかった。抱きしめてやることも、慰めの言葉をかけてやることもできなかった。なぜなら、自分自身が完全に打ちのめされ、混乱していたからだ。

　すると突如火が消えたように、マイケルの腕のなかでフランチェスカが崩れ落ち、泣きじゃくる涙でシャツを濡らした。「頭痛だったのよ」泣き声で言う。「それだけだったはずだわ。頭痛がするって言ってたのよ。ただの頭痛だって」顔を上げ、マイケルにはけっして返してやれない答えを求めて、探るような目を向けた。「ただの頭痛だったのよ」繰り返した。

　フランチェスカが壊れていくように見えた。

「そうだとも」返事にならないのは知りつつ言った。

「ああ、マイケル」フランチェスカが咽《むせ》び泣く。「どうしたらいいの？」

「わからない」ほんとうにわからない。イートン校、ケンブリッジ大、そして軍隊でも、イングランド紳士として生きるべくあらゆる術《すべ》を学んできたはずだったが、このようなときにどうすべきかは何も教えられていない。

「どういうことなのかわからない」フランチェスカが言い、さらにいろいろなことを言っているようだったが、そのうちの何ひとつマイケルの耳に届いてはいなかった。立っていることすらままならず、ふたりで絨毯《じゅうたん》にへたり込み、ベッドの側面にもたれかかった。

　マイケルは向こう側の壁を見るともなく眺めて、どうして涙が出ないのだろうかと考えていた。感覚が麻痺して、体が重く、魂をもぎ取られてしまったとしか思えない。

　ジョンがいない。

　なぜ？

なぜなんだ？

そうして坐っているうち、あけ放したドアの外に使用人たちが集まっているのがぼんやりとわかって、ふいにフランチェスカが泣き声で自分とまったく同じ言葉を問いかけていることに気づいた。

「ジョンがいない。なぜ？　なぜなの？」

「妊娠しておられる可能性はありますか？」

貴族院の特権委員会のどうみても熱心すぎる新任の被指名人、ウィンストン卿をマイケルはじっと見つめ、その言葉の意味を理解しようと努めた。ジョンが亡くなって一日足らずで、いまだなんであれ理解するのはむずかしかった。しかも、このぼってりとした短軀《たんく》の男はただひとりの聴衆を相手に、君主への聖なる務めについて長口上をぶっている。

「ご夫人がもし」ウィンストン卿が続ける。「妊娠しておられたなら、事はいろいろと面倒になる」

「わかりませんね」マイケルは言った。「尋ねてませんから」

「尋ねてください。今後あなたが資産管理を引き継ぐことになるにしろ、まずは夫人が妊娠しているかどうかを見きわめなくてはならない。さらに、妊娠がわかった場合には、われわれ委員会の委員たちが出産に立ち会うことになります」

マイケルはぼんやりと自分の口があくのを感じた。「どういうことです？」どうにかこうにか言葉を返した。

「赤ん坊のすり替えですよ」ウィンストン卿がいかめしい表情で言う。「前例があるものですから」

「そんなばかげた話は――」

「あなたのためでもあるのですよ」ウィンストン卿は遮って続けた。「夫人が女児をお産みになったとして、立会人が誰もいなくては、男児にすり替えられてしまう恐れがある」

マイケルはそのような話に答える礼儀すら示す気になれなかった。

「伯爵夫人が妊娠されているのかどうかを確かめなくてはいけません」ウィンストン卿は念を押した。「きちんと段取りを踏む必要があります」

「夫人はきのうご主人を亡くされたばかりだ」マイケルは鋭い口調で言った。「そのような立ち入った質問をして心労をかけるべきではない」

「夫人の感情より重要なことなのです」ウィンストン卿もきつく言い返した。「相続人に疑いの余地があれば、伯爵位を適切に継承させることはできない」

「伯爵位などくそ食らえだ」マイケルは吐き捨てた。

ウィンストン卿は息を呑み、見るからにぎょっとした表情で身をすくませた。「お立場をお忘れのようですな」

「立場など考える身分ではない」マイケルは歯を嚙《か》みしめて言った。「そのような身分では――」口をつぐんで椅子に沈み込み、いまにもあふれだしそうな涙を懸命にこらえた。重要なのは伯爵位ではなく、ひとりの人間が亡くなったことであるのも理解できないような愚かしい小男と、まさに亡きジョンの書斎で話していると思うと泣きだしたくもなる。

実際、泣かずにはいられそうになかった。ウィンストン卿が出ていったらすぐに、誰にも見られないようドアの鍵を掛けて、手に顔を埋めて泣いてしまうだろう。

「誰かが夫人に尋ねなければなりません」ウィンストン卿が言う。

「できない」マイケルは低い声で答えた。

「ならば、わたしがお尋ねします」

マイケルはとっさに椅子から立ちあがり、ウィンストン卿の体を壁に押しつけた。「レディ・キルマーティンには近づかせない」唸《うな》るように言った。「同じ空気を吸うことすら許さない。わかったか？」

「もちろん」小柄な男は咳き込んだ。

その顔が紅潮してきたことにかろうじて気づき、マイケルは手を放した。「出ていってくれ」

「ですが確かめなければ――」

「出ていけ！」マイケルは怒鳴った。

「あす、また伺います」ウィンストン卿は言い、足早にドアの外へ出ていった。「あなたがもう少し冷静になられてから、お話しましょう」

マイケルは壁に寄りかかって、あけ放したままの戸口をじっと見つめた。ああ、まったく、どうしてこのようなことになってしまったんだ？　ジョンはまだ三十前で、健康そのものだった。ジョンとフランチェスカのあいだに子が生まれないかぎり、従兄の自分が伯爵位の継承順位の二位ではあっても、誰も現実に継承することがありうるとは考えていなかった。

すでに紳士のクラブで自分を英国一の幸運な男と噂している声が聞こえてきそうだった。ひと晩で、貴族の端くれから、その貴族社会の中心を担う人物に成り上がろうとしている。誰にも信じてもらえないかもしれないが、こんなことはけっして望んでいなかった。けっして。

伯爵位など求めていない。従弟が帰ってきてくれればそれでいい。この気持ちは誰にも理解してもらえないのだろう。

いや、フランチェスカならわかってくれるだろうが、深い悲しみにくれているので、夫の従兄の心痛まで思いやれるはずもない。

みずから話をしようとも思わなかった。ただでさえ打ちひしがれている女性にそんな話はできない。

マイケルは自分の体を抱きしめるようにしてフランチェスカのことを考えた。フランチェスカがとうとう現実を悟ったときの表情は、生涯、忘れられはしないだろう。ジョンは寝ているのではなく、二度と目覚めることはなかった。

そして、フランチェスカ・ブリジャートン・スターリングは二十二歳の若さで、考えられるかぎり最も悲しい現実を突きつけられた。

ひとりになったのだと。

その絶望感をマイケルはおそらく誰より理解していた。

ジョンが亡くなった晩、マイケルはすぐさま呼び寄せたフランチェスカの母親とともに彼女をベッドに入れた。その体は衝撃ですっかり疲れはて、泣き声ひとつ漏らしもせず赤ん坊のように寝入ってしまった。

翌朝、起きてきたフランチェスカはジョンの死で生じた数々の仕事に取り組むため気をたしかに持たなければと決意したらしく、文字どおり唇を硬く引き結んでいた。

問題は、互いにどのように事にあたればいいのか見当もつかないことだった。マイケルもフランチェスカも若く、気楽に生きてきて、これほどすぐに身近な者の死に直面するとは考えていなかった。

当然、特権委員会と関わらなくてはならないことも知らなかった。まだ静かに悲しみにくれる間もないフランチェスカに、爵位継承の話など持ちだせるだろうか？

実際に妊娠していたらどうすればいいのだろう。

いやまさか、そんなことを本人に訊けるものか。

「ジョンのお母様にお伝えしなくてはいけないわ」その朝早く、フランチェスカは言った。それがまさに最初に口から出た言葉だった。朝の挨拶も前置きもなく、亡き夫の母親に伝えなければとだけ言った。

マイケルはたしかにそのとおりだと思ったので、うなずいた。

「あなたのお母様にもお伝えしなければ。ふたりともスコットランドにいて、まだご存じないはずだもの」

マイケルはもう一度うなずいた。そうすることしかできなかった。

「書付を送りましょう」

自分はいったい何をすればいいのだろうと考えながら、みたびうなずいた。

その答えはウィンストン卿の訪問によってもたらされたが、いまはとてもそんなことを考える気になれなかった。厭《いと》わしくてやりきれない。ジョンの死で自分が得るものなどいっさい考えたくない。まるで得をしたように聞こえる話をどうしてできるだろうか。

マイケルはどんどん気分が沈み、ついには壁に寄りかかったまま滑り落ちて床に坐り、両脚を折り曲げてかかえ込んで、膝に顔を伏せた。こんなことは望んでいなかった。望んでいたのは……。

フランチェスカだ。それだけだ。でも、こんなことではない。このような犠牲を払ってまで望んでいたわけではない。

ジョンの幸運を妬んだことはなかった。爵位も資産も権力も求めてはいなかった。

従弟の妻に恋していただけのことだ。

それがいま、ジョンの代わりにその称号を継ごうとしている。後ろめたさが心を容赦なく締めつけていた。

どうして自分にそんなものを望めただろう？　いや、望むことなどできなかった。望んではいなかった。

ほんとうに？

「マイケル？」

顔を上げると、フランチェスカがなおもうつろな表情のままそこにいた。そのぼんやりとした顔が泣き叫ばれるよりはるかにマイケルの胸にこたえた。

「ジャネットを呼ぶ書付を送ったわ」

マイケルはうなずいた。ジョンの母だ。彼女も嘆き悲しむに違いない。

「それと、あなたのお母様にも」

母も同じように悲しむだろう。

「ほかにどなたか知らせたほうがいい方がいたら――」

マイケルは首を振り、立つべきで、立って話すのが礼儀であるとは思いつつ、その力をふりしぼれなかった。フランチェスカに軟弱な姿は見せたくないが、どうしようもない。

「きみも坐ったらどうかな」仕方なく言った。「休んだほうがいい」

「できないわ」フランチェスカが言う。「立ってないと……少しでもとまってしまったら、わたし……」

言葉が途切れても問題はなかった。言葉にせずとも、マイケルにはその気持ちが汲みとれた。

顔を見あげた。フランチェスカは褐色の髪を後ろでひとつに束ね、青白い顔をしている。

まだ勉強部屋を出たばかりのようにういういしく、そのような悲しみを味わうにはあきらかに若すぎる。「フランチェスカ」マイケルは何かを問いかけるつもりもなく、ほとんどため息のように名を呼んだ。

するとフランチェスカは言葉を発した。もうマイケルが尋ねる必要はなかった。

「わたし、妊娠してるの」

……たまらなく愛してるの。どうにかなってしまいそうなくらいよ！　彼なしでは生きていけないわ。

――フランチェスカが結婚してキルマーティン伯爵夫人となって一週間後、姉エロイーズ・ブリジャートンに宛てた手紙より

3

「間違いないわ、フランチェスカ、わたしがいままで目にしたなかで、あなたはいちばん健康な妊婦だわ」

現在ともに暮らしているセント・ジェームズにある屋敷の庭から部屋に戻った義母に、フランチェスカは笑みを返した。気がつけばいつの間にかキルマーティン館は婦人たちの家に様変わりしていた。まずはジョンの母ジャネットが到着し、それからすぐにマイケルの母ヘレンもやって来た。屋敷は、嫁いできた者ばかりにしろ、スターリング家の女性だらけになっていた。

そして、すべてが変わってしまったように思えた。

ふしぎな感覚だった。それまでは空気のなかに夫の気配を感じ、二年間、ともに囲まれていた品々に夫の面影を見て、ジョンがずっとそばにいるような気がしていた。けれども、夫はいつしか消え去り、女性たちの到来で屋敷のなかの雰囲気は一変した。それでいいのだろうとフランチェスカは思った。いま必要なのは女性たちの助けなのだから。

とはいえ、女性ばかりの暮らしはどこか妙にも感じられた。いまでは至るところに花瓶があり、花が飾られているように見える。そしてもう、ジョンの両切り葉巻の残り香や、ジョンが愛用していた白檀《びゃくだん》の石鹸の匂いはしない。

いまのキルマーティン館に漂っているのはラベンダーや薔薇《ばら》水の香りで、そうした香りがぷんと匂うたび、フランチェスカは胸を締めつけられた。

マイケルともどことなく距離を感じるようになっていた。といっても、週に何度かはやって来るので、頼りにしている相手であるのに変わりはない。でも、ジョンが生きていた頃のように、いつもそこにいてくれるわけではなかった。マイケルは以前とはどこか違っていた。たとえそう心のなかで感じていても、指摘すべきでないのは心得ていた。

マイケルも同じように傷ついている。

それはフランチェスカもよくわかっていた。マイケルが遠い目をしているときには必ずそれを思い起こした。どう声をかけていいのかわからないときや、マイケルがからかってくれないときにも、それを自分に言い聞かせた。

一緒に客間に腰をおろしていて、話が途切れてしまったときにも。

ジョンを亡くし、マイケルまでも失ってしまうのだろうか。賑やかな母親たちふたり――毎日欠かさず訪れる自分の母親も含めれば三人――にあれこれ世話を焼かれていても、フランチェスカは孤独を感じた。

それに、悲しみも。

どれほど悲しいだろうかと語りかけてくる者はいなかった。そんなことをあえて問いかけようと思う者はいない。たとえ同じように若くして未亡人となった母にその苦しみを語り聞かされたところで、どうして納得できるだろう？

どうしようもなかったのだと納得せざるをえないことなのだろう。それでも、悲しみを嘆きあうだけの人々の仲間にはどうしても入りたくなかった。

いったい、マイケルはどこにいるのだろう。どうして、こんなにも必要としていることに気づいてくれないの？　母親のほうではなく、あなたにいてほしいのに。この世の誰よりも。

フランチェスカは、自分と同じようにジョンを知っていて、同じくらい彼を愛していた大切な友人、マイケルを必要としていた。マイケルは失った夫と自分を繋ぐただひとつの存在で、その彼が自分から遠ざかっているのが許せなかった。

キルマーティン館に来て、いままでのように同じ部屋にいても、マイケルは以前とは違っていた。冗談を交わすことも、軽口をたたくこともない。同じ場所に、悲しみに打ちひしがれた暗い顔で坐っているだけで、話をしても以前は感じたことのない気まずさがあった。

ジョンが生きていた頃にあったものは何もかも消えてしまうのだろうか。マイケルとの友人関係まで断ち切られてしまうとは思いもしなかった。

「ねえ、気分はどうなの？」

フランチェスカは目を上げて、義母のジャネットに問いかけられていたことにいまさらながら気づいた。おそらく何度か繰り返してくれたのだろうが、物思いにふけって答えるのを忘れていた。このところ、そういうことが多かった。

「大丈夫です」フランチェスカは答えた。「いままでと変わりません」

ジャネットは驚いて首を振った。「すばらしいわ。そんな例は聞いたことがないもの」

フランチェスカは肩をすくめた。「月のものがないことを除けば、何も変わらないんです」

それは事実だった。吐き気はしないし、ひどくお腹がすくわけでもなく、なんの変化もない。ほんの少し疲れやすくなったような気もするが、それも悲しみのせいなのかもしれない。

母も父が亡くなったあと一年はいつも疲れを感じていたと話していた。

けれども母の場合は八人もの子供の世話に追われていた。自分はひとりきりで、かなりの数の使用人たちが病弱な女王に接するように仕えてくれている。

「あなたはとても恵まれているわ」ジャネットは言って、フランチェスカの向かい側の椅子に腰をおろした。「わたしがジョンを身ごもったときには、毎朝吐き気をもよおしていたものよ。午後もたいがいそうだったし」

フランチェスカはうなずいて微笑んだ。その話はもう何度か聞かされている。ジョンの母は息子を亡くして以来お喋りになり、嫁に悲しむ暇を与えまいとひたすら話しつづけている。

フランチェスカは義母の気遣いに感謝しつつ、この苦しみをやわらげられるのは時間だけではないかと感じていた。

「あなたの妊娠が嬉しくてたまらないの」ジャネットはそう言うと身を乗りだし、ふいにフランチェスカの手を握った。「おかげでまだどうにか気力を保てているのよ。そうでなければ、さらに耐えがたい思いをしていたわ」義母は笑顔にはならなかったが、微笑もうとしているのが見てとれた。

フランチェスカは口を開けば涙がこぼれそうだったので、黙ってうなずいた。

「ほんとうはもっと子供を産みたかったの」ジャネットは打ち明けた。「でも、それは叶わなかった。そして、ジョンが死んでしまって――正直、この世にあなたが身ごもっている子より愛される孫はいないのではないかしら」間《ま》を取り、ハンカチで鼻を押さえるふりをして目の辺りをぬぐった。「誰にも内緒だけれど、生まれてくる子が男の子でも女の子でも、わたしにはどうでもいいのよ。あの子が遺した子供だもの。それだけでじゅうぶん」

「ほんとうに」フランチェスカは静かに答えて、お腹に手をあてた。なんであれ、そこに子を宿しているしるしを感じたかった。けれど自分で慎重に計算した日数からすると、妊娠三カ月にも達していないので、動きを感じられるまでにはもう少し日がかかるのだろう。ドレスはまだどれも着られるし、味覚も以前と変わらず、一般に妊婦が経験すると言われている変化や不調は何も感じられない。

毎朝、自分で起算した妊娠日数が増えていくのが嬉しくて仕方がなかった。あとは早く赤ちゃんが〝ここにいるよ！〟と、元気に手を振りまわしている動きを感じたい。

「最近、マイケルに会ってる？」ジャネットが問いかけた。

「月曜以来、会ってませんわ」フランチェスカは答えた。「以前ほど、頻繁に訪問されないので」

「ジョンが恋しいのでしょうね」ジャネットがしんみりと言った。

「わたしもですわ」フランチェスカは言い、自分の声の鋭さにはっとした。

「マイケルは相当につらい思いをしているはずよ」

フランチェスカはぼんやりと唇をわずかにあけて、義母を見つめた。

「あなたがつらい思いをしていないという意味ではないのよ」ジャネットはすぐさま続けた。「でも、彼の不安定な立場を考えてみて。あと半年経たないと、伯爵になれるかどうかもわからないのだから」

「わたしにはどうすることもできません」

「ええ、もちろんそうよ」ジャネットがきっぱりと言う。「でも、マイケルがむずかしい立場におかれているのは事実だわ。あなたが女児を産むまでは、彼を娘の花婿候補に入れるわけにはいかないと言っている母親たちが何人もいるの。キルマーティン伯爵と結婚するのと、その伯爵の財産なしの親類と結婚するのとでは大きな違いだものね。マイケルがそのどちらになるかはまだ誰にもわからない」

「マイケルは財産なしなどではないわ」フランチェスカはむきになって否定した。「それに、ジョンの喪が明けるまでは結婚しないはずです」

「ええ、そうでしょうね、でも、わたしは結婚を考えてほしいと願っているわ」ジャネットが言う。「彼にはほんとうに幸せになってもらいたいの。そしてもちろん、伯爵になれたなら、ぜひ跡継ぎをもうけてほしい。そうならなければ、爵位はいやみなデベナム一族の側に引き継がれてしまう」ジャネットはそれを想像して身ぶるいした。

「マイケルはすべきことをなさりますわ」フランチェスカはそう言ったものの、確信は持てなかった。マイケルが結婚する姿は想像できない。どの女性とも長続きしない男性なので、もともと誰かの夫になる姿は想像しにくかったが、いまはまた少し違った感情も働いていた。ジョンと結婚してから二年、マイケルはつねにふたりのそばにいた。そのマイケルが結婚し、自分と無関係の人になってしまったら、はたして耐えられるだろうか。自分がひとりぼっちになっても、寛容な心で彼の幸せを喜べるのだろうか？

フランチェスカは目を擦《こす》った。とても疲れていて、少し弱っているような気もする。でも、良い兆《きざ》しなのかもしれない。妊婦は疲れやすくなるものだと聞いている。ジャネットのほうを見た。「階上《うえ》へ上がって、お昼寝しようと思います」

「ぜひそうすべきよ」ジャネットは満足そうに言った。「あなたには休息が必要だものね」

フランチェスカはうなずいて立ちあがり、急にふらついて椅子の肘掛けにつかまった。「わたし、どうしたのかしら」弱々しい笑みを浮かべて言った。「ひどいめまいがするわ。わたし――」はっと息を呑んだ義母の顔を見て、口をつぐんだ。

「お母様？」フランチェスカは不安になってジャネットを見つめた。義母は顔色を失い、ふるえる手で口を押さえた。

「どうなさったの？」問いかけてから、すぐに義母が自分を見ていないことに気づいた。椅子のほうを見ている。

しだいに恐怖が体を這いあがり、視線をさげて、自分がつい先ほどまで坐っていた椅子に目をやった。

クッションの真ん中に小さな赤い染みが付いていた。

血液だった。

酒に溺れられたら、人生がもう少し楽に思えたかもしれないと、マイケルは自嘲まじりに考えた。酒を浴びるほど飲んでいるうちに、酒瓶が悲しみを呑み込んでくれたなら、どれほどいいだろう。

ところが、元来体が丈夫なうえに酒にはめっぽう強く、理性も認識力もなかなか衰えない。つまり、何も考えられなくなる状態に至りたければ、机の上にあるウィスキーの瓶の中身を飲み干し、それからさらに飲み足さねばならないだろう。

マイケルは窓の向こうを見やった。まだ暗くなっていない。いくら自堕落な放蕩者を気どっていても、日が沈む前にウィスキーをひとりでひと瓶飲み干すのは無理だ。ジョンが亡くなっ指で机を打ちながら、これからどうすべきなのかと考えをめぐらせた。

て六週間になるが、いまだ独身紳士用アパートメント〈オールバニー〉の倹《つま》しい家に住んでいた。とてもまだキルマーティン館に移る気にはなれない。そこは伯爵の住まいであり、少なくともあと半年はその称号を得られるかどうかもわからないのだ。

いや、ずっと得られないかもしれない。

ウィンストン卿の講釈によれば、フランチェスカが出産するまで爵位継承者の決定は保留され、マイケルはその間じっと待たなければならないという話だった。それでもし男子が生まれれば、マイケルはこれまでどおり伯爵の親類という立場にとどまることになる。

だが、キルマーティン館から足が遠のいているのは目下の不安定な立場のせいではなかった。フランチェスカが妊娠していなかったとしても、なかなか足を向ける気にはなれなかっただろう。なにしろ、そこにフランチェスカがいるのだから。

フランチェスカはキルマーティン伯爵未亡人としてそこにいて、たとえなんの問題もなく自分が爵位を引き継いで伯爵となったとしても、彼女がその夫人になるわけではない。その皮肉をどう受け入れればいいのかわからなかった。

フランチェスカを想う気持ちはそのうち悲しみに掻き消され、ともにいても求める気持ちはなくなるだろうと考えていたのだが、いまだ彼女が部屋に入ってくる姿を見るたび息を奪われ、すれ違いに脇をかすめれば体がこわばり、胸が痛むほど彼女を愛していた。

しかもいまは、ジョンが生きていた頃と同じようではとても足りないとばかりに厚みを増した後ろめたさの覆いのなかに、その想いはくるみ込まれている。フランチェスカは苦しみ、悲しんでいて、欲望を感じている場合ではなく慰めてやるべき相手だ。まったく、ジョンがまだおそらく墓場に慣れてもいないうちに、その妻に欲情するとは、いったい自分はどれほどいかれているのだろう。

それも子を宿している女性に。

マイケルはすでにあらゆる意味でジョンの役割を引き継いでいた。このうえ、フランチェスカと同じ場所に住んで、従弟を完全に裏切るようなまねはできない。

だから距離をおいていた。とはいえ、あからさまな態度は取れないし、自分の母親とジョンの母親もキルマーティン館にいるので、まったく訪ねないわけにもいかなかった。それに、爵位の行方は半年先まで定まらずとも、周囲には伯爵の務めを求められている。

マイケルはとりあえずその求めに応じていた。こまごまとした仕事は苦ではなく、いずれ誰かのものになるかもしれない資産の管理に日に何時間も費やされることも気にならなかった。ジョンのためにできるのはそれぐらいのものだ。

フランチェスカのためでもある。友人らしい振るまいは無理でも、財務をきちんと取り計らってやることはできる。

だが、その気持ちが伝わっていないのはわかっていた。キルマーティン館のジョンの書斎で、あちこちの地所管理人や事務弁護士からの報告書に細かく目を通していると、たいていフランチェスカがやって来る。そして、見るからにかつてのように気さくな会話をしようと待っているのだが、マイケルはその要望に応えられなかった。

意気地なしとでも、薄情者とでも呼ぶがいい。どうあれ、ただの友人のようにはつきあえない。ともかく、いまはまだ。

「ミスター・スターリング？」

顔を上げると、自分の近侍とともに、見まがいようもないキルマーティン館の緑と金色のお仕着せ姿の従僕が戸口に立っていた。

「伝言をお届けにあがりました」従僕が言う。「あなた様の母上からです」

従僕が部屋に入ってくると、マイケルは今度はいったいなんの用だろうかといぶかりながら手を伸ばした。ほとんど一日おきに母にキルマーティン館へ呼びつけられている。

「緊急のご用件とのことです」従僕は言い添えて、封書を手渡した。

緊急だと？　呼びつけるための新たな手だろうか。マイケルは従僕と近侍を見て、強い視線でさがるよう明確に伝え、部屋にひとりになってから開封刀《ペーパーナイフ》で封を切った。

一文が記されていた。

フランチェスカが流産、至急来て。

マイケルは猛烈な速さで馬を駆り、あやうく首を跳ね飛ばしかけた歩行者の怒鳴り声もかまわず、息もきれぎれにキルマーティン館に駆けつけた。

けれどもいざ玄関広間に立つと、どうしていいものかわからなかった。

流産？　女性にしかわからないことではないだろうか。いったい、どうすればいい？　悲劇であり、フランチェスカが気の毒でならないが、自分に何が言えるというのだろう。なぜここに呼ばれたのだ？

ふいに思いあたった。伯爵だからだ。とうとうそれが現実となったのだ。自分はゆっくりとだが確実に従弟のジョンのものだった世界に入り込み、その人生を引き継ごうとしている。

「ああ、マイケル」母のヘレンが呼びかけ、玄関広間に駆けてきた。「来てくれてよかった」

マイケルは母の体にぎこちなく腕をまわして抱きしめた。そして、「いたわしいことだ」というような意味のない言葉をつぶやいたものの、あとはどうすることもできず、無力さと気詰まりを感じながら立っているしかなかった。

「彼女の様子は？」身を引いた母に、ようやく問いかけた。

「ひどく動揺してるわ」母が言う。「泣きどおしなの」

マイケルは唾を飲み込んで、無性に首巻《クラヴァット》をほどきたくなった。「ああ、当然だろう。それで、ぼくは――」

「とめられないみたいなの」母が遮って言った。

「泣くのが？」マイケルは訊いた。

ヘレンがうなずく。「どうしたらいいのかわからなくて」

マイケルは呼吸を整えた。落ち着いて、ゆっくりと。吸って、吐いて。

「マイケル？」母は答えを求めて息子を見あげた。指示を求めているのだろう。

あたかも息子ならどうすべきかを知っていると信じているかのように。

「彼女のお母様もいらしてるわ」息子が何も言おうとしないのを見て母は続けた。「フランチェスカをブリジャートン館《ハウス》へ連れて帰りたいとおっしゃってるの」

「フランチェスカはなんと？」

ヘレンは悲しげに肩をすくめた。「よくわかっていないのではないかしら。完全に動揺してしまっているから」

「そうですか」マイケルは答えて、ふたたび唾を飲み込んだ。ここにいたくない。屋敷を飛びだしたい。

「お医者様は大事をとって、数日は動かさないほうがいいとおっしゃってたわ」母が言い添えた。

マイケルはうなずいた。

「それで当然、あなたに知らせたのよ」

当然？　どうしてそれが当然なのかわからない。これほど場違いな気分で、言うべき言葉もすべき行動もまったく思いつかないのは初めてだった。

「あなたがキルマーティン伯爵なのだから」母は静かに言った。

マイケルはまたうなずいた。一度だけ。その程度のことを意識するだけで精一杯だった。

「信じて――」ヘレンは言いよどみ、どこかぎこちなく唇をすぼめた。「もちろん、母親は子供になんでも与えてやりたいと思うものだわ。でも、わたしは――こんなことになるのをけっして――」

「わかってる」マイケルはかすれ声で言った。これが幸運だなどと誰にも言われたくない。もし祝いの言葉をかけるようなやつがいたら……。

そうとも、どのような暴力を奮《ふる》ってしまうかわからない。

「あなたを呼んでほしいと頼まれたの」母が言う。

「フランチェスカに?」マイケルは意外な言葉にぱっと目を開いて尋ねた。

母がうなずく。「あなたに会いたがってるわ」

「会えない」

「会ってあげて」

「できない」マイケルはうろたえて激しい動きで首を振った。「そんなところへは行けない」

「見捨てるというの」母が言う。

「ぼくの妻でもないのだから見捨てるわけじゃない」

「マイケル!」母が驚いて声をあげた。「どうしてそんな言い方をするの?」

「母上」マイケルはどうにか会話の方向を変えようとして言った。「彼女に必要なのは女性です。ぼくにいったい何ができますか?」

「友人としてそばにいてあげられるわ」母に穏やかに言われ、マイケルは軽はずみないたずらを叱られている八歳児にあと戻りしてしまったような気がした。

「無理だ」自分の声にぞっとした。苦しみもがいている傷ついた動物の声のようだ。だが、ひとつだけ確かなことがあった。フランチェスカには会えない。いまはまだ。

「マイケル」母が言った。

「無理だ」繰り返した。「ぼくは……あす……」それから、「彼女にお大事にと伝えてください」とだけ言い残し、玄関扉のほうへさっさと歩きだした。

そして、臆病にも逃げ去った。

4

……そんなに大げさに考えることはないでしょう。私は夫婦の愛情について知っていると
も理解しているとも言えないけれど、片方が消えても、もう片方を滅ぼしてしまうほどの威
力はないのではないかしら。あなたは私の妹だもの、自分で思っているより強いはずよ。あ
くまで仮定だけれど、たとえ彼がいなくなっても、あなたなら難なくしっかりと生きていけ
るわ。

――フランチェスカが結婚してキルマーティン伯爵夫人となって三週間後、姉エロイー
ズ・ブリジャートンから届いた返信より

それからの一カ月は、マイケルにとって人がこの世で経験しうる、地獄に最も近い日々の
ように感じられた。

初めての儀式に出てはありとあらゆる書類に〝キルマーティン〟と署名し、〝伯爵〟とい
う呼び名にも慣らされ、ジョンの魂がしだいに遠くへ追いやられていくようだった。

そのうち、ジョンが存在すらしていなかったようになってしまうのではないかと、醒《さ》めた

気分で考えていた。ジョン・スターリングの忘れ形見になるはずだった赤ん坊ももういない。

そして、ジョンのものはすべて自分のものとなった。

フランチェスカを除いて。

このままでいるつもりだった。従弟を裏切ることだけはしたくないし、できもしない。

会いに行かなければならないのはわかっていた。できるかぎり慰めになる言葉をかけてやるべきなのだろうが、ただじっと壁を見つめているフランチェスカにどのような言葉をかけても足りるはずがない。

何を話せばいいのかわからなかった。じつを言えば、赤ん坊を失ったことを知った驚き以上に、彼女がそのせいで体を痛めなかったことに安堵した気持ちのほうが強かった。マイケル、ジョン、フランチェスカのそれぞれの母親たち三人は使命とばかりに、フランチェスカが流産したときの状況を恐ろしく詳細に説明し、女中のひとりがフランチェスカのベッドから血の付いたシーツを引き剝がしてきて、流産の証しとして提出するために保管した。

ウィンストン卿はそれを見て満足げにうなずいたが、すぐに、そのシーツが本物でほんとうにもう妊娠していないのかどうかが確かめられるまでは伯爵夫人から目を離さぬよう助言した。これまでも聖なる長子相続制を侵《おか》そうとした人々がいたのだと言い添えて。

マイケルは口の減らない小男を窓から放り投げてやりたかったが、出ていくよう黙ってドアを指し示した。もはや憤《いきどお》る気力すら奮い起こせそうになかった。

いまだキルマーティン館には移っていない。気持ちの整理がつかず、あのような女所帯のなかで暮らすのかと思うと息が詰まりそうだった。伯爵としてすぐにも移るよう望まれているのはわかっている。だがいまのところ、こぢんまりとした続き部屋の住まいにじゅうぶん満足していた。

それにここにいるかぎり、またフランチェスカに話し相手を求められるようになっても逃れられる。

「マイケル？」声がして、小さな居間にフランチェスカが近侍に案内されて現れた。

「フランチェスカ」マイケルは驚いて呼びかけ返した。フランチェスカがここへ来たことはなかった。ジョンが生きているときにも、もちろん、そのあとも。「ここで何をしてるんだい？」

「あなたに会いに来たのよ」

言葉にされない非難が聞きとれた。〝あなたがわたしを避けているから〟と。

たしかにそれは事実だったが、ただひと言、「坐ってくれ」と返した。そしてすぐに「どうぞ」とあとづけした。

不作法だろうか？　彼女がこの家にいてもいいのだろうか？　わからない。ふたりの現在の立場はきわめて曖昧《あいまい》で、位置づけが定まらないため、どのような作法を取るのが正しいのかわからない。

フランチェスカが腰をおろし、ひとしきり黙ってスカートをいじったあと、顔を上げ、どきりとさせられる強いまなざしを向けて言った。「あなたに会いたかった」

マイケルは周りの壁が押し迫ってきたように思えた。「フランチェスカ、ぼくは――」

「あなたは友人だった」フランチェスカがとがめるように言う。「ジョンを除けば、わたしにとっていちばん近しい友人だった。それなのにもう、あなたのことがわからなくなってしまった」

「ぼくは――」ああ、彼女の青い瞳と、山ほどの後ろめたさに完全に気圧《けお》されて、自分が無力な男に感じた。

いまや何に対して後ろめたさを抱いているのかすらよくわからない。その原因はあまりに多くの起点からあらゆる方向へ延びていて、その道筋をきちんとたどれなくなっていた。

「いったいどうしてしまったの？」フランチェスカが訊く。「どうしてわたしを避けるの？」

「わからない」彼女に嘘はつけず、どうもしていないとも否定できないので、そう答えた。嘘が通用するほど浅はかな女性ではない。だからといって、真実を話すこともできなかった。

フランチェスカは唇をふるわせ、下唇を噛んだ。マイケルはその唇を見つめて目を離せなくなり、欲情の波に襲われて自分に腹が立った。

「あなたもわたしを友人だと思っていてくれたのよね」フランチェスカが囁くように言う。

「フランチェスカ、やめるんだ」

「あなたにそばにいてほしかった」柔らかな声だった。「いまもいてほしいのよ」

「ぼくは必要ないはずだ」マイケルは言った。「きみには母親たちがいて、姉妹たちもいる」

「姉妹たちとは話したくないわ」その声は熱を帯びてきた。「わかってもらえないもの」

「それなら、ぼくにだってわかりようがない」マイケルは言い返して、自分のいやみな口調に胸が悪くなった。

フランチェスカは非難がましい目つきでじっと見ている。

「フランチェスカ、きみは――」両手を上げて逃げだしたい気持ちを抑えて腕を組んだ。「きみは――流産した」

「わかってるわ」フランチェスカが張りつめた声で言う。

「そういうときに、ぼくに何ができるというんだ？　きみは女性と話すべきなんだ」

「残念だったとも言えないの？」

「それぐらいは言っただろう！」

「ほんとうにそう思ってるわけではないの？」

彼女はいったい何を求めているんだ？「フランチェスカ、ぼくは心から残念だと思っている」

「腹立たしくてたまらないのよ」フランチェスカが語気を強めた。「悲しくて、いらいらして、あなたを見ても、何を考えているかわからない」

マイケルは一瞬動きをとめた。「そういう言い方はやめろ」低い声で言う。

フランチェスカの目が怒りに燃え立った。「だって、どうみても、あなたの態度はおかしいわ。訪問してくれないし、わたしと口をきこうとしないし、あなたにはわたしの気持ちなんてわからない――」

「何をどう理解しろというんだ？」マイケルは言葉をほとばしらせた。「ぼくに何がわかる？　だいたいなんだって――」罰あたりな言いまわしを呑み込んで背を向け、窓敷居に大儀そうにもたれた。

その後ろで、フランチェスカは押し黙り、微動だにしなかった。しばらくして言った。「わたし、どうしてここに来たのかしら。もう行くわ」

「待ってくれ」マイケルはかすれ声で言ったが、振り返らなかった。

フランチェスカは彼の意図をはかりかねて沈黙した。

「来たばかりじゃないか」途切れがちなぎこちない口調だった。「せめて茶でも飲んでいってくれ」

フランチェスカは背を向けたままの彼にうなずいた。

それから何分もふたりはそうして黙っていた。沈黙は耐えがたいほど長く続いた。部屋の片隅から時計が時を刻む音が響き、じっと坐って彼の背中を眺めながら、ただひたすらどうしてここへ来たのだろうかと考えていた。

マイケルにいったい何を求めていたのだろう？

でも、それがわかったからといって、生きるのが楽になるわけでもない。

「マイケル」とっさに呼びかけていた。

マイケルが振り返った。言葉は発しなかったが、目はしっかりとこちらの姿を捉えている。

「わたし……」どうして呼びかけたのだろう？　自分は何を求めているのだろう。「わたし……」

マイケルは黙っている。こちらの考えがまとまるのを待っているのか、ただじっと立っている。そのせいでますます収拾がつかなくなった。

フランチェスカはふいに恐ろしくなり、口を開いた。「どうすればいいのかわからない」自分の声が上擦っているのがわかる。「それでとても腹が立って、それで……」言葉が途切れ、とにかく涙をこらえようと息を吸い込んだ。

向かいあったマイケルはほんのわずかに唇を開いたものの、言葉は出てこない。

「どうしてこんなことになってしまったのかわからない」フランチェスカは泣き声で続けた。

「わたしが何かした？　わたしが何をしたというの？」

「何もしてない」マイケルは諭《さと》すように言った。

「ジョンはいなくなって、帰ってこない。だからわたしは……とても……」フランチェスカはマイケルを見つめるうち、悲しみと怒りが自分の顔に刻み込まれていくように感じた。

「公平じゃないわ。ほかの誰でもなくて、わたしだなんて。ほかの誰だったとしても公平ではないけれど、わたしがどうして夫を亡くさなければ――」言葉に詰まり、咽び声を漏らし、いまにも泣きだしそうだった。

「フランチェスカ」マイケルは呼びかけて、彼女の足もとにひざまずいた。「ごめん。ぼくが悪かった」

「そうよ」フランチェスカが泣き声で言う。「でも、もうどうにもならないわ」

「ああ」マイケルはつぶやいた。

「それに、もとにも戻せない」

「ああ」マイケルは繰り返した。

「それに――それに――」

フランチェスカはその先の言葉を彼に補ってほしかった。また何か皮肉めいたことでも言ってくれたなら、もたれかかって身をゆだねるようなことはせずにすむのだから。

ああ、でもほんとうは、抱きしめられるのをどれほど望んでいるだろう。

「どうして来てくれなかったの？」訴えるように訊いた。「どうして、わたしを助けてくれないの？」

「そうしたいが――きみは――」マイケルは続けられなくなって、言いなおした。「どう言えばいいのかわからない」

フランチェスカは彼に多くを望みすぎているのを知りながら、気にしてはいられなくなっていた。ひとりでいるのはもう耐えられない。

でもいまだけは、少なくともこの瞬間は、ひとりではないのだと思えた。マイケルがそこにいる。そしてとうとう彼に抱きすくめられ、数週間ぶりにぬくもりと安らぎを感じた。フランチェスカは泣きだした。数週間ぶんの涙が流れた。ジョンを想い、この手に抱けなかった赤ちゃんを想いながら。

なによりも、ただ悲しくて泣いていた。

話せる程度に落ち着くとすぐに言った。「マイケル」どうにか呼びかけられたが、まだ声がふるえていたので、もう少ししっかりしなければと自分に言い聞かせた。

「なんだい？」

「このままではだめよ」

フランチェスカはマイケルの変化に気づいた。抱きすくめている腕を締めつけたのか、もしかしたら緩めたのかもしれないが、何かが変わった。「何が？」彼がためらいがちにかすれ声で訊いた。

フランチェスカはその顔が見える程度に身を引き、振りほどかずとも彼の手が離れたのでほっとした。「このままではだめ」それだけではわかってもらえないのかもしれないと思いつつ繰り返した。たとえわかっていたとしても、気づかないふりをしているのかもしれない。

「わたしを避けないで」

「フランチェスカ、ぼくは――」

「赤ちゃんはある意味、あなたのものでもあったのに」つい口走っていた。

マイケルの顔がたちまち青ざめた。あまりの変わりように、フランチェスカは束の間息を奪われた。

「どういう意味だ？」マイケルがかすれ声で訊く。

「赤ちゃんには父親が必要だわ」フランチェスカは困惑ぎみに肩をすくめた。「つまり――その役目はあなたしかできないから」

「きみには兄弟たちもいるだろう」マイケルが詰まりがちな声で言う。

「兄弟たちはジョンのことを知らないわ。あなたほどは」

マイケルは背を起こして離れ、それだけでは不充分だとでもいうように、できるかぎりあとずさって、窓辺に行き着いた。瞳にちらりと怒りの炎が覗き、フランチェスカの目には一瞬彼がまるで罠に掛かって縮こまり、とどめを刺されるのを待っている動物のように見えた。

「なぜ、そんなことを言うんだ？」抑揚を欠いた低い声で訊く。

「なぜかしら」フランチェスカは落ち着きなく唾を飲み込んだ。ほんとうはなぜなのかわかっていた。自分と同じように深く悲しんでほしいからだ。彼にはどのようなことについても自分と同じように痛みを感じてほしかった。卑怯で、身勝手な考えであろうと、そう願わずにはいられないし、罪の意識も芽生えなかった。

「フランチェスカ」うつろな調子ながら鋭さのある、耳慣れない声だった。

フランチェスカはマイケルを見つめていたが、その表情の変化を見るのが怖くなって、ゆっくりと顔をそむけた。

「ぼくはジョンじゃない」

「わかってるわ」

「ジョンじゃない」マイケルがさらに大きな声で繰り返したので、返事が聞こえなかったのだろうかとフランチェスカは思った。

「わかってるわ」

マイケルは目を狭《せば》め、危険を感じさせる強いまなざしを突きつけた。「ぼくの赤ん坊ではなかったのだから、きみの求めには応じられない」

フランチェスカのなかで何かが崩れだした。「マイケル、わたし――」

「彼の代わりにはなれない」叫びたいのを必死にこらえているような声だった。

「ええ、それはそうよ。あなたは――」

突然、マイケルは驚くほどすばやい動きでフランチェスカのそばに寄り、肩をぐいとつかんで引っぱり上げた。「ぼくにその役目はできない」声を張りあげて彼女を揺さぶり、いったん手をとめ、ふたたび揺さぶりながら言った。「ぼくは彼にはなれないんだ。彼の代わりはできない」

フランチェスカは声が出ず、言葉を失い、どうすることもできなかった。

知らない人間を見ているようだった。

マイケルは揺さぶるのをやめたものの肩をつかんだまま、恐れと悲しみが混じりあったような荒々しい目でフランチェスカを見おろした。「そんなことを頼むな」息苦しそうに言う。

「引き受けられない」

「マイケル？」フランチェスカの囁き声には怯えが滲《にじ》んでいた。恐怖が。「マイケル、お願い、放して」

マイケルは手を放さず、聞こえているのかどうかもフランチェスカにはわからなかった。目の焦点は定まらず、どこか手の届かないところへ行ってしまったように見える。

「マイケル！」フランチェスカはうろたえて、もう一度さらに大きな声で呼びかけた。

するとマイケルはいきなり手を放し、自己嫌悪が如実にわかる表情でよろりとあとずさった。「すまない」つぶやいて、異物であるかのように自分の両手に見入った。「ほんとうにすまない」

フランチェスカはそろそろとドアのほうへ向かった。「もう行くわね」

マイケルはうなずいた。「ああ」

「わたしたち――」言いよどんで足をとめ、ドアノブに手をかけて、支えを求めるようにきつくつかんだ。「しばらく会わないほうがいいと思うの」

マイケルはぎこちないしぐさでうなずいた。

「たぶん……」フランチェスカは言葉が続かなかった。どう言えばいいのかわからない。ふたりのあいだに何が起きたのか理解できていれば、何かしら言葉を見つけられたのだろうが、とにかくいまは混乱していて答えをはっきりさせるのが怖かった。

どうして怖いのだろう？　マイケルを恐れてはいない。自分を傷つけるような男性ではない。必要に迫られれば自分のために命も投げうってくれるだろう。そう信じられた。

たぶん、あすがくるのが怖いのだ。その次の日がくるのも。あらゆるものを失い、いままたマイケルまでが去ろうとしているように思えて、そうなればどのように耐えればいいのかわからない。

「行くわね」もう一度だけ彼に引きとめるきっかけを与えようと繰り返した。すべてを消し去れる何かを言ってほしかった。

マイケルは答えず、うなずきさえしなかった。ただじっと視線を向け、目だけで了解を伝えた。

フランチェスカは歩きだした。ドアの外に出て、マイケルの家を出た。それから馬車に乗り、家へ帰った。

誰ともひと言も話さなかった。屋敷の自分の部屋へ階段を上がり、ベッドに入った。

でも、泣きはしなかった。ずっと泣くのだろうと思っていたし、泣きたいような気がしていた。

けれども結局、ただ天井を見つめていた。

少なくとも天井には気兼ねする必要はないのだから。


〈オールバニー〉の自宅に残されたマイケルは、置時計をちらりと見て、まだ正午前だとは思いながら、ウィスキーの瓶をつかんで背の高いグラスに注いだ。

かつてないほど気分が沈み込むのは目にみえている。

だが必死に考えたところで、あれ以外、ほかの手立ては取りようがなかった。フランチェスカを傷つけるつもりなどなく、たしかに立ちどまって冷静に、〃ああ、このままでは愚かなことをしてしまう〃と考えられたわけでもなかったが、軽率な行動だったにしろ、ほかにどうすればよかったというのだろう。

自分のことはよくわかっている。つねに——とりわけ最近は——自分を好きでいられるわけではないが、自分のことはよくわかっているつもりだった。けれども、フランチェスカに深みのある青い瞳を向けられ、〝赤ちゃんはある意味、あなたのものでもあったのに〟と言われたとき、心の奥底まで粉々に砕け散った。

フランチェスカは気づいていない。

まったくわかっていない。

彼女がこちらの想いにまるで気づかず、ジョンの役割をひとつひとつ引き継いでいくたび自分を嫌悪せずにいられない気持ちを理解できないでいるかぎり、彼女のそばにはいられない。そのような言葉を聞きつづけなければならないからだ。

もうどこまで耐えていられるかわからない。

マイケルは書斎でみじめさと後ろめたさに身をこわばらせて直立したまま、ふたつのことに思い至った。

ひとつは簡単なことだ。ウィスキーは苦しみをやわらげるのにはまったく役に立たない。スペイ川沿いの蒸留所から取り寄せた二十五年物のウィスキーで少しも気分がよくならないのなら、このイギリス諸島に効き目のあるものは望めない。

おのずとふたつめの考えが浮かんだが、それは容易に決断できることではなかった。だが、そうしなければならない。わが人生で選ぶべき道がこれほどはっきりと見えたことがあっただろうか。つらい選択であれ、どうしても目をそむけられないほどあきらかなことだった。

マイケルは琥珀《こはく》色の液体を指二本ぶん残してグラスを置き、廊下へ出て寝室へ向かった。「レイヴァーズ」衣装箪笥《だんす》の前で首巻《クラヴァット》を丁寧にたたんでいる近侍を見つけて言った。「インドはどんなところかな？」

第二部

四年後、一八二四年三月

5

……楽しめそうなところだ。暑さだけは対策が必要だな。誰も暑さを楽しんでいるようには見えない。だが、あとは魅力的なものばかりだ。色彩、香辛料、空気の匂い——至るところにうっとりと胸をさざめかす官能的な独特の匂いが漂っている。なかでも、庭園がお勧めだ。ロンドンの公園にもやや似ているが、もっとずっと緑豊かに草が生い茂り、見たこともない色鮮やかな花々で満ちている。きみはいつも自然のなかにいるのが好きだったから、きっと気に入るだろう。

――キルマーティン伯爵となったマイケル・スターリングがインドに来て一カ月後、前キルマーティン伯爵の未亡人へ宛てた手紙より

フランチェスカは子供がほしかった。

かなり以前から感じてはいたが、この数カ月どこに出かけてもまとわりついているように思えた切望をようやくはっきりと自覚し、言葉で表せるようになった。

まずは長兄アンソニーの妻ケイトから手紙をもらい、もうすぐ二歳になる娘のシャーロットがすでに手に負えなくなっているという話を読んで、見すごしかねない程度の痛みを胸に感じたのが始まりだった。

その痛みは、姉のダフネが四人の子を連れてスコットランドを訪れたとき、はっきりとわかる疼《うず》きのようなものに強まった。子供たちの賑やかさがそれほど家を変えてしまうものとは考えもしなかった。ヘイスティングス家の子供たちは活気と笑い声でキルマーティン家の空気そのものを変え、フランチェスカは悲しくも数年来失われていたものに気づかされた。

やがて一家が去り、静けさは戻ったが、安らぎは感じられなかった。

残ったのはむなしさだった。

以来、フランチェスカは変わった。乳母《うば》車を押す子守女中を目にすれば、胸に疼きを覚えた。野原を跳びまわる兎を見つければ、まだ幼い誰かに見せてあげたいと思わずにはいられなかった。ブリジャートン家の家族とケントにある本邸でクリスマスを過ごしたときにも、

夜が更けて、姪や甥がみな寝かしつけられたあと、痛切な孤独感に襲われた。

そして、このままでは人生の日々がどんどん過ぎていき、何かすぐに行動を起こさなければ、たちまち死んでしまうのではないかということばかり考えるようになった。

孤独なまま。

不幸せだと感じているわけではなかった。ふしぎなもので、未亡人であることにもしだいに慣れ、日々の暮らしにそれなりの心地よい満足を覚えている。ジョンが亡くなった直後のつらすぎる数カ月には想像もできなかったが、試行錯誤を経て少しずつ、身のおき場を見いだし、やがてささやかな安らぎを感じられるようになっていた。

キルマーティン伯爵未亡人としての務めは生きがいだった――マイケルが未婚でいるかぎり、これまでどおり伯爵夫人の仕事を続けられる。愛するキルマーティンの領地を、マイケルの干渉を受けずに取り仕切ることができた。四年前、マイケルは伯爵領をフランチェスカが適切だと思う方法で管理するよう指示して旅立ったのだ。彼が去ってしまった衝撃が落ち着いてくると、考えられるかぎり最も貴重な贈り物を与えてくれたのだとフランチェスカは気づいた。

やれることを、気持ちを傾けられることを与えてくれたのだ。

天井を見つめつづけなくともすむように。

友人がいて、スターリング家とブリジャートン家、両方の家族がいて、スコットランドとロンドンに数カ月ずつ住みながら、充実した日々を送っている。

だから、幸せと言えるのだろうし、実際、おおむね幸せだと感じていた。

でも、どうしても子供がほしい。

その思いをすなおに認められるようになるまでにはしばらく時間がかかった。ジョンに対していくぶん不実な願望のように思えたからだ。ジョンの子が産めるわけではないし、亡くなって四年が過ぎているのに、彼の面影のない子の顔を想像するのはむずかしかった。

それに、子を産みたいのならまずは再婚しなければならない。姓が変わり、相手の男性に誠実に尽くすという結婚の誓いを立てなければならない。それを想像してもいまはもう胸が痛むほどではないにしろやはり……どこか妙に感じる。

とはいえ女として生きていくには、乗り越えなければならないものがあるのだろう。二月のある寒い日、フランチェスカはキルマーティン邸の窓辺で木の枝が徐々に雪にくるまれていくさまを眺めながら、これも乗り越えなければならないもののひとつなのだろうと考えた。

人生には恐れを抱かせるものがたくさんあるが、どこか妙に感じるものもきっとそのうちのひとつに違いない。

そこでフランチェスカは荷造りをして、今年は少し早めにロンドンへ行こうと決意した。社交シーズンはたいていロンドンに滞在し、家族との時間を楽しみ、買い物や演奏会に出かけたり、劇場に足を運んだり、スコットランドの田舎ではできないあらゆることをして過ごしている。けれど今シーズンはいつもとは違ったものになる。新しいドレスも必要だ。喪はだいぶ前に明けていたが、いまだ灰色や薄紫色の半喪服を脱ぎ捨てられず、新たな人生を歩みだすのにふさわしいドレスにはなかなか目を向けられなかった。

そろそろ青いドレスを着よう。明るく美しい、紫がかった青色のドレスを。それはフランチェスカが数年前までお気に入りだった色で、目の色とよく似合っていると人々に褒められるのをじゅうぶん見越して得意げに身につけていたものだった。

青いドレスを買おう。それに、ピンク、黄色、深紅もいいかもしれないと思うと、期待で気分がはずんだ。

今回は未婚女性ではなく、妙齢の未亡人なので、結婚前の娘時代とは事情が違う。

でも、求めるものは同じだ。

フランチェスカは夫を見つけるためにロンドンへ旅立とうとしていた。


長引きすぎた。

マイケルはとうに故国に帰っていなくてはならないのは知りながら、つい延ばし延ばしにしやすい状況に甘んじていた。感心するほど定期的に送られてくる母からの手紙によれば、伯爵領はフランチェスカの管理のもと順調に治められていた。なおざりにしたと自分を責める扶養家族はいないし、誰の話からしても、故国に残してきた者はみな自分がそばにいて声をかけていたときより、いなくなってからのほうがむしろ元気にやっている。

後ろめたさは感じようがなかった。

それでも人はいつまでも運命から逃げていられるものではない。熱帯の地へ来て三年も過ぎた頃には、異国暮らしの新鮮さも薄れ、正直に言ってしまえば、気候にうんざりしてきたのは認めざるをえなかった。インドは、マイケルがそれまで得意としてきたわずかふたつのこと――兵士として戦うことと陽気に楽しむこと――にまさる、人生の目的と居場所を与えてくれた。当初の頼りは三年前にマドラスへ渡った軍隊時代の友人だけだった。だが、ひと月もしないうちに政府の職を得て、いつしか実際に人々の暮らしを左右する重要な決断をまかされ、法を施行し、政策を実行するようになっていた。

そうして初めて、ジョンが議会の仕事にあれほど熱心に取り組んでいた理由が呑み込めた。けれども、インドは幸せをもたらしてくれたわけではない。ほんの数年で三度も、いや、ナイフを振りまわすインドの王女と揉みあったときのことを加えれば四度、死にかけているので（いまだけがをさせずに王女から武器を取りあげられなかったものかと悔やまれるが、その目にはあきらかに殺意が見てとれたし、勘違いであれ蔑《さげす》まれていると思い込んでいる女性を見くびってはならないことはとうの昔に学んでいた）皮肉な言い方かもしれないが、ささやかな安らぎを与えてくれたと言うべきなのだろう。

命を脅かされた出来事はさておき、インドでの暮らしはマイケルに多少なりとも心の安定をもたらした。ようやく自分のことを考えて生きられるようになれたのだ。

インドで安らぎを感じられた理由のほとんどは、フランチェスカがそばにいることを絶えず意識して暮らさずともすんだからだ。

フランチェスカとのあいだに何千マイルも距離をおく必要はないにしろ、そのほうが楽に生きられたのは間違いない。

だが、そばにいるのが苦しみだった時期は過ぎた。マイケルは荷造りをして、イングランドへ帰ることを聞いてほっとした顔の近侍と、プリンセス・アメリア号の豪華な右舷の一等席を予約して母国へ向かった。

むろん、フランチェスカと顔を合わせなければならない。もはや逃れようがない。どうしても忘れられなかったあの青い瞳を見つめながら友人でいつづけなければならない。それはジョン亡きあと、フランチェスカが悲しみの日々に望み、マイケルにはけっして応えてやれなかったことだった。

いまならおそらく、過ぎ去った時間と、距離に癒されたおかげで、どうにかやれるに違いない。彼女がすっかり変わり、その姿を見てもいとおしさを抱かずにすむかもしれないなどと考えるほど浅はかではない――そんなことがありえないのはわかっていた。それでもようやく、〝キルマーティン伯爵〟と呼びかけられても肩越しに従弟を探さずにすむようになれたのだ。それに悲しみもだいぶ鎮められたいまならば、フランチェスカとともにいても、長いあいだひそかに望んできたものを盗みとろうとしているような気分にならずに友人でいられるはずだ。

そして願わくは、彼女のほうも時を経て、夫となること以外のあらゆる面でジョンの代わりを望むのは断念していてくれればいいのだが。

船がロンドンに着くのが三月であれば、社交シーズンのためにフランチェスカがやって来るにはまだ早いだろうという安心感もあった。

勇敢な男であるのは戦場やそれ以外でも幾度となく証明してきた。しかし正直者でもあるので、フランチェスカと再会すると思うと、フランスの戦場に立ったときや歯を剥《む》いた虎と向きあったときとはまたべつの恐ろしさを覚えるのも認めざるをえなかった。

運がよければ、フランチェスカが今シーズンはロンドンに来ないことを選択するともかぎらない。

そううまくはいくまいが。

暗いし、眠れず、屋敷のなかはみじめに感じるくらい冷えきっていて、なにより腹立たしいのはそれがすべて自分のせいだということだった。

ああ、もちろん暗いのはあたりまえだ。それを責められないのはフランチェスカにもわかっていた。夜なのだから暗いのは当然で、沈んでいく太陽をどうにかしようなどと考えられるはずもない。でも、女主人を迎える準備の時間をじゅうぶんに与えられなかったのは自分のせいだ。フランチェスカはロンドンに例年よりひと月早く来ることを知らせるのを忘れ、そのためキルマーティン館にはまだ最低限の人手しかなく、石炭や蜜蠟の備えも底を尽きかけていた。

あすには家政婦と執事がボンド・ストリートへ買いだしに走るというので何もかも快適になるはずだが、いまはただベッドでふるえているしかなかった。風が吹き荒れ、凍えるほど気温の低い日で、いつもの年の三月初旬よりずいぶんと寒く感じる。家政婦は集められるかぎりの石炭を女主人の暖炉にすべてくべようとしたが、伯爵夫人であれなんであれ、ひとりのために屋敷のほかの人々を凍えさせることはできない。それに伯爵夫人の寝室はとても広く、ふだんでも屋敷全体が暖まらなければ適温を保つのはむずかしい。

図書室。その手があると思いついた。こぢんまりとした部屋なので、ドアを閉めきって暖炉に火を熾《おこ》せば暖かく快適に過ごせるだろう。しかも横たわれる長椅子がある。小さな長椅子だが、さほど大きくない女性なら休める幅はあるので、寝室で凍え死にそうな寒さに耐えるよりはましに思えた。

フランチェスカは決断し、ベッドから飛び起きると、冷たい夜気のなかで椅子の背に掛けておいた化粧着を手早く羽織った。厚手のものは持ってきていないので、たいして暖かみは感じられないものの、着ないよりはいいだろうし、爪先を床に着くのも冷たいときにないものねだりはしていられない。

厚い毛織の靴下で磨かれた階段に足を擦らせるようにおりていった。あと二段のところで足を滑らせかけてどうにか着地し、廊下の細長い絨毯の上を図書室へ歩きだした。

「暖炉の火を熾さなくちゃ」つぶやいた。図書室に着いたらすぐに呼び鈴を鳴らして誰かを呼ぼう。火はたちまち燃え立つはずだ。そうすれば鼻の感覚が戻り、青白い指先にも赤みがさして——。

フランチェスカはドアを押し開いた。

思わずきれぎれの短い悲鳴を漏らした。すでに暖炉に火が燃えていて、その前に男性が立ってのんびりと手をかざしている。

フランチェスカは何か武器になる物をやみくもに手探りした。

そのとき、男性が振り返った。

「マイケル？」

彼女がロンドンに来ているのを、マイケルは知らなかった。なんてことだ、フランチェスカがもうロンドンにいるとは考えもしなかった。知っていたからといって避けられたわけではないが、せめて心積もりはしておきたかった。陰気な作り笑いくらいこしらえられただろうし、少なくとも身なりはきちんと整えて、改心不可能な放蕩者を完璧に演じられたはずだ。

しかし実際はただぼんやりと見つめていた。彼女が体の輪郭が透《す》けた薄い深紅の寝間着と化粧着しか身につけていないことには気づかないふりをしながら。

マイケルはぐっと唾を飲み込んだ。見るな。見てはならない。

「マイケル？」フランチェスカが囁き声で繰り返した。

「フランチェスカ」何か言わなければならないので、そう答えた。「ここで何してるんだ？」

その言葉で、フランチェスカの思考と体が突如また動きだしたらしかった。「ここで何しているか？」おうむ返しに言う。「ここはインドではないわよね。あなたこそ何してるの？」

マイケルはこともなげに肩をすくめた。「帰る頃合かと思ってね」

「なぜ、お手紙で知らせてくれなかったの?」

「きみに?」片方の眉を上げて訊いた。それはあてつけであり、そう伝わるよう意図した言葉だった。インドにいるあいだ、フランチェスカからは一通の手紙も受けとっていない。マイケルは彼女宛てに三通の手紙を書いたが、返事をよこすつもりはないのだと見切りをつけて以降、必要なことは母やジョンの母親との手紙を通してやりとりしてきた。

「誰にでも」フランチェスカは答えた。「誰でも、ここであなたを迎えられる人に」

「こうしてきみがいる」マイケルは指摘した。

フランチェスカが表情をややしかめた。「あなたがお帰りになるのがわかっていたら、そのようにお屋敷の支度を整えていたわ」

マイケルはふたたび肩をすくめた。これでどうにか放蕩者らしさが強調できたに違いない。

「支度するほどのことはない」

フランチェスカが自分の体を抱きしめた。残念ながら乳房を隠すにはそれが最も有効な手立てだった。「でも、手紙を書いてくださってもよかったのに」フランチェスカがようやく言葉を継ぎ、鋭い声が夜のしじまに響いた。「それがせめてもの礼儀ではないかしら」

「フランチェスカ」マイケルはさりげなく背を返して、ふたたび火のそばで両手を擦りあわせはじめた。「インドからロンドンに手紙が届くまでどれぐらいかかるか知ってるかい?」

「五カ月よ」フランチェスカは即答した。「天候が穏やかであれば四カ月」

腹立たしくも、彼女の言うとおりだった。「いずれにせよ」マイケルはむっつりとした表情で続けた。「帰ろうと決めたときに事前に知らせようとしてもまず無駄だ。自分と同じ船で届けられることになってしまう」

「そうかしら？　郵便を運ぶ船より客船のほうが遅いのだと思ってたわ」

マイケルはため息をついて、肩越しに彼女を見やった。「どの船も郵便を運んでいる。だが、そんなことは重要だろうか？」

重要だと反撃するつもりなのだろうと思ったのだが、フランチェスカは静かに言った。

「ええ、そうね。重要なのは、あなたが帰ってきたことだわ。あなたのお母様はきっと感激なさるわ」

苦笑いを見られないよう背を向けたままつぶやいた。「ああ、そうだろうな」

「それにわたしも――」フランチェスカは口ごもり、咳払いをした。「わたしも、あなたが帰ってきてくれて嬉しいわ」

まるでそう自分に必死に言い聞かせているような口ぶりだったが、マイケルはせめて今夜だけでも紳士でいようと心に決めて、指摘するのは控えた。「寒いのか？」と、話題を変えた。

「そうでもないわ」

「嘘だな」

「少しだけよ」

彼女も火にあたれるよう横へずれた。そばに来るそぶりがないので、空けた場所へ手招きした。

「自分の部屋へ戻ります」

「何を言ってるんだ、フランチェスカ、寒いのなら火にあたればいい。わたしは嚙みついたりしない」

フランチェスカは歯を嚙みしめて前へ踏みだし、並んで火の前に立った。けれども、それとなく避けるようなしぐさでわずかに距離をおいている。「お元気そうね」

「きみも」

「久しぶりだものね」

「ああ。四年ぶりだな」

フランチェスカはあまり気まずくならないことを願って喉のつかえを吞みくだした。そもそも相手はマイケルなのだから、気まずくなるはずがない。たしかに後味の悪い別れ方をしたとはいえ、あれはジョンを亡くした直後のつらい時期だった。当時はふたりとも苦しんでいて、目の前の誰にでも歯向かいかねない傷ついた動物のようだった。いまはあのときとは違う。この日がくるのを何度想像しただろう。マイケルがいつまでもこの地を離れていられないことは誰もが知っていた。去った彼に当初感じていた怒りが鎮まると今度は、帰ってきたときには互いのあいだに生じた不自然な感情が消し去られていることを願うようになった。

そして、ふたたび友人に戻りたかった。フランチェスカはこれまで以上にそうなりたいと強く思った。

「今後のご予定は？」沈黙がどうしようもなく怖くて、ほとんど考えもせず口を開いた。

「いまのところ、暖まることしか考えられないな」マイケルがぼそりと返した。

フランチェスカは自然に微笑んでいた。「いつものこの季節よりだいぶ肌寒いわ」

「こんなに寒くなるものだとは忘れていた」マイケルはぼやくように言い、両手をせっせと擦りあわせた。

「スコットランドの冬はけっして忘れられるものではないけれど」フランチェスカはつぶやいた。

するとマイケルが振り向き、唇の片端を上げてちらりと笑った。マイケルは変わった、とフランチェスカは気づいた。ああ、おそらく気づかない者はいないくらい、目にみえて変わっていた。あきらかに目立つほど日焼けし、真っ黒だった髪にはほんのわずかに銀色の筋が混じっている。

けれども、それだけではなかった。以前とは違って口がきつく閉ざされている。そのせいで、柔らかでしなやかな物腰が消えてしまったように感じられるのかもしれない。以前はいつも自然な態度でくつろいでいるように見えていたのに、いまは……堅苦しい。

どこか張りつめている。

「それを言うなら」低い声を聞いて、その顔をぼんやりと眺めていたフランチェスカはようやくなんの話をしていたのかを思いだした。「帰ってきたのはとうとう暑さに耐えられなくなったからなんだ。それなのに、ここに来たとたん、寒さで凍えかけている」

「もうすぐ春になるわ」

「ああ、春か。氷のように冷たい冬の風が多少はやわらぐ程度だが」

フランチェスカはその言葉に笑い、マイケルといて自然に笑えたのがこのうえなく嬉しかった。「あすにはこの家もだいぶ快適になるわ。わたしもあなたと同じで事前に知らせずに今夜着いたばかりなの。パリッシュ夫人からあすには生活用品が整うと聞いてるわ」

マイケルはうなずき、背を暖めようと向きを変えた。「きみはここで何してるんだ?」

「わたし?」

マイケルが説明するようにがらんとした部屋を身ぶりで示した。

「わたしはここに住んでるわ」フランチェスカは答えた。

「きみが来るのはたいていい四月だ」

「どうして知ってるの?」

一瞬、マイケルは照れくさそうな顔をした。「母の手紙はすこぶる詳しいんだ」

フランチェスカは肩をすくめて、暖炉のほうへさらにほんのわずかに近づいた。ほんとうは彼にあまり近寄りたくないが、まだひどく寒く、薄い化粧着ではほとんど冷気を防げない。

「それでどうしていま頃?」マイケルがのんびりとした口調で訊く。

「そうしたかったからよ」そっけなく答えた。「淑女の特権でしょう?」

マイケルが今度はおそらく脇を暖めるためにこちらに向きなおった。

フランチェスカは彼と急に接近したように感じた。

近づかれて不快に感じているとは思われたくないので、さりげなく少しだけ離れた。

マイケルを不快に感じているとは自分でも思いたくない。

「気まぐれは淑女の特権だものな」

「したいことをするのが淑女の特権なのよ」とりすまして訂正した。

「なるほど」マイケルはつぶやき、今度はよりまじまじと見つめ返した。「きみは変わってないな」

フランチェスカはぼんやり口を開いた。「どうしてそんなことが言えるの？」

「きみが記憶どおりのままだからさ」それから、困惑したように透けた寝間着を手で示した。

「もちろん、装いはべつとして」

フランチェスカは息を呑んであとずさり、さらにきつく自分の体を抱きしめた。

マイケルは自分でも少々どうかしていると思いつつ、彼女を怒らせるのをなんとなく面白がっていた。自分の手の届かないところまで離れてもらわなくては困る。境界線を引いてもらわなくては。

そうしないとこの場を持ちこたえられるか自信がなかった。

きみは変わっていないと言ったのは嘘だった。フランチェスカはどこかが、まったく予期できなかった何かが変わっていた。

そのせいで心の底から動揺していた。

何かが違う——単なる思い過ごしなのかもしれないが、それでもやはり動じずにはいられなかった。ジョンがいなくなった、もうほんとうにいないのだという恐ろしくも残酷な現実を受け入れた気配を感じ、マイケルは良心だけを歯止めに、手を伸ばして触れるのをこらえていた。

ふいに笑いがこみあげた。すんでのところで噛み殺した。

フランチェスカは隣に立っている男がただひたすら、その体から絹地の覆いをすべて引き剝《は》がし、暖炉の前で押し倒したいと考えていることなどみじんも気づいていないのだ。彼女の太腿を開かせて、そのなかに身を沈めたいと願っていようとは――。

マイケルは陰気に笑った。四年では不適切な熱情はろくに冷ませなかったということか。

「マイケル？」

彼女のほうへ視線を投じた。

「何がそんなに可笑しいの？」

そう訊かれるのも無理はない。「きみにはわからない」

「話してみて」フランチェスカが挑むように言った。

「いや、やめておく」

「マイケル」フランチェスカがせかした。

マイケルは彼女のほうを向き、わざと冷ややかに言った。「フランチェスカ、きみにはけっしてわからないこともあるんだ」

フランチェスカは唇をわずかに開き、殴られでもしたかのような表情をしている。

マイケルはほんとうに殴ってしまったような恐ろしさを感じた。

「ひどいことを言うのね」フランチェスカがつぶやいた。

マイケルは肩をすくめた。

「あなたは変わったわ」

いや残念ながら変われなかった。どのような方法であれ、人生をしのぎやすいものにすることはできなかった。マイケルはいまだ彼女に嫌われるのを恐れている自分にうんざりして、ため息を吐いた。「許してくれ」髪を掻きあげながら言う。「疲れていて、寒くて、どうかしているんだ」

フランチェスカはその言葉ににっこり微笑み、とたんにふたりは時を遡《さかのぼ》ったように思えた。

「かまわないわ」やさしい声で言い、彼の上腕に触れた。「長旅のあとですもの」

マイケルは息を吸い込んだ。彼女はいつもそうして親しげに腕に触れてきたものだった。もちろん、おおやけの場や、たまたまふたりきりになったときですらそのようなことはしなかった。触れてくるときにはいつもそこにジョンがいた。必ず。そして、そうされるたびいつも、マイケルは動揺していた。

いまほどではなかったが。

「もうベッドに入るよ」ぼそりと言った。たいてい気持ちの乱れはうまく隠せるのだが、今夜は彼女に会うとは思っていなかったし、ましてやだいぶ疲れている。

フランチェスカが手を引き戻した。「あなたのお部屋はまだ用意されてないわ。ぜひわたしの部屋を使って。わたしはここで眠るから」

「だめだ」マイケルはとっさに意図した以上に強い口調で言葉を発していた。「わたしがここで寝る。さもなければ……ばかな」ぶつくさ言うと、呼び鈴の紐《ひも》を引こうと部屋の向こう側へ大股で歩いていった。夜更けであれ、寝室の支度ぐらいさせられないのでは、キルマーティン伯爵でいることにいったいなんの意味がある？

それに、呼び鈴を鳴らせば、使用人が何分もしないうちに駆けつけ、つまりはフランチェスカとふたりきりで立っていなくてもすむのだから。

これまで一度もふたりきりになったことがないわけではないにしろ、今夜は、それも寝間着姿の彼女とふたりきりではいられない。

マイケルはもう一度呼び鈴の紐を引いた。

「マイケル」フランチェスカがどことなく面白がるふうに言う。「一度引けば、聞こえているわよ」

「ああ。それにしても長い一日だったよ。海峡では嵐に襲われるし」

「近いうちに旅の話を聞かせていただきたいわ」フランチェスカが穏やかに言う。

マイケルは片方の眉を上げて見せた。「少しは手紙に書いたはずだが」

フランチェスカがきゅっと唇をすぼめた。それはマイケルが何度となく目にしていた表情だった。ほまれ高い機知でどう切り返してやろうかと言葉を選んでいるのだ。

どうやら控えることにしたらしく、彼女は話題を変えた。「あなたが旅立って、わたしはとても怒っていたのよ」

マイケルはぐっと息を呑んだ。フランチェスカはおそらく、痛烈な切り返しより本音を正直に語るほうを選んだのだろう。

「悪かった」マイケルは答えた。その言葉は本心ではあるものの、あのときはほかの道を取りようがなかったのだ。去らずにはいられなかった。去らなければならなかったのだ。臆病者で、情けない男なのかもしれないが、当時はまだ伯爵になる心積もりができていなかった。自分はジョンではなく、ジョンにはなりえない。それなのに、誰もがそうなることを求めているように思えた。

本人は半ば無意識であろうとフランチェスカですら、そのようなそぶりだった。

マイケルはフランチェスカを見つめた。彼女は亡き夫の従兄が去った理由をいまだ間違いなく理解できていない。もしかしたらわかっているつもりでいるのかもしれないが、彼女にどうしてわかるだろうか？　目の前の男が自分を愛しているのも知らないのだから、その男がジョンの人生を引き継ぐことにどれほど後ろめたさを感じていたのか理解できるはずがない。

だからといって、彼女にはまったく非はない。壊れやすそうで気高い彼女がじっと炎を見つめている顔を眺めながら、ふたたび同じ言葉が口をついた。

「悪かった」

フランチェスカはほんのかすかなうなずきで詫びの言葉に応えた。「わたしもあなたに手紙を書くべきだったわ」振り返り、おそらくは詫びの気持ちも少し含んだ哀しみを湛《たた》えた目で続けた。「でもじつを言うと、書く気になれなかった。あなたのことを考えるとジョンのことを思いだしてしまうし、当時はできるだけ彼のことを思いださないようにするしかなかったのよ」

マイケルは納得したふりをするつもりはなかったが、うなずきを返した。

フランチェスカが寂しげに微笑んだ。「三人でいると、ほんとうに楽しかったわよね？」

マイケルはもう一度うなずいた。「ジョンがいないのは残念だ」そう自然に口にできた自分に驚いた。

「あなたがいつか結婚したらどんなにすてきだろうと、いつも考えてたわ」フランチェスカが言う。「あなたならきっと聡明で陽気な女性を選ぶはずだもの。四人で過ごせたらどんなに楽しいかしらって」

マイケルは咳をした。それが最善の策に思えた。

フランチェスカが物思いからわれに返って目を上げた。「風邪をひいたの？」

「たぶん。土曜には死にかけているかもしれないな」

フランチェスカが片方の眉を上げた。「わたしに看病しろとは言わないわよね」

マイケルが最も得意とする冗談まじりの会話に戻すきっかけがつかめた。「その必要はない」片手を振って退けた。「三日も経たずにあれこれ世話を焼きたい女性たちがわんさと押し寄せてくる」

フランチェスカはわずかに唇を尖らせたが、あきらかに面白がっていた。「変わらないわね」

マイケルは口もとをゆがめてにやりと笑った。「人は完全には変われないのさ、フランチェスカ」

フランチェスカは小首をかしげ、廊下のほうを身ぶりで示した。誰かが足早に近づいてくる音が聞こえた。従僕が現れ、フランチェスカがいっさいの指示を出したので、マイケルは暖炉のそばに立ったまま、いくぶん尊大な態度で同意のしるしにうなずいた。

従僕が女主人の指示どおり準備するため立ち去るとすぐに、フランチェスカが言った。

「おやすみなさい、マイケル」

「おやすみ、フランチェスカ」マイケルは静かに言葉を返した。

「あなたが帰ってきてくれてよかったわ」それから、フランチェスカは相手なのか自分なのか、ともかく誰かを納得させようとするように付け加えた。「ほんとうに」

6

……返事を書けなくて、ごめんなさい。いいえ、それは嘘だわ。書きたくないのだから、ほんとうは、ごめんなさいなんて思ってない。いまはとにかく考えたくないの――。

――現キルマーティン伯爵から最初の手紙が届いた翌日、前キルマーティン伯爵の未亡人が引き裂いて涙で濡らした返信より

翌朝マイケルが目覚めたときには、キルマーティン館は伯爵の屋敷らしい様相を取り戻したように見えた。すべての暖炉で火が燃え立ち、普段用の食堂には豪華な朝食が整えられていた。半熟卵、ハム、ベーコン、ソーセージ、バターとマーマレードを添えたトースト、それにマイケルの好物の鯖《さば》の炙《あぶ》り焼き。

けれども、フランチェスカの姿はどこにも見あたらなかった。

彼女について尋ねると、その朝早く残していったという折りたたんだ一枚の書付を渡された。フランチェスカはキルマーティン館にふたりだけで住むことで噂になるのを気にしたらしく、スコットランドからジャネットかヘレンが来るまでブルートン通り五番地の母親の家

に滞在するという。しかし話しあわなければならないことが多くあるため、その口ぜひ訪問してほしいと書かれていた。

マイケルもそのとおりだと思ったので、朝食をすませるとすぐに（ヨーグルトとドーサ（クレープのような料理）のインド式の朝食を思いのほか恋しく感じたのは大きな驚きだった）、屋敷を出て五番地へ向かった。

徒歩で行くことにした。たいして遠くはないし、冷たい突風が吹いていた前日に比べれば気候は断然暖かくなっていた。だがそれ以上に、街並みを眺めてロンドンの生活習慣を少しでも取り戻したかった。以前はこの街にも特有の匂いや音があるとは気づかなかった。馬の蹄《ひづめ》の小気味よく響く音に、花売りの陽気な声や、洗練された人々の低い話し声が重なりあっている。舗道を歩く自分の足音、ナッツを炒る匂い、大気中にどんよりと漂う煤煙、すべてが合わさってロンドンらしさのようなものを生みだしている。

気圧されかけて、四年前にインドに降り立ったときにも同じように感じた記憶がよみがえり、ふしぎな気分になった。あのときはむっとする空気、香辛料と花々の強烈な匂いに全身が粟立った。いきなり何者かに襲われたかのようにぼんやりと頭が働かなくなって眠気に誘われた。いまはそこまでの衝撃は受けていないにしろ、知らないはずのない匂いや音に神経を鋭く刺激され、自分だけ違う人種のように感じられる。

故国にそぐわない人間になってしまったのだろうか？　いくぶん突飛な発想とは思いつつ、ロンドンでもとりわけ高級な店が集まる賑やかな通りを歩いていると、自分がひと目でこの国の住人ではないとわかるほど異質な人間であるような気がしてならなかった。が、ふと店の窓ガラスに映った自分の姿を目にして、ひょっとすると日焼けのせいなのかもしれないと考えた。

色が薄れるまでには何週間もかかるだろう。おそらく何カ月も。

母はこの姿を見て仰天するに違いない。

想像すると笑みが浮かんだ。母を驚かせるのは格別に楽しかった。こうした楽しみをあきらめてまで物分かりのいい人間に成長したいとは思わない。

マイケルはブルートン通りに折れ、五番地まで最後の数軒の屋敷を通りすぎていった。もちろん、ここへは来たことがある。フランチェスカの母親はつねに〝家族〟という言葉の定義にできるかぎり広い幅をもたせており、マイケルもブリジャートン家の行事にはジョンとフランチェスカとともに幾度も招かれていた。

マイケルが到着すると、すでにレディ・ブリジャートンが緑とクリーム色で統一された客間の窓ぎわの書き物机で紅茶を飲んでいた。「マイケル！」声をあげると親しみあふれるしぐさで立ちあがった。「お会いしたかったのよ！」

「レディ・ブリジャートン」マイケルは言うと、手を取って、礼儀正しくキスを落として挨拶した。

「このようなご挨拶は誰にもできないわ」レディ・ブリジャートンが満足そうに言う。

「最良の礼儀は磨くべきものです」マイケルは低い声で答えた。

「わたしたちのようにある程度の年齢に達した婦人たちにとって、こんなふうに接してもらえるときほど嬉しいことはないのよ」

「ある程度の年齢とは……」マイケルはいたずらっぽく笑った。「三十一歳くらいですかね？」

ヴァイオレット・ブリジャートンはもともと年齢とともに美しさを増していくような婦人なのだが、その言葉にほがらかに微笑んだ顔はまさしく輝いていた。「あなたならいつでもわが家に歓迎するわ、マイケル・スターリング」

マイケルはにやりと笑みを返して、勧められた背もたれの高い椅子に腰をおろした。

「あら、わたしったら」レディ・ブリジャートンがやや眉をひそめて言う。「お詫びしなくてはいけないわ。もうキルマーティンとお呼びしなくてはいけなかったのよね」

「マイケルでかまいません」マイケルはきっぱりと答えた。

「四年も経つのに」レディ・ブリジャートンが続ける。「その間、お会いしていなかったものだから……」

「お好きなように呼んでください」マイケルはさらりと言った。妙な気分だ。ようやく姓より称号を優先してキルマーティンと呼ばれるのに慣れてきたはずだった。といっても、インドにはただのミスター・スターリングであった頃の自分を知る者も、まして前伯爵のジョンを知る者もいなかった。ヴァイオレット・ブリジャートンから新たな称号で呼ばれると少しとまどいを覚えた。なにしろ、多くの母親たちと同様、習慣的に娘婿のジョンをその称号で呼んでいた婦人なのだ。

レディ・ブリジャートンは相手の内心の動揺を感じとっていたとしても、おくびにも出さなかった。「あなたがこれからもそのように気楽におつきあいくださるのなら、わたしもぜひそうさせていただきたいわ。どうぞヴァイオレットと呼んでくださいな。あなたももうそれなりのお歳なのだし」

「いえ、それはできません」マイケルは即座に拒んだ。それは本心だった。この婦人はレディ・ブリジャートンだ。つまり彼女は……いや、どう表現すればいいのかわからないが、自分にとって〝ヴァイオレット〟では断じてありえない。

「そうしてほしいのよ、マイケル」と、レディ・ブリジャートンが言う。「あなたもすでによくご存じのとおり、わたしは自分のやり方をゆずれないたちなの」

この議論に勝てる見込みはまずないので、マイケルは仕方なくため息をついて言った。

「ヴ、ヴ、ヴ、ヴァイオレットの手にキスできるでしょうか。親密すぎて破廉恥《はれんち》だと思われませんかね？」

「絶対やめないでほしいわ」

「噂になります」マイケルは忠告した。

「それぐらいではわたしの評判はびくともしないわ」

「でも、わたしの評判はどうなるんです？」

ヴァイオレットは笑った。「つわもののくせに」

マイケルは椅子の背にもたれた。「光栄ですね」

「お茶をいかが?」ヴァイオレットが部屋の向こう側の机に置かれた優美な陶のポットを身ぶりで示した。「わたしのは冷めてしまったし、喜んで追加を用意させるわ」

「ぜひお願いします」マイケルは答えた。

「何年もインドにいらしたから、飽きているかもしれないけれど」ヴァイオレットは立ちあがり、呼び鈴の紐のほうへ歩いていった。

「でも同じではないんです」マイケルもすぐに立ちあがって言った。「うまく説明できませんが、イングランドの紅茶とは味が違う」

「水質のせいもあるのかしら?」

マイケルは忍び笑いを漏らした。「注ぐご婦人の質でしょうかね」

ヴァイオレットが笑った。「伯爵様には妻が必要ね。早急に」

「そうでしょうか? いったいどうして?」

「いまのままではどうみても、そこらじゅうの未婚女性にとって危険な存在だもの」

もうひと言、戯れ文句を口にせずにはいられなかった。「ヴァイオレット、あなたもそのなかに含まれていてほしいものです」

そのとき、戸口のほうから声がした。「母を誘惑する気?」

振り返るまでもなくフランチェスカだとわかった。精緻なベルギーレースの縁飾りが付いた薄紫色の昼用ドレスを完璧なまでに着こなしている。どうやら懸命にいかめしい顔をこしらえようとしているらしい。

成功しているとは言いがたかったが。

マイケルはふたりの婦人が腰かけたのを見て、口もとにいわくありげな笑みを浮かべた。「世界じゅうを旅してきたが、フランチェスカ、無礼を承知で言わせてもらえば、きみの母上ほど心惹かれる女性はめったにいない」

「さっそく夕食にご招待するわ」ヴァイオレットは高らかな声で告げた。「断わり文句は受け入れられないわよ」

マイケルは含み笑いした。「喜んで出席させていただきます」

向かいでフランチェスカがつぶやいた。「手に負えない人なんだから」

マイケルは黙ってにやりと気だるげな笑みを返した。この調子だ、と思った。今朝は自分もフランチェスカも昔の役割と習慣を取り戻し、願いどおりに事が進んでいた。こちらは手のつけられない女たらしに成り返り、フランチェスカもそれを叱るふりをして、何もかもジョンが生きていた頃に戻ったようだ。

昨夜は動揺していた。フランチェスカと対面するとは予期していなかった。それでふだん自分がどのような態度を取っていたのかわからなくなってしまったのだろう。

どこまでが演技だったのかわからなくなっていた。いつもは少々無責任な、救いがたい遊び人だったはずだ。母親にもたしか四歳から女性たちを口説いていたと聞かされていた。

フランチェスカといるときには、ひそかな想いを気取られないよう自分のそうした部分を前面に押しだすことがきわめて重要だ。

「この時期に戻られたのには何か予定がおありだからなの？」ヴァイオレットが尋ねた。

マイケルは無表情に見えるようとりつくろって顔を振り向けた。「いえ、特には」そう答えて、それが事実であるのが気恥ずかしくなった。「自分に求められている新たな役割をきちんと把握するまで、しばらく時間がかかるでしょうね」

「その方面では、フランチェスカがお役に立てるのではないかしら」ヴァイオレットが言う。

「ご本人が同意くださるのなら」マイケルは静かに答えた。

「もちろん承ります」フランチェスカは言って、茶器の盆を運んできた女中のために、わずかに横へずれた。「なんなりとお手伝いするわ」

「ずいぶんと速いな」マイケルはつぶやいた。

「わたしは紅茶が大好きなの」ヴァイオレットが説明する。「一日じゅうでも飲んでいられるわ。いままでは女中たちがつねに焜炉《こんろ》の上に沸騰《ふっとう》しかけた湯を準備しているのよ」

「あなたもいかが？」フランチェスカが注ぐ役目を引き受けて問いかけた。

「いただくよ、ありがとう」マイケルは応じた。

「フランチェスカほどキルマーティン家を知っている人間はいないわ」ヴァイオレットは娘を愛する母親らしく自信たっぷりに言った。「大いにお役に立てるはずよ」

「たしかにそのとおりです」マイケルは答えて、フランチェスカからカップを受けとった。紅茶の飲み方の好みを彼女は憶えていてくれた——ミルク入りで砂糖はなし。なぜだか無性に嬉しかった。「伯爵家の女主人になって六年、そのうちの四年は伯爵の役割も務めてくれたのですから」フランチェスカに驚いた視線を向けられ、言い添えた。「肩書以外はあらゆる面で。そうだろう、フランチェスカ、事実は認めるべきだ」

「わたしは――」

「それに」マイケルは続けた。「これは褒め言葉なんだ。きみにはとても返しきれない大きな借りができた。きみのように有能な人間に伯爵領をまかせられなければ、これほど長く国を出ていられなかった」

フランチェスカがみるみる顔を赤らめたので、マイケルは意外に感じた。彼女と知りあってから、頰がピンク色に染まるのを見たのは片手で数えられる程度の回数だ。

「ありがとう」フランチェスカが低い声で言った。「ほんとうにまったく苦ではなかったの」

「そうかもしれないが、やはり大変なことだと思う」マイケルは紅茶のカップを口もとに運び、あとは女性たちに会話の先導をまかせた。

ふたりが話しだした。ヴァイオレットにインドでの日々を尋ねられ、マイケルは王族の宮殿、王女たち、隊商、カレー料理について話して聞かせた。賊の襲撃やマラリアについては客間での会話にはそぐわないと判断して省いた。

そのうち、自分が心から楽しんでいることに気づいた。ちょうどヴァイオレットが前年に出席したインド式舞踏会について話しているとき、マイケルはふと考えをめぐらせて、おそらく正しい決断だったのだと思い至った。

やはり帰ってきてよかったのだ。

一時間後、フランチェスカはマイケルの腕に手をかけて、ハイド・パークを歩いていた。太陽が雲間から顔を出したので、晴天の日にじっとしてはいられないと宣言すると、マイケルも散歩の付き添いを申しでるより仕方がなかった。

「昔みたいだわ」フランチェスカは言って、顔を上向かせて太陽を仰いだ。少しは日焼けしてしまうかもしれないし、そばかすくらいはできてしまいそうだが、熱帯の国から帰ったばかりで見逃しようのないほど日焼けしたマイケルの隣にいれば青白い磁器も同然に見えるに違いない。

「散歩のことかい？」マイケルが訊いた。「それとも、まんまとわたしに付き添い役をさせていることかな？」

フランチェスカはすました表情のまま答えた。「もちろん、両方よ。あなたにはよく付き添ってもらったものね。ジョンが忙しいときにはいつも」

「そうだな」

それから黙って歩きつづけ、しばらくしてマイケルが言った。「今朝、きみがいないことに気づいてちょっと驚いたよ」

「わたしが屋敷を出なければならなかった理由はわかってもらえるわよね。いうまでもなく、そうしたくてしたのではないわ。母の家に帰ると、子供時代に逆戻りしたような気分になるの」厭わしさに自然と唇をきつくすぼめていた。「もちろん、母を愛しているけれど、女主人として暮らすことにすっかり慣れてしまっているのね」

「わたしがどこかほかの場所で暮らそうか？」

「だめよ、そんなことをしては」フランチェスカは即座に返した。「あなたは伯爵なのよ。キルマーティン館はあなたのものだもの。それに、一週間もすればヘレンとジャネットが来るわ。そうしたらすぐにわたしも戻れるのだから」

「元気を出してくれ、フランチェスカ。きみなら耐えられる」

フランチェスカはちらりと横目をくれた。「あなたには、いいえ、こういうことについてはどんな男性でも理解できないでしょうけど、わたしは未婚の娘時代より、既婚婦人の立場のほうがはるかに気に入ってるの。五番地でエロイーズやヒヤシンスと暮らしていると、礼儀や慣習に縛られていつも付添人《シャペロン》といなければならなかった、社交界に登場した頃に引き戻されてしまうのよ」

「でも実際には違う」マイケルは指摘した。「ほんとうにそうなら、いまこうして男性と出歩くのは許されないのだから」

「そうね」フランチェスカは認めた。「しかも、相手はあなただものね」

「それはどういう意味だろうな？」

フランチェスカは笑った。「だってそうでしょう、マイケル。四年間国外にいるあいだに、それまでの評判が帳消しになるとでも思ってたの？」

「フランチェスカ――」

「あなたは伝説の人なのよ」

マイケルがきょとんとしている。

「ほんとうよ」フランチェスカは驚くようなことだろうかと思いつつ続けた。「なにしろ、女性たちはいまだにあなたのことを噂してるんだから」

「まさか、そのなかにきみは含まれていないよな」

「あら、わたしはほかの誰よりうわてだわ」フランチェスカは茶目っ気たっぷりに微笑んだ。「みんな、あなたがいつお帰りになるのかと知りたがっていたわ。帰ってきたことが知れれば、もっと賑やかになるわよ。いうなればわたしはちょっと変わった立場なのよね――ロンドンで最も悪評高い放蕩者の親友だもの」

「親友だって？」

「ほかに呼びようがある？」

「いや、まあ、親友というのは的を射た表現なのかもしれないな。わたしがきみに何もかも打ち明けていると思っているのなら……」

フランチェスカはむっとした目を向けた。いかにもマイケルらしいやり方だった。思わせぶりに言葉を途切らせ、どういうことなのかという疑問を猛烈に掻き立てるのだ。「つまり」つぶやくように言った。「インドでの出来事もすべては明かせないということね」

マイケルはいたずらっぽくにやりと笑った。

「わかったわ。そういうことなら、もっとまじめな話をしましょう。あなたは帰ってきて、これから何をするつもり？　議会の仕事は引き継ぐの？」

マイケルにそのつもりはなさそうだった。

「ジョンはそれを望んでいると思うわ」フランチェスカはずるい誘導作戦なのは承知しつつ言葉を継いだ。

マイケルは苦々しげに彼女を見やって、その手に乗るつもりはないことを目で伝えた。

「それに、結婚しなくてはね」フランチェスカは続けた。

「結婚の仲立ちを務めようというのか？」マイケルが不機嫌そうに言う。

フランチェスカは肩をすくめた。「あなたがお望みなら。あなたひとりにおまかせするよりはいいのではないかしら」

「やれやれ」マイケルはぼやいた。「帰ってきてまだ一日だぞ。そんなに急を要することだろうか？」

「それはそうだけれど、早いほうがいいわ。あなたもいつまでも若くはないんだから」

マイケルはぎょっとした表情で見返した。「人にそんな言われようをされるとは心外だ」

「お母様ならべつでしょう」フランチェスカはしたりげな笑みで言った。

「きみは」マイケルは語気を強めた。「わたしの母ではない」

「そうでなくてよかったわ」フランチェスカは切り返した。「もしそうだったら、何年も前に心臓が破裂していたでしょうから。あなたのお母様がどうやって持ちこたえられているのかふしぎだもの」

マイケルはいきなり足をとめた。「それほどひどい男じゃない」

フランチェスカがしとやかに肩をすくめる。「そう？」

マイケルは黙り込んだ。完全に言葉を失った。ふたりのあいだで幾度となく交わしてきた話題だが、今回は何かが違っていた。フランチェスカの声にはそれまで感じたことのない鋭さがあり、言葉にはとげが含まれていた。

それとも、いままで気づかなかっただけだろうか。

「もう、そんなに傷ついた顔をしないでよ、マイケル」フランチェスカは腕にかけていないほうの手で彼の肩を軽く叩いた。「たしかにあなたの評判はひどいものだわ。でも、誰もがあなたの魅力に負けてなんでも許してしまうのよね」

彼女にそんなふうに見られていたのだろうか、とマイケルは思った。だからといって、どうして自分は動揺しているのだろう？　みずからそう見えるよう演じてきたはずではなかったのか。

「それにいまは伯爵だもの」フランチェスカが続ける。「母親たちがかわいい娘をあなたと結婚させようと押し寄せてくるわ」

「怖いな」マイケルはぼそりと言った。「ぞっとする」

「そうよね」フランチェスカはまるで同情するそぶりもなく言った。「争奪戦は白熱するわよ。今朝もわたしが母に姉や妹をあなたに押しつけないよう言い聞かせておいたから、あなたはのんきにしていられたのよ。母もその気だったんだから」フランチェスカはあきらかにその会話を楽しんでいるふうに締めくくった。

「そういえば、きみも以前は姉妹たちをわたしに勧めて喜んでいたものな」

フランチェスカが唇をわずかにゆがめた。「何年も前の話だわ」その事実を風に飛ばすかのように大ぶりに手を払った。「あなたとは合わないもの」

彼女の姉妹たちの誰にも言い寄ろうと思ったことなどないが、ちょっぴり懲らしめられる機会を逃すわけにはいかない。「エロイーズとヒヤシンス、どちらのことだい？」

「どちらもよ」フランチェスカのいらだたしげな口調にマイケルは思わずにやりとした。

「でも、わたしが誰か見つけてあげるから、心配無用よ」

「わたしがいつ心配した？」

フランチェスカは聞こえなかったかのように続けた。「姉のエロイーズと親しいペネロぺをご紹介しようと思ってるの」

「フェザリントン嬢を？」マイケルは無口でややぽっちゃりした婦人をぼんやりと思い起こして訊いた。

「もちろん、わたしの友人でもあるわ」フランチェスカは言い添えた。「きっと気に入るはずよ」

「あのお嬢さんは話し方を学んだのかい？」

フランチェスカはマイケルを睨みつけた。「そういう質問に答えるつもりはないわ。ペネロぺは打ち解けるまで少し時間がかかるだけで、才気にあふれた、とても魅力的な女性なのよ」

「打ち解けるのにどれだけ時間がかかることやら」マイケルはつぶやいた。

「彼女ならあなたとちょうどうまく釣りあいが取れると思うの」フランチェスカが歯切れよく告げた。

「フランチェスカ」マイケルはいくぶん強い調子で返した。「きみに結婚の仲立ちをしてもらう必要はない。わかったかい？」

「でも、誰かが――」

「誰にもそんなことをしてもらう必要はない」マイケルは遮った。まったく、フランチェスカの考えがわかりやすいところは四年前とまるで変わらない。こうしていつも、人の人生を取り仕切ろうとするのだ。

「マイケル」フランチェスカがせっかく思いやってあげているのにといわんばかりにため息まじりに呼びかけた。

「ロンドンに帰ってきてまだ一日だ。一日だぞ。疲れていて、太陽が出ていようが確かめる気にもなれない――まだやけに寒く感じるし、荷物をほどいてさえいないんだ。頼むから、結婚話はせめて一週間経ってからにしてくれ」

「一週間後ならいいのね？」フランチェスカがおどけた口ぶりで言う。

「フランチェスカ」戒める調子で言った。

「わかったわ」フランチェスカがあきらめたように言った。「でも、あとで警告しなかったとは言わせないわよ。社交界に現れれば、若い令嬢たちに隅に追いつめられて、その母親たちの思うつぼにはまって――」

マイケルはその光景を想像して身ぶるいした。そうしたことについての彼女の見立ては正しいに違いない。

「――あなたはわたしに助けを求めることになる」フランチェスカは断言して、腹立たしいほど満足げな表情で彼を見やった。

「そうかもしれないな」彼女の癇にさわるのを承知で寛容な笑みを浮かべた。「そしてそのときにはまず間違いなく、後悔、償いの気持ち、恥ずかしさ、そのほかにもきみがわたしに味わわせたがっているあらゆる不快な感情でへとへとに疲れはててしまうだろう」

するとフランチェスカが笑い声をあげ、マイケルは思いのほか気分がなごんだ。自分はいつでも彼女を笑わせることができる。

フランチェスカが向きなおり、にっこりして彼の腕を軽く叩いた。「帰ってきてくださってよかったわ」

「帰ってきてよかったよ」反射的に口をついた言葉だったが、本心なのだとマイケルは気づいた。帰ってきてよかった。気苦労はあるが、これでよかったのだ。気苦労といっても嘆くほどのものではない。なんであれ人は慣れてしまうものなのだから。

いつの間にかふたりはハイド・パークのだいぶ奥まで進み、だんだんと人通りも多くなっていた。木々は芽吹きはじめたばかりだが、まだ肌寒いので公園を歩く人々のなかに木陰を求める者はいない。

「鳥たちにあげるパンを持ってくればよかったわ」フランチェスカがつぶやくように言った。

「サーペンタイン池の水鳥に？」マイケルは驚いて訊いた。フランチェスカとはハイド・パークに何度も散歩に来ていたが、サーペンタイン池の周辺には疫病を避けるかのようにけっして近づかなかった。いつも子守係の女中や小さな野蛮人のごとく甲高《かんだか》い声をあげる子供たちであふれており（たいてい子守係もそれを上回る声を発している）、パンのかけらを頭にぶつけられた知人を最低ひとりは目にすることになる。

有望なクリケット選手の卵に、パンは小さくちぎったほうがあつかいやすいし危険も少ないことを教える大人もいないらしい。

「鳥たちにパンをあげてみたいのよ」フランチェスカが弁解がましく言う。「それに、きょうはそれほど子供たちもいないわ。まだ少し寒いから」

「ジョンもわたしも寒さにはおかまいなしだったけどな」マイケルは得意げに返した。

「ええ、だって、あなたたちはスコットランド人だもの」フランチェスカが言う。「凍えそうな寒さでも血のめぐりがいいのよ」

マイケルはにやりと笑った。「われわれスコットランド人は血が濃いんだ」ちょっとした冗談だった。親族間の結婚はイングランドでも少なくともスコットランドと同じぐらいか、ひょっとするともっと多いくらいだが、キルマーティン伯爵家は両国にしっかりと根をおろしながら、スコットランド人の血筋を名誉のしるしのように大切にしている。

ふたりはサーペンタイン池からさほど離れていないところにベンチを見つけて腰をおろし、水上のアヒルたちをぼんやりと眺めた。

「もっと暖かい場所があるだろうに」マイケルは言った。「フランスとか」

「子供たちが投げてくれる餌をすべてあきらめて？」フランチェスカは苦笑した。「鳥たちも愚かではないわ」

マイケルは黙って肩をすくめた。鳥類の習性について知ったかぶりをするつもりなどない。

「インドの気候はどうだったの？」フランチェスカが訊いた。「よく言われているように暑いのかしら？」

「それ以上だ」マイケルは答えた。「いや、そうでもないのかな。わからない。世間で言われているとおりなのだろうな。問題は、実際にそこに行かないかぎり、イングランド人にはその言葉の意味がほんとうには理解できないということだ」

フランチェスカがいぶかしげな目を向けた。

「おそらくきみが想像している以上に暑い」マイケルは具体的に言いなおした。

「ということは……やっぱり、どのくらいのものなのか、わたしにはわからないわ」

「その暑さも、虫の煩わしさに比べればましだ」

「ぞっとするわね」フランチェスカは想像して言った。

「きみはいやがるだろうな。いずれにせよ、長期の滞在は無理だ」

「それでも、旅してみたいわ」フランチェスカが穏やかな声で言う。「いつも空想してしまうの」

フランチェスカは押し黙り、どこかうわの空の表情でうなずいた。そのまましばらくしきりにうなずいているので、無意識にしているのだろうとマイケルは思った。はるか遠くに視線を投じている。何かを見ているのだろうが、それがなんなのかマイケルには想像もつかなかった。見渡せる辺りには顔をゆがめて乳母車を押す子守女中がいるだけで、目を引くものは何もない。

「何を見てるんだい？」とうとう尋ねた。

彼女は答えず、何かを見つめたままだった。

「フランチェスカ？」

フランチェスカが振り向いた。「赤ちゃんがほしいわ」

7

……そろそろきみからの便りが届くのではないかと待っていたが、遠距離では郵便制度があてにならないのは有名な話だ。先週も二年前に発送された郵便物が一袋ぶん届いたという話を聞いた。その受取人の多くはすでにイングランドに帰国している。母の手紙にきみがつらさを乗り越えて元気にやっていると書いてあった。それを読んでほっとしたよ。ここでの仕事は試練の連続だが達成感もある。私はマドラスにいるほとんどの欧州人と同じように街から少し離れた郊外に住まいを定めた。とはいえ、街に出かけるのは楽しい。街の外観はまるでギリシアだ。ギリシアを訪れたことはないので、あくまで想像上のギリシアだが。空は青く、目がくらみそうなほどに青く、これほど青いものは見たことがないくらいだ。

――キルマーティン伯爵がインドに着いて半年後、前キルマーティン伯爵の未亡人へ宛てた手紙より

「なんだって?」

フランチェスカはマイケルを驚かせた。唾を飛ばさせるほど。そのような反応を引きだそ

うとして言ったわけではなかったが、彼が口をぽっかりあけて坐っているのを見ると、少しばかり喜びを感じずにはいられなかった。

「赤ちゃんがほしいのよ」肩をすくめて繰り返した。「そんなに驚くようなことかしら?」

マイケルはわずかに唇を動かしてからどうにか声を発した。「でも……いや……しかし……」

「わたしは二十六よ」

「きみの歳くらい知っている」マイケルはややいらだたしげに言った。

「四月の末には二十七になるの。子供を産みたいと考えてもふしぎではないと思うわ」

マイケルの目はまだどことなくどんよりと翳《かげ》っている。「まあ、それはそうだが――」

「それに、あなたに釈明する必要は何もないでしょう」

「そんなことを頼んだ憶えはない」マイケルはもうひとつ頭が増えた人間でも見るように目を見開いている。

「ごめんなさい」フランチェスカはつぶやいた。「言いすぎたわ」

マイケルが何も返さないのがいらだたしかった。せめて、そんなことはないと言ってくれればいいのに。本心ではそう思っていないとしても、それが思いやりであり、礼儀というものだ。

ついに沈黙に耐えきれなくなり、低い声で言った。「多くの女性が子供を望むわ」

「そうだな」マイケルは言うと咳をした。「当然だと思う。だが……きみの場合はまず夫を探すのが先じゃないのか？」

「もちろんだわ」フランチェスカはむっとした視線を突きつけた。「どうしてわたしがこんなに早くロンドンに来たと思ってるの？」

マイケルはぽかんと見ている。

「花婿を物色するためよ」愚か者に説明するように言う。

「なんとも欲の張った言いぐさだな」マイケルはつぶやいた。

フランチェスカは唇をすぼめた。「そういうものなのよ。あなたもご自分のためにせいぜい慣れておくことね。もうすぐ令嬢たちがあなたのことをそういうふうに言うようになるんだから」

マイケルはその発言は聞き流して尋ねた。「誰か意中の紳士がいるのか？」

フランチェスカは首を振った。「いまのところはいないわ。でも、探しはじめれば、誰かしら現れると思うのよ」前向きな言葉ではあるものの、声の調子は沈み、低くなっていた。

「兄たちの友人もいるし」つぶやくように付け足した。

マイケルは彼女の顔を見てから、わずかに肩を落とし、池のほうへ目をやった。

「驚いてるのね」

「いや……ああ」

「いつもなら、あなたを驚かせるととても嬉しくなるのに」フランチェスカは皮肉っぽく唇をゆがめた。

マイケルは答えず、目でちらりと天を仰いだ。

「いつまでもジョンの喪に服しているわけにはいかないわ。ほんとうは、それでもいいし、そうしたいけれど……」フランチェスカはこみあげる涙が腹立たしくて、いったん口をつぐんだ。「でも、いちばんの問題は、そうすると子供をもてなくなることなの。二年かかってジョンの子を身ごもれたのに、あんなことになってしまったし」

「フランチェスカ」マイケルは力を込めて言った。「流産のことで自分を責めてけいけない」

フランチェスカは苦しげな笑い声を漏らした。「あなたに想像できる？　誰かと結婚して子供を授かれると思ったのに、できなかったなんて」

「誰にでも起こりうることだ」マイケルはやんわりと言った。

そのとおりだが、だからといってフランチェスカの気がやわらぐわけではなかった。選ぶのは自分だ。無理に結婚する必要はない。ずっと未亡人でいるつもりなら、さいわいにも誰に頼らずともそれなりに裕福に生きていけるだろう。結婚するのなら、いや結婚したら――そう覚悟を決めなくてはいけない――夫を愛せるとはかぎらない。ジョンとのような結婚生活は送れないだろう。ひとりの女性が生涯で二度もあれほど愛せる人と出会えるはずはないのだから。

子供を授かるために結婚しても、必ず授かれるという保証もない。

「フランチェスカ？」

正面を向いたまま身じろぎもせず、目の端からあふれだした涙をどうにか払いのけようと目をしばたたいた。

マイケルがハンカチを差しだしたが、フランチェスカはその気遣いに応じられなかった。ハンカチを受けとれば泣かずにはいられなくなる。泣きだしたらとめる術はない。

「前に進まなくてはいけないの」強気な口ぶりで言った。「進まなくては。ジョンはもういないし、わたし――」

と、そのとき、とても奇妙なことが起こった。いいえ、奇妙なというだけでは言い表せない。衝撃的なとか、何かが変わるようなとか、あるいはこんなふうに心臓を抜きとられたかのように息がとまり、突如動けなくなるような驚きを表現できる言葉はないのかもしれない。

フランチェスカはマイケルのほうを向いた。ごく自然な動作だった。これまでも何百回、何千回と、こうして首を振り向けていたはずだ。マイケルはインドに四年行っていたとはいえ、その顔も、笑顔も見慣れていた。それどころか、マイケルのことならなんでも知っている――。

でも、いまはいつもと何かが違っていた。フランチェスカはマイケルのほうを向いたが、彼のほうもすでに自分のほうを向いているとは予期していなかった。瞳のなかの炭色の斑点が見えるほど接近しているとは思わなかった。

それよりなにより、なぜ自分がその唇に視線を落としているのかわからなかった。ふっくらとしてみずみずしく、整った形をしていて、自分自身の唇とそう変わらない形であれ、じっくりと眺めたことはなかったので、色合いがそれぞれ異なっていることには気づかなかったし、彼の下唇がこれほど官能的なふくらみを帯びているとは――。

フランチェスカは立ちあがった。いきなり動いたせいで、あやうくよろめきかけた。「行かなくちゃ」見知らぬ悪魔ではなくたしかに自分の声を耳にしてわれに返った。「約束があるの。忘れてたわ」

「そうか」マイケルが答えて脇に立った。

「仕立て屋と」詳しく言えば嘘ももっともらしくなるとばかりに付け加えた。「暗い色の半喪服ばかりしかないから」

マイケルはうなずいた。「そういう色はきみに似合わない」

「指摘してくださって感謝するわ」フランチェスカはいくぶん不機嫌に言った。

「青を着たらいい」

フランチェスカはいまだ不安定な体勢にいらだちつつ、ぎこちなくうなずいた。

「大丈夫かい？」マイケルが訊く。

「平気よ」つっけんどんに答えた。けれどもそのような言い方では誰も納得させられそうもないので、もう少し丁寧な口調で言葉を継いだ。「大丈夫よ、ほんとうに。遅刻するのが嫌いなだけ」事実であり、マイケルも知っていることなので、それがいらだっている理由だと信じてもらえるよう願った。

「そうだよな」マイケルが同調して言い、それからフランチェスカは五番地へ着くまで喋りつづけた。平静をとりつくろおうと懸命になり、自分でも熱心すぎると感じるほどだった。

サーペンタイン池のほとりのベンチで実際に自分のなかで起きていたことをどうしても悟られたくなかった。

マイケルが通りすがりにも目を引く容姿端麗な男性であるのはもちろん以前から知っていた。でも、それはどこかぼんやりと意識していたことにすぎなかった。マイケルは美しい顔立ちをしていて、次兄のベネディクトと同じぐらい長身で、母と同じぐらい鮮やかな色の目をしている。

ところが、突如として……いまは……。

自分の目に映ったマイケルはいままでとはまったく別人のように思えた。

フランチェスカはひとりの男性を見ていた。

それがどうしようもなく恐ろしかった。

フランチェスカは行動するほど事はうまくまわるものと信じているので、散歩から五番地に帰ると、母を探して、すぐに婦人服の仕立て屋を訪ねたいのだと伝えた。つまり、嘘をできるだけ早く真実にするために最善を尽くした。

母は娘が灰色や薄紫色の半喪服を脱ぐ気になったと知ってたいそう喜び、一時間も経たずに母の優雅な馬車に親子でゆったりと腰を落ち着けて、ボンド・ストリートの高級店街へ向かっていた。フランチェスカは衣装をきちんと自分で選べる決断力を備えているので、ふだんは母の干渉を疎ましく感じていた。けれどこの日は、そばに母にいてもらえるのが心地よかった。

もともと母といるのが気詰まりなわけではない。ただなるべくならひとりで行動したいたちで、〝あのブリジャートン姉妹のひとり〟と見られるのがあまり好きではないだけだ。なので、こうして母に付き添われてほっとしているというのは、妙な言い方だが、なんとなく挫折したような気分だった。認めるのはきわめて不本意とはいえ、フランチェスカはごく単純に怖かった。

たとえまだ再婚しようと決意していなかったとしても、未亡人が喪服を脱ぎ捨てるのは大きな変化を示す行動であり、どのような心がまえでのぞめばいいのかわからなかった。

馬車のなかで、自分の袖を見おろした。外套をまとっているのでドレスの生地は見えないが、薄紫色を着ていた。気がやわらぎ、落ち着けて、安心できる色だ。もう三年も決まってこの色か灰色のドレスを身につけている。その前の一年はずっと黒に身を包んでいた。制服や記章のようなもので、身につけていれば自分の立場を声高に宣言せずともすむ装いだった。

「お母様？」あまり考えずに問いかけていた。

ヴァイオレットがにっこりと顔を振り向けた。「あら、なあに？」

「どうして再婚なさらなかったの？」

母は唇をわずかに開き、なぜか驚いたことに目をぱっと輝かせた。「知ってた？」柔らかな声で言う。「子供たちからそのことについて尋ねられるのは初めてなのよ」

「そんなはずないわ」フランチェスカは言った。「ほんとうなの？」

ヴァイオレットはうなずいた。「誰も訊いてくれなかった。わたしの記憶に間違いはないはずよ」

「ええ、たしかにそれはそうよね」フランチェスカは即座に答えた。でも、どうもおかしな話だ。とても信じられない。どうして、誰も尋ねなかったのだろう？ いまにして考えれば最も不可欠な質問であるように思える。それにたとえ、きょうだいたちの誰もがその返答に個人的興味を掻き立てられなかったのだとしても、母にとって重要な問題であることになぜ気づかなかったのだろう？

誰も母のことを知ろうとしなかったのだろうか。ほんとうは母のことをよく知らないのかもしれない。

「あなたたちのお父さんが亡くなったのは……」ヴァイオレットは話しだした。「まあ、あなたがどれぐらい憶えているかはわからないけれど、とても急なことだったの。誰にも予期できなかった」そこでふっと悲しげに微笑んだ母を見て、フランチェスカは悲しみを感じながらもジョンの死を微笑んで語れる日がくるのだろうかと思った。

「蜂に刺されたのよ」母が言い、エドモンド・ブリジャートンが亡くなって二十年以上経ったいまでも、その声に驚きが含まれているのをフランチェスカは聞きとった。

「そんなことが起こるなんて誰に想像できる？」ヴァイオレットが首を左右に振って続ける。「あなたは憶えているかわからないけれど、お父さんはとても大きな男性だったのよ。ベネディクトと同じぐらい背が高くて、肩幅はもっと広かったかもしれない。それなのに蜂に刺された亡くなるなんて……」糊のきいた白いハンカチを取りだし、口もとにあてて咳払いをした。「いわば、思いも寄らないことだった。ほかに言いようがないけれど……」痛ましそうに思いやる目を娘に向ける。「誰よりあなたにはわかると思うの」

フランチェスカは目の奥にこみあげるものをとめようともせず、うなずいた。

「ともかく」母はあきらかに必死に話を先へ進めようとして、てきぱきと言った。「夫を亡くして、わたしはただ呆然としていたわ。靄《もや》のなかを歩きつづけているような気分だった。最初の一年は何をどうしていたのかまるで憶えていないのよ。いいえ、そのあと何年かはずっと。だから、結婚のことなんて考えられなかった」

「そうよね」フランチェスカは静かに言った。自分もそうだった。

「そのあとは……そうねえ、どうしていたのかしら。たぶん、ともに生きたいと思える男性にめぐり会えなかったのでしょうね。それだけ深くあなたたちのお父さんを愛していたのよ」母は肩をすくめた。「再婚の必要性も感じなかった。あなたとは立場がだいぶ違ったもの。いまのあなたより歳を重ねていて、なにしろ、すでに八人の子供の母親だったのよ。それに、あなたたちのお父さんは家のことをきちんとしておいてくれたから、生活の心配をせずに生きていけることもわかっていた」

「ジョンもキルマーティン家のことをとてもしっかりと管理していてくれたわ」フランチェスカはすかさず口を挟んだ。

「もちろん、そうでしょうとも」ヴァイオレットは言って、娘の手を軽く叩いた。「ごめんなさいね。そうではないと言いたかったわけではないのよ。でも、あなたには八人の子はいないわ、フランチェスカ」母の目つきがどことなく変わり、青い瞳が深みを増した。「それに、これからずっとひとりで過ごすには長すぎる人生が残っているわ」

フランチェスカはためらいがちにうなずいた。「ええ。わかってるわ。わかってるのよ、でも、どうしても……できなくて……」

「何ができないの？」母がやさしい声で訊く。

「わたし……」フランチェスカはうつむいた。どうしてなのかはわからないが、どういうわけか床から目を離せなかった。「なんとなく悪いことをしているような、ジョンを、わたしたちの結婚を侮辱しているような気持ちから抜けだすことができないの」

「きっとジョンはあなたの幸せを願っているわ」

「わかってるわ。わかってる。ジョンならきっとそう願ってくれるはずよ。でも、わかるでしょう――」フランチェスカは顔を上げて母の顔を見つめ、同意なのか、ただの愛情なのか、そこにあるはずのものを探した。見つかるとわかっているものを探していると気が安らいだ。「探せるとは思えないのよ。ジョンのような人は見つからないわ。それはあきらめてるの。そんな気持ちで結婚するのはいけないことに思えて」

「ジョンのような人は見つからない、それは事実よ」ヴァイオレットが言う。「でも、また違った形で、同じぐらいあなたに合う男性とめぐり会えるかもしれないわ」

「お母様はめぐり会えなかったのよね」

「ええ、そうね」母は認めた。「けれども、わたしは必死に探していたわけではないもの。まったく探す気がなかったわ」

「夫がいたらいいと思わない？」

ヴァイオレットは口をあけたが、声は出さず、呼吸すらとまっているように見えた。ややあって言った。「わからないわ、フランチェスカ。正直、わからない」それから、少しばかり笑いが必要だと思ったらしく、付け加えた。「きっと、もう子供はたくさんだと思ったのね！」

フランチェスカは思わず微笑んだ。「わたしは、ほしいわ」静かに言った。「赤ちゃんが」

「そうだと思ってたわ」

「どうしてそれを訊かなかったの？」

母は小首をかしげた。「あなたはどうして再婚しないのかと訊いてくれなかったの？」

フランチェスカはぽかんと口をあけていた。母の機転のよさはいまさら驚くようなことでもないのに。

「エロイーズがあなたのような立場でいたら、わたしはきっと何か言っていたと思うわ」母は言った。「ついでに言えば、それがほかの姉妹の誰であっても。でも、あなたは――」懐かしそうに微笑んだ。「あなたは違うもの。いつもほかの姉妹とは違っていたわ。もう子供の頃から、わざとみんなと離れていたでしょう。距離が必要なのよね」

フランチェスカは衝動的に手を伸ばし、母の手を握った。「愛してるわ、知ってた？」

ヴァイオレットはにっこり笑った。「薄々は気づいていたわ」

「お母様！」

「ええ、もちろん、知ってたわよ。わたしがこんなにとっても愛しているのに、あなたがわたしを愛していないわけがないでしょう？」

「言葉にできなかったわ」フランチェスカは自分の怠慢さに呆れて言った。「少なくとも最近は」

「気にしなくていいのよ」ヴァイオレットは娘の手を握り返した。「あなたにはほかに考えなくてはいけないことがあったのだから」

なぜか急に可笑しくなってくすりと笑った。「もう少し控えめな表現でもいいから、言うべきだったわよね」

母は黙って笑みを返した。

「お母様？」フランチェスカは唐突に問いかけた。「もうひとつ、訊いてもいい？」

「もちろんよ」

「ジョンのような人はもちろん、同じぐらい気の合う人も見つからないかもしれないわ。その場合に、好意は持てても愛してはいない人と結婚してもうまくいくのかしら？」

ヴァイオレットはしばし黙り込んでから、口を開いた。「残念ながら、その答えがわかるのはあなただけだわ。わたしはもちろん、反対はしない。実際、貴族の半分は——それ以上かもしれないわね——そういう結婚をしているし、そのうちの大部分の人々がじゅうぶんに満足して暮らしている。結婚しようと思うのなら、みずから判断をくださなくてはならない。みなそれぞれ事情は違うのよ、フランチェスカ。あなたはたいていの人よりそういうことがわかっているのではないかしら。そして男性に求婚されたときには、感情で見切りをつけるのではなく、男性の長所を見きわめて判断しなくてはいけないわ」

母の言うとおりだと思うものの、複雑でわかりにくい人生になるのを恐れているフランチェスカが求めていた返答ではなかった。

それに、心の一番深くに横たわっている問題には触れることさえできなかった。ひょっとしてジョンに感じていたようなものを感じさせてくれる男性に出会えたとしたら、どうなってしまうのだろう？　まったく想像はつかないし、いまはとてもありえそうにない。

でも、もしありうるとしたら？　そのときにはどのように自分の気持ちに折りあいをつけて生きていけばいいのだろう？

マイケルはむしゃくしゃした気分をどうにか晴らしたくて、思いのままに行動することにした。

家までの道のりはずっと小石を蹴りつづけた。

通りでぶつかった相手には怒鳴りつけた。

ことさら乱暴に玄関扉を引きあければ、扉は石壁に叩きつけられる。そうするつもりが、いまいましくも執事がすでに待ちかまえていて、主人の指が取っ手に触れる前に扉を開いた。

仕方がないので、扉を壁に叩きつけたつもりで、その場の鬱憤はおさめた。

それから踏みつけるようにして階段を上がって部屋に入り——そこはいまだあまりにジョンの気配が残っていて、目下のところ何も手をつけることはできなかった——ブーツから足を引き抜くはずが——。

抜けなかった。

まったく、どういうことだ。

「レイヴァーズ！」マイケルは大声で呼んだ。

近侍が戸口に現れた。いや、いつの間にか立っていたというほうが正しいかもしれない。

「はい、旦那様」

「ブーツを脱ぐのを手伝ってくれないか？」子供のような気分で唸るように言った。軍隊に三年、インドに四年いて、自分ひとりでブーツも脱げないのか？ ロンドンには大人の男を洟垂《はなた》れ小僧に戻してしまう要因でもあるのだろうか？ 以前ロンドンで暮らしていたときにも、同じようにレイヴァーズにブーツを脱がしてもらったことがあったような気がしないでもない。

マイケルは足もとを見おろした。見覚えのないブーツだった。レイヴァーズはつねに感心するほど並々ならぬ誇りを持って靴選びに取り組んでおり、用途に応じて様々な形のものを主人に履きわけさせている。当然ながらロンドンで最新の流行の靴を揃えようとするはずなのだが——。

「レイヴァーズ？」マイケルは低い声で言った。「このブーツはどこで手に入れた？」

「旦那様？」

「このブーツのことだ。見憶えがないんだが」

「旦那様、トランクがまだすべて船から降ろされていないのです。それで、ロンドンで履かれるのにふさわしい靴がなかったものですから、前伯爵のお持ち物のなかからそれをお借りして――」

「ばかな」

「旦那様？　お気に召されなかったのなら大変失礼いたしました。おふたりは同じサイズであるのを存じておりましたので、お気に召していただけるものと――」

「脱がしてくれ。すぐに」マイケルは目を閉じて、革張りの椅子に坐った。と、これもジョンの革張りの椅子なのだと気づき、その皮肉に胸を突かれた。文字どおりの意味で、最悪の悪夢が現実になってしまった。

「かしこまりました、旦那様」レイヴァーズはしょげた様子だったが、すぐにブーツを脱がしにかかった。

マイケルは親指と人差し指で鼻梁《びりょう》をつまみ、大きく息を吐きだして、ふたたび口を開いた。

「前伯爵の衣装簞笥にある物はどれもできれば使いたくない」疲れた声で言った。実際、ジョンの衣類がなぜまだここにあるのかわからない。ほとんどは何年も前に使用人たちに分け与えられるか、慈善団体に寄付されたものと思っていた。だが、それについての決定権は自分ではなく、フランチェスカにある。

「承知しました、旦那様。すぐに仰せのとおりに取り計らいます」

「頼む」マイケルは唸るように答えた。

「鍵の掛かるところにしまっておきますか？」

鍵を掛ける？　まったく、有毒物質でもあるまいし。「どこに置いておこうがかまわない」

マイケルは言った。「わたしはそれを使わないというだけのことだ」

「はあ」レイヴァーズが唾を飲み込み、気詰まりそうに喉ぼとけが上下した。

「どうかしたのか、レイヴァーズ？」

「前キルマーティン伯爵の衣類はすべてまだこちらにあるのです」

「ここに？」マイケルは啞然《あぜん》として訊いた。

「こちらに」レイヴァーズは答えて、部屋をぐるりと見まわした。

マイケルは椅子に沈み込んだ。この世界から従弟の痕跡をすべて消し去りたいなどと考えてはいない。自分ほどジョンを恋しく思っている者は誰ひとりいないのだから。

いや、フランチェスカがいるが、それはまた意味が違う。

マイケルはただジョンが使っていた物に窒息しそうなほどしっかりと取り囲まれた状態で、どのように暮らしていけばいいのかわからなかった。ジョンの爵位を引き継ぎ、ジョンの金を使い、ジョンの家に住んでいる。このうえ、靴までも譲り受けろというのか。

「あす、すべて片づけてくれ」近侍に指示した。「あすでいい。今夜はもう手を煩わせたくない」

それに、フランチェスカにも伝えておくべきだろう。フランチェスカ。

近侍が出ていくとすぐにマイケルは立ちあがり、ため息をついた。レイヴァーズめ、脱がしたブーツを持っていくのを忘れるとは。ブーツを拾いあげ、ドアの外に出して置いた。気にしすぎなのかもしれないが、あと六時間もジョンのブーツを見つめて過ごすのはどうしても耐えられない。

ぴしゃりとドアを閉じると、ぶらぶらと目的もなく窓辺に歩いていった。窓敷居は広く奥行きがあり、マイケルはそこにぐったりともたれかかって、薄手のカーテンからぼんやりと透ける街並みを見おろした。薄い生地を脇に寄せ、幼子を引っぱって舗道を歩いていく子守女中に目を留めて、唇をゆがめて苦笑した。

フランチェスカ。彼女は赤ん坊を望んでいる。

自分がどうしてそれほど驚いているのかわからなかった。理性的に考えてみれば、驚くようなことではないはずだ。フランチェスカはむろん女性なのだから、子供を望むのが当然なのだろう。女性なら誰もが望むことなのではないか？　彼女がいつまでもジョンの死を嘆き悲しんでいるだろうと信じ込んでいたわけではないが、いつか再婚する日がくることを真剣に考えたこともなかった。

フランチェスカとジョン。ジョンとフランチェスカ。ふたりはひと組であり、いつも一緒にいるのがあたりまえで、ジョンを亡くしたフランチェスカの悲しみは容易に想像できても、彼女がまたべつの男性といる姿はまるで思い浮かばなかった。

しかも少々困ったことにぞくりと肌が粟立った。フランチェスカがほかの男性といる姿を想像しようとしたとたん全身に寒けが走った。

マイケルは身ぶるいした。いや、これはふるえだろうか？　ばかな、ふるえたりするものか。

ともかく、そういうことがあってもふしぎではないのだという考えに慣れなくてはならない。フランチェスカが子供を望み、夫を必要としているのなら、自分に口を挟める余地はない。しかしどうせなら彼女が昨年のうちに決意して、見るのも腹立たしい手順をすべてすませておいてくれたなら、どれほど気が楽だったことだろう。結婚までに繰り広げられる一部始終をむかむかしながら見守らずともすんだのだから。フランチェスカが昨年のうちにさっさと嫁いでさえくれていれば、もうすんだこととして、事実を受け入れざるをえなかった。すんだ話なのだと。

だが現実は、これからそのすべてを目にしなければならない。助言を求められさえするかもしれない。

やってられるか。

マイケルはふたたびぶるっと身をふるわせた。くそっ。おそらく風邪でもひいたのだろう。まだ三月で、暖炉に火を熾していても、例年より肌寒く感じられる。

どういうわけか首巻《クラヴァット》がきつく感じてきてぐいと引き、首からするりと外した。まったく、暑いようで寒くもあり、なんとなくめまいもして、ひどく気分が悪い。

マイケルは腰をおろした。それが最善の策に思えた。

もはや強がりはいっさい断念し、残りの衣類をすべて脱ぎ去り、這うようにベッドに上がった。

長い夜になりそうだった。

8

……お便りをいただいて~~本当に心から~~嬉しく思っています。お元気そうでなによりです。ジョンも喜んでいることでしょう。~~あなたが恋しい。~~ジョンが恋しい。~~あなたも恋しい。~~まだ花がちらほら残っています。まだ眺められる花があるなんてすてきでしょう？

――キルマーティン伯爵から二通目の手紙が届いてから一週間後、前キルマーティン伯爵の未亡人が書きかけたものの結局出せなかった返信より

「マイケルは夕食を、わたしたちとともになさるとおっしゃってたわよね？」

フランチェスカが顔を上げると、目の前に母が心配そうな目をして立っていた。じつは自分もちょうど同じことを、マイケルはなぜまだ来ないのだろうかと考えていたところだった。

公園であの瞬間にあれほど動揺していたとはマイケルにはまったく悟られていないはずだが、フランチェスカはその後ほとんどずっと、ふたたび夕食に現れる彼をどのように迎えればいいものかと気を揉んでいた。ああ、でも、彼のほうはおそらくそのような瞬間があったことすら気づいていないのだろう。

男性特有の鈍感さをありがたく思ったのは生まれて初めてのことだ。

「ええ、来ると言ってたわ」フランチェスカは答えて、椅子の上でわずかに腰をずらした。母と姉、それに妹とともに夕食に招いた客人を客間でのんびりと待ちはじめてから、少しばかり時が経っている。

「夕食の時刻はお伝えしたわよね？」母が言う。

フランチェスカはうなずいた。「公園を散歩してここへ送り届けてくださったときにも、改めてお伝えしたわ」そのやりとりの記憶には自信があった。夕食の時刻について話しながらどれほど気が滅入っていたのかははっきり憶えている。ほんとうはすぐにまた顔を合わせるのは避けたかったけれど、何ができたというのだろう？　母がすでに招待してしまっているのだから。

「きっと遅れてらっしゃるだけよ」末っ子の妹、ヒヤシンスが言った。「わたしは驚かないわ。ああいう男性は決まってそういうものなのよ」

フランチェスカはすぐさま妹のほうを振り向いた。「それはどういう意味かしら？」

「評判はいろいろとお聞きしてるもの」

「あの方の評判がどう関係しているというの？」フランチェスカは不機嫌に訊いた。「それに第一、あなたがどうしてそんな話を知ってるの？　あの方はあなたが社交界に登場する何年も前にイングランドを出てらしたのよ」

ヒヤシンスは肩をすくめて、見るからに粗雑な刺繍《ししゅう》に針を刺した。「いまだに噂の的だもの」こともなげに言う。「お姉様がお知りになりたいなら言うけど、あの方の名前が出ただけで、ご婦人方はみんな、たがが外れたみたいにうっとりしてしまうんだから」

「ほかに夢中になれることがないからよ」フランチェスカのひとつ年上だが未婚の姉、エロイーズが口を挟んだ。

「たしかに、あの方は放蕩者でしょうけど」フランチェスカは茶目っ気たっぷりに言った。「時間にかけては厳格すぎるくらい正確なのよ」マイケルを揶揄《やゆ》する言葉は聞き捨てできない。彼の欠点についてはため息と不満の唸りを交えて長々と語れるとはいえ、噂やあてこすりだけをもとにいい加減に決めつけた妹の話は断じて受け入れられない。

「何を信じるかはあなたの自由だわ」ヒヤシンスに返し文句を許すつもりは毛頭ないので語気鋭く言った。「でも、あの方はこの家での夕食会にはけっして遅れるはずがない。お母様をものすごく敬愛しているのだから」

「お姉様に対してはどうなの？」ヒヤシンスが言う。

フランチェスカは得意げな笑みで刺繡に戻った妹を睨みつけた。「あの方は――」いいえ、こんなことをしてはいられない。ほんとうに何か悪いことが起きたともかぎらないときに、ここに坐って末っ子の妹と口論している場合ではない。マイケルは悪ふざけもする男性だが、礼儀や気遣いは完璧に身に沁《し》み込んでいて、少なくとも自分の前ではつねにそうした作法を怠らなかった。炉棚の時計をちらりと見やる。まして、その彼が三十分も夕食に遅れることなどありえない。それも、伝言すら届けずに。

フランチェスカは立ちあがり、紫がかった灰色のスカートの皺をてきぱきと伸ばした。

「キルマーティン館へ行ってくるわ」

「ひとりで？」母が訊いた。

「ひとりで」フランチェスカはきっぱりと答えた。「だって、わたしの家だもの。ちょっと立ち寄ったからといって、噂が立つとは思えないわ」

「ええ、もちろん、そうだけれど」母が言う。「でも、長居をしてはだめよ」

「お母様、わたしは未亡人なのよ。それに、泊まるわけではないわ。マイケルの様子を尋ねるだけのことよ。大丈夫だから安心して」

ヴァイオレットはうなずいたが、さらに言いたいことがあるのをフランチェスカはその表情から読みとった。この数年ずっとそうだった――母は若くして未亡人となった娘にふたたびあれこれ世話を焼きたくてうずうずしながら、自立心を尊重しようとこらえている。

いつも干渉したい気持ちを抑えられるわけではないにしろ、そうしようとしてくれている母の努力にフランチェスカは感謝していた。

「わたしが付き添いましょうか？」ヒヤシンスが目を輝かせて訊いた。

「だめ！」フランチェスカは思いのほかきつい口調になり、自分でもはっとした。「どういうわけで、ついてこようというの？」

ヒヤシンスが肩をすくめた。「好奇心よ。〝陽気な放蕩者〟さんにお会いしたいの」

「お会いしたことはあるじゃない」エロイーズが指摘した。

「あるわよ。でも、ずいぶん前のことだもの」ヒヤシンスは大げさにため息をついた。「当時は放蕩者の意味もわからなかったし」

「いまもわかっていないわ」ヴァイオレットがぴしゃりと言った。

「あら、でも、わたしだって――」

「放蕩者がどういうものなのか、あなたにはわかってないわ」母は繰り返した。

「いいわよ、それでも」ヒヤシンスは母のほうへおもねるように甘える笑みを向けた。「わたしは放蕩者の意味がわからないわ。それに、服の着方も歯の磨き方もわからないのよ」

「そうそう、ゆうべも夜会用のドレスを着るとき、ポリーに手伝ってもらってたものね」エロイーズがソファのほうからぼそりと言った。

「夜会用のドレスをひとりで着られる人なんていないわ」ヒヤシンスが切り返した。

「行ってくるわね」間違いなく誰も聞いてはいないと知りながらフランチェスカは告げた。

「何ひてるのよ！」ヒヤシンスが強い口調で訊く。

フランチェスカは思わず立ちどまってから、妹が自分に言ったのではないことに気づいた。

「あなたの歯がちゃんと磨けてるか調べてるんじゃない」エロイーズが親切ぶった声で答えた。

「あなたたち！」母が声を張りあげたが、二十七にもなる姉がその程度の諭し言葉ですなおに引きさがるとはフランチェスカには思えなかった。

案の定、エロイーズがいらだたしげに反撃に出ると、フランチェスカはその隙に部屋を出て、従僕に馬車を手配するよう頼んだ。

夜というにはまだ早く、貴族たちがパーティや舞踏会に繰りだすまでには少なくとも一、二時間はあるので、通りはさして混んでいなかった。馬車は速やかにメイフェアを抜け、十五分と経たないうちに、フランチェスカはセント・ジェームズのキルマーティン館の正面階段をのぼっていた。いつものように、ノッカーをつかむより早く従僕の手で玄関扉が開かれ、足早に屋敷のなかへ入った。

「キルマーティン伯爵はご在宅？」と尋ねて、マイケルをそう呼ぶのは初めてなのだと、わずかに驚きを覚えた。自然に口をついて出たのは意外とはいえ内心ほっとした。こうして誰もが変化に慣れていくものなのだろう。マイケルはもう伯爵であり、ただのミスター・スターリングに戻ることはない。

「ご在宅のはずです」従僕は答えた。「昼過ぎにお戻りになり、それ以降お出かけになる姿はお見かけしておりませんので」

フランチェスカは眉をひそめ、質問を終えたしるしにうなずいてから、階上へ向かった。マイケルがほんとうに家にいるのだとすれば、階上にいるに違いない。執務室におりてきていれば、従僕が気づいたはずだ。

三階まで上がり、伯爵の続き部屋の私室へ廊下を進んだ。ブーツの靴音は毛足の長いオービュソン織りの絨毯に掻き消された。「マイケル？」フランチェスカは部屋に近づくと静かに呼びかけた。「マイケル？」

返事がないので、さらにドアに近づくと、きちんと閉じられていないのがわかった。「マイケル？」もう一度、ほんの少し声を大きくして呼びかけた。屋敷じゅうに彼の名を轟《とどろ》かせる必要はないし、寝ているのだとしたら、眠りを妨げたくない。まだ長旅の疲れが残っているのに、母に夕食に招かれたときには誇り高さから正直には言えなかったのかもしれない。なおも返事がないので、ドアを押してもう数センチ隙間を開いた。「マイケル？」

何かが聞こえた。衣擦れのような音。それに、呻《うめ》くような声。

「マイケル？」

「フラニー？」

マイケルの声に間違いないが、いつも聞いていた声とはどこかが違っていた。

「マイケル？」思いきって部屋に入り、ベッドの上で身を丸めているマイケルを目にした。これほど具合の悪そうな人の姿は見たことがなかった。当然ながらジョンの場合は苦しんではいなかった。あの晩ベッドに入ったきり、二度と目を覚まさなかったのだから。

せめてそう思いたい。

「マイケル！」フランチェスカは息を吞んで呼びかけた。「どうしたっていうの？」

「ああ、たいしたことはない」マイケルがしわがれ声で言う。「鼻風邪でもひいたようだ」

フランチェスカはいぶかしげに彼を眺めた。濃い色の髪は額に貼りつき、皮膚は赤らみ、斑点が出ていて、ベッドから息苦しくなるような熱気が立ちのぼっている。

いうまでもなく、病の匂いがした。汗まじりの、わずかに腐ったような、色で喩《たと》えるなら胸の悪くなる青緑の異臭。フランチェスカは手を伸ばして額に触れ、その熱さにたじろいだ。

「鼻風邪じゃないわ」鋭い声で言った。

マイケルが唇を引き伸ばし、痛々しい笑みのようなものをこしらえた。「重症の鼻風邪ではないかな？」

「マイケル・スチュアート・スターリング！」

「おいおい、わが母上みたいだぞ」

なにしろ公園であのようなことが起きたあとなので、彼の母親のような気分になれるはずがないものの、弱々しくやつれた姿を目にしてわずかにほっとする思いもあった。その日の午後にどのような感情を抱いたにしろ、そのときの衝撃はおのずとやわらいでいた。

「マイケル、どういうふうに具合が悪いの？」

マイケルは肩をすくめてさらに深く上掛けの内側にもぐり込み、無理に動いたせいか全身をふるわせた。

「マイケル！」フランチェスカは手を伸ばして彼の肩をつかんだ。どちらもじっとしてはいなかった。「いつものような手は通用しないわよ。あなたの考えはお見通しなんだから。いつもなんでもないふりをして冷や汗を垂らして――」

「冷や汗は垂らしてるとも」ぼそぼそと言う。「みんな同じさ。ごく自然な生理反応だ」

「マイケル！」これほど具合が悪そうでなければ、ぱしりと叩いていただろう。「やせ我慢はやめて。わかったわね？　どういうふうに具合が悪いのか、いますぐわたしに話して」

「あすにはよくなる」と、マイケル。

「あら、そう」精一杯皮肉を込めた言葉が、実際になんともいやみたらしく響いた。

「ああ」マイケルは落ち着きなく姿勢を変え、動くたび呻き声を漏らした。「あすはよくなる」

その言いまわしにフランチェスカは妙に引っかかりを覚えた。「それで、その翌日はどうなるの？」目を狭めて訊く。

上掛けの内側のどこからか、かすれた含み笑いが聞こえた。「そりゃもちろん、またえらく気分が悪くなるだろうな」

「マイケル」フランチェスカは恐れから声を落として繰り返した。「どういうことなの？」

「わからないかい？」上掛けの下から覗いたマイケルの顔は、フランチェスカが悲鳴をあげそうになるほど苦しげだった。「マラリアにかかっている」

「そんな、ばかな」フランチェスカは声を詰まらせ、とっさに一歩あとずさった。「なんてこと」

「きみの不作法な物言いは初めて聞いたぞ」マイケルはうそぶいた。「光栄に思うべきなんだろうな」

このような状況でどうして軽口などたたいていられるのか、フランチェスカには理解できなかった。「マイケル、わたし――」手を伸ばしかけて、どうすればいいのかわからず、その手をとめた。

「心配いらない」マイケルは新たなふるえの波に見舞われて体をさらに丸めた。「さみにはうつらない」

「うつらない？」フランチェスカは目をぱちくりさせた。「ええ、そうね、きっとうつらないわ」たとえうつるとしても、看病をあきらめるつもりはない。相手はマイケルだ。マイケルは……いま自分にとってどのような存在なのか明確に表現する言葉は簡単には見つからないが、ふたりのあいだには断ち切れない絆《きずな》があり、それは四年間、数千マイル離れていても少しも損なわれてはいないように思えた。

「空気だ」マイケルが疲れた声で言う。「現地の悪い空気を吸わなければ感染しない。だから、毒気を意味するマラリアと呼ばれているんだ。きみが感染するくらいなら、いま頃とうにイングランドじゅうに広まっている」

フランチェスカはその説明にうなずいた。「あなた……あなたは……」言葉を継げなかった。どのように尋ねればいいのかわからない。

「いや」マイケルが言う。「少なくとも医者の見立てでは重症ではない」

フランチェスカはほっと胸をなでおろし、立っていられなくなり腰かけた。マイケルのいないこの世など想像できない。彼の不在中ですらつねに、自分と同じ世界にいて、同じ時代を生きているのだと感じていた。ジョンが亡くなった直後、自分をおいて去ったマイケルを恨み、泣き叫びたいほどの怒りに駆られていたときですら、彼は元気に暮らしていて、頼みさえすればきっとすぐに戻ってきてくれるのだと自分を慰めていた。

マイケルはここにいて、生きている。でも、ジョンはもういない。ふたりとも失うなどということが許されるはずがない。

マイケルがふたたび激しくふるえた。

「お薬が必要なの？」フランチェスカはふと気づいて訊いた。「お薬を持っているのよね？」

「もう飲んだ」マイケルが歯をかたかた鳴らして言う。

でも、何かしなければならないとフランチェスカは思った。自分が何かしていればジョンの死は避けられたかもしれないなどと悔やんではいないが――悲しみの底に沈んでいたときですら、そのような考え方には向かわなかった――なんであれ自分の留守中に事が起きるのは耐えられなかった。実際、ジョンは自分のいないあいだに容易ならざる事態に陥った。マイケルは死には至らない病だとしても、ひとりで苦しませておくわけにはいかない。

「もう一枚毛布を取ってくるわね」フランチェスカは言った。返事を待たずに、すたすたと続き部屋のドアをあけて自分の寝室へ入っていき、ベッドから上掛けを引き剝がした。薔薇模様の上掛けなので、マイケルが周りに目を向けられる状態に落ち着いたときには、男性の威厳を傷つけてしまうかもしれないが、それは自分で折りあいをつけてもらうより仕方がない。

伯爵の寝室に戻ると、とても静かなので眠っているように見えた。けれども毛布を掛けると、マイケルはうっすら目をあけて、礼の言葉をつぶやいた。

「ほかにできることはないかしら？」フランチェスカは木の椅子をベッド脇に引き寄せて坐

った。

「何も」

「何かあるわよ」フランチェスカは食いさがった。「ただじっと待つ以外にもきっと何かできるはずだわ」

「ただじっとしているしかない」マイケルが弱々しく言う。「待つよりほかにないんだ」

「そんなの信じられないわ」

マイケルが片目をあけた。「医学界を丸ごと敵にまわそうというのかい？」

フランチェスカは奥歯を嚙みしめ、前かがみに身を乗りだした。「ほんとうに、お薬はもういらないの？」

マイケルが首を振り、その動きのあとにまた唸り声を漏らした。「次に飲むのは数時間後だ」

「どこにあるの？」ほんとうに薬の場所を確認して飲む準備をする以外に仕事がないのなら、せめてそれだけでもするしかない。

マイケルがわずかに左側に首を動かした。その視線の先を追って部屋の向こう側の小さなテーブルを見ると、折りたたんだ新聞の上に薬の瓶が載っていた。フランチェスカはすぐに立ちあがって取りにいき、ラベルを読みながら椅子のところへ戻ってきた。「キニーネ」独りごちた。「聞いたことがあるわ」

「奇跡の薬」マイケルが言う。「と呼ばれているらしい」

フランチェスカは疑わしげに見返した。

「ご覧のとおり」マイケルが弱々しくもゆがんだ笑みを浮かべた。「たしかに効いている」

フランチェスカは瓶をまじまじと眺めながら傾け、流れ落ちる粉末を観察した。「信用しきれないわ」

マイケルが陽気なそぶりで片方の肩を動かそうとした。「このとおり、死んでない」

「面白くもないわ」

「いや、せめて面白がろうじゃないか」マイケルが諭すように言う。「笑えるときに笑っておいたほうがいい。いいか、わたしが死んだら、爵位は——ジャネットはどういう言い方をしてたっけな——」

「『いやみなデベナム一族の側に引き継がれてしまう』」ふたり同時に言葉を継ぎ、フランチェスカは自分でも信じられないことについ笑っていた。

またいつものようにマイケルに笑わされてしまった。

手を伸ばして彼の手を取った。「ふたりで乗り越えましょう」

マイケルはうなずき、ゆっくりと目を閉じた。

眠ったのだと思ったとき、かすれ声がした。「きみがいてくれてよかった」


翌朝、マイケルはいくらか生気を取り戻せたように思えた。いつもの調子とまではいかないまでも、前夜の状態よりはだいぶましになっていた。ベッド脇の木の椅子にフランチェスカがまだいたことに気づいてはっとした。首を片側に垂れ、どうみても居心地の悪そうな体勢をしている。不自然な角度に首を曲げ、身をひねるように椅子に腰かけているのだから、居心地が悪くないわけがなかった。

だが、フランチェスカは眠っている。寝息すら立てている姿がマイケルの目にはとてもいとおしく映った。寝息を立てているところは思い描いたことがなかった。情けなくも、彼女が眠る姿は数えきれないほど繰り返し想像していたのだが。

病を隠しきるのは無理だろうとわかっていた。フランチェスカはずば抜けて敏感で、何にもましてお節介焼きだ。しかし彼女に心配をかけたくないとは思いつつ、じつのところゆうべはその存在に慰められた。甘えるべきではないし、少なくともそういう自分を許してはならないのに、どうすることもできなかった。

身じろぎする音を聞き、もっとよく見えるよう向きなおった。そういえば目覚めるところは見たことがない。これまでも彼女の無防備な姿はほとんど目にしたことはなかったので、なぜそれを意外に感じるのかはわからない。おそらく、空想や夢想のなかでは、居眠りして身じろぎしながら喉の奥から低い寝息を立てる姿は思い描けなかったからなのだろう。あくびをして小さく吐息をつく音や、優美な睫毛をはためかせて目覚めるときの表情も。

フランチェスカは美しい。

もちろん、そんなことは何年も前から知っていたが、あからさまに見つめて心の底からそう実感できたのは初めてだった。

じっくりと向きあえる機会はあまりなかったので、こんなふうになめらかにカールした豊かな栗色の髪をしているとは気づけなかった。その瞼を上げれば紳士たちが詩に書かずにはいられないような青くきらめく瞳をしているはずだ——ジョンもその目をこよなく愛していた。顔の造作や輪郭も美しい。そう感じるのだとすれば、ブリジャートン姉妹の誰に恋焦がれたとしてもふしぎではないように思える。あの姉妹は莢のなかの豆のごとく、少なくとも外見上はきわめてよく似ているのだから。

でも、フランチェスカのしぐさはどこか違った。

息をするだけでも何かが違う。

そこにいるだけで、何かを感じさせる。

もはやそれに気づかないふりでいられるのだろうか。

「マイケル」フランチェスカがつぶやいて、眠気を覚まそうと目を擦った。

「おはよう」マイケルは答えて、声のかすれは疲れのせいだと取り違えてくれることを祈った。

「よくなったのね」

「だいぶ楽になった」

フランチェスカは唾を飲み込み、ためらいがちに言った。「慣れてるのね」

マイケルはうなずいた。「気にならなくなったとまでは言えないが、まあ、慣れたのかもしれないな。対処の仕方は心得ている」

「こういう症状はどのぐらい続くの？」

「はっきりとは言えないな。一日おきに高熱が出て……そのうち終わる。だいたい一週間か、二週間ぐらいだ。ついてなければ三週間」

「そのあとはどうなるの？」

マイケルは肩をすくめた。「あとは、二度と同じ目に遭わないことをひたすら願う」

「そうなる日がくるの？」フランチェスカは背筋を伸ばして坐りなおした。「二度とこんなふうにならなくなるのね？」

「なにぶん気まぐれな病気でね」

フランチェスカが目をすがめた。「女性と似ているとは言わせないわよ」

「きみに言われるまで、思いつきもしなかった」

フランチェスカはわずかに唇を尖らせたが、すぐに表情をやわらげて訊いた。「どのぐらい間隔があいているの？　つまり前回の……」目をしばたたく。「なんて言えばいいのかしら？」

マイケルは肩をすくめた。「わたしは発作と呼んでいる。そんなようなものではないかな。それと、前回は半年前だった」

「ああ、よかった！」フランチェスカは下唇を噛んだ。「喜んでいいことなのよね？」

「その前は三カ月しかあいてなかったことを考えれば、まあ、そうなんだろうな」

「いままでどのぐらいこういうことが？」

「これで三回目だ。いままでのところ、実際に目にしたほかの患者に比べれば、たいして重いほうじゃない」

「それで安心しろとでも？」

「そうとも」そっけなく言う。「牧師が説く美徳の手本みたいな男なのだから」

フランチェスカがいきなり手を伸ばして額に触れた。「ずいぶんさがってるわ」

「ああ、そのはずだ。いったん発作が始まると発熱が規則正しく繰り返される。まあ、始まってしまったらどうしようもない。始まる日だけでもあらかじめわかれば助かるんだが」

「一日おいてほんとうにまた高熱が出るの？　あんなふうに」

「あんなふうにね」あっさり答えた。

フランチェスカはしばらく考えているようだったが、やがて言った。「もちろん、ご家族には隠しておけないわよ」

マイケルはすぐさま起きあがろうとした。「頼むよ、フランチェスカ、母には黙っていてくれないと——」

「ふたりとも、もう来るわ」フランチェスカは遮った。「わたしがスコットランドを出てくるとき、一週間後には追いかけると言っていたのだから、ジャネットのことだもの、つまり三日後には到着するということよ。そんなにたやすく隠せるなんてほんとうに思って——」

「たやすくとは思っていない」今度はマイケルがとげとげしい口調で遮った。

「どちらにしても」フランチェスカが語気鋭く続ける。「一日おきにあんなひどい症状になるのに、ほんとうに隠しとおせると思う？　お願いよ、マイケル、少し冷静になって、お母様たちを信じてあげましょうよ」

「わかったよ」マイケルは応じて、枕にどさりと背を戻した。「だが、ほかには誰にも言わないでくれ。ロンドンの疫病神にはなりたくない」

「マラリアにかかったイングランド人はあなたが最初だとは思えないわ」

「誰にも哀れまれたくないんだ」嚙みつくように言った。「とりわけ、きみたちには」

フランチェスカが虚を衝かれたように身を引き、むろんマイケルはしまったと思った。

「許してくれ。つい口が滑った」

睨みつけられた。

「哀れまれたくはない」反省の気持ちを滲ませて言った。「でも、気遣いやご厚意は大歓迎だ」

彼女は目を合わせなかったが、その言葉を信じようとしているのは見てとれた。

「本心なんだ」もはや疲れていない声をつくろう気力は続かなかった。「きみがいてくれてよかった。これまではひとりで乗り越えてきたんだが」

フランチェスカがまるで問いただすような鋭いまなざしを向けたが、何を問われているのか見当もつかなかった。

「これまではひとりで乗り越えてきたんだが」と繰り返してみた。「今度は……違った。前よりよかった。楽だったんだ」正しい言葉を見つけられたことにほっとして、大きく息を吐きだした。「楽だったよ、前より」

「そう」フランチェスカが坐ったまま身を動かした。「それなら……よかったわ」

マイケルは窓のほうへ視線を向けた。厚手のカーテンが閉められているが、端々からかすかに陽光が漏れ射している。「きみの母上が心配されているんじゃないか？」

「まあ、いけない！」フランチェスカは小さく叫んで、慌てて立ちあがった拍子に脇のテーブルに手をぶつけた。「あっ、痛い」

「大丈夫か？」礼儀として問いかけたが、深刻なけがを負っていないのはあきらかだった。

「もう……」フランチェスカは痛みを払おうとぶつけた手を振った。「母のことをすっかり忘れてたわ。ゆうべのうちにわたしが戻ると思っていたはずよ」

「書付を届けさせなかったのか？」

「届けてあるわ」フランチェスカが言う。「あなたがご病気だと書いたら、母は午前中に看病のお手伝いをしにこちらに立ち寄ると返してよこしたの。いま何時？　時計はある？　もちろんあるわよね」必死に見まわして、炉棚の小さな置時計を見つけた。

ここはジョンがかつて使っていた部屋だ。いまも、あちらこちらにその面影が残されている。当然ながら、フランチェスカはその置時計がある場所を知っているはずだった。

「まだ八時だわ」ほっとしたため息とともにそう言った。「緊急事態でもないかぎり、母は九時前には起きないのよ。これを緊急事態と見なしていないことを祈るわ。伝言はあまり大げさに受けとられないように書いたつもりだけれど」

フランチェスカのことなので、伝言はいつもの冷静かつ穏やかな調子で綴《つづ》られているのだろう。マイケルはにやりとした。看護人を呼び寄せてあるとでも書いたのではないだろうか。

「慌てる必要はない」

フランチェスカはぴりぴりした目つきで振り返った。「あなたが、マラリアにかかっていることは誰にも知られたくないと言ったのよ」

マイケルはぼんやり唇を開いた。自分の希望をそこまで真剣に受けとめてくれているとは思わなかった。「きみの母上にも言わないでいてくれるつもりだったのか？」穏やかに尋ねた。

「もちろんよ。話すかどうかはわたしではなく、あなたが決めることだもの」

なんという情け深さかと、いたく心に沁み入った。

「あなたは自意識過剰だとは思うけど」フランチェスカがさらりと言い足した。

いや、どうやら情け深さというのとは少し違うようだ。

「でも、あなたの希望は尊重するわ」フランチェスカは両手を腰にあて、いらだっていると しか言いようのない目で見返した。「ほかにわたしに選ぶ手立てがあると思う？」

「ないよな」マイケルはつぶやいた。

「そうしてると、マイケル」フランチェスカがぼそりと言った。「具合が悪そうには見えないわ」

「でも沼地みたいな匂いはするだろう？」苦しまぎれに冗談を返した。

フランチェスカが視線を突き刺した。鋭い一撃を。

「母のところに戻るわ」言いながら、灰色の丈の短いブーツを履いた。「そうしないと、英国内科医師会のお医者様たちを丸ごと引き連れてここに現れるに違いないもの」

マイケルは片方の眉を吊りあげた。「きみが体調を悪くしたときにはいつもそうなさるのかい？」

フランチェスカが鼻息のようで唸り声のようでもある、ともかくいらだった小さな音を漏らした。「すぐに戻ってくるわ。どこへも行ってはだめよ」

マイケルは両手を上げ、病床にあることをいくぶん皮肉っぽく身ぶりで強調した。

「それでも、あなたなら動きかねない」

「わたしの人並みはずれた体力を信じてくれているとは、じんとくる」フランチェスカはつぶやいた。

フランチェスカは戸口で足をとめた。「これだけは言えるわ、マイケル。あなたみたいに気にさわる重病人にお会いしたのは初めてよ」

「きみを楽しませるために生きてるんだ！」マイケルは廊下に出ていくフランチェスカの背に呼ばわった。彼女がもしドアに投げつけられる物を何か手にしていたら、間違いなく投げつけていたに違いない。思いきり、力を込めて。

マイケルは枕にぐったりともたれて、にやりとした。こちらは気にさわる病人かもしれないが、彼女のほうも気むずかし屋の看護人だ。

それでちょうどいい。

9

……互いの手紙が行き違いになっていることも考えられなくはないが、単にきみには返事を書くつもりがない可能性のほうが高い。それを認めて、きみの幸福を祈ろう。もうきみを煩わせはしない。ただし万一気が変わったら、いつでも耳を傾ける用意があることは憶えておいてくれ。

——キルマーティン伯爵がインドに来て八カ月後、前キルマーティン伯爵の未亡人に宛てた手紙より

マイケルの病を隠すのは容易ではなかった。社交界のあらゆる招待をいっさい断わり、キルマーティン伯爵は新居での暮らしが落ち着いてから催しに出るつもりでいるのだとフランチェスカが言い広めているので、貴族たちのあいだではどうにかまだ何も取りざたされずにすんでいる。

使用人たちへの対処はさらにむずかしかった。なにぶん使用人たちはよく話し、ほかの家の使用人たちとの情報交換も盛んなため、マイケルの部屋で起きていることはとりわけ忠実

な人々にしか明かしていない。少なくともジャネットとヘレンが来るまでフランチェスカはキルマーティン館に正式に住むわけにはいかないので、秘密を厳守するのはよけいに難題だった。母親たちふたりが早く到着するよう心から願っていた。

けれどもなにより厄介なのは、飽くなき好奇心にあふれ、秘密を苦手とする集団、フランチェスカの家族だった。ブリジャートン家のなかで秘密を持つのは生やさしいことではなく、家族全員から秘密を守り抜くのは、端的に言うなら、恐ろしい悪夢だった。

「お姉様はどうして毎日、キルマーティン館へ通われてるの？」朝食をとりながら、ヒヤシンスが訊いた。

「わたしの住まいだからよ」フランチェスカは答えて、マフィンをひと口齧《かじ》った。そのしぐさで、物分かりのいい相手なら気乗りしない会話であるのを察してくれるだろう。

むろん、ヒヤシンスが物分かりのいい相手であるはずもない。「お姉様はここに住んでるじゃない」と指摘した。

フランチェスカは口のなかのマフィンを飲み込み、紅茶をひと口飲んで、冷静な表情を保とうと間を取った。「ここで寝てるだけよ」淡々と返した。

「それが、住んでいるということではないの？」

フランチェスカはマフィンにジャムを塗り足した。「食事中よ、ヒヤシンス」

末っ子の妹は肩をすくめた。「わたしもそうよ。でも、食べながらでも知的な会話はできるわ」

「殺してやりたくなるわ」フランチェスカは誰にともなくつぶやいた。ちょうどほかに誰もいないので、いい思いつきかもしれない。

「誰と話してるの？」妹が強い調子で訊く。

「神よ」率直に答えた。「きっとあなたを殺す赦《ゆる》しを得られるはずだわ」

「ふうん」それがヒヤシンスの返事だった。「そんなに簡単に赦しが得られるなら、何年も前に貴族の半分は抹殺してたのに」

フランチェスカは妹の発言に返答の必要はないと即座に判断した。じつのところ、返答が必要なときのほうが少ない。

「あら、フランチェスカ！」ありがたいことに、母の声で姉妹の会話は打ち切られた。「ここにいたのね」

フランチェスカは顔を上げ、朝食用の部屋に入ってくる母を見たが、ひと言も口にしないうちにヒヤシンスが甲高い声で言った。「お姉様に殺されそうなところだったのよ」

「それなら、わたしはちょうどいいところに登場したわけね」ヴァイオレットは自分の席に腰かけて、フランチェスカのほうを向いた。「今朝はキルマーティン館へ伺うの？」

フランチェスカはうなずいた。「わたしの住まいだもの」

「お姉様はここに住んでるのに」ヒヤシンスが口を挟み、紅茶にたっぷりと砂糖を加えた。

母はその言葉を聞き流して続けた。「わたしも伺おうと思うの」

フランチェスカはフォークを取り落としかけた。「どうして？」

「マイケルにお会いしたいのよ」母はしとやかに肩をすくめて言った。「ヒヤシンス、マフィンを取ってくれない？」

「きょうの予定はお聞きしてないのよ」フランチェスカはすぐさま言った。マイケルは前夜、発熱に見舞われていた――ひょっとすると四回目のマラリア熱の発作なのかもしれないが、三回目の発作の最後の発熱であることを願っていた。いま頃はもうだいぶ回復しているはずとはいえ、まだひどい顔色をしているのは間違いない。マイケルによればかなり進行している場合に多く肌に表れるという黄疸《おうだん》の症状はありがたいことに出ていないが、げっそりした様子であるには違いなく、母がひと目で衝撃を受けるのはわかっていた。そして、憤慨するのも目にみえている。

ヴァイオレット・ブリジャートンは隠し事をされるのが嫌いなのだ。なかでも、〝生死〟に関わると言っても過言ではない事柄については。

「お会いできなければ、帰ってくればいいことだわ」母が言う。「ジャムもお願い、ヒヤシンス」

「わたしも行くわ」ヒヤシンスが言った。

なんてこと。フランチェスカはちょうどナイフでマフィンを切っているところだった。妹には薬でも盛らなければならない。それ以外に解決策はない。

「わたしが一緒に行ってもかまわないでしょう？」ヒヤシンスが母に訊いた。

「エロイーズと約束してなかった？」フランチェスカはすばやく口を挟んだ。

ヒヤシンスはつと手をとめて考え、二、三度瞬きをした。「してないわ」

「お買い物は？　帽子店に行かないの？」

妹はまたしばし記憶をたぐった。「いいえ、やっぱり間違いなく、約束してないわ。先週、婦人帽《ボンネット》を買ったばかりだもの。ほんとうにすてきなんだから。緑色で、とってもかわいらしい亜麻色の縁飾りが付いてるの」トーストを見おろし、そのままやや考えて、マーマレードに手を伸ばした。「買い物には飽きてきたわ」と言い添えた。

「買い物に飽きる女性はいないわ」フランチェスカは投げやりぎみに言った。

「ここにいるじゃない。それに、伯爵様――」ヒヤシンスは言いかけて、母のほうを向いた。「マイケルとお呼びしてもいい？」

「本人に尋ねなさい」ヴァオイレットは答えて、卵を口に運んだ。

ヒヤシンスが姉のほうへ顔を戻した。「伯爵様はロンドンに戻ってきて一週間になるのに、一度もお見かけしてないわ。友人たちにもいつも訊かれるけれど、何も答えられなくて」

「噂話をするのは不作法よ、ヒヤシンス」母が言う。

「噂話じゃないわ」ヒヤシンスが反論した。「正当な情報伝達だもの」

フランチェスカは呆れて思わず口をあけていた。「お母様」呼びかけて、首を左右に振った。「七番目までやめておくべきだったのよ」

「子供の数のこと？」母は尋ねて紅茶を啜った。「わたしも時どき、そう思うのよね」

「お母様！」ヒヤシンスが声を張りあげた。

母はさりげなく笑みを返して言った。「お塩を」

「八度目でようやく希望を成し遂げられたのよ」ヒヤシンスは声高らかに言って、優雅さのかけらもない態度で母に塩入れを手渡した。

「それはつまり、あなたも子供を八人望んでいるということかしら？」ヴァイオレットはにこやかに尋ねた。

「とんでもないわ」ヒヤシンスがやたら力を込めて否定した。けれど、そう言った本人もフランチェスカも含み笑いをこらえきれなかった。

「その物言いは不作法よ、ヒヤシンス」母は噂話を叱ったときとまったく同じ口調で言った。

「わたしたちは正午過ぎに伺えばいいかしら？」娘たちの陽気な笑いが鎮まるとすぐに言葉を継いだ。

フランチェスカは置時計に目をやった。つまり、マイケルの身なりを整えるのに一時間ほどしかない。しかも母は、わたしたちと言った。ひとりではないということだ。もしもヒヤシンスを連れてくるつもりなら、気まずい状況どころか本物の悪夢になりかねない。

「わたしは先に行くわ」だし抜けに言うと、さっさと立ちあがった。「ご在宅かどうか確かめるために」

驚いたことに、母も立ちあがった。「玄関まで一緒に行くわ」有無を言わせぬ口調だった。

「えっ、来るの？」

「ええ」

ヒヤシンスが腰を上げた。

「わたしだけよ」ヴァイオレットはヒヤシンスのほうをちらりとも見ずに言った。

ヒヤシンスは椅子に腰を戻した。妹も、母が穏やかな笑みを湛えつつ断固とした口調で言葉を発したときには逆らうべきでないことだけは心得ている。

フランチェスカはおとなしく母のあとについて部屋を出て、黙って玄関広間まで歩き、そこで従僕が外套を取ってくるのを待った。

「わたしに話したいことがあるでしょう？」母が訊いた。

「なんのことかわからないわ」

「わかっているはずよ」

「ほんとうよ」フランチェスカはいかにも何食わぬそぶりで言った。「わからないわ」

「あなたはキルマーティン館でずいぶんと長い時間を過ごしているわ」母が言う。

「わたしの住まいだもの」この言葉をもう百回は繰り返しているような気がする。

「いまは違うでしょう。どんな噂を立てられるのか心配なのよ」

「誰にも何ひとつ言われてないわ」フランチェスカは言い返した。「ゴシップ欄に書かれているのは見たことがないし、人の噂にのぼっているのなら、とうに家族の誰かしらの耳に入っているはずだわ」

「きょう何も言われていないからといって、あすもそのままとはかぎらないのよ」

フランチェスカはいらだたしげに息を吐いた。「未婚の純潔な娘でもあるまいし」

「フランチェスカ！」

フランチェスカは腕を交差させて肘をかかえた。「あからさまな言い方をしてごめんなさい、お母様。でも、事実だわ」

ちょうどそこへ従僕が外套を持ってきて、すぐに屋敷の正面に馬車がつけられることを知らせた。ヴァイオレットは従僕が馬車を迎えに外へ出てから娘のほうを向いて問いかけた。

「実際のところ、あなたと伯爵様はどのような関係なの？」

フランチェスカは息を呑んだ。「お母様！」

「的外れな質問ではないはずよ」母が言う。

「まったく的外れだわ、いいえ、そんなばかげた質問は初めて聞いたわ。マイケルは親類じゃないの！」

「あなたの亡きご主人の従兄だわ」母は正した。

「だから、わたしの従兄も同然なのよ」フランチェスカは語気を強めた。「そして、友人でもあるわ。よりにもよって……マイケルと……なんて想像もできないわ！」

ほんとうは想像できた。でもマイケルが病気にかかっているので、どうにかそのようなことを考えずにすんでいる。具合がよくなるよう忙しく看病していれば、あのとき公園で彼を見ているうちに自分のなかで何かが活気づいていくような驚きを覚えた瞬間を思い起こさずにいられた。

それは四年前に自分のなかで完全に失われてしまったものだった。

なのに、母の問いかけでその記憶を呼び起こされたのが……どうしようもなく悔しかった。マイケルに惹かれるなどということはありえないし、どうしても考えられない。間違っている。どう考えても間違っている。ともかく……間違っている。それ以外には言いようがない。

「お母様」フランチェスカは努めて冷静な声で言った。「マイケルは体調がすぐれないのよ。説明したわよね」

「鼻風邪の症状だとすれば一週間は長すぎるわ」

「インドの流行病なのかもしれないわ」フランチェスカは続けた。「わたしにはわからない。もうすぐよくなると思うわ。あの方がロンドンで落ち着いて暮らせるように、お手伝いをしてるのよ。長いあいだ留守にされていたし、お母様もおっしゃっていたように、伯爵として新たな責務を数多くかかえてらっしゃるわ。そのすべてについてお手伝いするのがわたしの務めだと思ったの」みずからの説明にだいぶ気をよくして、毅然《きぜん》とした表情で母を見据えた。

けれど、母は「一時間後に会いましょう」とだけ答えて、歩き去った。

その場に残されたフランチェスカは今度こそほんとうにうろたえていた。

マイケルが束の間の静けさと安らぎを楽しんでいたとき――もともと静かではあったのだが、マラリアはなかなか体を安らがせてはくれなかった――フランチェスカがいきなり寝室のドアをあけ、興奮した目つきで息を切らして飛び込んできた。

「選択肢はふたつ」ほとんど息を吐きだすように言った。

「たったふたつかい？」マイケルはぼやいたものの、なんのことやら見当もつかなかった。

「冗談を言ってる場合ではないのよ」

マイケルはどうにかこうにか起きあがった。「フランチェスカ？」経験から女性が興奮状態にあるときには慎重に事を進めるべきであるのはわかっているので、恐る恐る問いかけた。

「つまり、どういう――」

「母が来るの」

「ここに？」

フランチェスカはうなずいた。

望ましいことではないのは事実だが、それだけでフランチェスカがこのようなうろたえぶりを見せるとは思えない。「なぜだろう？」丁寧な口ぶりで尋ねた。

「母は――」言いよどみ、ひと息ついた。「母は――ああ、だめ。あなたに言っても、たぶん信じてもらえないわ」

それ以上、説明するつもりはなさそうなので、マイケルは目を大きく見開き、両手のひらを返して、もどかしげなしぐさをして見せた――〝説明してくれ〟というように。

「母は」フランチェスカはおずおずと目を上げた。「わたしたちが関係を持っていると思ってるのよ」

「ロンドンに戻ってまだ一週間だ」マイケルは思案顔でつぶやいた。「いくらわたしでも、手が早いな」

「よく冗談が言えるわね？」フランチェスカが強い口調で言う。

「どうして冗談にできない？」マイケルは訊き返した。だが、たしかに本人にしてみれば笑い事ではないのだろう。彼女にとっては考えられないことなのだから。しかしこちらにとっては……。

そうとも、じゅうぶん考えうることだ。

「寒気がしたわ」フランチェスカは打ち明けた。

マイケルはちらりと笑みを浮かべて肩をすくめつつ、内心ではわずかに胸の疼きを覚えていた。むろんフランチェスカから恋愛の相手として見られていないのは承知していたが、寒気を引き起こすというのはとうてい男の魅力を褒められているとは受けとれない。

「ふたつの選択肢というのは？」マイケルは唐突に訊いた。

フランチェスカがじっと見返した。

「きみはわたしにふたつの選択肢があると言った」

フランチェスカが目をしばたたいた。いらだちなど感じずに彼女のうろたえぶりをもっと寛大に受けとめられていたら、ほれぼれと見惚れてしまうような表情だった。「わたし……思いだせない」どうにか言葉を継いだ。「ああ、どうしましょう」頼りない声で言う。「どうすればいいの？」

「まずは落ち着くことが肝心だ」マイケルは鋭い口調で、彼女の顔を自分のほうへ振り向かせた。「落ち着いて考えるんだ、フラニー。われわれは何も変わらない。きみの母上も少し考えれば、愚かな思い違いをしていたことに気づくはずだ」

「母にはそう説明したのよ」フランチェスカが勢い込んで答えた。「どうしてこういうことになるの。想像もできないことでしょう?」

いや、マイケルには想像できた。だからこそ、つねに多少なりとも苦労を強いられてきたのだ。

「けっしてありえないことだわ」フランチェスカはつぶやいて、部屋のなかを歩きはじめた。「わたしと――」振り返り、大げさな身ぶりでマイケルのほうを示した。「あなたが――」立ちどまり、両手を腰にあて、すぐにじっとしているのはあきらめたのか、ふたたび歩きだした。「母はどうしてそんなことを考えられるのかしら?」

「そういうことを連想させる日できみを見ていた憶えはないんだが」マイケルは弁解した。

フランチェスカがぴたりと足をとめ、愚か者を見るような目を向けた。頭がふたつある怪物にでも見えているのだろうか。

それもおそらく尻尾つきだ。

「まずはほんとうにきみが落ち着くべきだ」ついそう言ったが、その言葉が逆効果になりそうな予感がした。フランチェスカのような女性は何にもまして落ち着けと言われるのが嫌いなはずだ。

「落ち着くべきだ?」フランチェスカはおうむ返しに言い、ありとあらゆる怒りにとりつかれたかのごとくマイケルのほうへ詰め寄った。「落ち着けですって? マイケル、あなたもしかして、まだ熱があるんじゃない？」

「すっかりさがった」涼しげに答えた。

「わたしが話していることが理解できてる？」

「じゅうぶんに」男としての自尊心を傷つけられたばかりの者にとっては精一杯の礼儀正しさで言い返した。

「どうかしてるわ」フランチェスカが言う。「どうかしてるとしか思えない。だって、あなたとなのよ」

まさしく、彼女にナイフを睾丸に突きつけられたも同然の気分だ。「いいかい、フランチェスカ」ことさら穏やかな声で言った。「きみの言い方を使えば、わたしと喜んで関係を持ってくれるご婦人はロンドンに大勢いるんだ」

先ほどのせりふを言い捨てたきりあいたままになっていたフランチェスカの口が閉じた。

マイケルは眉を上げ、枕に背をもたせかけた。「名誉だと言ってくれるご婦人もいる」

フランチェスカがきっと睨みつけた。

そのような話題には彼女はけっして乗ってこないことをじゅうぶん知りつつ続けた。「なかには、その機会を勝ちとるためとあらば、取っ組みあいをしてくれるご婦人たちすら――」

「やめて！」フランチェスカがいきなり声をあげた。「いい加減にしてよ、マイケル、そんなふうに自慢話をするのは礼儀を欠いているわ」

「説明せずにはいられないようなことを言われたからじゃないか」物憂げな笑みを浮かべた。フランチェスカが顔を赤らめた。

マイケルはそれを見ていくぶん愉快な気分になった。彼女を愛してはいても、あのような言われ方をされるのは心外であり、さほど度量の広い人間でもないので、たまにこうして懲らしめられた顔を見られればちょっとした満足を覚えずにはいられない。

自分が日々耐えているつらさに比べればちっぽけな苦しみではないだろうか。

「あなたの賑やかな恋愛話をお聞きしたいとは思わないわ」フランチェスカがこわばった口調で言った。

「妙だな、きみはしじゅうそういう話を聞きたがっていたじゃないか」ひと息ついて、彼女の気まずそうな表情を眺めた。「いつもわたしに尋ねていただろう？」

「そんなこと――」

「〝悪ふざけした話を聞かせて〟」記憶にある口調をできるだけ真似て言った。もちろん、彼女に言われたことは何ひとつ忘れてはいない。「悪ふざけした話を聞かせて」今度はもう少しじゅっくりと繰り返した。「なるほど。きみは、遊んでいた頃のわたしのほうが好きだったんだな。わたしの情事にいつも興味津々だったものな」

「それはこうなる前――」

「こうなる前とはどういうことだ、フランチェスカ？」マイケルは訊いた。

ややあって、フランチェスカが口を開いた。「だからこうなる前よ」つぶやくように言う。

「いまより前、いろいろなことの前よ」

「それでわかると思うか？」

フランチェスカは黙ってひと睨みした。

「まあ、いいさ。いまはきみの母上のご訪問に備えるべきだ。さほどの問題はないだろうが」

フランチェスカがいぶかしげな目を向けた。「でも、あなたはまだとても具合が悪そうに見えるわ」

「逆に都合がいいだろう」そっけなく言った。「この姿を見れば、誰もきみと戯れをおかせるとは思わない」

「マイケル、まじめに話して」

「残念ながら、まじめに話している」

フランチェスカはむっとした目を向けた。

「もう自分で立てるんだが」マイケルは続けた。「おそらくはきみが見たくないであろう部位をさらすことになるから、見たくなければ、階下《した》でわたしが華々しく登場するのを待っていてくれ」

フランチェスカは逃げていった。

マイケルは当惑した。自分が知っているフランチェスカはどんなときにも逃げたりしない。

さらに言えば、このような場面で少なくとも捨てぜりふもなしに立ち去ることはありえない。

なにより、〝華々しく登場する〟という言葉に返し文句がなかったのが信じられなかった。

結局、フランチェスカは母の訪問という苦難を免れた。マイケルの寝室から出て二十分と経たずに、ヴァイオレットから伝言が届き、そこには地中海沿岸へ数カ月の旅に出ていた兄のコリンがロンドンに帰ってきたので、訪問を延期したいと書かれていた。その晩遅くにはマイケルがまた高熱を出すのではないかと心配していたが、それより先にジャネットとヘレンがロンドンに到着し、ヴァイオレットが付添人を伴わずにマイケルの家にいる娘を案じる必要もなくなった。

部屋へ呼び入れるまでにだいぶ時間がかかったので、ジャネットとヘレンはインド帰りのマイケルの変わりようを楽しみに胸を躍らせていたが、病人らしい姿を見るなりふたりとも気を揉んでうろたえだした。すかさずマイケルはフランチェスカを脇へ呼び寄せ、母親たちのどちらともふたりきりにしないでほしいと懇願した。とはいえ、幸運にも母親たちが到着したのはちょうどマイケルが次の発熱に見舞われる前のわりあい元気なときだったので、フランチェスカはふたりをそっと呼んで、事前にマラリアの病気の性質を説明しておいた。おかげで、ひどい高熱の状態を目にしたときにはふたりともすでに心積もりができていた。

フランチェスカが初めて病気のことを聞いたときとは違って、母親たちはマイケルの病気を隠しとおすことに即座に同意した。それどころか、あきらかにそうすることを望んでいた。

富裕で容姿端麗な伯爵がロンドンの未婚令嬢たちから高い人気を得られないとは考えにくいが、妻を探す男性にとってマラリアが有利に働くはずもない。

それに、ジャネットとヘレンがその年じゅうになにより見たいものをひとつ挙げるとすれば、マイケルが教会で新たな伯爵夫人の指にしっかりと指輪をはめる姿だった。

フランチェスカは内心ほっとして、母親たちがマイケルに結婚を熱心に勧める姿を見守った。少なくとも、そうしているあいだはふたりの関心は自分からそれている。自分の再婚計画にふたりがどのような反応をするのかはわからないが――喜んでくれそうな気はする――このふたりにまで花婿候補の気の毒な独身紳士に自分を売り込んで歩かれることだけは避けたかった。

今年じゅうに夫を見つけると宣言すれば間違いなく世話を焼かずにいられない実の母ひとりに対処するだけでも精一杯なのだから。

そんなわけで、フランチェスカはキルマーティン館へ戻り、マイケルも長旅のあとの片づけがすんだらすぐに顔を出すことを約束してすべての招待を断わっていたので、スターリング家はいわば小さな繭《まゆ》のなかのような隠れ家と化していた。女性たち三人は時おり社交界の催しに出かけた。もちろんフランチェスカはそこで新しい伯爵について尋ねられることは予想していたものの、人々の関心ぶりは予想以上だった。

姿を見せないせいでいまやなおさら神秘性は高まり、誰もが〝陽気な放蕩者〟に熱中しているように見えた。

当然ながら伯爵位を継承したことも大きな要因なのだろう。その点はたしかに見逃せない。あるいはその継承に伴い、莫大な資産を受け継いだことも魅力であるに違いない。

そう考えて、フランチェスカは首を振った。きっと女流作家ラドクリフ夫人でもこれ以上完璧な男性主人公は考えつけなかっただろう。マイケルが病床から回復したら大騒動になるのだろうと思った。

そして突然、その日は訪れた。

いいえ、突然とは言えないのかもしれないと、フランチェスカは胸のうちで訂正した。発熱は着実に勢いを弱め、持続期間も短くなってきていた。けれども、青白い顔をしている日があると思えば、翌日には平然と元気そうに陽光を恋しがって屋敷のなかをぶらつくといった具合だった。

「キニーネのおかげだ」朝食の席でフランチェスカが見違えた顔色について触れると、マイケルは気だるげに肩をすくめて言った。「あんなしょうもない味でなければ、日に六度でも飲むんだけどな」

「言葉を慎みなさい、マイケル」彼の母親が小声で言い、ソーセージにフォークを刺した。

「母上はキニーネを飲んだことがあるんですか？」マイケルは訊いた。

「もちろん、ないわ」

「飲んでみてください」マイケルは勧めた。「どんなふうに味を表現なさるのか楽しみだな」

フランチェスカはナプキンで口を覆ってくすりと笑った。

「わたしは試してみたわ」ジャネットが高らかに言った。

全員が視線を向けた。「試されたのですか？」フランチェスカは尋ねた。自分にすら、そのようなことをする勇気はない。匂いだけでも、必ずきっちりコルク栓でふさいでおかなければ耐えられないほどなのだから。

「そうよ」ジャネットは答えた。「興味があったの」ヘレンのほうを向く。「ほんとうに、まずかったわ」

「昨年、料理人がわたしたちに飲ませたあのとんでもないスープよりひどいのかしら、ほら、あのとき……」ヘレンが目顔で〝わたしの言いたいことはわかるでしょう〟と、ジャネットに問いかけた。

「ずっとひどいわ」ジャネットが断言した。

「水で薄めなかったのですか？」フランチェスカは訊いた。浄水に粉末を溶かして飲む薬だが、ジャネットは粉末をわずかに舐めたのかもしれない。

「薄めたわよ。当然でしょう？」

「ジンに混ぜて飲んでいる者もいます」マイケルが言った。

ヘレンが身ぶるいした。

「そのほうが少しはましかもしれないわ」と、ジャネット。

「そうはいっても」ヘレンが言う。「蒸留酒に混ぜるのなら、せめて上質なウィスキーにしてもらいたいわ」

「ウィスキーの味が台無しになりますよ」マイケルは言い、スプーンで何度か卵を口に運んだ。

「そこまでひどい味ではないでしょう」ヘレンが言う。

「ひどい」マイケルとジャネットが声を揃えた。

「ほんとうなんだから」ジャネットが続ける。「上質なウィスキーを無駄にするなんて考えられない。ジンがせめてもの妥協案ね」

「ジンを飲まれたこともあるのですか？」フランチェスカは尋ねた。上流社会では、それも女性にとってはなおさら、ふさわしい飲み物ではないと見なされている。

「一度か二度」ジャネットは打ち明けた。

「お義母様のことはもうなんでも知った気になっていたわ」フランチェスカはつぶやいた。

「秘密くらいあるわよ」ジャネットが軽やかに返した。

「朝食の席にはずいぶんと不似合いな会話だこと」ヘレンが言う。

「たしかにそうねえ」ジャネットが相槌を打った。甥のほうを向く。「マイケル、あなたがこんなふうに起きあがって、元気そうに歩きまわっている姿が見られて、嬉しくてたまらないのよ」

マイケルは伯母に軽く頭をさげて感謝を伝えた。

ジャネットがしとやかにナプキンで口もとを押さえるようにぬぐった。「けれどもそろそろ、伯爵としての務めに励まなければね」

マイケルは唸った。

「不機嫌な顔をしないの」伯母は続けた。「誰もあなたを無理やりどこかへ引っぱっていくことなんてできないわ。ただ、仕立て屋へ行って、きちんとした夜会服を誂《あつら》えなければいけないと言おうとしたのよ」

「代わりに親指を寄付することで許してもらえませんかね？」

「魅力的な親指ね」ジャネットが言う。「でも、あなたの手についていてこそ役立つものなのではないかしら」

マイケルは伯母の目を見据えた。「いいですか、きょうは予定が立て込んでるんです――さらに言わせてもらえば、病床から起きあがって第一日目ですからね。議員への就任について気にかけてくださっている首相へのご挨拶、顧問弁護士との財務状況の確認、七箇所すべての私有地についてぜひ話しあっておきたいということでロンドンに来ている不動産管理責任者とも会わなければいけない。このような状況で、仕立て屋へ行く時間をつくれると思いますか？」

三人の女性たちは言葉を失った。

「首相に木曜に予定を変更するよう頼めばいいんでしょうか？」マイケルはやんわりと問いかけた。

「そんなにたくさんの約束をいつ取りつけたの？」フランチェスカは彼の精力的な行動にいままで気づきもしなかったことに少し気恥ずかしさを覚えて尋ねた。

「この二週間、ずっと天井を眺めているとでも思ってたのかい？」

「そうではないけれど」と答えたものの、正直なところ、彼が何をしていると思っていたのだろうかと考えた。読書かもしれない。自分ならきっとそうしていただろうから。

それ以上、誰も何も言わないので、マイケルが椅子を後ろに引いた。「つまりお三方とも」ナプキンを置く。「きょうは忙しい一日であることをご理解いただけたのですね」

と思いきや、マイケルが腰を上げるより先にジャネットが静かに言った。「マイケル？　仕立て屋へ」

マイケルは動きをとめた。

ジャネットが甥ににこやかに微笑みかけた。「あすなら当然、行けるわよね」

フランチェスカには彼の歯ぎしりが聞こえたような気がした。

ジャネットがほんのわずかに首を傾けた。「あなたには新しい夜会服が必要だわ。まさか、レディ・ブリジャートンのお誕生日舞踏会を欠席するなんてことは夢にも考えていないわよね？」

フランチェスカはマイケルに笑みを気取られないようすばやくフォークで卵をひと切れ口に運んだ。ジャネットの切り返しは見事だった。母の誕生会はマイケルにとって出席する義務を感じずにはいられない催しであるはずだ。ほかの催しについては、たいして気にもせず断わってきた。

でも、ヴァイオレットの誕生会なら？

彼が断われるとはフランチェスカには思えなかった。

「いつですか？」マイケルはため息まじりに言った。

「四月十一日」フランチェスカは愛想よく答えた。「みんな来るわ」

「みんな？」マイケルがおうむ返しに訊く。

「ブリジャートン一族みんなよ」

マイケルは目にみえて顔を輝かせた。

「それ以外の人々もみんな」フランチェスカは肩をすくめて言い添えた。

マイケルがじろりと目を向けた。「そのみんなとは誰なんだ」

フランチェスカは目を合わせた。「みんなよ」

彼は椅子に沈み込んだ。「もう言い逃れはできないのかな？」

「あたりまえよ」母が言う。「もうじゅうぶん休んだでしょう。先週はずっと。マラリアのおかげで」

「早くよくなりたいと思ってたのに」マイケルはつぶやいた。

「大丈夫よ」ジャネットが続けた。「間違いなく、楽しい時間を過ごせるわ」

「そして、きっとすてきな女性にも出会えるわ」母が励ますように付け加えた。

「ええ、そうでしょうとも」マイケルがぼそりと言う。「人生のほんとうの目的を忘れてしまいそうだ」

「花嫁探しもそんなに悪い目的ではないでしょう」フランチェスカは彼をからかえるまれな

機会を逃すわけにはいかなかった。

「へえ、そうだろうか？」マイケルがくるりと首を振り向けた。どきりとするほどまっすぐ見据えられ、フランチェスカはどうにも気詰まりになり、彼を挑発すべきではなかったと悔やんだ。

「ええ、そうよ」いまさらあとには引けずに言った。

「ちなみに、きみの人生の目的はなんだろう？」マイケルが穏やかに訊いた。

フランチェスカは目の端に、そのやりとりを興味津々に見つめるジャネットとヘレンの姿を捉えていた。

「あら、いろいろあるわ」涼しげに軽く手を振った。「いまはまず、朝食を食べ終わることね。ほんとうにおいしいと思わない？」

「世話焼きの母親たちとともに食す半熟卵が？」

「わたしがいるのもお忘れなく」フランチェスカは言葉を発するなり、テーブルの下で自分で自分の足を蹴った。彼の態度を見れば挑発すべきときではないのは一目瞭然なのに、つい言葉が口をついていた。

マイケル・スターリングをからかうことほどこの世に楽しいことはなく、このような機会はあまりにもったいなくてこらえられなかった。

「それで、このシーズンはどのように過ごす予定なのかな？」マイケルが癪にさわるほど粘り強くわずかに首を傾けて訊いた。

「まずは母の誕生会に出席するわ」

「そこで何をするんだい？」

「お祝いの気持ちを伝えるわ」

「それだけ？」

「あなたが母の年齢をお知りになりたいのだとしても、わたしはあえて母に尋ねるつもりはないわ」フランチェスカは答えた。

「あら、当然よ」ジャネットが言い、ヘレンも同様に熱心な口ぶりで続けた。「そんなことをしてはだめよ」

三人の女性たちがいっせいにマイケルに期待に満ちた表情を向けた。彼の話す番だと言わんばかりに。

「もう失礼します」マイケルが立つと同時に椅子の脚が床に擦れる音がした。

このような場面で彼をからかうのはなにより楽しいので、フランチェスカは憎まれ口をたたこうと口をあけたが、言葉が出てこなかった。

マイケルは変わった。

以前の無責任な彼とは違う。いいえ単に以前は責任を負うべき立場になかったからだけなのかもしれない。彼がイングランドに帰ってきてすぐにこれほど精力的に動きはじめようとは、フランチェスカはまったく考えていなかった。

「マイケル」フランチェスカの静かな声にマイケルはすぐに反応した。「リヴァプール首相へのご挨拶がうまくいくよう祈ってるわ」

目が合い、彼の目のなかで何かが光った。どこか嬉しそうで、感謝の気持ちにも読みとれる光。

言葉で明確に表現できるようなものではないのかもしれない。暗黙の了解としか言いようがなかった。

ジョンの目に見えていたようなものだ。

フランチェスカはふとそう気づいて胸がざわつき、喉のつかえを呑みくだした。自分の意思で体を動かせればきっと心も鎮められるとでもいうように、ゆっくりと慎重な動作で紅茶のカップに手を伸ばした。

いったいどうしたというのだろう？

彼は誰でもないマイケルだ。

ただの友人で、長年来の親友にすぎない。

それだけの関係ではなかったの？

そうでしょう？

10

…………。

——キルマーティン伯爵から三通目の手紙を受けとって二週間後、前キルマーティン伯爵の未亡人が便箋にペン先をおろしただけで何も綴れなかった手紙より

「いらっしゃってる？」

「まだ来てませんわ」

「それは確か？」

「確かです」

「でも、いらっしゃるはずなのよね？」

「本人はそう言ってましたわ」

「そう。でも、いつ、いらっしゃるのかしら？」

「そこまではわかりませんわ」

「わからない？」

「ええ、わかりません」

「そう。仕方ないわ。でも……あら、見て！　娘だわ。あなたと話せて楽しかったわ、フランチェスカ」

フランチェスカは目で天井を仰いで――よほど厳かな場でもないかぎり、とりすましていられるたちではない――社交界でも無類のゴシップ好きのひとり、フェザリントン夫人が舞踏場の隅で無爵位ながら見栄えのする若い紳士と楽しげに話している娘フェリシティのほうへいそいそと歩いていく姿を見送った。

もう七度目となる話題でなければ――いいえ、忘れもしない、母との会話を入れれば八度目だ――もう少し楽しんで話せていただろう。実際、名で呼びかけられるかそうでないかの親しさに違いがあるだけで、残りの会話の内容はどれもまったく同じだった。

ヴァイオレット・ブリジャートンの誕生会に、屋敷にこもっていたキルマーティン伯爵がとうとう現れるという話が広まれば、質問攻めを免れないのはフランチェスカも覚悟していた。なかでも身近に未婚の娘のいる人々が黙っているはずがない。

マイケルは今シーズンの話題の花婿候補であり、いまだ姿を現していない。

「レディ・キルマーティン！」

フランチェスカは目を上げた。レディ・ダンベリーがこちらへやって来る。相当に偏屈で歯に衣着せぬこの老婦人はロンドンの舞踏場を華やがせる存在ではけっしてないが、フランチェスカにとってはわりあい親しみの持てる相手なので、近づいてくるレディ・ダンベリーに笑みを返した。老婦人の進路の両脇にいた招待客たちが次々にその場を離れてどこかへ消えた。

「レディ・ダンベリー」フランチェスカは呼びかけた。「今夜はお目にかかれて光栄です。楽しまれてます？」

レディ・ダンベリーはあきらかに意味もなく杖をどしんと突いた。「あなたのお母様が何歳なのかを誰かがわたしに教えてくれたなら、もっとずっと楽しめたわ」

「わたしからもお教えできませんわ」

「ふん。なぜそんなに隠したがるのかしらね？　わたしほど年老いてはいないでしょうに」

「というと、いくつでらっしゃるのかしら？」フランチェスカは浮かべた笑みと同じぐらい穏やかな声で茶目っ気たっぷりに尋ねた。

レディ・ダンベリーが皺の刻まれた顔をにんまりほころばせた。「あら、あら、賢いご婦人だこと。わたしが歳を明かすはずがないでしょう」

「でしたら、わたしもその件について母への忠誠を破れないことは、ご理解いただけますわよね」

「ふふん」老婦人は返答しかねて唸り、いっそう勢いよく杖を突いた。「歳がわからないのでは、誕生会では何を祝えというの？」

「この世に生まれた奇跡と長寿では？」

レディ・ダンベリーはふんと鼻を鳴らしてから尋ねた。「あなたの新しい伯爵様はどちらに？」

わたしの、だなんてぶしつけな言い方だ。「わたしの伯爵様ではありませんわ」フランチェスカは否定した。

「でも、ほかの誰よりあなたに近しい方でしょう」

そう言えなくもないだろうが、レディ・ダンベリーにそれを認める必要があるとも思えない。「伯爵様は誰かのというような呼ばれ方はお気に召さないはずです」

「伯爵様だなんて。ずいぶんと堅苦しい呼び方だわね。あなたたちふたりは友人関係なのかと思っていたのに」

「そうです」フランチェスカは認めた。でも、おおやけの場で、彼を軽々しく名で呼ぶつもりはなかった。そんなことをすればどんな噂が立つともかぎらないし、夫を探すのなら評判にわずかでも傷をつけたくない。「わたしの夫のいちばんの親友だったんです」念を押すように言った。「ふたりは兄弟のようでしたから」

レディ・ダンベリーは面白みのない説明にがっかりした様子だったが、ただ唇をすぼめて招待客たちを見渡した。「このパーティには何か活気づけが必要だわ」つぶやいて、ふたたび杖を床に突いた。

「母にはどうかそれをおっしゃらないで」フランチェスカは小声で言った。母は何週間も前から準備を重ね、実際、文句のつけようのないパーティだった。照明は柔らかで心地よい雰囲気に包まれ、音楽はこのうえなく澄んでいて、ロンドンの舞踏会でもなかなか揃えられない美味な料理が並んでいる。フランチェスカはすでにエクレアをふたつ味わい、その後も食い意地が張っているなどと思われずにふたたび軽食のテーブルに近づくにはどうすればいいのかと思案していた。

ただでさえ、詮索好きな既婚婦人たちが自分に話しかけようと待ちかまえている。

「あら、あなたのお母様のせいではないのよ」レディ・ダンベリーが言う。「この社交界が間抜けな人間ばかりなのはなにも彼女のせいではないわ。なにしろ、彼女は八人も子供を育てて、そのなかに愚か者はひとりもいない」射抜くようにフランチェスカを見つめた。「ちなみにこれは褒め言葉よ」

「恐れ入ります」

レディ・ダンベリーの唇がぞっとするほど険しく引き結ばれた。「わたしがなんとかしなくてはね」

「何をです？」

「このパーティをよ」

フランチェスカの胸にいやな予感が湧きあがった。レディ・ダンベリーが誰かの祝宴を実際に台無しにしたという話は聞いたことがないが、この老婦人にはその気になれば重大な打撃をもたらしかねない抜け目なさがある。「具体的には、いったい何をなさるおつもりですか？」動揺が声に表れないようにして尋ねた。

「あら、わたしがあなたの猫を殺そうとでもしているような目で見ないでほしいわね」

「猫は飼ってません」

「わたしは飼ってるわ。それに、あの子を誰かが傷つけようとすれば、わたしは怒り狂うでしょうね」

「レディ・ダンベリー、それでいったい何をしようと？」

「それが、まだ思いつかないのよ」老婦人はいらだたしげに手を振って言った。「思いついていたら、とうに実行しているわ。でも、あなたのお母様のパーティで騒動を起こすようなことはしませんとも」つんと顎を上げて、横柄に鼻を鳴らして見せた。「わたしがあなたの愛するお母様のご機嫌を損ねるようなことをするはずがないでしょう」

どういうわけか、その言葉ではフランチェスカの不安はたいしてやわらがなかった。「そうですわよね。でも、何をなさるにしろ、どうか慎重になさってください」

「フランチェスカ・スターリング」レディ・ダンベリーがいたずらっぽく笑った。「わたしの身を案じてくれているの？」

「いいえ、それについてはまったく不安はありませんもの」フランチェスカはとりすまして答えた。「むしろ、わたしたちみなの身のほうが心配ですわ」

老婦人がけたたましい笑い声をあげた。「言うじゃないの、レディ・キルマーティン。あなただから許されるのよ、わたしの好意で」意図が明確に伝わるよう念を押した。

「わたしもあなただから許せるんですわ」フランチェスカは低い声で返した。

ところが、レディ・ダンベリーは聞いている様子もなく人々を見渡している。はっきりと目標を見定めた声で告げた。「あなたのお兄さんに少し釘を刺しておかなければね」

「どの兄です？」兄たち全員に少し釘を刺すべきことがあるとは思えない。

「あれよ」老婦人がコリンのほうを指差した。「ギリシアから帰ってきたのよね？」

「正確には、キプロスです」

「ギリシアでもキプロスでも、わたしには同じだわ」

「本人たちにとっては違うのではないかしら」フランチェスカはつぶやいた。

「誰のこと、ギリシア人？」

「もしくは、キプロス人」

「ふん。そのうちのどなたかが今夜ここに現れたら、いくらでもその違いの説明をお聞きするわ。それまでは無知でけっこう」と言うと、レディ・ダンベリーは最後にもう一度杖で床を突いてから、コリンのほうへ向きを変えて呼ばわった。「ミスター・ブリジャートン！」

フランチェスカは懸命に聞こえないふりをしている兄を愉快に眺めた。レディ・ダンベリーが三兄のコリンを軽く懲らしめようと歩きだしたのを見ていくぶんほっとしたものの――間違いなくこの兄にはそうされて仕方のない理由がある――ひとりになってふと、老婦人の存在が娘の花婿を探す大勢の母親たちを寄せつけない防壁となってくれていたことに気づいた。

ああ、さっそく、そのうちの三人の婦人が近づいてくるのが見えた。そうした母親たちに自分はマイケルとの唯一の橋渡し役と見られているのだから。

逃げなくては。いますぐ。フランチェスカはすばやく身を翻し、鮮やかな緑色のドレスが目を引く姉のエロイーズのほうへ歩きだした。ほんとうは、エロイーズのところへも寄らずにまっすぐ部屋の外へ出てしまいたかったが、新たな夫を探そうという意志を示すにはこの部屋のなかで歩きまわっていなければならない。

いずれにせよマイケルが姿を見せるまでは、自分が何をしていようと気にかける者はいないだろうとフランチェスカは思った。たとえアフリカの奥地へ行って共食いを試してみる計画を話したとしても、誰もが同じことを問いかけるだろう。〝伯爵様も同行されるの？〟

「こんばんは！」フランチェスカは呼びかけて、姉たちの小さな集団に加わった。そこに集まっているのは全員が親族で、姉のエロイーズが長兄の妻ケイトと次兄の妻ソフィーとにこやかに話していた。

「あら、フランチェスカ」エロイーズが言う。「伯爵様はどち――」

「そこまでよ」

「どうかしたの？」ソフィーが気遣わしげな目で尋ねた。

「これ以上また誰かにマイケルはどこかと尋ねられたら、確実に頭が破裂してしまうわ」

「そうしたら今夜の趣旨が変わってしまうでしょうね」ケイトが言う。

「いうまでもなく、汚れの後始末も大変だわ」ソフィーが言い添えた。

フランチェスカは実際に唸り声を発した。

「でもほんとうに、どちらにいらっしゃるの？」エロイーズが改めて訊いた。「それと、そういう目でわたしを見ないで――」

「――わたしがお姉様の猫を殺そうとでもしているような言い方ね」

「猫は飼ってないわ。どうしてそんなことを言うの？」

フランチェスカはため息をついた。「わからない。彼なら、来ると言ってたわ」

「賢明な方だとすれば、廊下に隠れているのではないかしら」ソフィーが言う。

「そうよ、きっとそうなんだわ」マイケルなら舞踏場を素通りして喫煙室に忍び込んでいることもじゅうぶんありうるとフランチェスカは推測した。

もちろん、女性たち全員から逃れるために。

「まだ時間が早いもの」ケイトが慎重に指摘した。

「そう思えないのよね」フランチェスカは不満そうにこぼした。「早く来てくれたら、わたしはもうあれこれ質問されなくてすむのに」

エロイーズが裏切り者よろしく辛らつに笑い飛ばした。「あら、気の毒だけれど、思い違いをしてるわ、フランチェスカ。彼が現れたら、質問は倍増するわよ。内容が〝伯爵様はどこ？〟から、〝もっといろいろ聞かせて〟に変わるだけ」

「残念だけど、そのとおりでしょうね」ケイトが言う。

「もう、やってられないわ」フランチェスカはぼやき、寄りかかれる壁を探した。

「あなたでもそんな愚痴をこぼすのね」ソフィーが驚きに目をしばたたいて言った。

フランチェスカはため息を吐きだした。「この頃、ずいぶん愚痴をこぼしている気がするわ」

ソフィーは思いやり深いまなざしを向け、それからふいに声をあげた。「青のドレスだわ！」

フランチェスカは自分の新しい夜会用のドレスを見おろした。ソフィー以外にまだ誰も指摘してくれた者はいなかったが、とても気に入っているドレスだった。さほど華美でも暗くもなく、ちょうど好みの青さだった。襟ぐりがさらに明るい青色の柔らかな絹の襞《ひだ》飾りで縁どられた、すっきりとした形の優美なドレス。それを着ているだけで王女のような気分になれた。ほんとうの王女にはなれなくても、少なくとももう誰の目にも近寄りがたい未亡人には見えないはずだ。

「ということは、喪が明けたのね？」ソフィーが訊いた。

「ほんとうは喪が明けて何年も経つけれど」フランチェスカはつぶやくように言った。こうしてようやく灰色や薄紫色の服を脱ぎ捨ててみると、あまりに長いあいだ頑なにそうした色に身を包んでいたことが少しばかり愚かしく思えた。

「とうに喪が明けていたのはみんな知っていたわ」ソフィーが続ける。「でも、あなたは服を着替えようとはしなかったから……でも、そんなことはどうでもいいわ。あなたが青いドレスを着ている姿を見られて、ほんとうに嬉しいんだもの！」

「つまり、再婚を考えているということね？」ケイトが訊く。「もう四年経ったんだものね」

フランチェスカはケイトらしい単刀直入な物言いにたじろいだ。でも、これから花婿候補を探すのなら、決意をいつまでも隠してはおけないので、率直に答えた。「そうよ」

一瞬、全員押し黙った。けれどもすぐにまたいっせいに喋りだし、祝いの言葉や助言、とりとめのない忠告の数々を口にした。そのどれもが精一杯の善意の表れであるのはわかっていたので、フランチェスカは笑顔で相槌を打った。

そのうちにケイトが言った。「当然、わたしたちも動かなくてはね」

フランチェスカはその言葉に虚を衝かれた。「どういうこと？」

「青いドレスはすばらしい意思表示だわ」ケイトが説明する。「でも、ロンドンの殿方がみなそれに気づけるくらい敏感だと思う？　もちろん、そんなはずがない」誰かが答える前にみずから答えを口にした。「たとえわたしがソフィーの髪を黒く染めたとしても、男性たちの大半は気づきもしないわ」

「あら、ベネディクトは気づくわ」ソフィーは貞淑な妻らしい口ぶりで指摘した。

「ええ、でも彼はあなたの夫で、さらに言えば、画家だわ。見たものをきちんと認識する習性が身についている。ほとんどの男性は――」ケイトは話題がそれたことにややいらだった様子で言葉を切った。「言いたいことはわかるわよね？」

「もちろんよ」フランチェスカは小声で答えた。

「実際問題」ケイトが続ける。「ほとんどの人々はそれほど機知に恵まれているわけではないわ。花婿探しに乗りだしたことに気づいてもらうためには、はっきりと意思表示すべきなのよ。というより、わたしたちがあなたの意思をあきらかにすべきだわ」

フランチェスカの頭に、気の毒な紳士たちが自分の親類の女性たちに追いまわされ、悲鳴をあげて戸口へ逃げていく恐ろしい光景が思い浮かんだ。「具体的には何をすると？」

「いやだ、お願い、夕食を吐きだしそうな顔しないで」と、ケイト。

「言いすぎだわ」ソフィーが諫めるように言った。

「だって、どうみても、そうしかねない顔をしているんだもの」

ソフィーはぐるりと目をまわした。「ええ、たしかに。でも、それを口に出して言わなくても」

「わたしは面白い表現だと思ったわ」エロイーズが長兄の妻をかばった。

フランチェスカは姉にきつい視線を突き刺した。誰かを睨みつけなければいられない気分のときには、いつもながら血縁関係のある姉がやはり一番睨みやすい。

「わたしたちで戦略と方針を立てるわ」ケイトが言う。

「わたしたちを信じて」と、エロイーズ。

「どうせ、お姉様たちをとめられないものね」フランチェスカは答えた。

ソフィーまでもが異を唱えなかった。

「よくわかったわ。そろそろ最後のエクレアを取りにいってくるわ」

「もうなかったはずよ」ソフィーが哀れむような目で言う。

フランチェスカは意気消沈した。「チョコレートビスケットは？」

「それもなくなってたわ」

「何が残ってるの？」

「アーモンドケーキ」

「あの埃《ほこり》っぽい味の？」

「それよ」エロイーズが口を挟んだ。「お母様が事前に試食をしないで決めた唯一のデザート。もちろん、わたしは忠告したのに、誰も聞いてくれなかったわ」

フランチェスカは気をくじかれた。デザートを食べる楽しみがただひとつの励みだったとは情けなくなる。

「元気を出して、フラニー」エロイーズは首を伸ばして人々の向こうを見やった。「伯爵様だわ」

ついに約束どおり、マイケルが現れた。舞踏場の向こう側に罪なほど颯爽《さっそう》とした黒の夜会服姿で立っている。女性たちに取り囲まれているのを見ても、フランチェスカは少しも驚かなかった。その半分は彼を花婿候補ともくろむ令嬢たち本人かその母親たちだ。

残りの半分は、既婚の若い婦人たちで、見るからにまた違う目的を抱いているのはあきらかだった。

「あんなにすてきな方だったかしら」ケイトがつぶやいた。

フランチェスカは長兄の妻に険しい目を向けた。

「ずいぶん日焼けされてるのね」ソフィーが言う。

「インドにいらしてたのよ」フランチェスカは説明した。「日焼けするのも当然だわ」

「今夜はなんだか怒りっぽいわね」エロイーズが言った。

フランチェスカは平然とした表情をとりつくろった。「彼について尋ねられることにちょっとうんざりしてるだけよ。話していて楽しいわけでもないし」

「けんかでもしたの？」ソフィーが訊く。

「そうじゃないわ」フランチェスカはいまさらながら好ましくない態度を取ってしまったことに気づいて言った。「でも、今夜は彼のことを話す以外、何もしていない気がするの。いまなら天気の話題でもはしゃいでしまうかもしれないわ」

「ふうん」

「そう」

「まあ、仕方がないわね」

四人ともマイケルとその取り巻きの女性たちをぼんやり眺めていて、誰がどの言葉を口にしたのかも定かでなかった。

「すてきね」ソフィーがため息をついた。「あの艶やかな黒い髪も何もかも」

「ソフィーお義姉様！」フランチェスカは思わず呼びかけた。

「だって、そうなんですもの」ソフィーが弁解がましく言った。「ケイトお義姉様が同じことを言ったときには何も言わなかったでしょう」

「ふたりとも結婚されてるのに」フランチェスカは独りごちた。

「だったら、わたしはすてきな容姿を褒めてもいいのよね？」エロイーズが訊く。「老嬢《オールドミス》なんだから」

フランチェスカは姉にいぶかしげな目をくれた。「マイケルはお姉様がけっして結婚相手には選ばない男性だわ」

「どうして?」問いかけたのはソフィーだったが、姉もその返事にしっかり聞き耳を立てているのがフランチェスカにはわかった。

「大変な放蕩者だからよ」

「おかしいわね」エロイーズがつぶやいた。「二週間前、ヒヤシンスが同じようなことを言ったときには、とたんに癇癪を起こしてたのに」

姉のエロイーズは相変わらずなんでも憶えていた。「ヒヤシンスはよく意味もわからずに話していたからだわ」フランチェスカは反論した。「あの子は何もわかってないんだもの。それにそもそも、あのときは彼の夫としての適性ではなくて、時間の観念について話してたのよ」

「それで、どうして彼がそれほど花婿に向いていないと決めつけられるの?」エロイーズが訊く。

フランチェスカは姉を真剣な目つきでまっすぐ見据えた。マイケルの気を惹こうと本気で考えているのだとすれば、姉はどうかしてしまったに違いない。

「どうなの?」エロイーズがせかした。

「あの人はひとりの女性に忠節を守り抜くことはできないわ」フランチェスカは答えた。

「お姉様が不貞に耐えられるとは思えないのよ」

「ええ」エロイーズが低い声で言う。「彼に深刻な肉体的損傷に耐える覚悟がないかぎり」

四人はそこでいったん沈黙し、マイケルとその周りの女性たちを臆面もなくまじまじと見つめつづけた。マイケルが前かがみになって女性たちのひとりの耳もとに何事か囁いた。当の女性は口に手をあてて顔を赤らめ、くすくす笑っている。

「相当な遊び人ね」と、ケイト。

「かなりのつわものよ」ソフィーも同調した。「あの女性たちに見込みはないわ」

今度はマイケルがべつの女性ににやりと物憂げに微笑みかけて、ブリジャートン家の女性たちも揃ってため息を漏らした。

「マイケルの観察よりやるべきことがあるのではないかしら？」フランチェスカはうんざりして言った。

ケイト、ソフィー、エロイーズが互いに顔を見合わせて目をしばたたく。

「ないわ」

「ないわね」

「なさそうだわ」ケイトが締めくくった。「ともかく、いまのところは」

「声をかけに行くべきだわ」エロイーズが言って、妹を肘で突いた。

「どうして？」

「あの方がいらしたんだもの」

「ここにはほかに何百人も紳士がいるのよ」フランチェスカは姉に言い返した。「わたしの花婿候補はそちらの方々だわ」

「そのうち結婚の誓いを守れそうなのは三人程度よ」エロイーズが低い声で言う。「その三人にしても、確実とは言えない」

フランチェスカは姉のもくろみをくじこうとして言った。「いずれにしても、わたしがここにいる目的は夫を見つけることなのだから、マイケルのご機嫌を取っても何かの役に立つとは思えないわ」

「あら、わたしはお母様の誕生日を祝うためにここにいるのかと思ってたわ」エロイーズがぼそりとつぶやいた。

フランチェスカは姉を睨みつけた。姉のエロイーズとはブリジャートン家のきょうだいのなかでも一番歳が近く、まる一年しか変わらない。もちろん、命も投げだせるくらい愛していて、この姉ほど自分の秘密や心のうちを知る女性はほかにいないのも確かだが、絞め殺せたらどれほどいいだろうかと思うこともしじゅうあった。

たとえば、いまのように。いまはとりわけそう思う。

「エロイーズの言うとおりだわ」ソフィーがフランチェスカに声をかけた。「伯爵様のところへご挨拶に行くべきよ。あの方が長く国外に滞在されていたことを考えれば、せめてもの礼儀だわ」

「もう同じ家に住んで一週間以上も経つのよ」フランチェスカは言った。「とうにご挨拶はすんでるわ」

「ええ、でも、おおやけの場ではまだでしょう」ソフィーは続けた。「しかもここはあなたのご家族の家だわ。あなたがいま彼のもとへご挨拶に行かないと、あすにはいろいろと取りざたされることになる。あなたたちふたりのあいだには亀裂が生じているのかもしれないと。悪くすると、あなたが新しい伯爵として彼を認めていないのではないかと思われてしまうわ」

「当然、認めているわ」フランチェスカは断言した。「それにもしそうでなかったとしても、どんな問題があるというの？　継承資格に疑う余地はないのに」

「みなさんに、あなたが彼をきちんと重んじていることを示す必要があるのよ」ソフィーは言い、いぶかしげな表情で義理の妹を見据えた。「重んじていないのなら話はべつだけれど」

「もちろん、重んじているわ」フランチェスカはため息まじりに答えた。ソフィーの言うとおりだ。礼儀作法については、ソフィーの意見はつねに理に適《かな》っている。マイケルのところへ挨拶に行くべきなのだろう。この数週間、マラリア熱を看病していたことを考えると、ばからしい儀式のようにも思えるが、ロンドンに帰ってきたマイケルをこの場で歓迎するのはごく自然なことだ。彼を誉めそやす人々の群れを掻きわけて行くのは気が進まないけれど。

フランチェスカはいつもマイケルの評判を面白がっていたものだった。おそらく自分はだいぶ離れた場所から、それも上のほうから見ているつもりでいられたからかもしれない。ジヨンとその妻の自分、それにマイケル、三人のあいだでは内輪のたわいない冗談のようなものだった。マイケルはどの女性についてもまじめに語ることはなく、フランチェスカもその話をまともに信じていたわけではなかった。

でももう、フランチェスカは幸せな既婚婦人という安全で快適な立場から見ているのではなかった。そして、マイケルももう、機転と魅力的な容姿で人気を得ている気楽なただの〝陽気な放蕩者〟ではない。

相手は伯爵で、自分は未亡人。フランチェスカはふいに自分が一段と小さく無力な存在に思えた。

当然ながら、それはマイケルのせいではない。それはよくわかっているし、同時に……彼がいつか誰かの不埒《ふらち》な夫になるのだろうということもわかっていた。それでもどういうわけか、たとえいまその彼が笑いさざめく賑やかな女性たちに囲まれていなかったとしても、いらだちを抑えられそうにはなかった。

「フランチェスカ？」ソフィーが問いかけた。「わたしたちの誰かが付き添いましょうか？」

「どうして？　いいえ、いいの、もちろんひとりで行けるわ」フランチェスカは物思いにふけるさまを姉や義理の姉たちに見られていたのだと気づいて恥ずかしくなり、すっと背を伸ばした。「マイケルのところへご挨拶に行ってくるわ」きっぱりと言った。

二歩進んだところで、ケイトとソフィーとエロイーズを振り返った。「まずは身なりを整えてから」

そう言うと、婦人用の化粧室のほうへ向きを変えた。マイケルの周りで人げさに笑みを湛える女性たちに混じって笑顔で礼儀正しく振るまわなければならないとすれば、なるべくならもよおす心配などせず落ち着いて挑みたい。

ところが歩きだしたとき、エロイーズの低いつぶやきが聞こえた。「臆病者なんだから」

歯を食いしばり、振り返って痛烈な返し文句を姉に吐き捨てたい気持ちをこらえた。

正直なところ、姉の言うとおりなのかもしれないという気もしていた。

ほかの誰でもなく、マイケルに対して臆病になっていると思うと悔しかった。

11

……マイケルから手紙が届いたわ。これで三通目よ。私はまだ一通も返事を書いていない。あなたはきっとこんな私に失望してしまうわよね。でも、私は――。

――マイケルがインドへ旅立って十カ月後、前キルマーティン伯爵の未亡人が「どうかしてるわ」とつぶやいてくしゃくしゃに丸め、火に投げ入れた亡き夫への手紙より

マイケルは舞踏場に入ってすぐにフランチェスカを見つけていた。部屋の向こう側で、青いドレスに流行の髪形で一族の女性たちと立ち話をしている。

それから、その場を離れたときにもすぐに気づいた。フランチェスカは北西側の戸口から出たので、おそらくはたしか廊下の先にあった婦人用の化粧室に向かったのだろう。

十数人の婦人たちに囲まれ、その全員にそこでの会話に集中しているように見せながら、困ったことに、彼女が戻ってくればまたすぐに気づいてしまうのはわかっていた。

いわば第六感、あるいは持病のようなものだ。フランチェスカと同じ部屋にいれば、彼女

がどこにいるのか知らずにはいられない。これは出会ったときからの習性で、彼女にはまったく気づかれていないおかげでどうにか耐えられているようなものだった。

インドに行ってなにより嬉しかったのはこのような思いをせずにすむことだった。そこにフランチェスカはいないので、その存在に気づく必要もなかった。それでもなお、彼女に悩まされつづけた。たまたま蠟燭の灯りに輝く濃い栗色の髪を目にすれば彼女の髪を思い起こし、誰かの笑い声がふいに彼女の笑い声に聞こえることもあった。そのたびマイケルは息を呑み、いるはずがないのは知りながら彼女の姿を探した。

そのつらさはたいがい強い酒でまぎらわせた。あるいはその場かぎりの情婦と一夜をともにした。

その両方に頼ることもあった。

だがそんな日々も終わり、こうしてロンドンに戻ってみると、意外にいともたやすく向こうみずな遊び人という役柄に戻れた。ロンドンはほとんど変わっていない。いや、顔ぶれはいくぶん違っているが、貴族全体として見れば同じだ。レディ・ブリジャートンの誕生日の祝宴についても大方予想していたとおりだったが、正直、自分がロンドンへ戻ってきたことへの反響の大きさにはいささか驚かされた。〝陽気な放蕩者〟がいつの間にか〝注目の伯爵〟になっていたらしく、マイケルは到着して十五分足らずで八人もの――忘れようもないレディ・ブリジャートン本人を入れれば九人だが――社交界の既婚婦人たちに声をかけられ、その全員に懇意のつきあいを求められて、むろん、未婚の愛娘たちと引きあわされた。

愉快なのか苦痛なのか判断がつきかねた。

せめていまのところは愉快なことにしておこうとマイケルは思い定めた。来週にはほぼ間違いなく苦痛になっているだろう。

それからさらに十五分、新たな令嬢を紹介され、すでに知っている婦人を改めて紹介され、やや秘密めかした誘いもかけられ（ありがたいことにその相手はういういしい令嬢やその母親ではなく、未亡人だった）、どうにかこうにか招待主の女主人に挨拶をしたいからと言い訳して女性たちの群れを抜けだした。

するとそこに彼女が見えた。フランチェスカが。こちらはちょうど部屋の中央付近にいるので、話したければ拷問並みの人込みを掻きわけていかねばならない。深みのある青色のドレスをまとった彼女は息を奪われるほど美しく、新たな服を買い揃えるという話は聞いていたが、ついに自分は喪服を脱いだ彼女を見ているのだと感じ入った。

それから、はたと目が覚めた思いがした。フランチェスカはとうとう暗い色の服を脱ぎ、再婚しようとしている。これからはこうして青いドレスを着て、笑い戯れ、夫を探すのだ。

しかも、一カ月のうちにはすべて片がついてしまうかもしれない。フランチェスカが再婚の意思をあきらかにすればすぐさま、男たちが自分を売り込みに殺到するに決まっている。彼女と結婚したいと思わない男などいるだろうか？　花婿を探しているほかの女性たちに比べれば若くはないかもしれないが、彼女にはそうした若い令嬢たちに欠けているものがある――その瞳の輝き、生気、きらりと光る知性は生来の美貌を格別に引き立てている。

フランチェスカはまだひとりで戸口に立っていた。驚くべきことに、ほかには誰もふたたび部屋に入ろうとしている彼女に気づいていないようなので、マイケルは人込みをものともせず進むことにした。

ところがその矢先に彼女のほうがこちらに気づき、とたんに笑顔とまでは言えないまでも口角を引きあげ、目を明るく輝かせた。自分のほうへ歩いてくるのを見て、マイケルは息を凝らした。

驚くようなことではないはずだ。けれどもマイケルは驚いていた。彼女のことはなんでも知っていて、意に反してどのように小さなことまでも記憶してしまうはずなのだが、見るたび何かが揺らぎ、変化しているのに気づいて、またもどきりとさせられる。

この女性からはけっして逃れられない。けっして逃れられないのに、けっして手に入れることもできない。たとえジョンがもうこの世にいなくても、それは不可能なことであり、ごく単純に間違っている。思い出が多すぎる。これまでいろいろなことがありすぎて、彼女を盗むような感覚をどうしても振り払うことはできない。

さらに厄介なのは、いまの状況を望んでいたような気分になることだった。ジョンがいなくなって爵位もフランチェスカもそのほかのものもすべて自分のものになればいいと、ずっと望んでいたのではないかと。

マイケルはふたりのあいだの距離を縮め、歩いてきた彼女と向きあった。「フランチェスカ」なめらかに親しみやすい口調で静かに呼びかけた。「会えて嬉しいよ」

「わたしもよ」フランチェスカは答えた。それから微笑んだが、どことなく面白がっているようなそぶりなので、マイケルは思いがけずからかわれているような気分に陥った。だが、それを指摘したところで、彼女の表情にいちいち敏感になっているのを露呈してしまうだけで得することはほとんどありそうもない。そこで、軽い調子で言った。「楽しんでいるかい？」

「もちろんよ。あなたは？」

「もちろん楽しんでいるとも」

フランチェスカが片方の眉を吊り上げた。「いまは寂しそうに見えるけど」

「なんだって？」

フランチェスカはさりげなく肩をすくめた。「先ほどまでは女性たちに囲まれていたじゃない」

「見えていたのなら、どうして救いに来てくれなかったのかな？」

「救いに？」笑いながら言う。「誰が見ても、あなたは楽しんでいたわ」

「そうかな？」

「もう、とぼけないで、マイケル」フランチェスカはあてつけがましくちらりと見やった。

「女性と戯れて誘惑するのが生きがいのくせに」

「生きがい？」

フランチェスカは肩をすくめた。「そうでなければ〝陽気な放蕩者〟なんて呼ばれないわ」

マイケルは無意識に奥歯を噛みしめていた。彼女の言葉に胸が疼き、その事実がよけいに胸の痛みを強めた。

フランチェスカはこちらが気詰まりになって身をよじりたくなるほどまじまじと見つめてから、ぱっと顔をほころばせた。「ご機嫌ななめなの？」驚いて息もできないというようにゆっくりと言った。「まあ、ほんとうにそうなのね」

突如天の啓示を受けたような喜びぶりを見せられようと、すべては身から出た錆《さび》なので、マイケルはただ顔をしかめるよりほかになかった。

フランチェスカが笑いだし、事態はさらに悪化した。「まったく、もう」そう言いながら、可笑しさに実際に腹部を手で押さえている。「いまは狩りで追われる狐のようなものだもの、仕方がないわよね。ああ、でも可笑しくてたまらない。もともとあなたが女性たちを追いかける側だったのに……」

むろん、彼女は完全に誤解していた。マイケルは社交界の既婚婦人たちに今シーズンの一番人気だと呼ばれようが、そのせいで追いかけまわされようが、たいして気にもならなかった。そんなことはしょせん笑いながらでも乗り切れる。

〝陽気な放蕩者〟という呼び名も気にならない。世間に無責任な女たらしだと思われていてもかまわない。

だが、フランチェスカに同じことを言われるのは……。

みぞおちにこたえた。

最大の問題は自分以外に責められる相手がいないことだった。何年も、数えきれないほどの時間をかけて、女性たちの気を惹いて戯れる姿をフランチェスカにけっして真意を悟られないよう、その目にさらして築いてきた評判なのだから。

〝陽気な放蕩者〟になれば、少なくとも役割が与えられるので、自分自身のためでもあったのだろう。そうでもしなければ、ただむなしくほかの男の妻に焦がれる哀れな愚か者になってしまう。しかも、笑顔ひとつで女を誘惑できる男を演じるのはすこぶるたやすかった。人生に成功をおさめられることがあったのはせめてもの慰めだ。

「警告しなかったとは言わせないわよ」フランチェスカがいかにも得意げに言う。

「美しいご婦人方に囲まれるのはそう悪くない」ほとんど彼女をいらだたせたいばかりにうそぶいた。「それもなんの努力もいらないのだからなおさらいい」

功を奏したらしく、フランチェスカが口もとを少し引き攣《つ》らせた。「あなたにはこたえられないことでしょうけど、はめを外さないよう気をつけなければだめよ」鋭い口調で言った。「あなたがいつもつきあっていたような女性たちとは違うのだから」

「いつも似たような女性たちを選んでいたとは気づかなかったな」

「わたしが言いたいことはちゃんとわかっているはずよ、マイケル。あなたは完全な遊び人のように言われているかもしれないけれど、わたしはあなたのことをもっとよく知ってるわ」

「へえ、そうなのかい？」マイケルは噴きだしそうになった。フランチェスカは知ったつもりでいるようだが、何もわかってはいない。真実は何も知らないのだ。

「四年前は、あなたなりの規範を持っていたわ」フランチェスカは続けた。「あなたの行動によって取り返しのつかない傷を負いかねない女性にはけっして手を出さなかった」

「それで、どうして今度は手を出すだろうと思うんだい？」

「あら、あなたがわざとそんなことをするとは思ってないわ。でも、以前は、結婚相手を探している令嬢たちとは関わろうとさえしなかった。だからうっかり間違えて、そういう女性を傷つけてしまう危険もおかさずにすんだのよ」

マイケルの胸のどこかでじくじくと燻《くすぶ》りつづけていたいらだちが激しく煮え立ってきた。

「わたしを誰だと思ってるんだ、フランチェスカ？」はっきりとは突きとめられない何かのせいで全身がこわばっていた。彼女にそのように思われるのは耐えられない。我慢できなかった。

「マイケル――」

「きみは、わたしがうっかり、若い令嬢の評判を穢してしまうような鈍い男だとほんとうに思ってるのか？」

フランチェスカは唇を開き、わずかにふるわせて、ようやく答えた。「鈍いだなんて、マイケル、そんなふうには思ってないわ。でも――」

「軽率だと言いたいのか」嚙みつくように言った。

「違うわ、そんなふうにも思ってない。わたしはただ――」

「どうしたんだ、フランチェスカ？」冷ややかに訊いた。「わたしがどうだというんだ？」

「わたしが知っている人々のなかでも最もすてきな男性のひとりだと思うわ」フランチェスカが静かに答えた。

くそっ。彼女にはいつもこうしてたったひと言で気をくじかれてしまう。いったいどういうつもりで言ったのかを見きわめようと、ひたすらじっと見つめ返した。

「ほんとうよ」フランチェスカが軽く肩をすくめて言った。「でも、愚かだとも思ってるわ。移り気だし、きっとこの春には数えきれないくらいの女性たちの心を傷つけてしまうわ」

「きみに数えてもらう必要はない」マイケルはきつい静かな声で言った。

「ええ、そうよね」フランチェスカはちらりと見やって皮肉っぽく微笑んだ。「それでもやっぱり、数えてしまうでしょうね」

「それはまたどういうわけで？」

フランチェスカはその理由を思いつけないようだった。けれども、もう答えるつもりはないのだろうとマイケルが思ったとき、囁くように言った。「数えずにはいられないから」

数秒の間があった。ふたりは壁を背に、まるでパーティを眺めているかのようにただじっと立っていた。やがて、フランチェスカが沈黙を破った。「ダンスをすべきだわ」

マイケルは彼女のほうへ向きなおった。「きみと？」

「ええ。せめて一度は。でも、そのあとは花嫁候補にふさわしい女性たちと踊るの」

花嫁候補にふさわしい女性。彼女以外の。

「そうすれば、少なくともあなたに結婚する意思があることを社交界に示せるわ」フランチェスカは言い添えた。返事がないので、尋ねた。「その気はあるのよね?」

「結婚する意思かい?」

「そう」

「きみがそうしろと言うのなら」マイケルは冗談めかして答えた。軽薄な男をつくろわなければならない。胸に押し寄せる苦しさを隠すにはそれ以外に方法はない。

「フェリシティ・フェザリントン」フランチェスカはそう言って、十メートルほど離れたところにいる愛くるしい若い令嬢を身ぶりで示した。「彼女ならすばらしい候補になるわ。とても聡明なの。あなたにのめり込んでしまうこともない」

マイケルは皮肉っぽく見おろした。「わたしが人を愛するわけがないというのか」

フランチェスカは唇を開き、目を大きく広げた。「あなたは望んでいるの? 人を愛したいと」

彼女はそれを期待して喜んでいるようだった。亡き夫の従兄がようやく理想の女性を探す気になったのだと喜んでいるのだろう。

しょせん、そういうことなのだ。やはり人知が及ばない力は働いている。そうでなければ現に、これほど見事に人の気持ちがすれ違うはずがない。

「マイケル?」フランチェスカは目を明るく輝かせ、あきらかに何かを、おそらくは友人のこのうえない幸せを望んでいた。

マイケルはたまらず叫びたくなった。

「わからない」苦々しげに言った。「まったく考えていない」

「マイケル……」フランチェスカは落胆した表情だったが、今回ばかりはマイケルも気にかけなかった。

「では失礼して」つっけんどんに言った。「フェザリントン家のお嬢さんとダンスを踊るとしよう」

「マイケル、どうかしたの？」フランチェスカが訊く。「わたしが何か気にさわることを言った？」

「べつに。なんの問題もない」

「そういう態度はやめて」

彼女の顔を見ると感覚が麻痺したようになり、どうにかまた穏やかな笑みをとりつくろって、名高い眠たげな目つきで見返すことができた。陽気にとはいかないが、どこから見ても洗練された女好きの放蕩者に戻れたはずだ。

「どんな態度だい？」しらじらしさと礼儀を程よく兼ねた表情で唇をゆがめた。「きみに言われたとおりにしようとしてるんだ。フェザリントン家のお嬢さんとダンスをしろと言っただろう？　その言葉どおりにするつもりだ」

「あなたはわたしに怒ってるわ」フランチェスカが囁いた。

「そんなことはない」そう否定したものの、やけに軽い気の抜けた言い方であるのはどちらも気づいていた。「きみのほうがよくわかっているという言いぶんを受け入れただけのことだ。これまではずっと自分の気持ちと良心に従ってきたわけだが、何が得られた？　何年も前にきみの忠告に従っていれば、もっと違う生き方ができていただろうからな」

フランチェスカは開いた唇からぐっと息を呑み、あとずさった。「もう行かなくちゃ」

「ああ、ではまた」

フランチェスカがわずかに顎を上げた。「男性が大勢いらしてるわ」

「山ほどな」

「夫を見つけなくてはいけないのよ」

「そうとも」マイケルは同意した。

フランチェスカはいったん唇をきつく結んでから、付け加えた。「今夜見つかるかもしれないし」

マイケルはうすら笑いを浮かべそうになった。フランチェスカは必ず捨てぜりふを吐かずにはいられないのだ。それで会話を締めくくったつもりなのだろうと察してわざと答えた。

「そうだな」

そのときにはすでに彼女は反論を返すには不作法なところまで離れていたが、一度足をとめ、肩をこわばらせたので、聞こえているのがわかった。

マイケルは壁に寄りかかってふっと笑った。わずかながらも得られた喜びに満足すべきなのだろう。

翌日、フランチェスカはいつになく気分が滅入っていた。前夜はマイケルのほうが突っかかるような話し方をしていたとはいえ、どことなく後ろめたい不快な胸のざわつきを鎮めることができなかった。

いったい自分のどの言葉が彼をあのように不機嫌にさせてしまったのだろう? そもそも、彼はいったいなんの権利があって、あのように失礼な態度を取ったのだろう? 浮ついた戯れに日々を費やすより、ほんとうは真剣に愛せる結婚相手を求めているのではないかと、少し冗談めかして尋ねただけのことだ。

でも、あきらかにその推測は間違っていたらしい。マイケルはゆうべはずっと――ふたりが顔を合わせる前も話したあとも――舞踏会場じゅうの女性たちを魅了してまわっていた。見ているだけで具合が悪くなりそうなほどだった。

けれど一番の問題は、事前に予測していたとおり、彼が魅了した女性たちを数えるのをやめられないことだった。マイケルが笑顔で三人姉妹をうっとりさせているのを見ながら、フランチェスカは、ひとり、ふたり、三人とつぶやいていた。さらに、未亡人ふたりと伯爵夫人ひとりで、四、五、六人。その光景にうんざりし、にもかかわらず目が釘づけになっている自分自身にまたうんざりした。

しかも、マイケルは時おり、こちらを見ていた。気だるげにからかうような目つきで見られると、フランチェスカは自分がしていることを見通されているのではないかと考えずにはいられなかった。マイケルは数えさせる人数をどんどん増やさせようというもくろみだけで女性から女性へ渡り歩いているのではないかと。

どうしてあんなことを言ってしまったのだろう？　いったい自分は何を考えていたのだろうとフランチェスカは悔やんだ。

もしくは何も考えていなかったのかもしれない。ほかに説明のしようがないように思えた。もともと、彼が傷つける女性たちを数えずにはいられないなどと言うつもりはなかった。そんなことを考えているとは自分で気づきもしないうちに、言葉がそっと口をついていた。

いまですら、どうしてそんなことをしたいのかわからない。

どうして気になるのだろう？　彼に心奪われる女性の人数などどうして知りたいの？　以前は気にしたことはなかったのに。

事態は悪くなるいっぽうだった。女性たちはすっかりマイケルに魅了されている。社交界の男女の慣習が逆だったなら、キルマーティン館の客間はすべて麗しき伯爵様宛ての花束で埋めつくされていただろう。

さらに恐ろしい予感が湧いた。きょうはきっと訪問者が押し寄せるに違いない。ロンドンじゅうの女性たちが、マイケルが客間を通りがかることを期待して自分を訪ねて来るだろう。そうなれば数えきれない質問と、たまに差し挟まれるやっかみに耐えなければならず――。

「まあ、大変！」フランチェスカはぴたりと足をとめ、いぶかしげに客間を覗き込んだ。

「いったいどういうこと？」

どこを見ても花だらけだった。

悪夢が現実と化した。社交界の慣習が変わったことを聞き洩らしていたのだろうか？

菫《すみれ》、菖蒲《しょうぶ》、雛菊《ひなぎく》、舶来種のチューリップ、温室栽培の蘭。薔薇。薔薇は至るところに様々な色のものがある。その匂いに圧倒されてしまいそうだった。

「プリーストリー！」フランチェスカは、部屋の向こう側でキンギョソウを飾った背の高い花瓶をテーブルに据えていた執事を目にして呼びかけた。「このお花はいったいどうしたの？」

執事は最後にもう一度花瓶の位置を調整し、ピンク色の花をつけた茎を一本引きだして壁から離してから、戸口のほうへ戻ってきた。「すべて奥様への贈り物でございます」

フランチェスカは目をしばたたいた。「わたしに？」

「そうです。カードをお読みになりますか？　送り主が特定できるよう、それぞれの花束に付けたままにしてあります」

「まあ」それしか言葉が出てこなかった。狐につままれたかのように、あいた口を手で押さえ、部屋じゅうの花をきょろきょろ見まわした。

「お望みでしたら」プリーストリーが続ける。「カードを剝がして、裏に花束の種類を書き添えておきましょうか。そうすれば、手早くすべてをご覧になれます」フランチェスカが答える前に、執事がさらに申しでた。「お部屋の机でお読みになりますか？　でしたらカードをお運びしますが」

「いえ、いいわ」フランチェスカはなおもこの状況にひどくとまどいつつ言った。なにしろ自分は未亡人だ。男性に花を贈られるとは思えない。現実だろうか？

「奥様？」

「あの……わたし……」執事のほうを向き、ぴんと背を伸ばして思考をはっきりさせた。というより、そうさせようと努めた。「まずは、あの、ここで見るから」一番近くにあるムスカリとシタキソウの美しく可憐な花束に向きあった。カードには〝あなたの瞳の色を想いながら〟とある。チェスター侯爵の名が記されていた。

「まあ！」フランチェスカは目を丸くした。チェスター侯爵は二年前に妻を亡くし、新たな花嫁を探していることは誰もが知っている。

頭がくらりとする妙な感覚をほとんど鎮められないまま、薔薇の花束のほうへ進み、執事に興味津々だと思われないよう懸命に落ち着いた態度を装ってカードを手にした。「これはどなたからかしら」いかにもさりげない調子で言った。

十四行詩《ソネット》。記憶が正しければ、シェイクスピアの詩の引用だ。署名は、トレヴェルスタム子爵。

トレヴェルスタム？　一度だけだが引きあわされたことがあった。若く、見目麗しい紳士で、父親が一族の財産の大半を浪費してしまったという噂だった。新たな子爵は裕福な女性と結婚しなければならない、ともっぱら囁かれている。

「まあ、大変！」

フランチェスカが振り返ると、ジャネットが立っていた。

「いったいどういうこと？」

「わたしもこの部屋に入ってまったく同じことを訊きました」フランチェスカは低い声で言った。二枚のカードをジャネットに渡し、義母が丁寧な手書き文字を目で追う様子を注意深く見守った。

ジャネットは独り息子のジョンを亡くしている。ほかの男性たちから求愛されている嫁をどのように思うのだろう？

「すてきじゃない」ジャネットは言って、目を上げた。「あなたは今シーズン注目の婦人になったわけね」

「ばかげてますわ」フランチェスカは顔を赤らめた。どうして恥じらうの？　ああ、わたしはどうかしてしまったのかしら？　恥じらうような性格ではない。ほんとうに注目の婦人だった一年目のシーズンでさえ、顔を赤らめはしなかった。「わたしはもうそれほど若くありませんもの」つぶやくように言った。

「そんなことはないわ」ジャネットが言う。

「ほかにも廊下にございます」執事が伝えた。

ジャネットがフランチェスカのほうへ向きなおった。「カードにはすべて目を通したの？」

「まだです。でもだいたい――」

「だいたい同じようなものかしら？」

フランチェスカはうなずいた。「ご迷惑ですか？」

ジャネットは哀しげに微笑んだが、その目にはやさしさと、思慮深さが表れていた。「あなたがまだ息子と結婚していてくれたらよかったと思っているかと訊かれれば、そのとおりよ。あなたに一生息子の思い出と結婚していてほしいかと訊かれたら、それは違うわ」手を伸ばし、フランチェスカの片手をつかんだ。「あなたはわたしの娘でもあるのよ、フランチェスカ。あなたには幸せになってほしい」

「ジョンとの思い出を穢《けが》すようなことはけっしてしません」フランチェスカは誓った。

「もちろんだわ。あなたがそんなことをするような人なら、息子は初めから結婚していなかったでしょう。それに」茶目っ気のある目つきで言い添えた。「わたしも結婚を許さなかった」

「子供がほしいんです」フランチェスカは言った。ともかく再婚を望む理由を説明し、妻になりたいからではなく母親になりたいからなのだということを亡き夫の母に理解してもらいたかった。

ジャネットはうなずき、顔をそむけて指先で目もとを押さえた。「残りのカードも読むべきだわ」きびきびとした口調で話題の転換を促した。「そして、午後に押し寄せる訪問者たちを迎える心積もりを整えておかなくてはね」

フランチェスカは義母の後ろについて巨大なチューリップの花束の前に立ち、カードを抜きとった。「お見えになるのはご婦人方ではないでしょうか。マイケルの様子伺いに来られるのではないかと」

「ありうるわね」ジャネットは同意し、カードを取りあげた。「読んでもいい？」

「もちろんです」

ジャネットはざっと目を通し、顔を上げてつぶやいた。「チェシャー」

フランチェスカは息を呑んだ。「公爵家の？」

「ご本人よ」

フランチェスカは思わず胸に手をあてた。「どうしましょう」息をついた。「チェシャー公爵様からだなんて」

「あなたは間違いなく、今シーズンの一番人気の花嫁候補だわ」

「でも、わたしは――」

「いったい何事ですか？」

マイケルがずいぶんと不機嫌そうな顔で言い、ひっくり返しかけた花瓶をつかんだ。

「おはよう、マイケル」ジャネットが陽気に声をかけた。

マイケルは伯母にうなずきを返してから、フランチェスカのほうを向いて不満げに言った。

「これから君主に忠誠を誓おうとでもしているような姿勢だな」

「あなたの代理にもなれるわね」フランチェスカは言い返し、慌てて手を脇におろした。まだ胸に手をあてていたことすら忘れていた。

「運がよければな」マイケルはつぶやいた。

フランチェスカはただちらりと目を向けた。

マイケルはすぐさませせら笑いを返して言った。「花屋でも開くんですか？」

「いいえ、でも、間違いなくできそうね」ジャネットが言う。「すべてフランチェスカ宛てなのよ」親切に付け加えた。

「そりゃそうでしょう」マイケルは低い声で言った。「それにしても、まったく、薔薇を贈るような間抜けはどこのどいつだろう」

「薔薇は好きだわ」と、フランチェスカ。

「誰も彼も薔薇を贈る」マイケルはうんざりしたように言った。「古臭いんですよ。で、」トレヴェルスタムの黄色い薔薇を身ぶりで示した。「これは誰からです？」

「トレヴェルスタムよ」ジャネットが答えた。

マイケルは鼻先で笑って、フランチェスカのほうへ顔を振り向けた。「まさか彼とは結婚しないだろうな？」

「たぶんしないでしょうけど、どうしてだめなのか――」

「擦りあわせられるほどの硬貨もない」マイケルが遮った。

「どうしてわかるの？」フランチェスカは訊いた。「あなたは帰ってきてまだ一カ月も経っていないのに」

マイケルは肩をすくめた。「紳士のクラブに通っている」

「それなら事実かもしれないけれど、彼のせいではないはずよ」指摘せずにはいられなかった。トレヴェルスタム卿に恩義があるわけではないものの、できるだけ公平でありたいし、当の若い子爵が、浪費家の父親が一族に与えた損害を回復しようとこの一年努力していたことは広く知られている。

「彼と結婚する気がないのなら、それでいい」マイケルはきっぱり告げた。

いつもならその横柄な態度にいらだっていたかもしれないが、フランチェスカは内心ほとんど面白がっていた。「かまわないわ」口もとを引き締めた。「ほかの人を選ぶから」

「それでいい」マイケルが唸るように答えた。

「選択肢は大勢いるものね」ジャネットが口を挟んだ。

「まったくだ」マイケルがとげとげしく言う。

「ヘレンを呼んで来るわね」ジャネットが言う。「これを見逃したくはないでしょうから」

「母が起きる前にこの花たちが窓から飛びだしていくとは思えませんけどね」と、マイケル。

「それもそうね」ジャネットはにこやかに答えて、母親のような手つきで甥の腕を軽く叩いた。

フランチェスカは笑いを噛み殺した。マイケルがそのように触れられるのが嫌いなことはジャネットも承知している。

「でもきっと、花を見たら喜ぶわ」ジャネットが言う。「花束をひとつ持っていってあげてもいい？」

「もちろんですわ」フランチェスカは応じた。

ジャネットはトレヴェルスタムから贈られた薔薇を取ろうとして、手をとめた。「やっぱり、やめたほうがいいわね」独りごちて、マイケルとフランチェスカのほうを振り返った。「こちらに立ち寄られるかもしれないでしょう。自分の花束が屋敷の片隅に追いやられてしまったのだと勘違いされたらお気の毒だもの」

「あら、ほんとうに」フランチェスカはつぶやいた。「そのとおりだわ」

マイケルはただ唸り声を漏らした。

「でもせめて、このような様子だということは説明しておくわね」ジャネットは言うと、部屋を出て足早に階段をのぼっていった。

マイケルはくしゃみをして、とりわけ控えめなグラジオラスの花束を睨みつけた。「窓をあけなくてはいられないな」ぼそりと言った。

「寒くない？」

「外套を着ればいい」言葉を吐きだすように答えた。

フランチェスカは微笑み、笑いをこらえた。「嫉妬してるの？」いたずらっぽく尋ねた。

マイケルは啞然として、背後にいる人間を倒しかねない勢いで振り返った。

「わたしにではないわよ」フランチェスカは慌てて否定し、ほんのり顔を赤らめた。「いやだわ、そういう意味ではないの」

「ならば、どういう意味だ？」マイケルが静かな声で早口に訊いた。

「だから、その――つまり――」突然注目の的となったことを明確に表している花々を身ぶりで示した。「わたしたちはともに今シーズン、同じ目標に向かっているわけよね？」

マイケルはきょとんとした顔で見ている。

「結婚よ」ああもう、今朝の彼はいつになく鈍感だ。

「何が言いたいんだ？」

フランチェスカはもどかしげに息を吐きだした。「あなたは予想していたかどうかは知らないけど、あなたが容赦なく追われる立場になることは、わたしには当然わかっていたわ。でも夢にも思わなかったのよ……わたしが……」

「争奪戦の標的になるなんて？」

最適な表現ではないとはいえ、あながち的外れとも言えないので、とりあえず認めた。

「まあ、そういうことね」

マイケルはしばし黙って、どことなく苦々しげに彼女を見つめていたが、やがて静かに口を開いた。「きみと結婚したくないと思うような男がいるとすれば愚か者だ」

フランチェスカは驚きに口をぽっかりあけた。「あら」と言ったきり、言葉が出てこない。

「あの……それ……あなたの口からそんな褒め言葉を聞けるとは思わなかった」

マイケルはため息をついて髪を掻きあげた。その黒い髪に黄色い花粉の筋が付いてしまったことは言わないでおこうと、フランチェスカはひそかに思った。

「フランチェスカ」呼びかけたマイケルの顔には疲れと退屈と何かほかのものが表れていた。後悔だろうか？

いいえ、そんなはずはない。マイケルは何かを後悔するような男性ではない。

「わたしがきみを妬むことはない。きみは……」咳払いをする。「幸せになるべきだ」

「あの――」前夜の辛らつなやりとりを考えるとなおさら不自然な言葉だった。フランチェスカはどう答えればいいのかまるで思いつかず、とっさに話題を変えた。「次はあなたの番だわ」

マイケルはいぶかしげな目を向けた。

「正確にはもう始まってるのよ」フランチェスカは続けた。「ゆうべから。わたし自身に話しかけてくる人たちよりはるかに大勢にあなたのことを質問攻めにされてたのよ。もし女性たちが花束を贈れる慣習があったなら、このお屋敷じゅう花で埋めつくされていたわ」

マイケルはにやりとしたものの、目つきに表れるほどの感情の動きはなかった。怒っているわけではないが、どこかうつろな表情に見える。

フランチェスカはその不可思議な態度が気にかかった。

「ところで、ゆうべ」マイケルは言いながら手を首もとにやり、首巻《クラヴァット》を引いた。「きみの気にさわることを言ったのなら……」

フランチェスカは彼の顔を見つめていた。すっかり見慣れた顔で、細部の造作もしっかり憶えている。四年の月日も記憶をほとんど薄らがせていないように思えた。でもいまは何かが違って見えた。マイケルはたしかに変わったが、どこがかはわからない。

なぜなのかも。

「何も問題はないわ」フランチェスカは請けあった。

「それでも」マイケルがぶっきらぼうに言った。「謝っておく」

それから一日、彼は何に対して謝ったのか自分でわかっているのだろうかとフランチェスカは考えつづけた。そして実際、何を謝られたのかを考えずにはいられなかった。

12

……きみに手紙を書くのはばかげているのかもしれないが、東方で何カ月も過ごした人間は、死やあの世についての考え方も、マクリーシュ牧師に悲鳴をあげさせるようなものと化してしまう。イングランドから遠く離れていると、僕がフランスからたくさんの手紙を送っていたときのように、きみがまだ生きていて、この手紙を読んでくれるのではないかという気がしてくる。だが、誰かに呼びかけられると、自分がキルマーティンで、きみはもう郵便を届けられないところにいるのだと思い知らされるんだ。

——キルマーティン伯爵がインドへ旅立って一年二カ月後、前伯爵である亡き従弟に宛てて書き上げ、蠟燭の火でゆっくりと燃やした手紙より

いやな男を演じるのを楽しんでいるわけではないのだと、マイケルは紳士のクラブでブランデーのグラスを揺らしながら思いめぐらせた。だがこのところ、少なくともフランチェスカがそばにいるときには、なぜだかそのような態度を取らずにはいられなかった。

母親の誕生パーティに出席していたフランチェスカはずいぶんと楽しげで、ようやく女性を愛する気になったのかと嬉々として訊いてきたので、ついきつい返し文句を吐いてしまった。

彼女の考えは透けて見えていたからだ。さっそく亡き夫の従兄にふさわしい花嫁探しに乗りだそうとしているのが読みとれたし、それにじつを言えば……。

そうとも、ほんとうは自分が情けなくてどうしようもなかったからだ。

それでもどうにか、彼女に謝った。もう二度と愚かな態度を取るつもりは毛頭ないが、おそらくはまたいつか謝ることになり、ジョンが生きていたときにはつねに穏やかで陽気な男の見本のようであったことなど忘れ去られて、気むずかしい面だけが彼女の胸に印象づけられてしまうのだろう。

マイケルはブランデーを呷《あお》った。なんてことだ。

だが、このようなばかげた状況にもまもなく片がつく。フランチェスカは相手を見つけて、その男と結婚し、屋敷から出ていくことになる。むろん、友人関係は変わらないが――彼女の性格からしてつきあいを絶つのは許されない――もう毎日朝食の席で顔を合わせることもない。ジョンが亡くなる前より会う機会は減るだろう。従兄妹同然の関係だろうがなんだろうが、新たな夫が妻とほかの男がともに長い時間を過ごすのを許しはしまい。

「スターリング！」呼びかける声がして、すぐに耳慣れた軽い咳払いとせりふが続いた。

「いや、キルマーティンだ。慣れなくてすまない」

顔を上げると、ケンブリッジ大学時代からの知人、サー・ジェフリー・ファウラーが立っていた。「気にしないでくれ」マイケルは答えて、向かいの椅子を手ぶりで示した。「無事、帰って来られてなによりだ」

「会えて嬉しいよ」ジェフリーは言い、椅子に腰をおろした。

それから、たわいない冗談まじりの挨拶を交わしたあと、ジェフリーが本題に入った。

「レディ・キルマーティンが花婿を探しているらしいな」

マイケルは拳骨で殴られたように感じた。客間に趣味の悪い花束があふれているだけならまだしも、誰かに直接言われるとなおさら気分が悪くなった。

それも、若く、そこそこ見映えもして、あきらかに花嫁を探している男に言われては。

「ああ」間をおいて答えた。「そのようだな」

「それはよかった」ジェフリーが意欲満々に手を擦りあわせ、マイケルはその顔を無性に殴りたくなった。

「彼女は相当に好みがうるさいぞ」不機嫌に言った。

ジェフリーは意に介していないようだった。「結婚持参金を用意してやるんだろう?」

「なんだと?」マイケルはぶっきらぼうに訊き返した。ああ、なんと、いまや自分が彼女にとっては一番近い男性の親族なのだ。結婚式ではおそらく自分が花婿のもとへ送りだしてやらなければならないのだろう。

ぞっとする。

「そうなんだよな？」ジェフリーが念を押す。

「もちろんだ」歯を嚙みしめて言った。

ジェフリーが満足そうに息を吸い込んだ。「彼女の兄上もそうされると明言されている」

「彼女についてはスターリング家が責任を負っている」マイケルはきつい口調で告げた。

ジェフリーは肩をすくめた。「ブリジャートン家も同じ考えであるのはあきらかだ」

マイケルは嚙みしめた歯がきしるのを感じた。

「そんな怖い顔で見ないでくれよ」ジェフリーが言う。「結婚持参金が二倍あるとなれば、あっという間に彼女の嫁ぎ先は決まる。きみも早く出ていってもらいたいだろう」

マイケルはわずかに首をそらせて、ジェフリーの鼻のどちら側に拳骨を見舞うべきか見定めようとした。

「彼女がいれば負担がかかるものな」ジェフリーは陽気に続けた。「衣装代だけでもばかにならない」

領地持ちの準男爵の首を絞めた場合、どのような処罰がくだるのだろうかとマイケルは考えた。耐えられないほどのものではないだろう。

「それに、きみが結婚することになったら」ジェフリーは相手がこぶしを丸めて距離を目算していることにはまるで気づいていない様子で言葉を継いだ。「屋敷に彼女がいては新しい伯爵夫人の目障りだ。ひとつの家に小うるさい女主人はふたりいらないだろう？」

「そうだな」張りつめた声で応じた。

「ということで」ジェフリーは言うと立ちあがった。「きみと話せてよかったよ、キルマーティン。そろそろ失礼する。このニュースをシャイヴリーに伝えてやろう。当然ながら、競争相手を増やしたくはないが、どのみちそう長く隠しておけることでもないしな。ならばくが話してやろうじゃないか」

凍てつかせるような目つきで睨みつけても、情報をつかんで浮かれているジェフリーは気づきもしなかった。マイケルはグラスを見おろした。そうだった。飲み干していたのだ。いまいましい。

ウェイターにお代わりを持ってくるよう合図してから、持ってきていた新聞をじっくり読もうと坐りなおしたのだが、見出しにも目がいかないうちにまたも自分の名を呼ぶ声を聞いた。せめていらだちは隠す努力をして顔を上げた。

トレヴェルスタム。あの黄色い薔薇の贈り主。マイケルは思わず新聞の両端を握りしめていた。

「キルマーティン」子爵が言った。

マイケルは軽く頭をさげた。「トレヴェルスタム」顔見知りだった。親しくはないが、気さくな会話をしても不自然ではない程度には互いを知っている。「かけてくれ」向かいの椅子を身ぶりで示した。

トレヴェルスタムは腰かけて、飲みかけのグラスをテーブルに置いた。「元気でやってるかい？　帰国してからほとんど見かけなかったが」

「すこぶる元気だ」マイケルはぼそりと答えた。またもフランチェスカの結婚持参金を狙う間抜け男と向きあわなければならないのか。いや、二倍の結婚持参金だ。噂が広まる速さを考えれば、トレヴェルスタムはすでにサー・ジェフリーの話を聞きつけているかもしれない。

トレヴェルスタムはサー・ジェフリーより少しは礼儀をわきまえていた――インドでの暮らしや帰りの船旅など諸々のことを尋ねて、まる三分は雑談で繋いだ。けれどもそれから案の定、ほんとうにしたい話を切りだした。

「きょうの午後、レディ・キルマーティンを訪ねた」

「そうなのかい？」マイケルは相槌を打った。午前中に家を出てから戻っていない。フランチェスカに求愛する男たちの行列と顔を合わせるのだけは避けたかった。

「そうなんだ。美しい女性だよな」

「そうだな」飲み物がきたのを喜んで、答えた。

だがすぐに、もう二分早くきていればすでに飲めていたのだと気づくと喜びも半減した。

トレヴェルスタムが咳払いをした。「もう気づいていると思うが、彼女に交際を申し込むつもりだ」

「いや、いま気づいた」グラスを見つめ、あと何口ぶん残っているのか見さだめようとした。

「きみと、彼女の兄上のどちらに自分の意思を伝えるべきか迷ったんだ」

マイケルはフランチェスカの長兄、アンソニー・ブリジャートンなら不適格な花婿候補を蹴散らす威力があるのは確かだとは思いつつ、言った。「わたしでじゅうぶん事足りる」

でもない。

「ああ、よかった」トレヴェルスタムはつぶやいて、グラスに口をつけた。「それで――」

「トレヴェルスタム！」よくとおる声がした。「それに、キルマーティンじゃないか！」

大柄で肉づきのいいハードウィック卿だった。酔っ払ってはいないにしろ、完全なしらふでもない。

「ハードウィック」ふたりは声を揃えて応えた。

ハードウィックは椅子をつかんで、床を擦らせてテーブルのそばの空いている位置に持ち込んだ。「会えてよかったよ、ほんとに」ふうと息をつく。「やっぱり都会の夜だよな？　じつにすばらしい。いやまったく、すばらしい」

マイケルはなんのことを言っているのやらわからなかったが、とりあえずうなずいた。どういう意味なのかと尋ねるのはやめておいたほうがいいだろう。説明に耳を傾ける根気が続くとは思えない。

「向こうではシスルズウェイトたちが女王の犬たちについて賭けをしてたぞ。おっと、それに、レディ・キルマーティンの話も聞いた。今夜は愉快な話題があるな」満悦顔でうなずきながら言う。「じつに愉快だ。こっちはやけに静かだな」

「それで、女王の犬たちがどうかしたんですか」マイケルは尋ねた。

「どうやら喪が明けたらしい」

「犬たちの？」

「違う、レディ・キルマーティンのことだ！」ハードウィックが声を立てて笑った。「なかなか面白いことを言うじゃないか、キルマーティン」

マイケルは飲み物のお代わりを持ってくるよう合図した。またも酒が入り用だ。

「ゆうべ青いドレスを着てただろう」ハードウィックが言う。「みんな見ていた」

「とても美しかった」トレヴェルスタムが言い添えた。

「ああ、たしかにな」ハードウィックが続ける。「いい女だ。わたしもまだレディ・ハードウィックにつかまっていなかったなら、追いかけていただろう」

どうせ見込みは薄かっただろうと、マイケルはひそかに思った。

「昔の伯爵が亡くなってからどれぐらいの期間、喪に服してたんだ？」ハードウィックが訊く。「六年ぐらいか？」

二十八歳の若さで死去した男を〝昔の伯爵〟などと呼ぶのはいささか無礼ではないかとマイケルは思った。とはいえ、もう人生も後半に差し掛かったハードウィック卿のいつもながらの的外れな見方や態度を改めさせようとしてもたいして意味はないだろうし、休格のよさと赤ら顔からして、いつ卒倒してもふしぎではない男だ。ついていれば、ひょっとしていますぐにでも。

マイケルはテーブルの向こう側へちらりと目をくれた。まだ生きている。

ついてない。

「四年です」そっけなく言った。「従弟は四年前に亡くなったので」

「四年にしろ、六年にしろ」ハードウィックが肩をすくめて言う。「窓を閉ざしておくにはとんでもない長さだ」

「ここしばらくは半喪服に着替えていましたよ」トレヴェルスタムが言葉を差し挟んだ。

「あれ、そうだったか？」ハードウィックはぐいとひと飲みしてから、ハンカチでしまりのない口もとをぬぐった。「たとえおまえさんがそれに気づいていたとしても、われわれにとっては同じことだ。これまでは夫を探しているようには見えなかった」

「ええ」マイケルは相槌を打った。それもほとんどハードウィックが束の間話を中断したからという理由だけで。

「花蜜に群《ビーズ》がる蜂みたいに、男たちが彼女に殺到するだろうな」ハードウィックは蜂が多数であるのを強調しようと語尾をやたら延ばして発音した。「いいか、花蜜に群がる蜂だ。昔の伯爵に彼女がどれだけ尽くしていたかは誰もが知っている。誰もがな」

マイケルが頼んだお代わりの飲み物が運ばれてきた。ありがたい。

「そしてその伯爵亡きあと、彼女に関する男がらみの噂はいっさい立たなかった」ハードウィックが言い足した。

「たしかに」と、トレヴェルスタム。

「その辺の未亡人たちとはわけが違う」ハードウィックは話を続け、また酒を呷った。下卑た含み笑いをして、マイケルを肘で突いた。「言ってる意味はわかるだろう」

マイケルは黙って酒を飲んだ。

「いわば……」ハードウィックが身を乗りだすと、顎の肉がぶるぶる揺れて、ますます好色そうな表情になった。「いわば……」

「いい加減、さっさとはっきり話したらどうです」マイケルはつぶやいた。

「なんだと？」ハードウィックが言う。

マイケルは黙って顔をしかめた。

「ならば説明してやろう」ハードウィックが横目で見て言う。「いわば、すべきことを知っている処女のようなものだということだ」

マイケルは睨みつけた。「いまなんと言った？」ひどく静かな声で訊いた。

「だから――」

「ぼくがあなたなら、あえて繰り返しませんよ」トレヴェルスタムが即座に割って入り、マイケルの翳った表情に気遣わしげな視線を投げた。

「なぜだ？　侮辱にはあたらない」ハードウィックはぶつくさと言い、残りの酒を飲み干した。「彼女は結婚していたから、むろん手つかずではないわけだが、長いあいだずっと――」

「もうやめろ」マイケルは歯ぎしりして言った。

「なんだよ？　みんな言ってることだ」

「わたしの前では言うな」マイケルは言い放った。「自分の身が大事ならな」

「だが、どうせ処女ではないと言うよりよほどいいじゃないか」ハードウィックがけらけらと笑った。「意味はわかるだろうよ」

マイケルは相手の胸を突いた。

「おいおい、なんだ」ハードウィックは声をあげて床にひっくり返った。「いったい何が気にさわったんだ？」

マイケルはいつの間にかハードウィックの首をつかんでいたが、むしろそれで腹がすわった。「もう二度と」嚙みつくように言った。「彼女の名を口にするな。わかったな？」

ハードウィックは必死にうなずいたが、その動作のせいで呼吸が途切れ、頰が紫がかってきた。

マイケルは手を放して立ちあがり、汚れでも削ぎ落とすかのように両手を擦らせて払った。「レディ・キルマーティンを軽んじる発言を許すわけにはいかない」きつく念を押した。「いいな？」

ハードウィックはうなずいた。ほかの大勢の傍観者たちもそれに倣った。

「よし」マイケルは低い声で言い、さっさと立ち去るべきだと判断した。家に着いたときにはフランチェスカがすでにベッドに入っていてくれることを願った。あるいは外出していてくれないものだろうか。いずれにしろ顔を合わせるのは避けたい。

マイケルは出口へ歩いていき、廊下へ踏みだすなりまたしても自分の名を呼ぶ声を聞いた。このような気分のときに話しかけてくる間の悪いやつは誰なのかと思いつつ振り返った。

コリン・ブリジャートン。フランチェスカの兄だ。ついてない。

「キルマーティン」コリンは端整な顔にいつものさりげない笑みを添えて言った。

「ブリジャートン」

コリンは、先ほどひっくり返されたテーブルのほうをなにげなく身ぶりで示した。「ちょっとした見物だった」

マイケルは答えなかった。コリン・ブリジャートンには会うたびどきりとさせられていた。ふたりは同じように向こうみずな遊び人という評判をとっている。けれども、コリンが社交界の母親たちに物柔らかな態度を気に入られて愛すべき存在になっているのに対して、マイケルは少なくとも爵位を得るまでは、つねにやや警戒心を要する男に見られていた。

とはいうものの、マイケルは前々から、陽気さを絶やさないコリンの見かけの下には計り知れない一面が隠されているのを察していた。そして、互いに似た部分が多いからなのかもしれないが、フランチェスカへのほんとうの気持ちを見抜ける人間がいるとすれば、この彼女の三兄なのではないかとつねづね不安に感じていた。

「ちょうど静かに飲んでいたら騒ぎが聞こえてきたんだ」コリンは個室のほうを示して言った。「ちょっとつきあわないか」

マイケルはとにかくクラブを立ち去りたくてたまらなかったが、コリンはフランチェスカの兄であり、最低限の礼儀は示さなければならない相手だった。歯を食いしばり、一杯飲んで十分以内には必ず席を立つつもりで個室のほうへ歩きだした。

「楽しい晩だよな?」マイケルがくつろいだ態度を装うとすぐにコリンが言った。「ハードウィックとのやりとりやなんかはべつにして」コリンは無造作な身のこなしで椅子の背にもたれた。「愚かな男だからな」

マイケルはそっけなくうなずいた。いつものように物柔らかな態度をさりげなく慎重に装いつつ自分を見ている男の鋭敏な目には気づかないふりをした。コリンが頭を片側にわずかに傾けた。まるで相手の胸のうちをもっとよく覗けるよう位置を調節しているようではないかと、マイケルは苦々しく思った。

「好きにするがいい」小声で毒づいてから、呼び鈴を鳴らしてウェイターを呼んだ。

「何か言ったかい？」コリンが訊く。

マイケルはゆっくりと顔を上げて向きあった。「飲み物のお代わりは？」食いしばった歯の隙間から絞りだすように、できるかぎりはっきりと発音した。

「頼もう」コリンがいたって機嫌よく親しみやすい表情で答えた。

マイケルは一瞬たりとも上辺《うわべ》の顔を信じるつもりはなかった。

「今夜はこれから何か予定があるのかい？」コリンが訊く。

「何も」

「奇遇にも、ぼくもだ」コリンが低い声で言った。

またも、ついてない。一時間でもひとりきりで過ごしたいと思うことがそれほど高望みなのだろうか？

「フランチェスカの名誉を守ってくれて感謝する」コリンが静かに言った。

マイケルはとっさに感謝されるようなことではないと唸り声で答えようとした。フランチェスカの名誉を守るのはブリジャートン家の人々と同様、自分にとっても当然の務めだ。が、コリンの緑色の瞳がその晩はいつにもまして鋭く光っていたので、おとなしくうなずいた。「あなたの妹さんは敬意をもって接すべきご婦人ですから」努めてなめらかに落ち着いた口調で答えた。

「もちろんだ」コリンが大きくうなずいて言う。

ふたりの酒が運ばれてきた。マイケルはいっきに飲み干したい衝動をかろうじて抑えて、喉に沁み入るくらい大きくひと飲みした。

かたやコリンは満足げに吐息をついて、椅子に寄りかかった。「極上のウィスキーだ」心から嬉しそうに言う。「この国の最《さい》たる美点だな。いや、少なくとも、最たる美点のひとつだ。キプロスではこれほどのものは飲めない」

マイケルはただ唸るように相槌を打った。それだけでじゅうぶんなように思えた。

コリンはもうひと口含み、見るからに蒸留酒を味わっている。「ううむ」と漏らし、グラスを置いた。「女性と同じぐらい、いいものだ」

マイケルはもう一度相槌を打って、グラスを口もとに持ちあげた。

唐突にコリンが言った。「きみが結婚すべきなんだ」

マイケルはむせかけた。「なんだって？」

「結婚してくれ」コリンはわずかに肩をすくめた。「しごく簡単なことだ」

コリンがフランチェスカ以外の女性について話している可能性はかなり低かったが、マイケルは一縷《いちる》の望みをかけて、精一杯冷ややかな口調で訊いた。「いったい、誰のことを言ってるんです？」

コリンは眉を吊り上げた。「ぼくたちにいまさらそんな駆け引きをする必要があるだろうか？」

「フランチェスカとは結婚できない」マイケルは唾を飛ばして言った。

「どうして？」

「それは――」口ごもった。彼女と結婚できない理由はいくらでも挙げられるが、そのどれひとつとして口に出して言えることではない。仕方なく、こう言った。「従弟と結婚していた女性だ」

「ぼくが確認したかぎりでは、それについては法的になんの問題もない」

いや、たとえそうでも自分は不道徳なことばかりしてきたのだ。長年、フランチェスカを欲し、永遠とも感じられるほど長く愛しつづけてきた――それもジョンが生きていたときから。考えられるかぎり最も恥ずべきやり方で従弟を欺《あざむ》いていた。このうえ彼の妻を奪ってさらなる裏切りを重ねたくはない。

そんなことをすれば、けっして手に入るはずのなかったキルマーティン伯爵の爵位をもたらした、忌まわしい運命の環が完成されてしまう。そのなかのどれひとつとして手に入るはずのものではなかった。レイヴァーズに片づけさせたあのきつくて仕方のないブーツを除けば、フランチェスカはジョンの形見のなかで唯一自分のものになっていないものなのだから。

ジョンの死は自分に莫大な富をもたらした。さらに、権力、社会的地位、爵位をも。

同じようにフランチェスカを差しだされても、たとえ夢のなかでさえ手に入れようとは願うべくもなかったものに飛びつくことなどできるだろうか？

そんなことをして良心に恥じずに生きられるのか？

「妹も誰かと結婚しなければならない」コリンが言う。

マイケルは目を上げ、しばし考えにふけって沈黙していたことに気づいた。そのあいだも、コリンにずっと見られていたのだろう。肩をすくめ、涼しい顔をつくろったが、その程度でテーブルの向こう側の男をごまかせないことはわかっていた。「彼女のしたいようにするでしょう。いつもそうですから」

「焦って結婚してしまうかもしれない」コリンはつぶやいた。「歳をとる前に子供を産みたがってるんだ」

「彼女はそれほどの歳ではありません」

「ああ、でも、自分ではそう思ってるんじゃないかな。それに、周りからもそう思われているのではないかと不安なんだろう。きみの従弟どのとは結局、子を授かれなかった。いや、身ごもってから順調にいかなかったわけだが」

マイケルは立ちあがらないようテーブルの端をつかんでいなければならなかった。たとえそばにシェイクスピアがいて説明を引き受けてくれたとしても、どうしてコリンの言葉にこれほど腹が立つのか納得できはしなかっただろう。

「もし焦っているのだとすれば」コリンはぶっきらぼうとも言える口ぶりで付け加えた。

「つらくあたるような男を選んでしまうかもしれない」

「フランチェスカが？」マイケルは鼻先で笑って言った。ほかの女性ならそうした愚かなことをしでかすかもしれないが、フランチェスカにかぎってありえない。

コリンが肩をすくめる。「ありうることだ」

「たとえそういう男と結婚してしまったとしても」マイケルは切り返した。「そのような結婚に甘んじはしませんよ」

「妹がどんな決断をすると？」

「フランチェスカが決めることとです」マイケルは言った。それだけで説明は足りるはずだ。

「きみの言うとおりかもしれないな」コリンは認めて、ひと口飲んだ。「いつでもブリジャートン家に身を寄せられるわけだし。ぼくらは冷酷な夫のもとへ無理やり帰らせるようなことはけっしてしない」テーブルにグラスを置いてから、椅子の背にもたれた。「それでも、まだ未解決の問題があるのではないかな？」

コリンの口ぶりには何か遠まわしに挑発するような含みがあった。マイケルは相手の意図の手がかりを探らずにはいられなくなって、その顔を鋭く見つめた。「なんです、それは？」

コリンがまたグラスに口をつけた。そのグラスの中身がまるで減っているように見えないことにマイケルは気づいた。

コリンはしばらくグラスをもてあそんでから目を上げ、マイケルの顔を見据えた。ほかの者にはなにげない表情に見えるかもしれないが、マイケルはその目を見ていると落ち着かない気分になった。射抜くように鋭く、瞳の色こそ違うものの形はフランチェスカの目にとてもよく似ている。

その目が不気味な光を灯している。

「何が未解決かって？」コリンは思慮深い顔つきでつぶやいた。「それはつまり、きみが妹との結婚を望んでいるのかどうかはっきりしないということだ」

マイケルは即座に言葉を返そうとして口をあけ、自分が言おうとしたことにはっと衝撃を受けてすぐにまたつぐんだ――〝望んでいるとも〟。

たしかに望んでいる。

彼女と結婚したい。

だがそんなことを考えていては、後ろめたくて生きられない。

「大丈夫かい？」コリンが訊いた。

マイケルは目をしばたたいた。「もちろんですが、なぜ？」

コリンが頭を片側にわずかに傾けた。「一瞬、きみが……」首を振る。「なんでもない」

「なんですか、ブリジャートン？」マイケルはほとんど問いただすように訊いた。

「驚いていたから」コリンが言う。「とても驚いているように見えた。それで少し妙に感じたんだ」

勘弁してくれ。コリン・ブリジャートンのような抜け目のない男とあと少しでも一緒にいたら、秘密は根こそぎ暴かれてしまう。マイケルは椅子を後ろに引いた。「もう行かなくては」だし抜けに告げた。

「そうだな」コリンは競馬と天気のことぐらいしか話していなかったかのように、にこやかに応じた。

マイケルは椅子から立って、そっけなくうなずいた。いわば親類のような間柄としてはあまり心のこもった別れの挨拶とは言えないが、その状況では精一杯の行動だった。

「ぼくの提案について考えてみてくれ」コリンはドアのところまで歩を進めていたマイケルにさりげなく声をかけた。

マイケルは乾いた笑いを漏らしてドアを押しあけ、廊下に出た。なるべくならほかのことを考えたかった。

これからも生きているあいだはずっと。

13

……家のことは万事とても順調よ。フランチェスカの入念な管理のもとで、キルマーティン伯爵領は繁栄しています。彼女はいまもジョンの死を悼んでいるけれど、もちろんそれはみな同じだから、きっとあなたも同じ気持ちなのよね。フランチェスカに直接手紙を書くことを考えてはもらえないかしら。彼女はあなたを恋しがっているわ。あなたの話はすべて私から伝えてはいるけれど、母親へ書くのとはまた違った形で伝えられるのではないかしら。

――ヘレン・スターリングが、インドへ旅立って二年になる息子、キルマーティン伯爵へ宛てた手紙より

その一週間は、このうえなく鬱陶《うっとう》しい花束、キャンディ、身の毛のよだつ詩の朗読者がひっきりなしに玄関先に押し寄せ、マイケルにとって思い起こすだけでもぞっとする日々が続いた。

フランチェスカは社交界に登場したての令嬢たちをもしのぐ人気ぶりだった。彼女を手に

入れようと競いあう男たちの数が日ごと倍加しているはずもないのだが、廊下で恋煩いの垢抜けない男たちにしじゅうつまずくたび、そう思えてならなかった。

吐き気をもよおさせるような有様なので、いっそ恋煩いの男たちの上に吐きたかった。

もちろん、マイケルのほうも同じように女性たちから想いを寄せられていたが、婦人が紳士を訪ねるのは不作法とされているため、おおむね気が向いたときにだけ相手をすればよかった。つまり、目の色を眺める以外にたいして理由もなく、事前に連絡もしないで訪ねて来るような者はいない。

自分の目がありきたりの灰色の目とどう違うかなどという話も聞かずにすむということだ。つまらない喩えのようだが、現にマイケルは何人もの男たちからフランチェスカの目を褒め称える言葉を聞かされていた。

まったく、あの男たちは誰ひとりとして自分なりの考えというものがないのだろうか？　誰もが彼女の目について褒めるのは仕方がないとしても、せめてひとりぐらい海や空以外の何かに喩えられる創造性を持つ者はいないのだろうか。

マイケルはうんざりして鼻を鳴らした。フランチェスカの目をしっかりと見ていれば、きわめて独特な色をしていることに気づかぬはずがない。

よくも安易に空の色に喩えられるものだ。

そのうえ、紳士のクラブでのフランチェスカの兄との会話をつい思い起こさずにはいられないせいで、彼女に言い寄る男たちの胸の悪くなるような一団を目にするのがなおさら苦痛になっていた。

フランチェスカと結婚？　そのようなことはいままで考えようともしなかった。

けれどもいまは、熱に浮かされているかのごとく、その考えにとりつかれていた。

フランチェスカと結婚。ばかばかしい。あらゆる点で間違っている。

だが本心では、それを猛烈に望んでいる。

彼女を見て、彼女と話し、同じ家で暮らすのは地獄のような苦しみだった。以前からけっして自分のものにならない相手を愛するのは耐えがたいものだと思っていたが、この状況は……。

この状況はその何千倍も苦しい。

コリンは気づいている。

気づいていないはずがない。そうでなければ、あのようなことを提案するだろうか？

マイケルが何年もまともな理性を保ってこられたのは、たったひとつの理由のおかげだった。誰にもフランチェスカへの想いを気づかれていなかったからだ。

おかげでどうにか自尊心のかけらを失わずにいられたのだろう。

だが、コリンが気づいているか、少なくともかなり強く疑っていることがわかって、マイケルは胸が掻き乱されるような動揺を鎮めることができなかった。

コリンに気づかれたとすれば、何かしら策を講じなければならない。

ああ、もし、フランチェスカに告げ口されたらどうすればいい？

その疑問は、こうしてコリンと問題の会話をしてから一週間近く経ったいま、バーウィック家の舞踏会で踊り手たちから少し離れて立っているときも頭の大部分を占めていた。

「今夜はほんとうにきれいよね？」

耳もとで母のヘレンの声がして、マイケルはうっかりフランチェスカを見つめていたことに気づいた。母のほうを向き、軽く頭をさげた。「母上」低い声で呼びかけた。

「そう思わない？」ヘレンが念を押す。

「そうですね」社交辞令以上のものであるとは疑われないよう速やかに答えた。

「緑色が似合うんだわ」

どんな色でもフランチェスカには似合うのだが、母にそう言うわけにもいかないので、うなずいて同意の言葉をつぶやいた。

「ダンスをしてらっしゃいな」

「そのつもりです」マイケルは答えて、シャンパンをひと口飲んだ。すぐにも舞踏場を横切っていって、彼女の邪魔な取り巻きを蹴散らしたいところだが、むろん母の前でそのような感情は見せられないので、さらりと締めくくった。「これを飲み終えたら」

ヘレンは唇をすぼめた。「それまでに、彼女のダンスの予約カードは埋まってしまうわ。いますぐ行くべきよ」

マイケルは母を見やり、なんであれ母をそのような気持ちに駆り立てているものを忘れさせようと、いたずらっぽい笑みを浮かべた。「どうしていままでなくてはいけないのです」そう言うと、シャンパングラスをそばのテーブルに置いた。「ならば母上が踊ってくださいませんか？」

「この子ったら」と言いつつ、母は逆らわず息子に導かれていった。

マイケルは、あすにはこの代償を払うことになるのを承知していた。すでに、既婚婦人たちがここぞとばかりに周りを取り巻いている。母親離れできない放蕩息子ほど格好の餌食はないからだ。

母に会話する隙を与えないようきびきびと踊った。そして向きを変え、回転し、高く、低くなりながら、エメラルド色のドレス姿の輝くばかりに美しいフランチェスカを目の端に捉えた。そうしていれば彼女を見ていることは誰にも気づかれないので、きわめて都合がよかった。けれどもとうとう曲は終盤の盛りあがりへ至り、マイケルは最後の回転に入って彼女がいるほうから離れた。

そしてふたたび向きが戻ると、フランチェスカの姿は消えていた。

マイケルは眉をひそめた。どうもおかしい。早足で婦人用の化粧室へ向かったのかもしれないが、情けなくもほとんど目を離せずにいたので、彼女がほんの二十分前に化粧室に行く姿も目にしていた。

母とのダンスを終えて別れの挨拶をすませ、フランチェスカを最後に見た部屋の北側のほうへなにげなく歩いていった。誰にも呼びとめられないよう、できるだけ速く進まなければならない。いっぽうで人込みを縫いながら耳を澄ました。彼女について話している者もいないようだ。

　フランチェスカがいたはずの場所にたどり着くと、おそらく裏庭へ続いている両開きのガラス扉を見つけた。まだ四月で、三百人の熱気に包まれているとはいえ夜風にさらせるほど暖かくはないので、扉は閉じられ、カーテンに覆われている。マイケルはふいに懸念を抱いた。自分もかつて夜の暗闇で人目を憚《はばか》ることをするために何人もの女性たちを庭へ連れだしていた。

　マイケルはそっと目立たないよう外へ出た。実際にフランチェスカが紳士と裏庭へ出たとすれば、人にあとをつけられることだけは避けたかった。

　パーティの喧騒はガラス扉を通して響いてくるが、それでもやはり夜の暗闇は静かに感じられた。

　すぐに彼女の声が聞こえてきた。

　その声が胸を突き刺した。

　どんな男に暗闇に誘いだされたにせよ、安心しているどころか、嬉しそうな様子が感じとれた。言葉までは聞きとれないものの、あきらかに笑っている。歌うようにほがらかな声が聞こえ、そのあとに熱っぽい親密そうな囁きが続いた。

　マイケルは扉の取っ手に手をかけた。去るべきだ。自分の出る幕はない。

　ところが、その場から動けなかった。

　彼女がジョンといるところを盗み見たことなど一度もなかった。ふたりが自分に関係のない会話をしているときにも耳をそばだてたことはなかった。たまたま耳に入ってしまったようなときには必ずすぐさまその場を離れた。なのにいまは以前とは違っていた。どう表現すればいいのかわからないが、何かが違っていて、どうしてもその場から離れることができなかった。

あと一分だけだ、と自分に言い聞かせた。そうしたら去ろう。あと一分経って、彼女が危険な状態ではないことが確かめられたら――。

「いや、いやよ」

フランチェスカの声だ。

マイケルは耳をそばだてて、声のするほうへ数歩近づいた。うろたえてはいないようだが、拒否する言葉を発している。といっても、冗談や、ばかげた噂話を笑いながら否定しているだけなのかもしれない。

「ほんとうにもう――やめて！」

マイケルが行動を起こすにはそれだけでじゅうぶんだった。

男性とふたりで外へ出るのが望ましいことではないのはフランチェスカもわかっていたが、サー・ジェフリー・ファウラーは礼儀正しく感じのいい紳士だったし、混雑した舞踏場に少し蒸し暑さも覚えていた。未婚の令嬢だったときならけっしてしなかっただろうが、未亡人はそれほど作法を気にする必要はない。サー・ジェフリーも扉を少しあけたままにしておくと約束してくれていた。

最初の数分はいたって気持ちよく過ごせていた。ジェフリーの話に笑い、自分は美しいのだと感じられ、そう感じられる喜びをどれほど望んでいたかに気づかされて胸が締めつけられた。それでつい笑い声をあげ、親密な囁きを交わし、いつしかすっかり気を許していた。ひと言ではうまく表現しきれないけれど、もう一度女性らしい気分のようなものを感じたかった。自分は求められているのだという高揚感を楽しむのがそれほどいけないこと？

言い寄ってくる男性たちはみなおそらく、この国で屈指の名家であるブリジャートン家とスターリング家両方との結びつきと、いまではすっかり噂にのぼっている二倍の結婚持参金を求めているだけなのだろう。でも、この心地よい一夜だけでも、自分自身が求められているのだと信じたかった。

ところが、サー・ジェフリーは突如迫ってきた。フランチェスカはなるべく控えめにあとずさったが、さらに一歩、また一歩と歩み寄られ、気づいたときには背中が太い木の幹に接していた。それから、ジェフリーは木に両手をついて、彼女の頭を挟み込むようにして身を近づけた。

「サー・ジェフリー」フランチェスカはできるかぎり礼儀を保とうとして言った。「誤解があるのではないかと思うの。わたしはパーティに戻りたいわ」相手を刺激して取り返しのつかないことを引き起こしたくないので、明るく気さくな調子で言った。

ジェフリーの顔がまた少し近づいた。「どうしていまさら、そんなことを言うんだい？」

囁きかけるように言う。

「いや、いやよ」さらに顔を寄せられて、フランチェスカは顔を脇へそむけた。「みんな、わたしを探してるわ」いざとなれば、彼の足を踏みつけるか、それでもだめならまだ少女の頃に兄たちに教わった方法で急所を狙う以外にない。「サー・ジェフリー」最後にもう一度だけ礼儀を取り戻してくれるのを願って言った。「ほんとうにもう――」

そのとき、ぬるりと湿った、きわめて不快な唇が口に覆いかぶさってきた。

「――やめて！」フランチェスカは悲鳴を絞りだした。

けれどもジェフリーは強引に唇を押しつけてくる。フランチェスカは身をよじって逃れようとしたが、相手は思いのほか力強く、逃すつもりはなさそうだった。それでもフランチェスカは抵抗し、膝で股間を蹴ろうと脚を持ちあげたが、実行する前に、ジェフリーが……忽然と消えた。

「まあ！」思わず驚きの声を漏らした。慌しい動きとともに、こぶしが肉に食い込んだようなおぞましい音がして、痛々しい悲鳴があがった。何が起きているのかよく呑み込めないうちに、ジェフリーは激しい口調で毒づきながら地面にだらしなく伸び、大きな男が覆いかぶさるようにその胸をしっかりとブーツで踏みつけていた。

「マイケル？」フランチェスカは自分の目が信じられずに問いかけた。

「希望を言ってくれ」フランチェスカはマイケルのものとは思えないような声を聞いた。

「さもなければ、こいつの肋骨をつぶす」

「やめて！」フランチェスカは即座に声をあげた。ジェフリーの股間を蹴ることにはほんの少しも後ろめたさを感じないが、マイケルに人を殺《あや》めさせたくはない。

マイケルの顔つきを見れば、喜んでそうしようとしているのはあきらかだった。

「そんなことをする必要はないわ」そう言うとすぐにマイケルのそばに寄り、その目のなかに野蛮な光を見て、あとずさった。「だからあの、去るように言うだけでいいのではないかしら？」

マイケルはしばし動かず、視線を絡ませた。その険しいまなざしの強さに、フランチェスカは息を継ぐ気力すら奪われた。やがて、マイケルはジェフリーの胸にブーツの裏を擦りつけた。たいして体重をかけてはいないが、仰向けの男は苦痛の呻き声を漏らした。

「ほんとうにいいんだな？」マイケルは歯ぎしりして言った。

「ええ、お願い、傷つける必要はないわ」フランチェスカは答えた。ああ、この光景を誰かに見られでもしたら悪夢が待っている。自分の評判は貶められ、立派に敬われている準男爵に暴力を奮ったマイケルはどんな言われようをするだろう。「わたしがこの方と外に出てこなければよかったのよ」そう言い添えた。

「ああ、出てくるべきではなかった」マイケルは鋭い口調で言った。「だが、きみに無理やり迫ったことは許されない」胸を踏みつけていたブーツ履きの足をいきなりのけると、ふるえているジェフリーを引っぱり立たせた。襟をつかんで木に押さえつけ、互いの鼻先が触れあうほどににじり寄った。

「ほら、とらわれた気分はどうだ？」マイケルはあざける口ぶりで言った。

ジェフリーは何も答えず、ただ恐ろしさに目を見開いている。

「このご婦人に言いたいことはあるか？」

ジェフリーは激しくかぶりを振った。

マイケルがその頭を木の幹に押しつけた。「もっとよく考えろ！」怒鳴りつけた。

「許してくれ！」ジェフリーは甲高い声で言った。

まるで少女のような弱々しさだと、フランチェスカはがっかりした。夫にふさわしい男性ではないようだと感じてはいたが、それで愛想が尽きた。

けれども、マイケルはまだ許そうとはしなかった。「今後レディ・キルマーティンの十ヤード以内に近づいたら、おまえの腹を切り裂いてやる」

フランチェスカですらたじろいだ。

「わかったな？」マイケルは凄みを利かせて言った。

ジェフリーは今度はほとんど泣き声のような悲鳴をあげた。

「消えろ」マイケルはがなりたてて、怯えた男を押しやった。「ついでに言うなら、一カ月かそこらは街を出ていたほうが身のためだ」

ジェフリーは呆然としている。

マイケルは恐ろしげな立ち姿で微動だにせず、横柄に片方の肩を持ちあげた。『どうせ誰も気づきはしまい』穏やかに言う。

フランチェスカはふと息をとめていたことに気づいた。このように恐ろしくも、威風堂々としているマイケルの姿を初めて目にして、体の芯からふるえを感じた。マイケルにこのような一面があるとは夢にも思わなかった。

サー・ジェフリーは走りだし、芝地を突っ切って裏門のほうへ消え去った。フランチェスカはマイケルと知りあって以来初めて、向きあいながら言葉を失った。

ようやく、恐る恐る言葉が口をついた。「ごめんなさい」

マイケルが殺気立った顔を向け、フランチェスカはあとずさりかけた。「謝ることはない」

「ええ、そうよね。でも、もっとよく考えていれば――」

「彼のほうがもっと考えるべきだったんだ」マイケルが腹立たしげに言う。

それは事実だ。フランチェスカは自分の落ち度を認めたくはなかったし、彼の怒りを煽るようなことも言うべきではないと思った。少なくともいまは。このようなマイケルを見たのは初めてだった。それどころか、誰であれ、このような状態になったところを見たことはない――怒りにきつく縛りつけられて、いまにも砕け散ってしまいそうだ。初めは自制心を失っているのだろうと思ったのだが、息を吸うのもためらわれるほど微動だにせず立っている彼を見ているうちに、実際はその反対なのだと気づいた。

マイケルはしっかりと自制心を保っている。そうでなければ、サー・ジェフリーはいまでもそこにぐったりとのされていただろう。

フランチェスカは何か言おうとして口をあけた。何かなだめられるような、もしくは少しは笑いを誘える言葉を探したが見つからず、よく知っていると思い込んでいた目の前の男性をただじっと見つめていることしかできなかった。

何かわからないものに強く惹きつけられ、目をそらせなかった。マイケルは荒い息遣いで、見るからに必死に怒りをこらえているが、妙なことに意識はそこにあるのではないように思えた。どこか遠く離れた地平線を見ているように、目の焦点は定まらず、まるで……。

苦しんでいるように見える。

「マイケル？」囁きかけた。

反応はない。

「マイケル？」今度は手を伸ばして触れると、マイケルがびくんとしていきなり向きなおったので、フランチェスカは後方によろめいた。

「なんだ？」ぶっきらぼうに訊く。

「なんでもないわ」フランチェスカは何を言おうとしていたのか思いだせずに口ごもった。名前以外、何か言おうとしていたのかどうかすらわからない。

マイケルは一瞬目を閉じて開き、あきらかに続きの言葉を待っていた。

「もう帰るわ」フランチェスカは言った。もうパーティに魅力は感じられないし、いまはともかく安全で慣れ親しんだ場所にこもりたい。

なぜなら、マイケルが突如として安全でも慣れ親しんだ相手でもなくなってしまったのだから。

「きみの帰宅については適当に言いつくろっておこう」マイケルがぎこちない口ぶりで言った。

「あなたとお母様たちのために、馬車をここへ戻すよう指示しておくわ」フランチェスカは言い添えた。先ほど目にしたジャネットとヘレンは心から楽しそうに過ごしていた。ふたりの晩に水を差したくはない。

「裏門まで送っていこうか、それとも、舞踏場を通り抜けていくか？」

「裏門からにするわ」

馬車のいるところまではずっと彼の温かい手を背中に感じながら歩いた。けれど馬車に着いて乗り込むときには、その手をかりずに振り向いて、突如疑問を口からほとばしらせた。

「どうして、わたしが庭にいることがわかったの？」

マイケルは答えなかった。あるいは、フランチェスカが期待したほど早く答えられなかっただけなのかもしれない。

「わたしを見てたの？」

マイケルは表情を変えず、微笑もうとするそぶりもなく唇をゆがめた。「きみのことはいつも見ている」陰気に答えた。

フランチェスカはそれからひと晩じゅう、その言葉の意味を考えつづけた。

14

……フランチェスカが僕のことを恋しいと言ったのですか？　それとも母上がそう推測しているだけのことですか？

――キルマーティン伯爵がインドへ旅立って二年二カ月後、母へレン・スターリングへ宛てた手紙より

三時間後、フランチェスカがキルマーティン館の寝室で腰かけていると、マイケルが帰ってきた音が聞こえた。ジャネットとヘレンはだいぶ前に帰宅しており、廊下でばったり（いくぶん意図的に）出くわしたときに聞いた話によれば、マイケルは紳士のクラブに立ち寄ってから帰ると言っていたという。

もともと夜遅くに会うべき理由はないとはいえ、おそらく顔を合わせるのをできるだけ避けるためなのだろうとフランチェスカは推測していた。その晩先に舞踏会を去るときにもすでに、一緒にいたくないようなそぶりをはっきりと感じていた。マイケルが勇ましく、本物

の英雄たる決意で名誉を守ってくれたのは事実だが、フランチェスカには彼が自分を仕方なく助けたように思えてならなかった。そうしたいからではなく、そうしなければならないという理由で。

とすれば、彼にとって自分は、ずっと信じてきたように大切な友人ではなく、しぶしぶともにいなければならない相手なのかもしれない。

そう考えると、つらかった。

今夜はマイケルがキルマーティン館に戻ってきてもそっとしておこうと胸に決めていた。ただじっとドアのそばで寝室へ廊下を歩いていく足音に耳を澄まそう。正直なところ、立ち聞きしたい気持ちはこらえられない。おそらくすぐに互いの部屋を仕切る重いオーク材のドアのほうへ（母の家から戻って以来、両側から鍵が掛けられている。マイケルを恐れているわけではなく、それが慎みだからだ）移動し、そこでさらに数分耳を澄ますことになるだろう。

何を聞こうとしているのか、彼が部屋を歩きまわる音を聞いてなんの役に立つのかわからないが、とにかくそうせずにはいられない。その晩、何かが変わったとフランチェスカは感じていた。あるいは何も変わっていないとすればよけいに事は複雑だった。マイケルは本来自分が思っていたような男性ではなかったということだろうか？　これほど身近にいて、遠く離れていたときでさえ親友のひとりだと思っていたのに、その人物のことを何もわかっていなかったなどということがありうるの？

マイケルが自分に隠し事をしているとはこれまで考えもしなかった。このわたしに！　ほかの人はどうあれ、このわたしに隠し事をするなんて。

考えているうちに気持ちが揺らいで、頭が混乱した。いきなり誰かにキルマーティン館の南側の壁の下にある煉瓦を押しのけられて、地面がぐらぐらと傾きだしたかのように。何をしようと、何を考えようと、想像さえできなかった見知らぬところへ滑り落ちていくような感覚を振り払えなかった。

いずれにしても、足もとがぐらつきだしているのは間違いない。

フランチェスカの寝室はキルマーティン館の正面側に位置していて、ほかに物音がしていないときに誰かがふつうに玄関扉を閉めれば、その音が聞こえた。たとえ叩きつけるように閉めなくても。

扉の開閉にどれぐらいの力が必要であるにしろ、あきらかにマイケルは扉を叩きつけるように閉めた。階下からまぎれもなくばたんという音が響き、おそらくはプリーストリーが外套を受けとりながら主人と話しているくぐもった声が聞こえた。

マイケルが帰ってきた。これでようやくベッドに入って、少なくとも眠るふりはできる。

マイケルの帰宅は、その晩を締めくくるべきであることを告げていた。もうきょうのことは忘れて頭を切り替え、何もなかったようなふりをすればいい。

ところが、階段を上がってくる足音を耳にして、フランチェスカは自分でも予期しなかった行動を取った。

部屋のドアを開き、廊下に出ていった。

自分が何をしようとしているのか、見当すらつかなかった。素足が廊下の長細い絨毯に触れて初めて自分の行動に気づき、いくぶん怖気づいて息を切らした。

マイケルは疲れ、驚いているようだった。首巻《クラヴァット》がわずかに緩み、濃く黒い髪がふわりと額に垂れて、見惚れてしまうほど整った顔立ちをしている。フランチェスカはふと、これほど美しい男性だということに自分はほんとうに気づいていただろうかと考えた。あたりまえのようにいつもそこにいたので、頭では認識しつつ、しっかり見ていなかったのかもしれない。

でもいまは……。

フランチェスカは息を呑んだ。まるで辺りが彼の香気に満たされていくようで、熱気と寒気を同時に感じ、肌にぞくりとする刺激がめぐった。

「フランチェスカ」マイケルは疲れているとしか思えない声で呼びかけた。

もちろん、フランチェスカには返す言葉がなかった。何をしようとしているのかわからないまま部屋を飛びだすようなことは自分らしくないと思いながら、その晩はほとんどずっとそのような調子だった。いつになく落ち着きを失って気分が揺らぎ、部屋を出る前に考えられたのは（ほんとうに考えていたのだとすれば）、彼に会わなければならないということだけだった。姿をひと目見て、声を聞ければいい。それでやはり思っていたとおりの男性なのだと納得できれば、きっと自分もこれまでのままでいられるだろう。

自分自身が変わってしまったような気がしていたからだ。

それが心の底から恐ろしかった。

「マイケル」ようやく声が出せた。「あの……お帰りなさい」

あきらかに無意味な挨拶に、マイケルはじっと見返して片方の眉を上げた。

フランチェスカは咳払いをした。「あなたがその……ご無事かどうか確かめたかったの」

声がやや尻すぼみになったのは自分でも気づいていたが、とっさに考えついたにしては上出来な口実だと思った。

「何も問題ない」マイケルがそっけなく言う。「疲れているだけで」

「そうよね。当然だわ」

マイケルは笑みを浮かべたが、陽気さはまるでなかった。「そうとも」

フランチェスカは唾を飲み込み、微笑もうとしたがぎこちない表情になった。「さっきはお礼を言えなかったから」

「なんのことだ?」

「助けに来てくれたことよ」と言ってから、もっと明確に伝えるべきだと思った。「自分で……ほんとうは自分で身を守らなければいけなかったのよね」ちらりと気恥ずかしげに見やって、弁解がましく言い添えた。「やり方は兄たちから教えられているのに」

マイケルは腕組みをして、どことなく父親のような態度で見おろした。「それなら、さっさとあの男に悲鳴をあげさせてやればよかったんだ」

フランチェスカは唇をきつくすぼめた。「いずれにしても」彼の皮肉には返し文句は控えることにして続けた。「とても感謝してるの。そういうことをしないで、つまり……」顔を赤らめた。ああ、もう、顔を赤らめたくなんてないのに。

「股間を蹴らずにすんだからかい？」マイケルは親切めかして代わりに言葉を継ぎ、口の片端を引きあげてからかうような笑みを浮かべた。

「そのとおりよ」フランチェスカは歯を嚙みしめて答えた。ピンク色の頰が、薔薇色や赤紫を飛び越えていっきに深紅に染まるのをはっきりと感じた。

「どういたしまして」マイケルは唐突に言い、軽く頭をさげて会話の終了を伝えた。「では、失礼する」

マイケルはすぐにも寝室のなかへ入ろうとしたが、フランチェスカのほうはまだ会話を終わらせようとは思えなかった（魔が差したとしか言いようがない）。「待って！」呼びかけてから、何か言わなければならないのだと気づいて喉のつかえを呑みくだした。

マイケルがいぶかしげに振り返った。「なんだ？」

「あの……わたしはただ……」

マイケルは言葉に詰まった様子をしばらく眺めたあと、業を煮やして言った。「朝まで待てというのか？」

「違うわ！　待って！」今度は手を伸ばし、彼の腕をつかんだ。

マイケルが身を硬くした。

「どうしてわたしにそんなに怒ってるの？」フランチェスカはか細い声で訊いた。

彼は呆れたふうに首を振ったが、自分の腕をつかんでいる手から目を離そうとはしなかった。「何を言ってるんだ？」

「どうしてわたしにそんなに怒ってるの？」質問を繰り返し、実際にその言葉を口にして初めて自分がそう感じていたことに気づいた。どうあれ、ふたりのあいだがぎくしゃくしているのは確かなのだから、その理由を知らなければならない。

「思い違いだ」マイケルが低い声で言う。「きみに怒ってなどいない。疲れているだけだ。ベッドに入りたいんだ」

「あなたは怒ってるわ。わたしにはわかるの」フランチェスカは確信をもって声を大きくして言った。実際に口にしてみて、それが事実だと確信できた。彼はそれを隠そうとしている。はっきりと表に出してくれれば、謝って決着がつけられるかもしれないものを、彼は怒りをうちに秘めている。しかもその怒りがフランチェスカに向けられているのはあきらかだった。

マイケルが自分の腕をつかんでいる手の上に手を重ねた。フランチェスカは彼の手のぬくもりにどきりとしたが、彼はそれからただ自分の腕から彼女の手を外しておろした。「もうベッドに入らせてくれ」

そう言うと背を向けて、歩いていく。

「だめ！　行かないで！」フランチェスカは何も考えず不用意にあとを追った。

まっすぐ彼の寝室へ。

マイケルはたとえそれまで怒っていなかったとしても、今度は間違いなく怒っていた。

「ここで何をしようというんだ?」きつい声で訊く。

「追い返さないで」フランチェスカは抵抗した。

マイケルは鋭いまなざしでじっと見つめた。「きみはわたしの寝室にいる」低い声で言う。

「出ていってくれ」

「どういうことなのか説明してくれるまではいやよ」

マイケルは完全に動きをとめていた。筋肉がすべて強固に凍りついているのはなによりさいわいだった。もしうっかり動きだせば——動けると感じさえしたら——彼女に襲いかかっていただろう。そして、彼女を捉えたならどのようなことになるか予想もつかない。

マイケルはじりじりと追い込まれていた。最初は彼女の兄によって、そのあとはサー・ジェフリーに、そして今度は何も知らず目の前に立っているフランチェスカ本人に。

たったひとつの提案がマイケルの生きる世界をひっくり返した。

〝きみが結婚すべきなんだ〟。

みだらにそそる禁断の林檎《りんご》を目の前にぶらさげられているような気分だった。

ジョン。良心が声をあげた。ジョン。ジョンを思いだせ。

「フランチェスカ」低く抑えた硬い声で言った。「もう真夜中過ぎだ。きみは夫ではない男の寝室にいる。出ていってくれ」

それでも、彼女は従わなかった。いまいましくも、動こうとするそぶりさえない。あけ放したままの戸口から一メートルほど入ったところに立ったまま、初対面の人間であるかのように自分を見つめている。

マイケルは彼女の髪がおろされていることに気づかないふりをした。寝間着姿であるのを意識しないよう努めた。慎み深い形の服とはいえ、脱がしやすいものには違いない。マイケルは彼女の足先をかすめている絹地の裾に視線を落とし、爪先に物欲しげな目をくれた。

ああ、いつの間にか爪先を見つめている。彼女の爪先を。わが人生はどうなってしまうのだろう。

「どうしてわたしに怒ってるの？」フランチェスカがふたたび訊いた。

「怒っていない」マイケルはきっぱりと否定した。「とにかくただ――」必死の思いで自分を抑えた。「わたしの部屋から出ていってくれ」

「わたしが再婚しようとしているから？」フランチェスカが感情に喉を詰まらせた苦しげな声で訊く。「そうなの？」

どう答えればいいのかわからないので、黙って見据えた。

「わたしがジョンを裏切ったと思ってるのね」とがめる口調で言う。「わたしにあなたの従弟を一生想って暮らせというの？」

マイケルは目を閉じた。「違うんだ、フランチェスカ」疲れた声で言った。「そんなことは――」

だが彼女は聞こうとしなかった。「わたしが彼の死をもう悲しんでいないと思ってるの？」

問いただすように訊く。「一日でも、彼のことを思いださない日があると思う？　誰かと結婚して、聖なる誓いを踏みにじるようなことをわたしが心から望んでしたがっていると思う？」

マイケルは彼女を見つめた。怒りと、おそらくは同じぐらい悲しみに心を掻き乱され、息を乱している。

「ジョンと過ごしたような時間は」フランチェスカはいまや全身をふるわせていた。「わたしに花を贈ってくれた男性たちの誰とも分かちあえない。それに、再婚を考えることすら、冒瀆のように――身勝手な冒瀆のように感じるわ。子供が……こんなにもほしいと思わなければ……」

感情が高ぶりすぎたのか、みずからの嘆きの言葉が胸にこたえたのか、声が途切れた。フランチェスカはじっと立ったまま瞬きを繰り返し、わずかに開いた唇をふるわせ、少しでも触れたら壊れてしまいそうに見えた。

もっと思いやりをかけてやるべきなのだろう。慰めてやるべきなのだとマイケルは思った。ここが自分の寝室以外の場所であったなら、そのどちらもしていたはずだ。だが、この部屋にいるかぎり、できるのは呼吸を整えることだけだった。

それと、おのれを抑えること。

フランチェスカがふたたび、蠟燭の灯りのもとでも鮮やかに青い大きな目を向けた。「あなたにはわからない」そう言うと踵を返した。低く長さのある抽斗《ひきだし》付きの衣装簞笥のほうへ歩いていく。そこにぐったりともたれかかり、箪笥の木枠をぎゅっとつかんだ。「あなたにわかるはずがない」背を向けたまま つぶやくように言った。

するとどうしたものか、マイケルはにわかにこらえきれなくなった。彼女はここに押し入ってきて、自分勝手に推測した疑問を投げかけて答えを求めた。寝室にまで入ってきて、相手を追い詰め、このうえわからず屋だと捨て去ろうというのか？ 背を向けたまま、わかるはずがないなどとよくも言えたものだ。

「何がわからないんだ？」マイケルはきつい口調で言い、彼女のほうへ歩きだした。音も立てず足早に進み、気づいたときには、すぐに触れられるほど彼女の真後ろに立っていた。その気になれば、どこでもつかめるほど近くに。

フランチェスカがくるりと振り返った。「あなた――」

口をつぐみ、それ以上言葉を発しなかった。ただじっと視線をかち合わせた。

「マイケル？」と、彼女が囁いた。マイケルにはそれが何を意味しているのかわからなかった。問いかけたのか？ 何かを求めているのだろうか？

フランチェスカはじっと動かず、唇から漏れる呼吸の音だけが聞こえていた。彼の顔から目をそらそうとはしなかった。

マイケルは手に疼きを感じた。体が燃えている。彼女がすぐそばにいる。自分のすぐそばから動こうとしない。これが誰かべつの女性なら、あきらかにキスを待っているとしか思えなかっただろう。

フランチェスカの唇はわずかに開いていて、目の焦点は定まっていない。そしてまるでいつ彼がかがみ込んで決着をつけてくれるのだろうかと待ち望んでいるかのごとく、顎をわずかに上向かせたように見えた。

マイケルは自分でも気づかぬうちに何か言葉を発していた。たぶん、彼女の名前なのだろう。胸が苦しくなり、鼓動が高鳴り、不可能なことが突如避けられないこととなって、今度ばかりはとめられないのだと悟った。今度ばかりは自制や自己犠牲や罪悪感でとめられるものではない。

いまだけは自分のためにある。

マイケルは彼女にキスをしようと顔を近づけていった。

フランチェスカがあとから考えて、言い訳にできることがあるとすれば、彼がすぐ後ろに来ているのはわからなかったということだけだった。絨毯は厚く柔らかで、その足音は神経が高ぶった耳に届かなかった。どうにかして痛烈な返し文句で彼を黙らせようと考えていて、振り向くつもりもなかったので、近づいてきているのはわからなかったし、考えもしなかった。何かきつい皮肉を突きつけて、後ろめたい不愉快な気持ちにさせようとしていたのに、ふいに振り返ると……。

そこにマイケルがいた。

それもすぐそばに。ほんの十数センチのところに。それほど人と近づいたのは何年かぶりのことで、ましてマイケルとそのように接近したことは一度もなかった。

フランチェスカは話すことも考えることもできず、仕方なくただ彼の顔を見つめて呼吸を続けるうち、自分が恐ろしいほど強くキスを望んでいることに気づいた。

マイケル。

なんてこと、わたしはマイケルを求めている。

それは胸をナイフで切り裂かれたような衝撃だった。こんな気持ちになるとは思ってもいなかった。自分が誰であれ男性を求める日がくるとは考えられなかった。それも、マイケルをだなんて……。

離れるべきだ。いいえ、走り去らなくてはいけない。ところが何かがフランチェスカをその場に押しとどめていた。彼の顔から目をそらせず、唇を湿らせずにはいられなくなり、肩に両手をかけられても、抗えなかった。

動くことすらできない。

それから、心のどこかで男女の微妙な駆け引きを意識したのか、なんとなく少しだけ自分が身を寄せたような気がした。

キスにそそられるのはずいぶん久しぶりでも、体は何かを憶えていた。

顎に触れられ、ほんのわずかに顔が上向いた。

それでも、拒む言葉は出なかった。

フランチェスカは彼を見つめ、唇を舐めて、じっと待ち……。

やや間があって唇が触れ、数時間前に忌まわしい不快な体験をしていただけに、今度はすぐにこのうえなく心地よいものになるとわかった。

そのとおりだった。

ふたりの唇はかすかにそっと触れあった。それはじわじわと掻き立てられるようなキスで、フランチェスカの体じゅうに刺激がめぐり、さらに求めずにはいられなかった。ぼんやりとした頭の片隅では、間違っていることをしていて、それどころか常軌を逸した行動であるのはわかっていた。でも、たとえ烈火に足もとを舐められようと動けそうになかった。

フランチェスカは彼のぬくもりに心奪われ、酔わされていた。静かに身をふるわせているだけで、そそるようなことはほとんどできないものの、何かしら離れる努力を試みたわけでもなかった。

誘いかける吐息をつきつつ、向こうから何かしてくれるのをひたすら待っていた。やがてマイケルが動いた。彼女の腰のくびれに手を広げ、じっとりとした指のぬくもりでその気をそそった。引き寄せずとも、軽くかかった力だけでふたりの距離は徐々に縮まり、絹の化粧着が彼の夜会服の布地に柔らかに擦れた。

フランチェスカは熱くなり、とろけていった。

みだらに。

マイケルの唇にさらに押され、唇を開いて奥へ招き入れた。その機を逃さず、彼の舌は焦らすように思わせぶりに危険なダンスを舞いながら欲望を焚きつけていった。しだいに脚から力が抜けて、フランチェスカはやむなく彼の上腕につかまり、しがみついて、いつしかみずから進んでキスをしていることに気づいた。

こうなることを望んでいた。

マイケルが欲望と切迫と何かもっと苦しげな感情でかすれた声で名を呼んだが、フランチェスカは彼につかまってキスをされ、ああ、救いがたくもキスを返すことしかできなかった。

彼の首に手を伸ばし、肌の温かみに酔いしれた。彼の髪は最近少し伸びていて、濃く弾力のある巻き毛が指に触れた——この髪のなかに顔を埋めたくてたまらない。

彼の手が背中をのぼり、熱い道筋を引いていく。その手は肩を撫で、腕を滑りおりて、乳房に至った。

フランチェスカは身を硬くした。

けれどもマイケルは熱くなっていて気づかない。手のひらで乳房を包み、耳に届くくらい大きな吐息をついて軽く握った。

「だめ」フランチェスカはか細い声で言った。そんなことは親密すぎて許されない。

そこまでしないで……マイケル。

「フランチェスカ」マイケルが囁いて、唇で頬から耳へたどる。

「だめよ」つぶやいて、身をよじって離れた。「できないわ」

表情は見たくないと思いながら、見ずにはいられなかった。そして、彼の顔を見て、後悔した。

マイケルはうつむき加減でわずかに顔をそむけたが、なおも焦がすような強いまなざしを向けていた。

フランチェスカは心が燃え立った。

「できないわ」小声で言った。

返事はない。

言葉は先走ったが、その種類はかぎられていた。「できないわ。できない。できないのよ……わたし……わたし――」

「だったら行けよ」マイケルが吐きだすように言った。「早く」

フランチェスカは駆けだした。

自分の寝室に駆け込んで、翌日には母の家へ逃れた。

さらにその翌日には、はるかスコットランドへ向かった。

15

……インドで元気にやっているのはなによりだけれど、家に戻ることもぜひ考えてください。みな、あなたがいなくて寂しがっているし、あなたには国外からでは果たしきれない責務もあるはずよ。

――インドへ旅立って二年四カ月になる息子、キルマーティン伯爵へ、ヘレン・スターリングがしたためた手紙より

そういえばフランチェスカは昔からさりげなく言い訳をすることに長《た》けていた。マイケルは彼女がヘレンとジャネットに残していった短い手紙を読んでそう思い、誰とも顔を合わせることなく手紙を書き残した手ぎわに改めて感心した。

その手紙によれば、なんでもスコットランドのキルマーティン邸で緊急事態が起きたのだという。フランチェスカは羊の群れが紅斑熱《こうはんねつ》を発症したとの事情をそれはわかりやすく説明し、自分がすぐに対処しなければならないのだと記していた。なるべく早く戻るので心配は

いらない、料理人自慢のラズベリー・ジャムも必ず持ち帰ってくるという。このジャムはロンドンのどんな砂糖菓子にもまさると誰もが認める絶品なのだ。

マイケルは、羊どころか、ほかのどの家畜であれ紅斑熱にかかったという話は聞いたことがなかった。そもそも、いったい羊の体のどこに斑点が表れるというのだろう？

すべてにおいてそつがなく、いともさりげない。ジャネットと母が週末に街の外へ出かけたのも、じつは別れを告げずに逃げられるようフランチェスカが仕組んだことだったのではないかとすら思えてくる。

彼女は逃げたのだ。それはほぼ間違いなかった。キルマーティンで緊急事態が起きたなどと、マイケルははなから信じていなかった。もしもそのようなことがあれば、フランチェスカが自分に報告する義務を感じないはずがない。長年その地所を管理していたのはフランチェスカであるとはいえ、伯爵は自分であり、彼女は戻ってきた伯爵をないがしろにするような婦人ではない。

それに、マイケルは彼女にキスをして、それ以上のことにも及び、その直後の表情を見ていた。

行けるのなら、月までもフランチェスカは逃げていただろう。

ジャネットとヘレンは彼女がいなくなっていかに寂しいものかと延々こぼしあっていたが、その事情についてはさほど気にかけているようには見えなかった。

マイケルは書斎に腰を据え、ひたすらおのれを責めとがめる考えをめぐらせた。

彼女にキスをした。キスをしたのだ。

本心を隠しつづける男にとって最善の行動であるはずもないと、苦々しく考えた。フランチェスカと知りあってから六年。六年間、マイケルは想いのすべてを胸の内側に押し隠し、自分の役割を完璧に演じてきた。六年間の努力のすべてをたった一度のキスで台無しにしてしまった。

これまでけっして楽な気持ちで過ごせてきたわけではない。たった一度のキスがいままでのあらゆる夢想を超えるものだったなどということがありうるのだろうか？　この六年というもの、考えられるかぎり最上のキスを幾度となく思い描いていた。

だが、あれは……それ以上だった。夢想にまさるものだった。あれは……。

フランチェスカとのキス。

驚くほど想像とは違っていた。何年ものあいだ毎日その女性のことを考え、腕に抱いた感触を思い描いていたというのに、実物はまったく比べようもないものだった。

そして、これまで以上に状況は悪化した。そうとも、彼女とキスをした。しかもそれはまさしくわが人生で最も鮮烈なキスだった。

同時に、すべてが終わった。

もう二度と同じことは起こりえない。

ようやく夢が実現し、心ゆくまで味わって、これまで以上の苦しみに陥った。いまさらながら忘れかけていた現実に否応なしに気づかされた。けっして自分のものにならない相手だということを容赦なくはっきりと思い知らされたのだ。

そしてもう、何もかもがいままでどおりにはいかなくなった。

ふたりは二度と友人には戻れない。フランチェスカは親密な出来事を軽く受け流せるような女性ではない。どんな類いのものであれ気まずさを嫌う彼女は自分との対面をできるかぎり避けるようになるだろう。

つまり、彼女はマイケルという男を頭から振り払うためにはるかスコットランドへ向かったのだ。女性にとってこれほど明確な意思表示の仕方はないだろう。

フランチェスカはマイケルにも書付を残していた――ジャネットとヘレンに宛てたものよりずいぶんと簡素なものを。

あれは間違いだったわ。ごめんなさい。

いったい何について謝らなければならないと思ったのか、マイケルは彼女の意図をはかりかねた。キスをしたのはこちらだ。フランチェスカが強引に寝室に入ってきたのだとしても、襲われるのを期待して来たのではないことぐらいは承知している。どういうわけか、怒りをかっていると思い込み、それを思い悩んでやって来たのだから。

フランチェスカの行動は軽率だったとはいえ、それもひとえに相手を思いやり、ふたりの友情を大事に考えているからにほかならない。

その友情をみずから台無しにしてしまったのだと、マイケルは思った。どうしてこのようなことになったのか、いまだ判然としなかった。彼女を見つめているうちに目をそらせなくなった。その瞬間のことは脳裏に焼きついている——ピンク色の絹の化粧着、両手をぎゅっと握りしめて話すしぐさ。髪は肩の片側に垂れ、目は大きく、感情で潤んでいた。

そして、フランチェスカは背を向けた。

そのときだ。そのとき、すべてが変わった。自分のなかで突きとめられない何かが湧きあがり、足が動いていた。いつの間にか部屋を横切り、すぐそばまで、触れて抱きかかえられるところまで来ていた。

フランチェスカが振り返った。

とたんにマイケルはわれを忘れた。

そのときにはもう理性に耳を傾ける気にもなれず、自分をとめられなくなっていた。何年も欲望を押しとどめていたものがなんであれ、その力はたちまち消えて、キスをせずにはいられなかった。

それほど単純なことだった。複雑な選択肢もなければ、思いきった決断が必要なわけでもなかった。彼女が拒むか、あとずさって逃げようとしたなら状況は違っていただろう。けれど、そのどちらもしなかった。ふたりのあいだにはフランチェスカの息遣いだけが響き、彼女はただじっとそこに立って待っていた。

キスを待っていたのだろうか？　それとも、こちらがわれに返って身を引くのを待っていたのか？

いまさらどちらでもかまわない、とマイケルは投げやりに考えて、手にしていた一枚の紙をくしゃっと丸めた。机の周りの床には握りつぶした紙屑が散らばっていた。何か壊したくてたまらない気分の男には、紙類は格好の標的だった。吸い取り器《ブロッター》の上にあった乳白色の書状を手に取り、握りつぶす前にちらりと視線を落とした。招待状だ。

マイケルは動きをとめ、さらに目を近づけた。今夜の催しの案内で、たしか出席の返事を出していた。招待主の婦人はフランチェスカの古くからの友人で、彼女も間違いなく出席するつもりでいたはずだ。

この哀れな身を階上へ引きずっていき、夜会服に着替えるべきなのだろう。出かけていって、妻となる女性を探すべきなのだ。それでこの苦しみが癒されるわけでもあるまいが、遅かれ早かれやらなければならないことだ。それに、ここでうだうだ机の後ろに腰かけて酒を飲んでいるより自分のためになる行動ではなかろうか。

マイケルは立ちあがり、改めて招待状に見入った。ため息をつく。ひと晩じゅう、フランチェスカについて尋ねる大勢の人々の相手をして過ごすのはどうしても避けたい。へたをすると、会場にはブリジャートン一族が勢ぞろいしているかもしれない。しかも、この一族の女性たちはみな栗色の髪をして大きく笑みを広げ、恐ろしいほどよく似ている。といっても、もちろん、そのうちの誰ひとりとしてフランチェスカの美しさにかなう者はいない——姉妹たちは親しみやすさも陽気さも大らかさも少々度が過ぎる。フランチェスカの神秘性、目にちらりと覗く皮肉っぽいきらめきは誰も持ちあわせていない。

やはり、上品ぶった人々のなかで一夜を過ごすのはまっぴらだ。

そこで、かつて何度も使っていた方法で問題に対処しようと思いついた。

ひとりで女を探しに行こうと。


三時間後、マイケルはどうにもむしゃくしゃした気分で紳士のクラブの正面扉の前にいた。〈ラ・ベル・メゾン〉に行ってきたところだった。率直に言ってしまえば、そこは娼館以外のなにものでもないのだが、娼館の部類のなかでは高級かつ上品で、清潔な女性たちがみずからの意思で働く、信頼できる店として知られている。マイケルも長年ロンドンで暮らすあいだには何度か利用したことがあった。いわば知りあいの男たちのほとんどが一度や二度は訪れたことのある場所で、ジョンですら、フランチェスカとの結婚前に訪れていた。

マイケルは、娼館のおかみから放蕩息子でも出迎えるように熱い歓待を受けた。評判の高い殿方の訪問をみな待ち焦がれていたのだと、おかみは説明した。女たちは以前からマイケルに憧れていて、自分の満足のみならず相手をする女の悦びも気遣ってくれる数少ない殿方だとつねづね話題にしているという。

そのお世辞を聞いて、マイケルはどういうわけか口のなかに苦味を覚えた。いまは名高い女たらしになれる気分ではない。放蕩者という評判にはうんざりするし、今夜ばかりは相手も満足させられるかどうかなど気遣ってはいられなかった。ほんの数分であれ、欲情で心を空にしてくれる女が欲しいのだ。

ぴったりの娘がいますよと、おかみがおもねるような声で言った。新入りで、とても人気があり、きっと気に入ってもらえるはずだという。マイケルはただ肩をすくめ、〝極上〟だと請けあわれた小柄なブロンドの美女のもとへ案内された。

彼女に手を伸ばしかけて、やはり引っ込めた。違う。髪の色が明るすぎる。このようなブロンドは求めていない。

差し支えありませんわ、と言われ、今度は魅惑的な黒みがかった髪の娘が現れた。

個性的すぎる。

赤毛の娘はいかが？

それではまるで好みと違う。

女たちが次々に現れたが、どれも若すぎたり、歳を取りすぎていたり、豊満すぎたり、痩せすぎたりしていた。仕方なく、とうとう適当にひとり選んで、目をしっかり閉じて事をすませようと思い定めた。

二分が限界だった。

背後で娼館の扉が閉まると、気分が悪くなって半ばうろたえ、できなかったのだとつくづく思った。

女と交わることができなかった。気持ちが落ち込み、男として情けなかった。いっそ、ナイフでみずから去勢してしまいたい。

以前はひとりの女を意識から消し去るためにほかの女たちと戯れることができた。ところが当の女性と束の間のキスを味わっただけで、不能になってしまったらしい。

やむなくマイケルはこの紳士のクラブにやって来た。ここなら確実に女性を誰ひとり目にする心配はない。もちろん目的はフランチェスカの顔を頭から消し去ることなので、アルコールが〈ラ・ベル・メゾン〉の艶めかしい女たちからは得られなかった効果をもたらしてくれることを切に願った。

「キルマーティン」

マイケルは目を上げた。コリン・ブリジャートン。

なんと。

「ブリジャートン」唸るように答えた。よりにもよってなんたることだ。コリン・ブリジャートンはいま最も会いたくない人物だった。喉に斬りかかろうと剣をかまえるノポレオンの亡霊でさえ、この男よりはましに思えただろう。

「かけてくれ」コリンは自分の向かいの椅子を身ぶりで示した。

逃れる術《すべ》はない。人と約束があるのだと嘘をつくにしても、待っているあいだコリンと軽く一杯をともにできない理由にはならない。マイケルは仕方なく歯ぎしりして腰をおろし、コリンにほかに外せない約束があることを祈った――なるべくなら、三分後ぐらいに。

コリンが平底のグラスを手にして、それをしげしげと眺めてから琥珀色の液体を何度かまわし、軽くひと口飲んだ。「フランチェスカはスコットランドへ戻ったようだ」

マイケルは唸り声を漏らしてうなずいた。

「きみも驚いただろう？　シーズンはまだ始まったばかりだというのに」

「彼女の考えがわたしにわかるはずもない」

「ああ、そうとも、もちろん、わかるはずがないよな」コリンは穏やかに言った。「ご婦人の気持ちがわかるほど知恵のまわる男はいない」

マイケルは黙っていた。

「それにしてもなあ……こっちに来てまだ……二週間じゃないか？」

「もうちょっと過ぎてる」マイケルはぼそりと答えた。フランチェスカは自分とまさに同じ日にロンドンに来ていたのだ。

「そうか、そうだよな。さすがに、きみはよくわかってるよな」

マイケルはコリンをじろりと見やった。いったい何が言いたいんだ？

「でも、まあ」コリンはさりげなく片方の肩を持ちあげた。「すぐに戻ってくるだろう。スコットランドでは花婿は見つかりそうもないし、それがこの春の目標だと言ってたんだもんな？」

マイケルはそっけなくうなずいて、部屋の向こう側のテーブルに目をやった。空いている。誰もいない。さいわいにも、喜ばしいことに、空席だ。

そのテーブルについた幸せそうな自分自身を思い浮かべた。

「今夜はあまり会話がはずみそうにないな」コリンの声に、退屈なのは否めない夢想を断ち切られた。

どことなく見下したような物言いが癇にさわった。「ええ、お互いに」

コリンは含み笑いをして、酒の残りを飲み干した。「きみを試しただけさ」椅子の背にもたれた。

「わたしがみずからべつの席に移ると言いだすかどうかを？」マイケルは歯を噛みしめて言った。

「いや、そんなことじゃない」コリンはいわくありげににやりとして言った。「そんなことは見ていればわかる。きみの気分を試しただけのことだ」

マイケルは不機嫌さをあらわに片方の眉を吊り上げた。「それで、どうだと……？」

「だいたい、いつもどおりかな」コリンがどこ吹く風で答える。

マイケルが黙って睨みつけたところに、ウェイターがふたりの飲み物を運んできた。

「幸せを祈って」コリンがグラスを掲げる。

首を絞めてやる、とマイケルはとっさに思った。テーブル越しに喉につかみかかり、そのいらだたしい緑色の目玉が飛びでるまで締めつけてやる。

「乾杯してくれないのかい？」コリンが訊く。

マイケルは意味を成さない唸り声を漏らして、グラスの中身をひと息に飲み干した。

「何を飲んでるんだい？」コリンが気さくに尋ねた。身を乗りだしてマイケルのグラスを覗き込む。「とびきりうまい酒なんだろうな」

マイケルは空けたばかりのグラスで頭を殴りつけてやりたい衝動をこらえた。

「まあいいさ」コリンは肩をすくめた。「自分ひとりで幸せを祈るとするよ」ひと口飲んでから椅子に寄りかかり、ふたたびグラスに口をつけた。

マイケルは時計に目を向けた。

「予定がないというのはさいわいじゃないか？」コリンがしみじみと言う。

マイケルはグラスをどしんと音を立ててテーブルに置いた。「こんなことをしていてなんの意味があるんです？」きつい口調で訊いた。

一瞬、その気になれば誰をも説き伏せられると言われているコリンが黙り込んでしまったように見えた。けれども、マイケルが礼儀をとりつくろうのをやめにして、去ろうと立ちあがりかけたとき、口を開いた。「どうするか決めたのか？」

マイケルはその場に固まった。「どういう意味です？」

コリンは殴りたくなるようなとりすました笑みを浮かべた。「もちろん、フランチェスカのことさ」

「国を出たと話したばかりですよね？」マイケルは慎重に言葉を返した。

コリンがまた肩をすくめた。「スコットランドはそう遠くない」

「じゅうぶん遠い」つぶやいた。少なくとも自分とは関わりたくないのだという彼女の意思がはっきりと読みとれる程度の距離はある。

「妹はずっとひとりぼっちになってしまう」コリンはため息まじりに言った。

マイケルは目をすがめ、ただじっと強く見つめた。

「だからきみが――」コリンはまず間違いなくわざと言葉を途切れさせた。「まあ、言いたいことはわかるだろう」そう締めくくり、酒をひと口飲んだ。

マイケルはもはや礼儀は気にせず言った。「あなたは何もわかってないんだ、ブリジャートン」

コリンは相手のとげとげしい口ぶりに眉を上げた。「やれやれ」ぼそりと言う。「まったく同じ言葉を一日じゅう聞かされてるんだ。たいていは妹たちから」

聞き覚えのある物言いだった。コリンの巧みなはぐらかしはまさに自分自身が都合よく使う手だった。だからこそついテーブルの下で右手を握りしめてしまったのだろう。他人に自分の行動をそっくり見せつけられることほど人をいらだたせることはない。

しかも、なんともすぐ近くにコリンの顔がある。

「ウィスキーのお代わりは？」コリンは尋ねて、その目に痣をこしらえるというマイケルの愉快な空想を見事に打ち砕いた。

われを忘れるほど飲みたいのはやまやまだが、コリン・ブリジャートンと飲みたいわけではないので、そっけなく「いりません」と答え、椅子を後ろに引いた。

「いいかい、キルマーティン」コリンがぞっとするほど穏やかな声で言う。「きみと妹の結婚を阻むものは何もないんだ。何ひとつないいんだ。いや、むろん」いかにも思いついたように言い添えた。「きみ自身が作りあげた事情はべつとして」

マイケルは胸のなかで何かが引き裂かれたように感じた。心なのだろう。このような感覚にはすっかり慣れていたはずなのに、いまだ痛みを覚えるのがふしぎだった。

そのうえコリンはいまいましい目をして、なおも話をやめるそぶりはない。

「きみが妹と結婚したくないと言うのなら」思案顔で言う。「結婚したくないのだろう。でも――」

「彼女のほうが拒む」マイケルは無意識に言葉を発していた。自分のものとは思えない、詰まりがちなかすれ声だった。

いやはや、もしテーブルに飛び乗ってフランチェスカへの愛を告白していたら、取り返しのつかないことになっていた。

コリンのほんのかすかに首を傾けたしぐさが、マイケルの言外の意味を読みとったことを示していた。「そうかもしれない」低い声で言う。「たしかに、拒むかもしれないな。ご婦人というのはたいがい最初はそうするものだ」

「そういうあなたは何度求婚したことがあるんです？」

コリンはにんまりと笑みを広げた。「じつは一度だけなんだ。それも何を隠そう、きょうの午後に」

マイケルの揺れ動く感情を完全に掻き乱せる言葉があるとするなら、まさしくそれだった。

「なんて言ったんです？」呆然と下顎をさげていた。相手は未婚のブリジャートン兄弟のなかでは最年長のコリン・ブリジャートンで、結婚を避けることをほとんど仕事としているような男なのだ。

「ほんとうだ」コリンが穏やかに言う。「たまたまきょうだったわけだが、正直に言うべきだと思うので、彼女には二度申し込む必要はなかったことは認める。とはいえ、きみの慰めになるかどうかわからないが、承諾の言葉を引きだすまでに数分を要した」

マイケルは黙って見つめた。

「なにしろぼくが結婚を申し込んだとき、彼女はまず驚いて舗道に転がった」コリンは打ち明けた。

マイケルは知らぬ間に道化芝居にまぎれ込んでしまったのかと辺りを見まわして確かめたい気持ちをこらえた。「それで、ご無事で？」

「ああ、もちろん」コリンは答えてグラスを手に取った。

マイケルは咳払いをした。「その幸運なご婦人の名をお尋ねしても？」

「ペネロペ・フェザリントンだ」

あの無口なご婦人なのか？　マイケルはあやうく口を滑らせかけた。それにしても、意外な取りあわせに思える。

「ずいぶん驚いているようだな」さいわいコリンは機嫌よく言った。

「身を落ち着けるつもりがあるようには見えなかったので」慌てて言葉をつくろった。

「自分でも意外だった」コリンが笑って言う。「こうなるとは面白いよな」

マイケルは祝いの言葉を述べようと口を開いたつもりが、代わりに思わず問いかけていた。

「フランチェスカには誰が報告を?」

「なんたって、きょうの午後、婚約したばかりだからな」コリンがややとまどったように念を押した。

「フランチェスカも知りたいでしょうね」

「たしかにな。ぼくは子供のときに妹のことをだいぶからかってたんだ。結婚に乗じて兄に仕返しする方法でもくわだてたいところだろう」

「誰かが知らせてやらなくては」相手が子供時代に思いを馳せているのもかまわず力を込めて言った。

コリンがなにげなくため息をついて椅子の背にもたれた。「母が手紙を書くだろう」

「あなたの母上はとても忙しくなられるはずだ。彼女のことは二の次にされてしまうのでは」

「なんとも言えないな」

マイケルは眉をひそめた。「誰かが知らせてやらなくては」

「うむ」コリンがにっこりして言った。「誰かが知らせてやるべきだ。スコットランドには久しく行ってないから、できればみずから出向きたい。だが当然、結婚するとなると、このロンドンで少しばかり忙しく動かなければならない。ところで、そもそもなんでこの話をしてたんだっけな？」

マイケルはむっとした目を向けた。コリン・ブリジャートンにまんまと誘導できたと思われるのは癪だが、スコットランドに行ってどうにかフランチェスカに会いたい気持ちを隠したまま、この男の思いあがりをくじく方法も思いつけなかった。

「結婚式はいつです？」

「まだはっきりしないんだ」コリンが言う。「できるだけ早くしたい」

マイケルはうなずいた。「ならば、すぐにもフランチェスカに知らせるべきです」

コリンがにっと笑う。「そうだ、知らせておかなければ」

マイケルは顔をしかめた。

「スコットランドへ行ったからといって、結婚する必要はない」コリンが言う。「ぼくの結婚式が近いことを知らせてくれればいいんだ」

コリン・ブリジャートンの首を絞めるという夢想がふたたびマイケルの頭に浮かび、その光景に先ほど以上にそそられた。

「また会おう」ドアのほうへ歩きだしたマイケルにコリンが声をかけた。「一カ月後くらいかな？」

つまり、すぐにはロンドンに帰ってこないだろうと見越しているということだ。

マイケルは小声で毒づいたが、否定の言葉は返さなかった。そういう自分に腹が立ちつつ、フランチェスカを追いかける口実ができたとあっては、いますぐにも旅立たずにはいられなかった。

問題は、彼女をこらえきれるのかということだ。

そもそも本心からこらえたいと思っているのだろうか？

数日後、マイケルは子供時代を過ごしたキルマーティン邸の正面玄関の前に立っていた。そこに立つのは何年かぶりで、前回来てから少なくとも四年は経っていた。その屋敷も土地も遺産のすべてが自分のものなのだと思うと、胸が詰まった。おそらく頭では理解していても、心ではまだ受け入れられていなかったのだろう。

スコットランドの国境地域にはまだ春は届いていないらしく、身を切るほどではないとはいえひんやりした空気に、マイケルは手袋をした両手を擦りあわせた。辺りには靄が立ちこめ、空は曇っているものの、ロンドンでもインドでもなくここが家であることを疲れた心に思い起こさせるような、どことなく訴えかけてくる雰囲気がある。

だが、これからの行動を考えると、土地の空気に心地よく浸ってもいられなかった。もうすぐフランチェスカと向きあわねばならない。

ロンドンでコリン・ブリジャートンと最後に話して以来、頭のなかでこのときを迎える練習を何千回と繰り返してきた。どのような言葉を使い、どのように自分の気持ちを伝えるのか。どうすればいいかはおのずとわかるはずだと信じていた。いずれにしろフランチェスカを説得する前に、自分自身を納得させなければならなかったからだ。

彼女と結婚する。

そのためにはむろん、フランチェスカの承諾を得なければならない。そう簡単に結婚を説得することはできないだろう。彼女はおそらくそれがばかげた提案である理由を数えきれないほど考えだすだろうが、最後には必ず納得させてみせる。

ふたりは結婚する。

結婚。

それは考えることすらみずからに禁じてきた夢だった。

ところが、いったん考えはじめるとしだいに理に適ったことに思えてきた。彼女を愛していることも、何年もずっと愛してきたことも意識から消し去ることにした。そのようなことは彼女に伝える必要はない。話せば、彼女に気まずい思いをさせ、自分がみじめになるだけだ。

練習どおり、ふたりの結婚が理に適っている理由をきちんと説明できたなら、きっと彼女に納得してもらえるだろう。実際に感情を動かされないかぎり、心からそうしたいと思ってはもらえないかもしれないが、冷静に考えられる女性なので、理屈は理解してくれるはずだ。ようやく彼女との人生を思い描けるようになったいま、マイケルはそれをあきらめられなかった。実現させなければならない。なんとしても。

そうすればきっとうまくいく。たとえ彼女のすべてが手に入らなくとも――けっして彼女の心は自分のものにならないのはわかっている――ほとんどが自分のものになるのなら、それでじゅうぶんではないか。

いまよりは間違いなく多くのものが手に入る。

フランチェスカの半分でもかまわない——ああ、それだけでも夢心地になれるだろう。

そうだろう?

16

……母上も書かれていたとおり、フランチェスカは見事な手腕でキルマーティン伯爵領を管理してくれています。僕は義務を逃れるつもりはありませんし、こうしてきちんと代役を務めてくれる人間がいなければ、すぐに帰国しています。

――インドへ渡って二年六カ月後、キルマーティン伯爵が母ヘレン・スターリングへ、「肝心な質問には答えてくれてないじゃないか」と、こぼしながら書いた手紙より

フランチェスカは自分を臆病者だとは思いたくなかったが、愚か者とどちらかの選択を迫られたなら、ためらわず臆病者になるほうを選んだ。

なぜなら、愚か者を選ぶのは、マイケル・スターリングとキスをしたあとで、ロンドンに、しかも同じ家にとどまるということだからだ。

もしそんなことをしたら……。

いいえ、それについては考えないようにしようとフランチェスカは思った。考えればどう

しても後ろめたさと恥ずかしさを呼び起こさずにはいられない。なにしろマイケルにこのような感情を抱くことになるとは思わなかったのだから。

よりにもよってマイケルにとは。

相手が誰であれ男性に欲望を感じる日がくるとは考えていなかった。実際、夫となる男性になにより求めていたのは穏やかな心地よさで、唇をやさしく触れあわせて体のほかのどの部分にも影響を及ぼさないキスができればそれでいいと思っていた。

それなのにいまはもう……。

マイケルにキスをされた。それどころか、自分もそのキスに応えた。以来、フランチェスカは、彼の唇が自分の唇に触れ、さらにほかのあらゆる部分に触れるところをしじゅう想像せずにはいられなくなっていた。晩に広々としたベッドにひとり横たわると想像はますます鮮やかになり、自分の手でそっと体をたどり、最終目的地の手前でどうにか手をとめた。

やめなくては――だめよ、マイケルのことを思い描くことなどできない。間違っている。相手が誰であれ、このような欲望を感じるのは考えるのも恐ろしいことなのに……。

マイケルはジョンの従兄だ。ジョンの親友で、自分にとってもそれは同じだった。キスをするなど考えられない相手なのに。

でも、すばらしいキスだった、とフランチェスカは思い返して吐息をついた。

だからこそ、愚か者より臆病者になるほうを選んで、スコットランドへ逃げてこなければならなかった。今度はもう彼に抗えるとは思えない。

フランチェスカはキルマーティン邸に戻って一週間近く、この本邸での規則正しい日々の生活に没頭しようと努めてきた。ここには財務管理、領地の人々の家への訪問など、しなければならないことは山ほどあるが、そうした仕事にかつてのようなやりがいは感じられなかった。秩序だった仕事に心慰められるどころかいらだちを覚え、どうしてもひとつのことに集中して取り組むことができなかった。

落ち着きがなく気もそぞろで、いったい何をしているのだろうと、文字どおり自分で体を動かしているとは思えなくなることもたびたびあった。じっとしていられないので、履き慣れたブーツの革紐をきつく締めてキルマーティン邸を出て、何時間も疲れはてるまで田園を歩きまわった。

それで晩によく眠れるようになったわけでもなかったが、少なくともそうなるよう努力は続けた。

そしてきょうもこうして、精力的に体を動かそうとキルマーティンで最も高い丘まで登ってきた。フランチェスカは登りきって息を切らしながら暗くなってきた空を見あげ、時刻と雨の気配を推し量った。

少し遅くなってしまったかもしれない。

眉をひそめた。すぐに帰ろう。

屋敷からさほど離れてはいないので、すぐさま丘をくだり、草地を横切っていった。けれども、キルマーティン邸の重厚な玄関ポーチに着く頃には雨がぱらぱらと降りだし、フランチェスカの顔は水滴でうっすら濡れていた。婦人帽《ボンネット》を、その日はたまたま出かけるときに思いついて身につけてよかったと思いながら——いつも必ず被るわけではない——脱いで水気を払い、自分の部屋でチョコレートやビスケットでも味わおうと考えて階段を上がろうとしたとき、執事のデイヴィスが駆けつけた。

「奥様?」あきらかに注意を引こうとする態度で呼びかけた。

「何かしら?」

「お客様です」

「お客様?」フランチェスカは思わず考え込んで眉間に皺を寄せた。キルマーティン邸を訪問すると思われる人々はほとんど、この時期にはすでにエディンバラかロンドンへ移動している。

「正確に申しあげますと、お客様ではないのですが」

マイケル。そうに違いない。正直なところ、驚いているとは言えなかった。自分を追って来るかもしれないが、来るとすればすぐだろうと考えていた。なので、一週間が経ち、彼の関心はすでに自分からそれているのだろうと思いはじめていたところだった。

もう、自分がどう反応してしまうのだろうかと心配しなくてもいいのだと。

「いまどちらに?」執事に尋ねた。

「伯爵様ですか?」

フランチェスカはうなずいた。

「薔薇の客間で奥様をお待ちです」

「だいぶ経つの？」

「いいえ、奥様」

フランチェスカは承諾のうなずきを返して、重い足どりで廊下を客間へ進んだ。それほど恐れる必要はないのだと自分に言い聞かせた。相手は見慣れたマイケルなのだから。

それでも、もう以前のマイケルであるはずはないのだと思うと、気が沈んだ。

頭のなかで数えきれないほど繰り返した言葉を口に出せばいいのだとわかっていても、とうとう実際に声にしなければならない場面に立たされると、どのような決まり文句も弁明もそぐわないように思えてくる。

何事もなかったかのように、〝ごきげんよう、マイケル〟と言えばいいのだろう。

そして、たとえすべてが変わってしまったことがわかりきっていても、まったく何も変わらないことを強調する。

それとも、おどけた調子で切りだすのはどうだろう――たとえば、〝ふざけすぎてしまったわよね？〟というように。

どちらもふざけていたとはとうてい思えないけれど。

フランチェスカは廊下を進みながらそのいずれかの言葉で埋めあわせるしかないのだと覚悟を決めて、キルマーティン邸のなかでも美しさで名高い薔薇の客間に足を踏み入れた。

マイケルは窓辺に立っていて――屋敷に帰ってくる姿を見られていたのだろうか――振り

返らなかった。服にはわずかに皺が寄り、髪も乱れ、旅の疲れが見てとれる。愚か者か、駆け落ちする女性を追ってきた男性でもないかぎり、スコットランドまでみずから馬を駆ってくる者はいない。けれどこれまでたびたび馬車に同乗していたので、マイケルが旅のかなりのあいだ御者と並んで坐っていたのは容易に想像できた。以前から閉めきった馬車のなかに長居するのをいやがり、霧雨や小雨のなかでも外に坐っていた姿を一度ならず目にしていた。

フランチェスカは名を呼びかけなかった。ほんとうはそうするのが自然なのだろうし、どのみちすぐに振り返るのだから時間稼ぎをしても意味がない。でもまずは彼がそこにいる現実を受け入れ、しっかりと呼吸を整え、泣きだしたり、頓狂な笑い声をあげたりといった取り乱した振るまいをしないよう落ち着くための時間を取りたかった。

「フランチェスカ」マイケルは振り返りもせずに言った。

気配を感じとっていたのだろう。驚くことでもないのに、フランチェスカは目を大きく開いた。軍隊生活を終えてからも、マイケルの猫のごとく周囲の動きを察知する能力は衰えなかった。きっとその能力で戦争を生き延びたのだろう。背後から彼を襲える者は誰ひとりいなかったに違いない。

「あら」フランチェスカは応えて、もう少し何か言うべきなのだろうと思い、付け加えた。「旅は楽しめたかしら」

マイケルは振り返った。「ああ、存分に」

フランチェスカは唾を飲み込み、彼の美男ぶりには気づかないふりをしようとした。ロンドンでも見る者の息を奪うほどの麗しさだったが、このスコットランドではまたどこかが違っているように見える。以前より野性的で逞しい。

はるかに危険であるのをフランチェスカは本能で感じた。

「ロンドンで何かあったの？」名目であれ訪問の目的が何かしらあることを願って尋ねた。何もなければ、自分に会うことだけが目的で来たことになり、それを知らされるのがなにより恐ろしかった。

「何もないが」マイケルが言う。「きみに知らせがある」

フランチェスカは小首をかしげて続きを待った。

「きみのご兄弟が婚約された」

「コリンお兄様のこと？」驚いて訊いた。三兄は独身生活を十二分に楽しんでいたので、たとえ結婚するのがじつは弟のグレゴリーのほうだと否定されても驚きはしなかっただろう。コリンより十歳も年下の弟だとしても。

マイケルはうなずいた。「ペネロペ・フェザリントン嬢と」

「ペネロペと――まあ、なんてこと、驚いたわ。でも、よかったのではないかしら。ほんとうに兄にぴったりの女性だと思うわ」

マイケルは両手を後ろで組んだまま一歩踏みだした。「きみが知りたいだろうと思ってね」

それならどうして手紙で知らせないのだろう？「ありがとう。お気遣いに感謝します。わが家では久しぶりの結婚だわ。たしか――」

わたしの結婚以来。フランチェスカが言いかけたことは彼も気づいていた。沈黙が招かれざる客のごとく辺りに漂い、しばらくしてフランチェスカがようやくその静寂を破った。「ともかく、ほんとうに久しぶりだわ。母は喜んでいるでしょうね」

「もちろんだとも」マイケルは請けあった。「といっても、きみの兄上と話をしただけで、母上とお会いする時間は取れなくてね」

フランチェスカは咳払いをしてから、片手をわずかに振ってその妙な説明をさりげなく聞き流して尋ねた。「ご滞在の期間は？」

「決めていない」とマイケルは言い、さらに一歩踏みだした。「状況しだいで」

フランチェスカは唾を飲んだ。「どんな？」

マイケルがふたりの距離を半分に詰めた。「きみしだいということだ」穏やかに言う。

彼の言わんとしていることが自分の推測どおりとすれば、ロンドンで起きたことを話題にするのはどうしても避けたいので、フランチェスカは一歩あとずさり――部屋から逃げださずに話しつづけるためにはそれ以外に手はなかった――意味を取り違えたふりをした。「ばかなこと言わないで。キルマーティン邸はあなたのものなのよ。いつ訪れて帰ろうとあなたの自由だわ。わたしにあなたの行動に口出しする権利はないもの」

マイケルが唇をゆがめて苦笑した。「ほんとうはわかってるんだよな？」と、つぶやく。

そしてまた、ふたりの距離をさらに半分に詰めた。

「あなたのお部屋の支度をさせるわね」フランチェスカは急いで言った。「どちらのお部屋にする？」

「どこでもかまわない」

「でしたら、伯爵の寝室にするわ」早口になっているのはじゅうぶん気づきつつ続けた。「それがいいわよね。わたしはべつのお部屋に移るわ。そうね、反対端のお部屋にでも」口ごもりがちに言い添えた。

マイケルがさらに一歩近づいた。「その必要はない」

フランチェスカはさっと目を合わせた。どういうつもり？　ロンドンでたった一度キスをしたからといって、伯爵と伯爵夫人の部屋のあいだの扉をあけ放させることができるとでも思っているのだろうか。

「ドアを閉めてくれ」マイケルは彼女の後ろのあけ放したドアのほうへ顎をしゃくった。

フランチェスカはあけたままであるのは知っていたものの後ろを見やった。「べつにわたしは――」

「わたしが気になる」マイケルが遮り、柔らかな声に断固とした意志をくるめて言った。「閉めてくれ」

フランチェスカはドアを閉めた。好ましくないことなのはよくわかっていても、従うしかなかった。彼が何を話そうとしているにしろ、使用人たちの一団に立ち聞きされるのはなるべく避けたい。

ドアノブから手を離すとすぐに彼の脇をまわり込んで部屋の奥へ進み、あいだに何人も坐れるくらいたっぷりと距離を取った。

マイケルはその行動に面白がるような顔をしたが、茶化すようなことはせず、さらりと話を切りだした。「きみがロンドンを去ってから、ずいぶんと考えさせられた」

フランチェスカもそれは同じだったが、そう言ったところで意味はないだろうと思った。

「きみにキスをするつもりではなかった」

「そうよ！」やや大きすぎる声が出た。「もちろん、そんなはずがないもの」

「でもいまは……もう、われわれは……」

複数形の主語を聞いて、フランチェスカはたじろいだ。こちらにもその意思がなかったとは言わせないということだ。

「してしまった」マイケルが続ける。「それですべてが変わったのは、きみもわかっているはずだ」

フランチェスカはその言葉に顔を上げた。もうダマスク織りのソファのピンクとクリーム色のアイリス模様に目を凝らしていることはできない。「わかってるわ」喉が締めつけられるような息苦しさは気にしないようにして答えた。

マイケルの手はヘッペルホワイト様式のマホガニーの椅子の端をつかんでいた。フランチェスカがそこへ視線を投じると、指関節が白くなっていくのがわかった。

マイケルが緊張しているのだと気づいて驚いた。そんなことは予想していなかった。いままで彼が緊張する姿は目にした憶えがない。マイケルといえば洒脱な魅力を振りまき、いつもいたずらっぽい皮肉を囁く、都会の優雅な紳士の典型のようだった。

ところがいまは様相が違っていた。何かを剝ぎとられたかのように緊張している。もちろんそれを見て喜べるはずもないが、この部屋のなかでうろたえているのは自分ひとりではないのだと思えた。

「ずいぶんと考えさせられた」と、マイケル。

彼が同じ言葉を繰り返すのはきわめて珍しかった。

「それで、自分でも驚くべき結論に行き着いた。でも、いったんその結論が出てみると、最良の方策だと非常に納得がいった」

マイケルのひと言ひと言を聞いているうちに、不安は徐々に鎮まり、気分が落ち着いてきた。彼が動揺するのを望んでいたわけではない――いいえ、たぶん、望んでいたのだろう。この一週間、自分がどのような思いで過ごしてきたのかを考えると、これでようやく対等になったのだという気がした。こちらだけが気まずい思いをしているのではなく、彼のほうも同じように動揺し、心乱れているのだと思うと、いくぶん気持ちが慰められる。

たとえ動揺しているというほどではないとしても、まったく何も感じていないわけではないのは確かだ。マイケルは空咳をしてすっと首を起こし、わずかに顎を上げた。「つまり」突如まっすぐしっかりと目を合わせて言った。「われわれは結婚すべきだ」

なんなの？

フランチェスカは唇を開いた。

なんなの？

ややあって、ようやくその言葉を口にした。「なんなの？」

〝もう一度言って〟と頼むどころか〝なんて言ったの〟と訊くこともできなかった。

「説明を聞いてくれれば、きみも納得がいくはずだ」

「どうかしちゃったの？」

マイケルがわずかに怯んだ。「そんなことはない」

「あなたとは結婚できないわ、マイケル」

「どうして？」

どうして？　なぜなら……なぜなら……。「できないからよ！」とうとう声をあげた。「だいたい、そんなばかげたことができないのは誰よりあなたが知っているはずだわ」

「いきなり言われては非常に突飛な話に聞こえるのも仕方ないが、説明を聞いてくれれば納得がいくはずだ」

フランチェスカは呆然と彼を見つめた。「どうやって納得しろというの？　そんなばかげたことを考えられるはずがないじゃない！」

「まずきみは引っ越さずにすむ」マイケルが指を立てて数えあげながら言う。「そして、きみの称号も地位もいまのままだ」

どちらも便利なこととはいえ、マイケルと結婚する理由になるとは思えない。よりにもよって……マイケルとだなんて。

「この結婚では、初めから相手が思いやりと敬意をもってきみに接することが保証されている」マイケルが続ける。「ほかの男性を選ぶ場合には何カ月もかけてそれを見きわめなければならない。しかも、仮にそう見きわめられたとして、確実な判断だと言いきれるだろうか？　最初の頃の印象など結局あてにならないものだ」

フランチェスカはその言葉の裏にあるはずのものを探して顔を眺めた。彼が自分に求婚しているということがいまだ不可解で、何かしら理由があるとしか思えなかった。どうかしている。こんなことは……。

ああ、どう言えばいいのかわからない。まるで足の下から地面が取り払われてしまったかのような状況を表現できる言葉などあるだろうか？

「子供も産ませてやれる」マイケルが静かに言う。「少なくとも、努力するよ」

フランチェスカは顔を赤らめた。頬がかっとピンク色にほてるのがすぐにわかった。彼とベッドにいる光景など想像したくなかった。この一週間、懸命に考えないようにしてきたのだから。

「あなたにどんな得があるの？」囁くように訊いた。

マイケルは束の間その質問に虚を衝かれたようだったが、すぐに落ち着きを取り戻して言った。「何年も地所を管理してきてくれた女性を妻に迎えられる。わたしは威厳にこだわって、きみの豊富な知識をみすみす無駄にするような男ではない」

フランチェスカはうなずいた。そうするだけで、先を続けてほしいという意思はじゅうぶん伝わった。

「きみのことはすでによくわかっているし、信頼している」マイケルが続ける。「それに、きみが道を誤らないということについても安心できる」

「いまは考えられないわ」フランチェスカは両手で顔を覆った。頭がくらくらして、このまおさまらないのではないかという恐ろしい感覚に襲われた。

「理に適ったことなんだ」マイケルが言う。「ちょっと考えれば――」

「だめよ」必死に断固とした口調をつくろった。「うまくいかないわ。わかるでしょう」表情を見るのがいやで顔をそむけた。「あなたがそんなふうに考えられることさえ信じられない」

「わたしもそうだった」マイケルは正直に伝えた。「最初に思いついたときは。だが考えだしてみると、やめられなくなって、そのうちに完璧に理に適ったことだと気づいたんだ」

フランチェスカは指で両脇のこめかみを押した。ああ、もう、どうして彼は理に適っているとばかり繰り返すのだろう？　もう一度言われたら、悲鳴をあげてしまうかもしれない。それに、なぜ彼はこれほど落ち着いていられるのだろう？　このような場面はまったく想定できなかったので、どういう態度ならば自然なのかはわからない。でも、淡々と求婚を説く様子にどこか引っかかりを感じた。あまりに冷静で落ち着いている。少しは緊張しているとしても、精神状態はきわめて穏やかで切迫感もない。

かたや自分は天地がいきなりひっくり返ったかのような気分だった。

不公平だ。

と、このときばかりはこんな気分にさせたマイケルが憎らしく思えた。

「階上《うえ》へ上がるわ」フランチェスカは唐突に言った。「話はあすの朝にしましょう」

それで逃れられるはずだった。けれども、もう少しでドアに届くところまで来たとき、腕をつかまれた。やさしい手つきとはいえ逃れられない力が込められていた。

「待ってくれ」マイケルが言い、フランチェスカは動けなくなった。

「どうしたいの？」低い声で訊いた。顔を見ずとも、濃く黒い髪が額にかかり、天使さえ羨みそうな長い睫毛に縁どられた瞼を半ば閉じた彼の表情が目に浮かんだ。

それと唇も。優美な形の唇に、いつものようにいかにも無知な人間にはけっしてわからないことに通じているとでもいうような、やや皮肉っぽい表情を浮かべているのはなによりはっきり想像できた。

彼の手が腕をのぼって肩に行き着き、そこから指で羽根のように軽く首筋をたどった。

ふいに低くかすれた声がして、フランチェスカの胸の奥にまで響いた。

「もう一度、キスしないか？」

17

……ええ、ほんとうに、フランチェスカはすばらしい女性だわ。でも、そんなことはあなたもとうに知っていたでしょう？

——ヘレン・スターリングが二年九カ月前にインドへ渡った息子、キルマーティン伯爵へ宛てた手紙より

マイケルは自分がいつ彼女を誘惑しなければならないと判断したのかわからなかった。まずは現実的で思慮深い性格のフランチェスカの理性に訴えかけようとしていたのだが、うまくいかなかった。

そして、一方通行の働きかけでは気持ちは動かせないと気づいた。

情熱を呼び起こさなければいけないのだと。

マイケルは彼女を求めていた——ああ、心から求めていた。一週間前ロンドンでキスをするまではその欲求がここまで強いとは考えていなかった。だがたとえ欲望と、切迫と、なに

より愛で血が騒いでいようと、頭は鋭敏に抜け目なく働き、彼女を自分のものにするためにすべきことを考えていた。拒まれない方法で納得させなければならない。言葉や理屈や機知だけで説得できるとは思えなかった。フランチェスカはきっと感情などないふりで、受け入れられないことだとみずからに言い聞かせようとするはずだ。

けれども、できるかぎり肉体的に親密な方法で彼女に自分を刻み込むことができたなら、これからずっと一緒にいられるに違いない。

そのうちにきっと彼女は自分のものになる。

フランチェスカが手の下からするりと離れて、じりじりと数歩あとずさった。

「もう一度キスしないか、フランチェスカ？」マイケルは囁きかけるように言い、捕食動物のようにしなやかな動きで近づいていった。

「あれは間違いだったのよ」フランチェスカがふるえる声で言う。さらに少しずつ後ろにさがり、テーブルの縁にぶつかってとまった。

マイケルは前進した。「結婚すれば、間違いにはならない」

「あなたとは結婚できないわ、わかるでしょう」

彼女の手を取り、なにげなく親指を皮膚に擦らせた。「それはどうして？」

「どうしてって……あなた……あなたはあなただからよ」

「そうとも」彼女の手を口もとに持っていき、手のひらに口づけた。それから、特に理由もなく、手首に舌を這わせた。「ずいぶんと時間がかかってようやく」伏し目がちに彼女を見やった。「自分が自分でよかったと思えるようになった」

「マイケル……」フランチェスカは小さな声で言い、後方へ背をそらせた。

それでも、彼女は自分を求めている。マイケルはそれを彼女の息遣いから感じとった。

「拒みたくて呼びかけたのかい？　それとも応じてくれたのかな？」肘の内側を唇でたどりながら囁いた。

「わからないわ」苦しげな声が漏れた。

「かまわないさ」マイケルが顔を起こし、彼女の顎を軽く突くと、フランチェスカはテーブルに腰を寄りかからせざるをえなくなった。

そうなればマイケルは彼女の首を愛撫せずにはいられなかった。

ゆっくりと丹念に、わずかな隙間も惜しんでそそるようにキスを浴びせていく。顔の輪郭をたどって耳たぶに上がってから、襟ぐりへ滑りおりてきて、軽く布地の縁をくわえた。フランチェスカが息を呑む音が聞こえたが拒む言葉はなかったので、徐々に引きおろし、片方の乳房をあらわにした。

いまどきのご婦人の服はありがたいほど脱がせやすくできている。

「マイケル？」フランチェスカの低い声がした。

「しいっ」どのような質問にも答える気になれない。質問など考えられないようにしてやりたかった。

乳房の下側を唇でたどり、塩気を含んだ肌の甘みを味わってから、手で包み込んだ。ロンドンで初めて彼女にキスをしたときにもドレスの上から触れて天にも昇る心地になったが、じかに触れたぬくもりはそれどころではなかった。

「ああ、わたし」フランチェスカが呻くような声を漏らした。「ああ……」

マイケルは乳首に軽く息を吹きかけた。「キスしていいかい？」表情を窺った。賭けだと知りつつ、返事を待った。そんな質問を投げかけるべきではなかったのかもしれないが、誘惑しようと決めているとはいえ、せめてひと言でも彼女の口から承諾の言葉を聞かなければ実行しようとは思えなかった。

「いいかな？」もう一度問いかけ、乳首をひと舐めして雰囲気をやわらげた。

「いいわ！」彼女が声をあげた。「ええ、ああもう、そうして！」

マイケルはにやりとした。ゆっくりと、気だるげにその瞬間を嚙みしめた。それから彼女のほうにも平等に少し長めに期待をそそらせてから、前かがみに乳房を口に含み、何年ぶんもの欲望をその乳房ひとつに注いで、無邪気な乳首を念入りにいたぶった。

フランチェスカはそれ以上立っていられそうもなかった。

「ああ、なんてこと！」声を漏らし、テーブルの端につかまって全身をそらせた。「ああ、どうしたらいいの。ああ、マイケル、どうしたら……」

彼女が昂ぶった隙に両手を尻の下に滑り込ませて持ち上げ、テーブルに坐らせて脚を開かせると、そのあいだに自分の体を差し入れた。

満足感が湧きあがり、体が歓喜の叫びをあげているようにすら思えた。こうして彼女を欲望で悶《もだ》えさえ、その声を聞けたのが嬉しかった。いつも冷静で落ち着いていて、しっかりとしている彼女が、いまは巧みに触れられて昂ぶり、みずからの欲求にとらわれ、まぎれもなくこの手のなかにある。

マイケルは乳房をむさぼり、舐めて、嚙みつき、しゃぶった。フランチェスカを燃えあがらせようといたぶりつづけた。彼女の息遣いは大きく荒くなり、悶え声はますます切なげになってきた。

そうしているあいだにも、手はひそやかに脚をたどっていた。足首をつかんでから、ふくらはぎにのぼり、スカートをゆっくりと上げて、膝の辺りに無造作に束ねた。

そこでようやく、身を引いて、彼女にわずかな間を与えた。

フランチェスカがぼんやりとした目で見あげ、ピンク色の唇を開いた。だが何も言わなかった。というより、何も言えなかったのだろう。けれども、マイケルはその目のなかに問いかけを読みとった。口は利けないのかもしれないが、少しの間であれ彼女の思考が働いたのは間違いない。

「これ以上苦しめるのは酷だよな」マイケルは言い、親指と人差し指でそっと乳首を挟んだ。

フランチェスカがもどかしげな声を漏らした。

「こういうのは好きだろう」あまり気が利いているとは言えない問いかけかもしれないが、相手はフランチェスカ本人で、目を閉じて彼女の顔を想像しながら抱いてきた名も知らない女ではない。彼女が快感に弱々しい声を漏らすたび、マイケルの心も喜びに沸き立った。

「好きだよな」もう一度言って、満足の笑みを浮かべた。

「ええ」フランチェスカがかすれ声で言う。「そうよ」

前のめりになり、彼女の耳に唇を擦らせた。「これも好きなんじゃないか」

「どうして？」フランチェスカの声に、マイケルは不意を打たれた。彼女はもう昂ぶっていて問いかけなど声に出せないだろうと思っていた。

スカートが落ちてきて邪魔にならないよう、さらに少し上へ捲くる。「その答えが知りたいのか？」囁きながら、両手で膝をたどった。太腿を軽く握り、親指で円を描くように皮膚をさする。「知りたいんだな」

フランチェスカがうなずいた。

ふたたび上体を乗りだし、そっと唇を触れあわせてから、息がかかる程度に唇を離して言った。「きみは前から好奇心が強かった。質問ばかりしているんだ」

唇を頰から耳へずらしながら囁いた。「マイケル」彼女の口ぶりを真似て声をやわらげた。

「いけないことを何か話して。悪行をお聞きしたいわ」

フランチェスカは顔を赤らめた。見えていたわけではないが、肌の熱さからそれを感じた。

「だが、わたしはきみが望んでいたようなことを話してやらなかったよな？」耳たぶにやさしく嚙みつく。「そうやっていつもきみをいわば寝室の扉の外で足どめした」

何か言葉を期待したのではなく、ただ彼女の息遣いを聞きたくて間をおいた。

「変だと思わなかったかい？」囁きかける。「どうしてわたしがきみに話さないのか」身を寄せて、彼女の耳に息を吹きかけるようにして続けた。「聞きたかったんだろう？　わたしのみだらな悪行を」

　フランチェスカに答える隙を与えるつもりはなかった。不公平なのだろう。それでも、かつて何度となくきわどい行為をほのめかす話をしては彼女をからかっていたときの記憶がよみがえり、過去へ気持ちがさかのぼるのをとめられなかった。

　あんな話はどれもしたいわけではなかった。彼女がいつも尋ねるから、話していただけのことだ。

「話してほしいか？」低い声で訊いた。彼女がびくんと反応したのをわずかに感じて含み笑いした。「もうほかの話はしないぞ、フランチェスカ。きみだ。きみのことだけにする」

　フランチェスカが顔を向けたので、マイケルの唇はおのずとその耳から頬へずれた。顔を見ようと上体を後ろにそらすと、その目にはっきりと疑問が浮かんでいた。

　どういう意味？

　マイケルは手に力を入れて、彼女の太腿をさらにみだらに少し開いた。「これからしようとしていることを聞きたいか？」日暮れ前のひんやりとした空気のなかですでに硬く張りつめている乳首に前のめりに舌を這わせた。「きみにしようとしていることだ」と言い添えた。

　フランチェスカがぎこちなく唾を飲み込み、マイケルはそれを肯定のしるしと見定めた。

「選択肢は山ほどある」かすれ声で言い、彼女の太腿を握った両手をさらに上へ滑らせた。

「どこから始めていいものか迷ってしまう」

しばし動きをとめて彼女を見つめた。呼吸は乱れ、唇はキスの名残でふくらみ、わずかに開いている。フランチェスカはすっかり魔力にかけられて、ぼんやりとしていた。

マイケルはふたたび身を寄せると、先ほどとは反対側の彼女の耳もとに熱い湿り気がはっきりと感じられるように囁きかけた。「そこで、きみが最も望んでいるところから始めようと思うんだ。まずは……」親指で太腿の内側の柔らかな皮膚を押す。「ここにキスしたいんだが」

いったん口をつぐみ、彼女の欲望のふるえを感じた。「どうだろう？」焦らし、悶えさせるために問いかけた。「うむ、いいということだな」

「でも、それだけではお互いにまだ足りない」まじめくさって言う。「やはりちゃんとここ、にキスしておくべきではないかな」親指を脚の付け根のあいだに進ませて、どこのことを示しているのかがはっきりとわかるように軽く突いた。「ここにキスをしたら楽しんでもらえると思うんだ。もちろん――」柔らかな皮膚に指をめぐらせながら徐々に中心に近づきつつ目的地に達する前に言い足した。「わたしもぜひここにキスしたい」

彼女の呼吸がまたわずかに速まった。

「ここは少々時間がかかるんだ」つぶやくように言った。「たぶん、唇のあとで舌に交代する。丁寧に縁どるために」代わりに指の腹でその動きを説明した。「そうしているあいだにも、きみの脚を少しずつ開いていく。そんな感じで、どうだろう？」

マイケルは自分の仕事の成果を確かめるかのように上体を後方にそらした。フランチェスカの姿は驚くほど艶めかしかった。テーブルの端に腰かけ、これからしようとしている行為のためにはまだじゅうぶんとは言えないが、脚を開いている。ドレスの裾が太腿のあいだに被さっていて肝心な部分は見えないものの、どういうわけかそのせいでよけいに気分がそそられた。いずれにしろ、いまのところはまだ見る必要はない。官能的な体勢のみならず、剝きだしのままの乳房と、さらに愛撫を求めているようなピンク色のぴんと張った乳首が彼女をなおさらみだらに見せている。

けれども、その表情ほど欲望を疼かせるものはなかった。唇をわずかに開き、青い目は情熱で暗く翳っている。彼女が呼吸するたび、呼びかけられているように思えた――。

抱いて。

思わせぶりな誘惑はやめて、いますぐにも彼女を突きたい衝動に駆られた。

いや、だめだ――ゆっくりとやらなければならない。じわじわと焦らしながら官能のきわみに昇らせて、できるかぎりその状態を長引かせる。互いがもはやそれなしでは生きられないと思い知らされるところまで至らせなければならない。

とはいえ、それがむずかしい――というより、そこまで自分自身を押しとどめるのは至難の業だ。

「どうかな、フランチェスカ？」囁いて、最後にもう一度太腿を握った。「まだじゅうぶんに開いてないんじゃないか？」

フランチェスカが音を立てた。どうにも表現しようのない音だったが、そのせいでマイケルの体は燃え立った。

「たぶん」穏やかな声で言う。「このほうがもっといいんじゃないかな」力を入れてゆっくりとさらに脚を開かせた。スカートが太腿の上にぴんと張って被さった。マイケルはつい舌打ちしてつぶやいた。「これでは快適にできそうにない。ちょっと失礼」

裾をつまんで、腰の辺りまで捲り上げた。

彼女がすっかりあらわになった。マイケルはあえてまだ見ようとせず、懸命に顔に目を据えていた。といっても、そのような格好になったことは互いにわかっているので、男は欲望のせいで、女のほうは期待からともに体がふるえていた。マイケルは自分を抑えようと肩をいからせた。まだ早い。もうすぐ、確実にそのときがくる。今夜、彼女を自分のものにしなければ、この身は滅びてしまうに違いない。

しかしいまはまだ、フランチェスカのためにしなければならないことがある。彼女に感じさせてやらなければ。

耳もとに唇を寄せた。「寒くないか？」

フランチェスカはただ息をふるわせた。

マイケルは一本の指を彼女の太腿のあいだにおき、撫ではじめた。「きみに寒い思いはさせられない」囁いた。「紳士としてあるまじきことだ」

円を描くように撫でるうち、彼女の皮膚はしだいに熱くなっていった。

「屋外にいたなら」ひそやかな声で言う。「わたしの外套を着せていただろう。だがここでは」指先をなかへ滑り込ませて、彼女が息を呑む音を聞いた。「口を使うしかない」

今度はやや大きめの押し殺した叫びが聞こえた。

「そうとも」いたずらっぽく言う。「それがこれからわたしがしようとしていることだ。ここにキスをして、きみに至極の悦びを味わわせたい」

フランチェスカは息をすることしかできなかった。

「まずは唇で始めるが」マイケルは囁き声で続けた。「そのあと、もっと深く探るために舌を使うことになる」口でしようとしていることを示そうと、指で彼女をくすぐった。「これだけでも悪くないが、そうしたほうがもっと」耳の内側に舌を這わせた。「熱くて濡れるんだ」

「マイケル」フランチェスカが声を絞りだした。

名前を呼びかけたきり、何も言わない。だんだんと追いつめられているのだろう。

「わたしはすべてを味わう」囁いた。「きみの最後の一滴まで。そして、じゅうぶんに探れたら、さらに細かく調べていく」指で彼女の太腿のあいだをできるかぎりみだらに押し広げた。それからまた指先で襞をくすぐりだした。「念のため探り残した場所がないように」

「マイケル」フランチェスカがふたたび声を漏らした。

「はたしてどれぐらいきみにキスしていられるかな？　とめられなくなってしまうかもしれない」マイケルは顔をわずかに下へずらして、彼女の首に鼻をすり寄せた。「やめてほしいならいまのうちに言ってくれ」ひと呼吸おき、さらに一本の指を彼女のなかに滑り込ませてから続けた。「やめてほしいかい？」

問いかけては拒む機会を与えるのはマイケルにとってあやうい賭けだった。もっと冷酷に、計算高くなれたなら、どんどん彼女の欲情を掻き立てて、自分の行動について考える間を与えずに奪い去っていただろう。彼女が情熱の波にさらわれ、そのなかに押し入られていることにさえ気づかぬうちに、自分のものであることをしっかりと刻み込んでしまうのだ。

だが、フランチェスカにはどうしてもそのように非情なことはできなかった。うなずきや呻き声程度のものであれ、同意のしるしがほしい。たとえ彼女がこのことをのちに後悔するとしても、胸のうちであれ、そうするつもりはなかったとか、同意していないとは思ってほしくなかった。

マイケルは自分のためにも同意を必要としていた。何年もフランチェスカを愛し、その体に触れることをずいぶんと長いあいだ夢みてきた。そしてついにいまそのときがきて、ほんとうはそんなことはしたくないのだと言われたら、耐えられるとは思えない。人の心はそう簡単に引き裂けるものでもないのだろうが、マイケルはあとひと刺しされただけでも生き延びられないような気がしていた。

「やめてほしいか？」もう一度訊いて、今度は実際に動きをとめた。手を離したわけではないが、いっさい動かさずじっとして、静かに返事を考える時間を与えた。互いの顔が見えるよう頭をわずかに後ろに引いた。自分の顔を見てもらえなくとも、せめて彼女の表情を確かめたかった。

「いいえ」フランチェスカは目を合わせたわけではないが、つぶやいた。

胸が躍った。「それでは、すべて説明したとおりに取りかかるとしよう」

そして、マイケルは実行した。膝をついて彼女の太腿のあいだにキスを始めた。口で愛撫して彼女をふるわせ、みずからも呻くように声を漏らした。そのうちにフランチェスカは彼の髪をつかんで引き寄せ、手を放してまた愛撫され、支えを求めてやみくもに手探りした。

マイケルは予告どおり隈なく彼女を愛撫して、あともう少しで昇りつめるところまで昂ぶらせた。

あともう少し。

そのまま最後まで昇りつめさせることもできたが、そうしようとは思えなかった。彼女を自分のものにしたい。こうなることを、腕のなかで彼女が身をふるわせて自分の名を呼ぶときがくるのを長いあいだずっと待ち望んできた。だが初めてのときだけでも、彼女のなかでその瞬間を迎えたかった。彼女に包まれているのを感じながら……。

この期に及んでそんなことを考えるとはすでにどうかしているのかもしれないが、それならそれでかまわない。

ふるえる手でズボンの前を開き、とうとう窮屈なものを解放した。

「マイケル？」フランチェスカがか細い声で呼びかけた。閉じていた目が、動きを察して開いた。視線をさげて、目を見開いた。これから起ころうとしていることはあきらかだった。

「きみが欲しい」マイケルはかすれ声で言った。彼女が黙ってじっと見ているので、言葉を繰り返した。「きみが欲しい」

だが、テーブルの上でではない。そのような才能はないので、フランチェスカを抱き上げ、脚を巻きつけられた心地よさにぞくりとして、フラシ天の絨毯の上におろした。そこにベッドはなかったが、その体勢でベッドのある部屋まで行けるはずもなく、率直に言って、互いにそんなことを気にしていられる状態ではなかった。スカートを腰まで捲り上げ、のしかかった。

そして、彼女のなかに入った。

ゆっくりと入るつもりが、彼女がじゅうぶん濡れて用意が整っていたので、息を呑む音を耳にしつつするりと滑り込んだ。

「痛かったか？」低くくぐもった声で訊いた。

フランチェスカは首を振った。「やめないで」喘ぐように言う。「お願い」

「やめないさ」マイケルは断言した。「絶対に」

マイケルが動きだし、その下でフランチェスカも動いて、すでにだいぶ昂ぶっていたふたりは瞬く間にともに砕け散った。

マイケルはふとわれに返って、数えきれないほどの女性たちと交わってきたにもかかわらず、血気盛んな青年に戻ってしまっていたことに気づいた。

このような体験は初めてだったからだ。

いままでのはすべて肉体のみの交わりであり、これは魂の交わりだった。

18

……もちろん、知っています。

――マイケル・スターリングがインドへ旅立って三年後、母ヘレンからの手紙に答えた返信より

翌日、フランチェスカは思いだせるかぎりこれまでで最も気分の悪い朝を迎えた。

とにかく泣きたくてたまらないものの、それすら自分には許されないことのように思えた。涙は潔白な人間が流すもので、それはもう二度と自分自身にあてはまる呼び名ではない。

この朝フランチェスカは、いっときのみだらな情熱に流されて自分の心を、大切な信義を完全に裏切ってしまったことが許せず、自己嫌悪に陥っていた。

ジョン以外の男性に欲望を抱いてしまった自分が腹立たしく、それ以上に、その欲望がかつて夫に呼び起こされたものを上回っていたことがやりきれなかった。ジョンとの夫婦の交わりは笑いと情熱に満ちていたが、マイケルにふたりでしたいというみだらな行為の数々を

耳もとで囁きかけられたときのように官能的な刺激を感じたことは、ただの一度もなかった。

彼に予告どおりの行為をされたあとに訪れた砕け散るような悦びも。

そのすべてが起きてしまったことが恨めしい。それも相手がマイケルであるせいで、腹立たしさが三倍にも増しているような気がする。

なにより、行為を進めるたび、指で容赦なく焦らしながら問いかけ、同意を確かめていたマイケルのやり方が憎らしかった。いまとなっては強引にその気にさせられたのだとか、情熱にわれを忘れて抗えなかったとは言い訳できない。

そしてこうして翌朝になって後悔の念に駆られ、もはや自分が臆病者と愚か者のどちらであるかもわからなくなっていた。少なくとも、そのどちらとも言えない。

あきらかにその両方であり、おまけにほぼ間違いなくそこに未熟者という名称も加わっている。

なぜなら、いまはとにかく逃げたいのだから。

自分の行動の結果に向きあわなければならないのはわかっている。

そうすべきなのだと本心から思う。

それなのに、ここに来たときのように、逃げたかった。

といっても、キルマーティンは離れられない。ここまでやって来たからには、さらに北を目指すとすればオークニー諸島を抜けてノルウェーに至る逃走計画でも立てないかぎり、動きようがない。

でも、屋敷を出ることはできる。それがまさにフランチェスカが翌朝の曙光を目にして実行したことだった。ゆうべはマイケルと体を重ね、恥ずべき姿をさらして十分ほど経ってから、支離滅裂なつぶやきや言い訳を口にしておぼつかない足どりで薔薇の客間を出て、あとはずっと寝室に閉じこもっていた。

まだマイケルとは顔を合わせたくない。

神に誓って、そんなことができるとは思えない。

つねに冷静に理性的でいられるのを自負していたのに、気が変になってしまったように意味不明な言葉をつぶやく人間に成りさがり、あきらかにいつまでも避けていられるはずのない相手と顔を合わせるのを恐れている。

それでも一日でも会わずにいられれば、何か変わるのではないかと信じていた。あすになれば――いいえ、あすのことはまたあとで心配すればいい。場合によっては、あすにでも。いまはとにかく目の前の問題から逃げたかった。

勇気があるなどと褒められていたのは間違いなくかいかぶりだったのだ。

どこへ行けばいいのかわからなかった。思いつけるかぎり、マイケルと出くわす可能性が低い場所だと信じられるところならどこでもいい。

ところが、どうやら天は二度と慈悲をお示しくださるつもりはないらしく、田園を歩きだして一時間後、最初はぽつぽつと小雨が落ちてきて、そのうちすぐに本降りになった。フランチェスカは大きく枝を広げた木の下に入って、仕方なく雨がやむのを待つことにした。そうして重心を左右の脚に交互に移しながら二十分ほど待ち、とうとう汚れるのもかまわず湿った地面に腰をおろした。

しばらくここにいることになる。暖かさも服が乾くことも望めないのなら、せめて楽に過ごしたい。

そして当然というべきなのか、それから二時間足らずでマイケルに見つけられてしまった。彼が探しに来たのは間違いない。そうでなければ領地の主人が意味もなくうろつきまわるはずがなかった。

「そこに、わたしも入れる余裕はあるかい？」マイケルは雨のなかで声を張りあげた。

「あなたと、お馬さんのぶんまではないわ」フランチェスカはつぶやくように答えた。

「なんだって？」

「ないわ！」大きな声で言い直した。

もちろん、マイケルはおかまいなしに木の下に馬を駆ってきて、地面にひょいとおりると低い枝にその去勢馬を緩く繋いだ。

「どうしたんだ、フランチェスカ」前置きもなしに言う。「いったいこんなところで何してるんだ？」

「あなたこそご苦労なことね」フランチェスカはぼそりと言った。

「きみをどれだけ探したと思ってるんだ？」

「だいたい、わたしがこの木の下に入っている時間と同じぐらいでしょうね」憎まれ口を返した。探しに来てくれたことを喜ぶべきなのはわかっている。ふるえる手脚は彼の馬に飛び乗ってさっさと帰りたくてうずうずしているのに、そのほかの部分はいまだいらついていて、反抗したいという理由だけで片意地を張っていた。

ここまでひねくれた女性にできることといえば自嘲の笑みを浮かべることくらいだ。

それでも昨夜の大失態を彼のせいにはできないのだと、フランチェスカはいらだたしく考えた。けれどももし、ゆうべ事を終えてからうろたえてなぜか詫びの言葉を繰り返してしまったせいでマイケルが罪を免れたと思っているのなら、大きな誤解だ。

「ともかく、帰ろう」マイケルはそっけなく言い、馬のほうに顎をしゃくった。

フランチェスカは彼の肩越しに視線を据えていた。「そのうち雨はやむわ」

「中国でならな」

「わたしは平気よ」強がった。

「いい加減にしてくれよ、フランチェスカ」マイケルがいらだたしげな口調で言う。「いくらわたしを嫌おうとかまわないが、駄々をこねるのはやめろ」

「どうせもう遅いわ」つぶやいた。

「そうかもな」マイケルが腹立たしいほどの聴力を発揮して答えた。「だが、こっちはすこぶる寒くて家に帰りたい。きみが何を考えようが自由だが、いまはきみのことより一杯の茶を飲みたい欲求を優先させずにはいられないんだ」

その言葉にフランチェスカは納得させられるどころか、頭に石を投げつけてやりたくなった。

そのとき、そう簡単には快適な場所に心が傾かないことを代弁するかのように、雨が弱まってきた。やんではいないが、でまかせの天気予測に真実味を与えるにはじゅうぶんだった。

「そのうち太陽が顔を出すわ」フランチェスカは小雨を身ぶりで示して言った。「よかった」

「それできみは、そのドレスが乾くまで六時間も野原の真ん中で寝転んでようというのかい？」マイケルが間延びした声で言う。「それとも、肺炎で長患いでもしたいのか？」

フランチェスカはこの日初めてまっすぐ彼を見つめた。「ひどい人ね」

マイケルが笑った。「今朝は初めて、きみから偽りのない言葉を聞けたな」

「ひとりになりたい気持ちをあなたには理解してもらえないの？」と、切り返した。

「それを言うなら、きみに肺炎で死んでほしくない気持ちを理解してもらえないのかい？

馬に乗るんだ、フランチェスカ」マイケルはフランスの戦地で部下に指示しているかのような口ぶりで言った。「家に着いたら、好きなように部屋に閉じこもって二週間だろうと気がすむまで出てこなくてかまわない。だが、いまはとにかくこの雨から抜けだすことを考えてくれ」

もちろん、フランチェスカはその提案にそそられつつ、それ以上に理屈のみを口にされたことに無性に腹が立ち、彼の言うなりになるのはどうしてもいやだった。まして、昨夜起きたことを乗り越えるには二週間では足らないという、気の滅入る予感が働いていた。

一生かかってしまうかもしれない。

「マイケル」哀れにふるえる女性を気の毒に思う気持ちを少しでも引きだせることを願って、頼りなげな声で言った。「いまはあなたとはいられないの」

「馬で二十分走るだけでも？」マイケルは聞き返した。そして、フランチェスカがいらだたしさで返し文句を考える心の準備も整わないうちに、ぐいと腕を引いて立たせて抱き上げ、自分の馬に乗せた。

「マイケル！」フランチェスカは悲鳴をあげた。

「悲しいかな」マイケルが乾いた口ぶりで言う。「ゆうべ呼んでくれた口調とは違うな」

フランチェスカは彼をぱしりと叩いた。

「それぐらいは仕方がないが」マイケルも馬の後ろに跨《また》がり、わざと身をくねらせるようにして鞍に彼女の腰を合わせると、膝の上に抱きかかえるような格好になった。「きみの愚行を考えれば、わたしを馬の鞭で打つことはできないよな」

フランチェスカは動きをとめた。

「自分の前でひざまずいて赦しを求めてほしいとでも思っていたのなら」マイケルは無遠慮に彼女の耳もとに唇を寄せた。「雨のなかを逃げだすような愚かしい行動を取るべきではなかったんだ」

「出てきたときには雨は降ってなかったわ」フランチェスカは子供じみた言い訳をして、馬が駆けだしたのに驚き、「きゃっ！」と小さな悲鳴をあげた。

それから、姿勢を保つために彼の太腿以外につかまれるところはないのだろうかと懸命に探した。

そもそも、どうしてこれほどきつく肋骨の上に腕を巻きつけられていなくてはいけないのだろう。彼の前腕に乳房をのせているようなものだった。

しかも意識したくはないけれど、彼の脚のあいだにしっかりと腰を抑えられ、お尻にちょうど硬いものがあたっていて――。

雨が降っているのがせめてもの救いだった。彼も自然と冷えた体を縮めがちにしているので、意に反して体が反応してしまうような想像力を掻き立てられはしなかった。

なにしろゆうべは、ほかの誰よりマイケルについては想像できなかった、壮観な男らしさを見せつけられた。

それが一番の問題だった。〝壮観な男らしさ〟だなんて、いたずらっぽい笑みを浮かべて皮肉まじりに口にする冗談にすぎないはずだった。

でも、マイケルにはぴったりあてはまっていた。

まさしくその言葉どおりだった。

そのせいでどうにかまだ残っていた理性のかけらまで失ってしまった。

静けさのなかで、馬は進んでいた。正確には静かとは言えないのかもしれないが、少なくともふたりは話さなかった。代わりに、言葉よりはるかに危険を感じさせる気がかりな音が響いていた。フランチェスカは耳もとに囁きかけられているような息遣いをはっきりと感じ、背中に彼の鼓動をたしかに聴いていた。それに――。

「まずいな」

「どうしたの？」フランチェスカは顔を見ようと体をひねって訊いた。

「フェリクスの歩調が弱ってきた」マイケルがつぶやいて鞍からおりる。

「大丈夫かしら？」フランチェスカも無言で差しだされた手をかりて馬をおりた。

「大丈夫だろう」マイケルは雨のなかでひざまずいて去勢馬の左の前脚を調べた。「だが、ふたりの人間を運ぶのは無理だな。いや、きみだけでもむずかしいかもしれない」立ちあがり、地平線を眺め渡して、地所のどの辺りにいるのかを確認した。「とりあえず、庭師小屋を目指そう」そう言って、目にかかった濡れた髪をいらだたしげに掻き上げた。髪はまたすぐに額に落ちてきた。

「庭師小屋？」彼の言ったことは完璧に理解していたものの聞き返した。そこはひと部屋だけの小さな建物で、現在の庭師が近頃妻とのあいだに双子を授かって領地内の反対側にあるもう少し大きな住まいに越して以来、空き家になっていた。「家に帰ることはできない？」フランチェスカは少しばかり焦りを感じて尋ねた。記憶にあるかぎりかなり大きなベッドを設えた、こぢんまりとした小屋にふたりきりで足どめされるのは避けたかった。

「歩けば一時間以上かかる」マイケルが顔をしかめて言う。「それに、雨風が激しくなってきた」

いまいましくも彼の言うとおりだった。空は異様に緑がかった影を帯びて、雲には相当に激しい嵐を予感させる不気味な光が射している。「そうね」フランチェスカは答えて、必死に不安を呑み込もうとした。屋外で嵐に耐えるのと、マイケルと小さな家に閉じ込められるのとではどちらをより恐れればいいのかわからない。

「走れば、ほんの数分で着く」マイケルが言う。「きみだけでも走ってくれ。わたしはフェリクスを引いていく。馬を引いていくとなると、どのぐらいかかるかわからないが」

フランチェスカは顔を向けると同時に思わず目を狭めていた。「こうなることをたくらんだのではないわよね？」

マイケルは空を切り裂く稲光《いなびかり》並みに凄みのある表情で振り返った。

「ごめんなさい」慌てて詫びて、すぐに発言を後悔した。イングランド紳士にはけっして許されないことがある。なかでも、いかなる理由であれ、動物を故意に傷つけることはもってのほかだった。「謝るわ」と言ったとき、ちょうど雷鳴が地面に轟いた。「ほんとうに、ごめんなさい」

「行き方はわかるな？」マイケルは嵐に負けじと声を張りあげた。

フランチェスカはうなずいた。

「わたしが着くまでに火を熾せるか？」

「やってみるわ」

「では行くんだ」ぶっきらぼうに言う。「走れば体も温まる。わたしもすぐに行く」

フランチェスカは駆けだしたが、小屋に向かって走っているのか、マイケルから逃げようとしているのか自分でもよくわからなくなっていた。

彼もほんの数分後にはやって来るのだから、その答えを考える意味があるのだろうか？　走っているうちに脚が痛み、胸はひりつき、そんな疑問の答えなどさして重要ではないように思えてきた。呼吸が苦しくなり、それと同じぐらい顔にあたる雨の冷たさもつらかった。でも、どのつらさもなぜかいやではなく、これぐらいの目に遭うのは当然のようにすら感じられた。

きっとほんとうに当然なのだろうと、フランチェスカはみじめな気分で考えていた。

庭師小屋の玄関扉を押しあけたとき、マイケルはずぶ濡れになり、尋常ではないふるえを覚えていた。フェリクスを引いてたどり着くまで予想よりだいぶ時間がかかり、そのうえ、雷雨のなかで木の下に傷ついた馬を放っておくわけにはいかないので、繋ぐ場所を探すのにもひと苦労した。ようやく鳥小屋として使われていたところにその場しのぎの厩舎をこしらえて馬を繋いだが、その作業で手は血で滲み、ブーツは雨でも流しきれないほど泥まみれになっていた。

マイケルが小屋のなかに入ると、フランチェスカが暖炉のそばに膝をつき、火を熾そうとしていた。何かつぶやいているところを見ると、かんばしい成果は表れていないのだろう。

「まあ、大変！」フランチェスカが声をあげた。「いったいどうなさったの？」

「フェリクスを繋ぐ場所を探すのに手間どってしまった」ぶっきらぼうに説明した。「雷雨よけをこしらえてやったんだ」

「素手で？」

「ほかに道具がなかった」マイケルは肩をすくめた。

フランチェスカは気遣わしげに窓の外へ目をやった。「あの馬は耐えられるかしら？」

「そう願うよ」マイケルは答えて三本脚の椅子に腰をおろし、ブーツを脱ぎにかかった。

「脚を痛めた馬の尻を叩いて家まで無理に歩かせることはできない」

「ええ」フランチェスカは同意した。「もちろんだわ」そして突如ぎょっとした表情になり、すばやく立ちあがって問いかけた。「あなたは大丈夫なの？」

もともと彼女に心配されるのは大歓迎なのだが、いったいなぜ唐突に訊いたのかがわかればもっと手放しで喜べただろう。「どういうことかな？」穏やかに尋ねた。

「マラリアよ」フランチェスカがやや緊迫した様子で言う。「ずぶ濡れだわ。発作を起こしたばかりなのに。もうあんな――」口ごもり、咳払いをして、見るからに肩をいからせた。

「心配しているからといって、一時間前よりあなたに寛大な気持ちで接しようとしているわけではないわよ。ただ、再発に苦しむのは見たくないの」

マイケルは同情を引くために倒れ込むことも頭にちらりとよぎったが、考えなおして言った。「このようなことは引き金にならない」

「確かなの？」

「ああ。寒さで再発する病気ではないんだ」

「そう」フランチェスカはその言葉の意味をしばし考えた。「でも、万一……」声が尻すぼみになり、唇を不機嫌そうに引き結ぶ。それから、「どうぞ、作業にお戻りになって」と締めくくった。

マイケルは横柄にうなずきを返して、ブーツを脱ぐ作業を再開し、もう片方をぐいと引っぱって足を抜くと、左右のブーツの上端を慎重につかんで、玄関扉のそばに置いた。「さわらないように」誰にともなく言い、暖炉のほうへ歩いていった。「汚れてるからな」

「火を熾せなかったわ」フランチェスカが炉辺に気まずそうに立ったまま言う。「ごめんなさい。こういうことはあまり経験がないの。部屋の隅に薪があるのは見つけたんだけど」何本か薪をくべた火床を身ぶりで示した。

マイケルは火を熾しはじめた。フェリクスのために鳥小屋から茨《いばら》を取り払おうとしたときに手に負った擦り傷がまだ少し疼いている。じつのところ、ありがたい痛みだった。その程度の傷でも、後ろに立っている女性から思考をそらすのには役立っていた。

彼女は怒っている。

それは当然予想できたことだった。実際、マイケルは予想していたが、それによって自尊心と、率直に言えば心を、これほど傷つけられるとは考えていなかった。むろん、一度激しい情熱で交わったからといってすぐに永遠の愛を誓ってくれると思っていたわけではないが、それでもやはり愚かにも心の片隅で、そうなってくれればいいとわずかな望みを抱いていたのだろう。

長年放蕩を尽くしてきた男が、そのような情けない夢を抱くようになるとは誰に想像できただろう？

だがきっとフランチェスカは機嫌をなおしてくれる。マイケルはそう確信していた。機嫌をなおしてもらわねばならない。あのとき彼女は完全に身をゆだねていた――それについてはある程度自信をもって言える。それに彼女自身が純潔ではなかったという事実も、ゆうべの出来事を考えるうえでフランチェスカのような高潔な女性にとっては何かしら意味をもつのではないだろうか。

マイケルは決断を迫られていた――彼女の怒りが冷めるのを待つのか、認めざるをえない現実を受け入れてもらえるまでじわじわと説き伏せていくのか。後者を選んだ場合には自分も間違いなく傷を負い、もがくことになるだろうが、こちらのほうが成功の見込みがより高いように思えた。

彼女をひとりにすれば、不都合なことは忘れてしまえばいいのだと考えて、何もなかったふりをする手立てを見つけだすともかぎらない。

「火がついた？」部屋の向こう側から尋ねる声がした。

マイケルはしばらく火種を煽り、小さなオレンジ色の炎がちらちらと燃え立つと満足の吐息をついた。「もう少し見ていなければならないが」フランチェスカのほうを振り返る。「炎が強くなるまでそう時間はかからない」

「よかった」フランチェスカはぽつりと言い、数歩さがって、ベッドに腰かけた。「わたしはここにするわ」

マイケルはその言葉に苦笑を浮かべずにはいられなかった。この家には部屋はひとつしかない。ほかにどこに行くところがあるというんだ？

「あなたは」フランチェスカがいけ好かない家庭教師のような気どった態度で言う。「そこにいらして」

マイケルは指で示された反対側の隅を見やった。「あそこに？」のんびりとした口調で訊いた。

「それが最善だと思うの」

マイケルは肩をすくめた。「それでけっこう」

「けっこう？」

「けっこうだとも」立ちあがり、服を脱ぎはじめた。

「何してるの？」フランチェスカが詰まりがちな声で訊く。

マイケルは背を向けたままほくそ笑んだ。「わたしの場所にこもるんだ」と、肩越しに軽く言い放った。

「服を脱いでるじゃない」フランチェスカが驚きながらも必死に高慢な口ぶりで言う。

「きみにも同じ行動を勧める」マイケルは言い、袖に血が付いているのに気づいて顔をしかめた。やれやれ、だが手のほうがもっと汚れている。

「そんなことをするはずがないでしょう」と、フランチェスカ。

「これを持っててくれないか？」シャツをひょいと放り投げた。フランチェスカがそれを胸に受けとめて、短い悲鳴を漏らしたので、マイケルは大いに満足した。

「マイケル！」声を張りあげて、シャツを投げ返してきた。

「悪いな」まったく反省の感じられない声で言った。「体を拭くのに使えるのではないかと思ったんだ」

「そのシャツを着て」フランチェスカが歯ぎしりして言った。

「凍えろというのかい？」マイケルは訊き、片方の眉を横柄に上げた。「マフリアにかかっていようがいまいが、風邪はひきたくない。それに、見たことがないものでもあるまいし」

フランチェスカが呆然と息を呑んだのを見て、言葉を継いだ。「いや、待てよ。訂正する。きみは見てなかったんだよな。ゆうべはズボン以外のものまで脱ぐ余裕がなかった」

「出てって」フランチェスカが怒りのこもった低い声で告げた。

マイケルはふっと笑って窓のほうへ頭を傾けて見せた。窓ガラスに雨が激しく叩きつけている。「そうはいかないんだ、フランチェスカ。悪いがしばらくはわたしとここにいてもらわなくちゃならない」

彼の言いぶんを裏づけるかのように、凄まじい雷鳴に小さな家が土台から揺さぶられた。

「向こうを見てたほうがいいな」マイケルはなにげない調子で言った。「ズボンを脱ぐから」

フランチェスカがげんそうにわずかに目を大きくしたのを見て、説明を加えた。

フランチェスカは憤怒の唸り声を漏らしたが、背を向けた。

「それと、毛布を剝がしといてくれ」言いながら濡れた服を脱いでいった。「濡らしてしまうからな」

おそらくフランチェスカはただ逆らうためにさらにしっかり坐りなおすのではないかと思ったのだが、良心に屈したらしく立ちあがり、上掛けをベッドから引き剝がして、自分が落とした水滴を払いのけた。

マイケルはそちらのほうへ歩いていき、大きな歩幅でほんの四歩でたどり着くと、自分用にもう一枚の毛布を引き剝がした。彼女が手にしているものより厚みはないが、用は足りる。

「覆ったよ」そう伝えると、きちんともとの位置に戻ってきた。

フランチェスカがゆっくりと向きなおり、片目だけをあける。

マイケルは呆れて首を振りたいところをこらえた。これではまったく、ゆうべのことはなかったかのようだ。だがそれが女性の慎みをわずかでも保つために役立つというのなら、好きなようにさせてやろう……せめて今朝だけは。

「ふるえてるな」

「寒いのよ」

「そりゃそうだろう。ドレスが濡れているのだから」

フランチェスカは何も言わず、目顔で服を脱ぐ気はないことを伝えた。

「ならば好きなようにすればいい。だがせめて火のそばにいたほうがいい」

フランチェスカはためらいを見せた。

「いい加減にしろよ、フランチェスカ」辛抱強さも保てなくなってきた。「襲いはしないと約束しよう。少なくとも今朝は、きみの許しがないかぎり」

どういうわけかその言葉にフランチェスカは頬をぱっと赤らめたが、多少なりとも誠意を信じてくれたらしく、火のそばへ歩いてきた。

「暖かくなったかい？」マイケルは少しでも反応を引きだそうとして尋ねた。

「だいぶ」

それから数分マイケルは暖炉の火を焚きつけ、たまにフランチェスカの横顔にちらちら目をくれつつ、炎が弱まらないよう慎重に見守った。しばらくして彼女の表情が少しやわらいできたので、かまをかけてみようと静かに切りだした。「ゆうべはわたしの質問に答えてくれなかった」

フランチェスカは顔を向けなかった。「どんな質問だったかしら？」

「結婚を申し込んだはずだ」

「いいえ、申し込まれてないわ」その声はいたって穏やかだった。「あなたは、ご自分がわたしと結婚したほうがいいと考えていることを伝えて、その理由を説明なさったのよ」

「だから？」マイケルは低い声で言った。「それのどこが問題なんだ？」

「それでは求婚したとは見なされないと言ってるの」フランチェスカは語気鋭く言い返した。

「きみは感動的な求婚の一場面を台無しにしようというんだな」物憂げな声で言った。

確信はないが、彼女の唇がかすかな笑みで引き攣ったように見えた。

「わかったよ」精一杯寛大な口ぶりで言った。「結婚してくれとは言わない。紳士の戯言《たわごと》だったとでも思ってくれてかまわない。ああいうことになったとはいえ――」

「あなたが紳士だったら」フランチェスカが遮った。「あんなことにはならなかったわ」

「ふたりでしたことなんだぞ、フランチェスカ」マイケルはやんわりと念を押した。

「わかってるわ」彼女の声はひどくいらだたしげで、マイケルは内心言いすぎてしまったと悔やんだ。

困ったことに、これ以上彼女を追い込むべきではないと決意したとたん、続ける言葉を失った。褒められたことではないだろうが、ほかには言うべきことを思いつけない。仕方なく黙ったまま毛織りの上掛けをほとんど裸の体にさらにきつく巻きつけ、フランチェスカが凍えていないだろうかとたまに様子を窺った。

またよけいな言葉を吐いて彼女の気分を害さないよう口をつぐんでいても、体調を崩させてしまったらなんの意味もない。

けれども、フランチェスカはふるえていないし、ひどい寒さを感じているような気配もなく、スカートのところどころを火のほうへ近づけては布地を乾かそうと無駄な努力を試みている。時おり話しだそうとするそぶりをするが、すぐにまた口を閉じて舌で唇を舐め、小さな吐息をつく。

しばらくしてようやく、顔を向けずに言った。「考えてみるわ」

マイケルは片方の眉を吊り上げ、説明を待った。

「あなたとの結婚よ」フランチェスカは暖炉の火を見つめたまま、言葉を継いだ。「でも、いまはどちらとも答えられない」

「きみはわたしの子を身ごもっているかもしれない」マイケルは静かに言った。

「その可能性はじゅうぶん承知してるわ」フランチェスカは腰をおろして折り曲げた膝に腕をまわし、胸に引き寄せた。「その結果によって答えが出たらすぐにお伝えします」

マイケルは爪が皮膚に食い込むほど手をきつく握りしめた。いくぶん強引に事に及んでしまったのかもしれないが——そのように考えなければならないことすら不快で受け入れがたい——妊娠させようとしてやったことではない。情熱で自分のものにしようとしたのであって、妊娠をたくらんだわけではない。

ところがフランチェスカはいま暗に、子供のために仕方なく結婚を考えると言ったのだ。

「そうか」マイケルは答えて、内心では怒りが沸々《ふつふつ》と煮え立っているわりにずいぶんと穏やかな声で言えたものだとわれながら思った。

怒りを感じる権利は自分にはないのかもしれないが、現に感じているのだし、その感情にそしらぬふりをしていられるほど寛大な男でもない。

「だったら、今朝はきみを襲わないなどと約束するんじゃなかったな」思わせぶりに言い、獲物を狙うような笑みを浮かべずにはいられなかった。

フランチェスカがさっと顔を振り向けた。

「つまり——なんと言えばいいのかな」下顎をさすりながら考えをめぐらせる。「まだ自分で運命を変えられる可能性があるということだ。それならその可能性にかけて大いに楽しみたいじゃないか」

「マイケル――」

「しかも嬉しいことに」遮って続けた。「わたしの時計によれば」ちょうどそばのテーブルに置いていた外套から懐中時計を取りだして開いた。「まだ正午五分前だ」

「だめよ」フランチェスカがか細い声で言う。

マイケルはたいして愉快でもないのに微笑んだ。「きみがこういうふうに仕向けたんだぞ」

「どうして？」フランチェスカに尋ねられ、マイケルは彼女がどういう意味で問いかけたのかわからなかったが、とりあえず否定できないただひとつの真実を答えることにした。

「そうせずにはいられないからだ」

フランチェスカが大きく目を開いた。

「キスしてくれるかい、フランチェスカ？」

フランチェスカが首を振る。

ふたりの距離は二メートル足らずしかなく、どちらも床に腰をおろしていた。速まる鼓動を感じながらゆっくり這うように近づいても、彼女は逃げようとしなかった。「キスしてもいいか？」静かに言う。

フランチェスカは動かない。

マイケルは身を乗りだした。

「きみの許しがなければ誘惑しないと言っただろう」彼女の唇にあと数センチのところまで

唇を近づけて囁いた。
それでも彼女は動かない。
「キスしてくれるかい、フランチェスカ？」もう一度問いかけた。
フランチェスカの体がぐらりと振れた。
あとはもうこちらのものだった。

19

……マイケルは帰国を考えてくれていると思うわ。手紙にそうはっきりと書いてくれたわけではないけれど、母親の直感はばかにできないものよ。インドで活躍しているあの子を無理やり帰国させるべきではないのはわかってるわ。でも、あの子も私たちを恋しがっていると思うの。あの子が帰ってきてくれたらすてきでしょう?

——キルマーティン伯爵がインドから帰国する九カ月前、ヘレン・スターリングが前キルマーティン伯爵の未亡人へ宛てた手紙より

彼の唇が自分の唇に触れたのを感じてようやく、フランチェスカはいつの間にかわれを忘れていたことに気づいた。今回もまたマイケルは同意を求めた。そして今回も一定の距離を取って、身を引き、拒む機会を与えた。

けれどまたも、フランチェスカの心は肉体に主導権を握られ、速まる呼吸や高鳴る鼓動を鎮める気力は失われていた。

そして彼の大きな逞しい手が自分の体をたどり、太腿のあいだに近づくにつれ、期待に熱く疼きだした。

「マイケル」つぶやいたが、それが拒む言葉ではないのは互いにわかっていた。フランチェスカはやめることを望んではいなかった——彼がそのまま続けて、前夜のように魂を潤してくれるのを求めていた。女性だからこそ幸せに感じられるあらゆる理由を思いだし、自分自身の肉体がもたらす悦びを呼び起こすために。

「ううん」マイケルの返事はそれだけだった。せわしない手つきでドレスのボタンを外し、生地が湿って扱いにくくなっているにもかかわらず、瞬く間に脱がすと、フランチェスカは雨のせいでほとんど透けた薄手の綿のシュミーズ姿になった。

「とても美しい」マイケルは囁いて、白いシュミーズの下からくっきりと浮きでた乳房の輪郭を眺めおろした。「ああ——ぼくは——」

彼の言葉が途切れ、フランチェスカは当惑してその顔を見やった。単に言葉が浮かばないだけではないのだと衝撃を覚えた。マイケルがそんなふうになんらかの感情で喉をふるわせているのを目にしたことはなかった。

「マイケル？」そっと呼びかけた。問いかけたものの何を尋ねればいいのかわからなかった。マイケルのほうもどう答えていいのか迷っているのだろう。少なくとも言葉は出てこなかった。フランチェスカを抱き上げるとベッドへ運び、マットレスの端におろして、シュミーズを脱がせようと手をかけた。

いまならとめられる、とフランチェスカは思った。ここでやめさせることができる。マイケルが猛烈に自分を欲しているのは目にみえてわかった。それでも、拒む言葉を発すれば、やめてくれるだろう。

でも言えなかった。頭がいくら拒むべき理由を明快に主張していても、唇が自然に彼のほうへ近づいていき、キスをして、しかもその時間をできるだけ引き伸ばそうとしていた。

そうしたかった。彼を欲していた。いけないことだと知りながら、みだらな気持ちを抑えられなかった。

彼が自分をみだらにする。

フランチェスカはみだらになれるのが嬉しかった。

「だめ」ぎこちなく唐突に言葉が口をついた。

彼の手がとまった。

「わたしがするわ」

目が合って、彼の銀色に揺らめく瞳の深みに魅入られた。そこには幾多の疑問が浮かんでいて、そのひとつひとつとして答えられるものはなかった。けれど、とても口には出せないものの、ひとつだけわかっていることがあった。もし、みずからの欲望に抗えず動きだしてしまったら、きっとあらゆる行為に及ばずにはいられない。求めるものをつかみ、欲しいものを奪い、最後には必ず熱情を冷まさなければならないことはわかっていても、この午後のひと時は灼けつくような交わりに進んで溺《おぼ》れてしまうに違いなかった。

マイケルにみだらな自分を呼び覚まされ、仕返しせずにはいられない。

フランチェスカが片手で胸を軽く押してベッドへ倒すと、マイケルは燃え立った目を上げて、呆気にとられたような顔で欲望に満ちた唇をわずかに開いた。

フランチェスカは一歩さがって、前かがみにシュミーズの裾をそっとつまんだ。「これも脱いでほしい？」囁き声で訊く。

マイケルはうなずいた。

「ちゃんと言って」フランチェスカはせかした。彼が言葉にできるかどうかを確かめたかった。自分がそうであったように、彼も欲望にとらわれて、頭が朦朧《もうろう》としているのかどうかが知りたい。

「ああ」マイケルはひび割れたかすれ声を発した。

フランチェスカは無垢《むく》ではなかった。健康で性欲旺盛な男性と結婚生活を二年送り、自分自身の欲望もともに満たせることを教えられた。大胆になる方法も、そうなることでますますその気を駆り立てられるのも知っていたが、こんなふうにマイケルの目の前で服を脱ぐことによって自堕落な興奮や、気力がみなぎるような感覚に襲われるとは想像していなかった。

そのうえ、ふたりの目が合い、彼が自分をじっと見つめているのがわかると、頭がくらりとする熱情の波が押し寄せた。

力が湧いた。

それが心地よかった。

フランチェスカはわざとゆっくりとシュミーズの裾をめくり、まずは膝頭まで引き上げ、さらに太腿から脚の付け根すれすれまであらわにした。

「満足？」焦らすように訊き、唇を舐めて思わせぶりにちらりと微笑んだ。

マイケルが首を振った。「もっとだ」

命令するの？　その口ぶりはいただけない。「頼みなさい」柔らかな声で言った。

「もっと」先ほどより控えめな口調だった。

フランチェスカは了解のうなずきを返しつつ、脚のあいだを見せる寸前に背を返し、シュミーズを腰まで引き上げ、それから肩の上へめくり、頭から脱ぎ去った。

彼の息遣いが荒く熱を帯びてきて、フランチェスカはその音を聞くたび背中を撫でられているように感じた。けれどもまだ振り返らなかった。そそるように切なげな声を漏らし、両手で自分の体の脇をたどって尻のふくらみを撫でてから、今度は体の前をのぼり、乳房に行き着いた。彼には見えていないのは知りながら自分で乳房を握った。

マイケルはその動きを読みとっているはずだった。

そしてきっと、その気を掻き立てられているだろう。

ベッドのほうから衣擦れの音、木の土台が軋む音、低い唸り声がしたので、すぐにぴしゃりと指示した。「動かないで」

「フランチェスカ」マイケルの呻くような声が先ほどより近くに聞こえた。おそらく起きあがり、いまにもこちらへ来ようとしているのだろう。

「横になってて」やんわりと諭すように言った。

「フランチェスカ」今度はややもどかしげな声が返ってきた。

フランチェスカは微笑んだ。「横になってて」振り返らずに繰り返した。乱れた息遣いが聞こえ、彼が動かずに、どうすべきか決めかねているのが感じとれた。

「横になってるのよ」もう一度だけ念を押した。「わたしが欲しいなら」

一瞬沈黙が落ち、すぐにベッドの頭板に背をもたせかけたような音がした。けれどいまや彼の息遣いはひどく切迫してざらついている。

「そのままでいて」フランチェスカは囁いた。

彼をもう少し焦らそうと軽く爪を立てて自分で乳房を撫でると、触れた肌が粟立った。

「ああ」色っぽさを意識して声を漏らした。「ああ」

「フランチェスカ」マイケルのかすれ声がした。

両手をお腹におろし、さらに下へ滑らせて、なかには入れずに――まだそこまでみだらになれる自信がない――なだらかな隆起を撫でて、彼に指でしていることを想像させようとした。

「ああ」また声を漏らした。「あっ、あああ」

マイケルの荒々しくしわがれた不明瞭な声がした。限界に近づいているのだろう。これ以上追い込んではいけない。

フランチェスカは唇を舐めて肩越しに振り返った。「あなたも脱いで」そう言って、まだ布で覆われている股間へ視線をずらした。濡れた衣類を脱いだときに下穿きだけは残していたので、張りつめたものが布を押し上げていた。「あまり快適そうに見えないわ」ちょっぴり純情ぶった声色で言い足した。

マイケルは唸り声で何かつぶやき、自分の下着をぐいと引き剝がした。

「まあ」フランチェスカはもともとそそるためにそう言おうと決めていたが、気がつけば、ほんとうに感嘆の声を漏らしていた。彼の股間は大きくて逞しかった。ここまで彼を追い込んでいたとは、なんてあやういゲームをしていたのだろう。

それでも、自分をとめられなかった。彼をみなぎらせた自分の力が誇らしく、とてもやめられそうにない。

「すてき」甘える声で言い、彼の全身を眺めてから、まっすぐ股間に視線を据えた。

「フラニー、もうじゅうぶんだ」

フランチェスカは視線を上げて、目を合わせた。「答えて、マイケル」ややもったいをつけて言った。「わたしが欲しいなら、抱かせてあげる。でも、わたしの言うとおりにして」

「フラ――」

「今回はわたしの好きにさせてほしいの」

マイケルはしばし動きをとめ、やがて同意のしるしにわずかに上体を引いた。けれども、横になりはしなかった。後ろのマットレスに両手をつき、背をそらしぎみに坐っている。全身の筋肉が張りつめ、まるで飛びかかろうとしている猫のような目つきに見える。

フランチェスカはその見事な肉体にそそられ、ふるえを覚えた。

その肉体が手を伸ばしさえすれば自分のものになる。

「まずはどうすればいいかしら？」すなおな疑問が口をついた。

「こっちへ来るんだ」マイケルがしゃがれた声で言う。

「まだだめよ」フランチェスカはため息まじりに答えて、体が横から見えるように向きを変えた。彼がぴんと張った乳首を見つめ、暗い目で唇を舐めた。それを見て自分もさらに張りつめるのを感じ、彼の舌に舐められるのを想像してまた熱いものが体内をめぐった。

片手で乳房をそっと包み、あたかも美味な捧げ物であるかのように押しあげた。「これが欲しい？」かすれ声で訊く。

唸り声としか言いようのないものが返ってきた。「欲しいものはわかってるだろう」

「それはそうだけど」つぶやくように言った。「その前にいかが？　なんでも待たされたほうがおいしく思えるものでしょう？」

「きみにわかるものか」マイケルはぶっきらぼうに言った。

フランチェスカは乳房を見おろした。「たとえば、こうしたら……」乳首の周りに指をめぐらせると、くすぐったさに体の芯までふるえが走った。

「フラニー」マイケルが呻くように呼んだ。その顔に目をやると、唇をわずかに開き、目は欲望でどんよりとしている。

「これが好きなの」と言いながら、内心では自分でも少し驚いていた。マイケルにこうしてやって見せるまで、実際にやったことも考えたこともなかったのに。「好きなのよ」繰り返して、もう片方の手でもうひとつの乳房を包み、そちらも撫ではじめた。窮屈なコルセットに締めつけられているときのように両手で両方の乳房を押し上げて真ん中に寄せる。

「ああ、たまらない」マイケルがもどかしげにつぶやいた。

「こんなことができるなんて知らなかったわ」フランチェスカは背をそらせた。

「わたしならもっとうまくできる」マイケルが喘ぐように言う。

「ええ、きっとそうよね。あなたは経験が豊富だものね？」彼が大勢の女性たちを誘惑してきたことを頼もしく思っているとでもいうように、とりすました目をちらりとくれた。ふしぎにも、ほんとうにいままでずっとそう思っていたような気がする。

でもいまは……。

彼は自分のものだ。誘惑するのも楽しむのも思いのままで、ここで彼を求めているあいだはほかの女性たちのことなど考える必要はない。この部屋に彼女たちはいないのだから。ここにいるのは自分とマイケルだけで、ふたりのあいだには灼けつくような熱情が湧いている。

ベッドのほうへゆっくりと近づき、彼が伸ばした手を払いのけた。「さわらせてあげるのと引き換えに、ひとつ約束してくれる？」ひそやかに尋ねた。

「なんなりと」

「たいしたことじゃないわ」少し生意気な口ぶりで言う。「わたしが指示したとおりにしてもらうだけよ」

マイケルがぎこちなくうなずいた。

「仰向けになって」

マイケルは言われたとおりにした。

フランチェスカは体が触れあわないようにベッドに上がった。彼を跨いで四つんばいになり、体をくねらせ、柔らかな声で言う。「片手だけよ、マイケル。片手しか使ってはだめ」

マイケルは喉から絞りだしたような音を漏らし、大きな片手で乳房をすっぽり包み込んだ。

「ああ、たまらない」乳房をぎゅっとつかんで体をふるわせ、声を漏らした。「頼む、両手でやらせてくれ」と、せがんだ。

フランチェスカは拒めなかった。片手で触れられただけでかっと燃え立ち、主導権を握りたいのにいやとは言えなかった。言葉にならないのでうなずいて、背をそらすと、いきなり両手で揉まれ、撫でまわされて、すでに昂ぶっていた熱情が掻き乱された。

「乳首に」かすれ声で言う。「さっき、わたしがしてたことをして」

マイケルは、彼女はもはや自分のもくろみどおりにはいかないことに気づいたのだろうとほくそ笑みつつ、指示に従って指で乳首をいじりだした。

予告どおり、フランチェスカがみずからしていたときより効果をあげた。

フランチェスカは体を跳ね上げ、姿勢を保ちきれなくなってきた。「口に含んで」指示したものの、もう命じる調子は欠いていた。そうされることを心から願い、互いにそれを承知していた。

フランチェスカは求めつづけずにはいられなかった。ああ、どうしてこれほど求めてしまうのだろう。ベッドでのジョンは情熱的だったけれど、ゆうべマイケルがしてくれたように乳房を愛撫してはくれなかった。吸いついてはくれなかったし、唇や歯で悶えさせてくれたこともなかった。男女があんなふうに交われることすらフランチェスカは知らなかった。

でも知ってしまったいま、その光景を夢想せずにはいられない。

「体をさげてくれ」マイケルが穏やかに言った。「横たわったままでやれと言うのなら」

フランチェスカは四つんばいの姿勢のまま、かがみ込むようにして片方の乳房を懸命に彼の口もとに近づけた。

マイケルが揺れながら近づいてくる乳房をじっと待っていると、とうとう乳首が唇をかすめた。

「どうしてほしい、フランチェスカ？」熱く湿った息を吹きかけるようにして訊いた。

「わかるでしょう」フランチェスカがか細い声で言う。

「もう一度言ってくれ」

もう自分に主導権はない。フランチェスカはそれを知りつつ、もはや気にしてはいられなかった。彼の声に命じるような調子が含まれていようと、体が従わずにはいられなくなっていた。

「口に含んで」先ほどの言葉を繰り返した。

マイケルは首を起こして乳首に吸いつき、じっくりと愛撫できるようさらに下へ引きおろした。彼にしゃぶられるうち、フランチェスカは魔法にかけられてだんだんと深く沈んでいくように感じて、意思も気力も奪われ、そのまま仰向けに寝転んで彼の思いのままにされたいとしか考えられなくなった。

「次はどうする？」マイケルが乳房に唇を触れさせたまま丁寧な口ぶりで訊く。「これをまだ続けるかい？　それとも」ことさらねっとりと舌でひと舐めした。「ほかのことがいいかな」

「ほかのことにして」フランチェスカは喘ぐように答えた。ほんとうにほかのことをしてほしいのか、いまされていることにもう一分たりとも耐えられないからなのか、よくわからなくなっていた。

「きみが指示するんだろう」マイケルの声にはわずかにおどけた響きが含まれていた。「きみの指示に従う」

「わたし……わたし……」呼吸が乱れて言葉を継げなかった。どうしてほしいのか考えることもできない。

「いくつか提案させてもらってもいいかな？」

フランチェスカはうなずいた。

マイケルは一本の指を彼女の臍《へそ》から太腿のあいだのほうへ滑らせた。「ここに触れるのはどうだろう」いたずらっぽく囁きかける。「お好みで、キスをしてもいい」

フランチェスカはそれを想像し、体が張りつめた。

「となると、もうひとつ訊いておかなくちゃならない」マイケルが言う。「きみが横になって、脚のあいだにわたしがかがみ込むか、この体勢のまま、きみがわたしの口にみずから近づけてくれるのか」

「そんなこと！」フランチェスカが初めて耳にする行為だった。そんなことがほんとうにできるのだろうか。

「それとも」マイケルが考えながら言う。「きみがわたしを口に含んでくれてもいい。一般的な手順とは言えないが、わたしが楽しめるのは間違いない」

フランチェスカは驚きに唇を開き、思わず彼の股間のほうを見おろした。大きくて、自分を待ち受けているように見える。ジョンのその部分に一度か二度キスをしたことはあったけれど、それだけでもとても大胆に感じていたのに、口に含めというのだろうか？

破廉恥すぎる。たとえすでにみだらな体勢になってはいても。

「いや」マイケルは愉快そうに笑って言った。「またの機会にするか。なにしろきみは憶えの速い生徒だからな」

フランチェスカはついうなずいたが、何を約束しているのだろうかと自分の行動が信じられなかった。

「だとすると」マイケルが続ける。「残った選択肢は……」

「何かしら？」ますます息を乱してかすれ声で訊いた。

マイケルは彼女の腰をつかんだ。「このままお楽しみの料理に進むこともできる」力強く言い放ち、やさしい手つきながらもしっかりと彼女の腰を引き寄せて、自分の欲望の証しへ導いていった。「わたしに乗ってするんだ。やったことは？」

フランチェスカは首を横に振った。

「やってみたいか？」

フランチェスカはうなずいた。

マイケルは片手で彼女の腰をつかんだまま、もう片方の手を頭の後ろへずらして自分のほうへ引き寄せ、互いの鼻と鼻を触れあわせた。「わたしはおとなしいポニーじゃない」静かに言う。「言っておくが、乗りこなすのは大変だ」

「やってみたいわ」フランチェスカは囁いた。

「覚悟はいいか？」

フランチェスカはまたうなずいた。

「ほんとうに？」マイケルはやや挑発するように唇をゆがめた。彼女が尋ねられていることをよく理解できていないのはわかっていた。

フランチェスカは問いかけるように目を大きく開いてじっと見ている。

「濡れてるのか？」静かに訊く。

フランチェスカはまだどこも触れあってはいないかのように頰を染めながら、うなずいた。

「ほんとうだな？」マイケルは思案げに言った。「念のために、確かめておこう」

フランチェスカは彼の手が自分の太腿のあいだへ動いたのを見て息を詰めた。焦らす時間を引き伸ばそうと思わせぶりにじわじわ近づいていく。ついにフランチェスカがもどかしさに耐えられなくなって声をあげかけたとき、彼の指が柔らかな襞にゆっくりと円を描きはじめた。

「じゅうぶんだ」マイケルは甘い声で彼女の先ほどのうなずきに同意した。

「マイケル」フランチェスカが息を乱して言った。

マイケルは事を急いで楽しみを打ち切りたくなかった。「でもなあ。ここは準備できていても……こちらはどうかな？」

指がなかに滑り込み、フランチェスカは悲鳴を呑み込んだ。

「うん、いいな」マイケルはつぶやいた。「きみもこうされるのが好きだろう」

「マイケル……マイケル……」言葉が続かない。

さらにもう一本の指を滑り込ませた。「きみの中心はとても温かい」と囁いた。

「マイケル……」

マイケルは彼女の目を見据えた。「わたしが欲しいか？」いかめしい声で率直に訊いた。

フランチェスカがうなずく。

「いますぐ？」

今度はもっとしっかりとしたうなずきが返ってきた。

指を抜いて両手でふたたびフランチェスカの腰をつかみ、ゆっくりと引き寄せて、彼女の入口を自分の股間の張りつめた先に合わせる。彼女はすぐに腰をさげようとしたが、それを押しとどめた。「焦るな」静かに声をかけた。

「お願い……」

「わたしがきみを導く」マイケルが彼女の尻を押してゆっくり腰を引き寄せる。フランチェスカは彼に押し広げられていくのを感じた。大きいのは同じでも、新たな体勢のせいでまったく違う感触だった。

「大丈夫か?」

フランチェスカはうなずいた。

「もっと入るか?」

もう一度うなずく。

マイケルはそのまま動かずにこらえて彼女の腰をさらに引き寄せ、徐々に自分をそのなかへ押し入らせた。フランチェスカは息も声も、考える機能すら奪われていた。

「腰を上下に動かしてごらん」

フランチェスカがさっと目を上げた。

「やってみるんだ」やさしく声をかけた。

フランチェスカは恐る恐る動いて、擦れる心地よさに声を漏らし、さらに少し腰を落としてから、まだ彼が完全に自分のなかに入りきれていないことに気づいた。

「最後まで入れてくれ」と、マイケル。

「無理よ」とても無理だ。できるはずがないとフランチェスカは思った。ゆうべはたしかに入りきっていたが、今度は体勢が違う。おさまりきれそうにない。

マイケルが彼女をしっかりつかんで、わずかに腰を上げた。同時にフランチェスカは痺れるような衝撃を覚え、気づくと彼の上にぺたんと腰をおろしていた。

呼吸するのもやっとだった。

「ああ、たまらない」マイケルが唸り声で言う。

フランチェスカはどうしていいのかわからず、坐ったまま腰を揺らしだした。

下でマイケルが息を小刻みに乱し、悶えはじめた。フランチェスカは彼の肩をつかんで姿勢を保ちつつ、主導権を取り返して悦びを得ようと、激しく腰を動かした。

「マイケル、マイケル」切なげな声をあげ、押し寄せる熱情の波の勢いに上体を支えきれなくなり、体が左右に振れた。

マイケルは呻き声を漏らしながら体を跳ねあげている。予告どおり、おとなしい従順な馬ではなかった。フランチェスカは快感に駆り立てられ、必死につかまって一緒に動かざるをえなかった。そして、何度も彼とぶつかり合っているうちに……。

声をふりしぼって叫びをあげた。

世界が砕け散ったように思えた。

どうすればいいのか、何を言えばいいのかわからなかった。体が張りつめ、どの筋肉も信じられないほどこわばって、背をそらせて彼の肩から手を放した。

下で、マイケルが昇りつめていた。顔をゆがめ、彼女をのせたまま体を跳ねあげる。フランチェスカは体に注ぎ込まれるものを感じた。マイケルは彼女の名を何度も呼び、その声はしだいに小さくなって、かすかに聞きとれる程度の囁きに変わった。そしてとうとう果てると、つぶやいた。「横に寝てくれ」

フランチェスカは言うとおりにして、やがて目を閉じた。

安らかな深い眠りに落ちたのはしばらくぶりのことだった。

そのあいだ彼がずっと起きていたのは知る由もなかった。マイケルは彼女のこめかみに唇をあて、髪を撫でていた。

彼女の名を囁きながら。

さらにほかの言葉も囁きながら。

20

……マイケルはしたいようになさるでしょう。いつもそうなのですから。

――前キルマーティン伯爵の未亡人がヘレン・スターリングからの手紙を受けとって三日後、したためた返信より

フランチェスカの心安まらない日々はさらに続いた。理性的に考えれば――できるかぎり理性的に考えているつもりだった――理屈のようなものがなんとなくでも見えてきて、何をどうすべきなのかとか、選択しなければならないことといった答えが何かしら見つかるのではないかと思っていた。

でも、違った。答えは何も出てこない。

フランチェスカは彼と二度交わった。

二度も。

マイケルと。

その事実だけでもじゅうぶん、求婚を受け入れる選択をすべき理由になるのだろう。答えはすでに出ているのかもしれない。彼とベッドをともにした。ということは、ジョンとは二年かかったのを考えれば可能性は低いとはいえ、妊娠しているともかぎらない。たとえ、妊娠という結果に至らなかったとしても、決意しなければならないことははっきりしていた。自分が生きる社会では、あのような親密な行為をしたあとに選ぶべき答えはひとつだけだ。

彼と結婚しなければならない。

それでも、承諾する言葉はどうしても口にできなかった。そうしなければならないのだと自分を納得させようとするたび、頭のなかで警告する小さな声がして、考えを進められなくなってしまう。自分の心の奥を探り、どうしてこれほど無力さを感じているのかを知るのが怖かった。

当然ながら、マイケルにそんな気持ちがわかるはずもない。自分でも理解できていないのに、彼にどうしてわかるだろう。

「あすの朝、教区牧師を訪ねようと思う」庭師小屋の外で、マイケルは新たに連れて来た馬にフランチェスカを引っぱり上げて耳もとに囁いた。フランチェスカが目覚めたのは夕方近くで、そばの枕の上に、フェリクスをキルマーティン邸へ戻してすぐに新たな馬を連れて来るというマイケルの書付が残されていた。

結局、マイケルが連れてきた馬は一頭だけだったので、また同じ鞍にふたりで乗らなければばならず、今度はフランチェスカが後ろに跨った。

「まだ心の準備ができてないわ」フランチェスカは突如激しい動揺に襲われて口走った。「その訪問はやめて。いまはまだ」

マイケルは表情を曇らせたものの、いらだった様子はみじんも見せなかった。「あとでまた話そう」

それから屋敷に着くまで、ふたりは言葉を交わさなかった。

フランチェスカはキルマーティン邸に着くとすぐに、入浴したいことをつぶやいて自分の部屋に逃れようとしたが、マイケルに有無を言わせぬ力強さで腕をつかまれ、こともあろうにまた薔薇の客間に引き戻され、ドアがしっかりと閉じられた。

「いったい、どういうことなんだ？」

「どういう意味？」訊き返して、彼の後ろのテーブルを見ないよう目をそらした。ゆうべ、そこにのせられ、とても口にできない行為に及んだのだ。

思い返しただけでも、ふるえが走った。

「どういう意味なのかはわかっているはずだ」マイケルがいらだたしげに言う。

「マイケル、わたしは――」

「結婚してくれるな？」マイケルが強い口調で訊いた。

ああ、できるなら言葉に出さないでいてほしかった。その言葉を聞かずにいられれば、曖昧な状態でごまかすこともはるかに簡単にできたのに。

「わたし――わたし――」

「結婚してくれるか?」マイケルがさらにきつく鋭い口調で繰り返した。

「わからない」フランチェスカはようやく答えた。「もう少し時間がほしいの」

「なんのための時間だ?」吐き捨てるように訊く。「きみが妊娠できるようにもっと努力しろとでもいうのか?」

フランチェスカは何かに打たれたようにびくりと怯んだ。

マイケルはにじり寄った。「それならしようじゃないか」脅すように言う。「いますぐきみを抱く。今夜さらに一度抱いて、必要とあらば、あすも三度してもいい」

「マイケル、やめて……」フランチェスカは弱々しい声を漏らした。

「われわれは交わった」その声はこわばり、同時にどことなく切迫していた。「二度だ。きみはうぶな未婚の娘ではない。それがどういうことなのかわかっているはずだ」

フランチェスカはうぶな娘ではないからこそ――そうではないことは誰もが知っている――口にできる言葉を返した。「わかってるわ。でも、そういうことではないの。妊娠しているかどうかは関係ないのよ」

自分の前でマイケルが口にするとは夢にも思わなかった悪態が聞こえた。

「時間がほしいの」自分の体を抱きしめるようにして言った。

「どうして」

「わからない。考えて、何か答えを出すためかしら。わからないわ」

「これから考えることなど何があるというんだ？」つっけんどんに言う。

「たとえば、あなたが善き夫になるのかということとか」しだいに腹立たしくなって言い返した。

マイケルがわずかにたじろいだ。「それはどういう意味だ？」

「そもそも、あなたのこれまでの行状を考えれば」フランチェスカは目を狭めて続けた。「牧師様が説く美徳に適った男性ではなかったわよね」

「昼間にわたしに服を脱げと命じたご婦人の言葉とは思えないな」あざけるように言う。

「失礼な言い方はやめて」フランチェスカは低い声で返した。

「挑発しているのはきみだろう」

頭がずきずきと痛みだし、フランチェスカは両側のこめかみを指で押さえた。「お願いよ、マイケル、考えさせて。少しくらい考える時間をくれてもいいでしょう？」

けれど内心では、考えるのが怖かった。考えたからといって何がわかるというのだろう？ 自分が恥知らずの、ふしだらな女だったことだろうか。この男性に本能的な疼きを感じてしまったことだろうか。それは心の底から愛していた夫には感じたことのない、みだらに昂ぶる感情だった。

ジョンとの交わりにも悦びを感じていたが、このようなものではなかった。

このようなものが存在することさえ想像できなかった。

しかもそれを教えてくれたのはマイケルだ。

友人であり、大切な男性。

いとおしい人。

いったいどうして、こういうことになってしまったのだろう？

「お願い」フランチェスカはどうにか声をふりしぼった。「お願い。ひとりにさせて」

マイケルは身をよじりたくなるような視線を長々と突きつけてから、ようやく小声で毒づいて大股に部屋を出ていった。

フランチェスカはソファにどさりと腰をおろし、両手に顔を埋めたが、泣かなかった。

泣けなかった。涙が一滴も出てこない。どうして泣けないのかもまるでわからなかった。


女性というものはまったく理解できない。

マイケルはぶつぶつと悪態をつきながらブーツから足を引き抜き、すっかり汚れた靴を衣装箪笥の扉に投げつけた。

「旦那様？」ロンドンから遅れてやってきた近侍のためらいがちな声がして、化粧部屋のあけ放したドアの向こうから顔が覗いた。

「あとにしてくれ、レイヴァーズ」マイケルはぶっきらぼうに言った。

「かしこまりました」近侍は口早に答えて、小走りに部屋に入ってきてブーツを拾い上げた。

「これだけお預かりします。洗っておきますか？」

マイケルはまた悪態をついた。

「いえ、では、燃やしますか」レイヴァーズは唾を飲み込んだ。

マイケルは黙って近侍を凝視して、唸り声を漏らした。

レイヴァーズは慌てて立ち去ったが、愚かにもドアを閉め忘れていった。

マイケルはドアを蹴って閉めて、思ったほど音を立てられなかったのでまた罵り言葉を吐いた。

日常のささいな楽しみにまで拒まれたように思えた。

暗紅色の絨毯の上を落ち着きなく歩きまわり、時おり窓辺で足をとめた。

女性を理解しようなどと考えるのはやめよう。もともとそんなことができるふりをしてきた憶えもない。だが、フランチェスカのことはわかっているつもりでいた。少なくとも、二度交わった男性とは結婚する女性であると思い込んでいた。

一度ならわからない。一度なら、間違いだったのだと言われても仕方がない。だが、二度となれば――。

フランチェスカはそれなりの感情を抱いている相手でなければ二度も身をゆだねられる女性ではない。

しかしどうやら違ったのだろうと、マイケルは考えて苦々しく顔をゆがめた。

フランチェスカはみずからの悦びのために目の前にいる男を使うことも厭わなかった――実際にそうした。ほんとうに実行してしまったのだ。そのために自分が導くと申しでて、望むものを手に入れ、互いの熱情が炎を噴きあげるとやむなく主導権を放棄した。

フランチェスカに利用された。

彼女にそのような一面があるとは考えてもみなかった。

ジョンともそのようにしていたのだろうか？　みずから夫を導いていたのか？　フランチェスカが――。

マイケルは絨毯の上で立ちどまった。

ジョン。

ジョンのことを忘れていた。

そんなことがありうるだろうか？

何年ものあいだ、フランチェスカの姿を目にするたび、その酔わせるような香りについそそられるたび、まず考えたのはジョンのことであり、いつもジョンのことを思いだしていた。

ところが、昨夜フランチェスカが薔薇の客間に入ってきて、背後に彼女の足音を聞き、結婚という言葉を口に出したときから、ジョンのことを忘れていた。

ジョンのことが忘れられるはずがない。どちらにとっても、大切な、かけがえのない存在だ。だが、どこかの時点から、もう少し正確に言うとスコットランドへ来るあいだに、ひたすらべつの考えにとらわれていた。

フランチェスカと結婚できるかもしれない、彼女に尋ねるのだ、結婚しよう、と。

そう考えはじめてから、亡き従弟から妻を奪うことになるという意識は徐々に薄れていった。

その地位に取って代わるのを望んでいたわけではない。伯爵位を手に入れたいなどと願ったこともない。フランチェスカが自分のものにならないことは承知していたので、実際に手に入れようとは考えたこともなかった。

だが、ジョンは亡くなった。もういない。

それは誰のせいでもない。

ジョンは死に、マイケルの人生はひとつのことだけを除いて、考えられるすべての面で変わった。

フランチェスカを愛する気持ちだけは変わらなかった。

ああ、どれほど愛しているだろう。

それなのに結婚できないはずがない。法律や慣習に照らしても問題はなく、みずからの良心もいつの間にか鳴りを静めた。

すると初めて、けっして自分に問いかけたことのなかった疑問が頭に浮かんだ。

いったいジョンはどう思うのだろう？

従弟が自分の幸せを望んでくれるであろうことはわかっている。ジョンは寛容な心の持ち主で、彼のフランチェスカへの、そして従兄の自分への愛情は本物だった。ジョンなら、従兄の自分にフランチェスカが愛され慈しまれることを願ってくれるはずだ。

そして、従兄が幸せになることも望んでくれるだろう。

それはマイケルが手に入れられるとはけっして考えたことのないものだった。

幸せ。

どのようなものなのだろう。

フランチェスカはいつマイケルに部屋のドアをノックされるだろうかと待ちかまえていたが、実際に叩く音がすると驚いて飛びあがった。

ドアをあけて想像以上に背の低い相手を見てさらに驚いた。正確に言えば予想より三十センチは低かった。そこに立っていたのはマイケルではなく、夕食の盆を運んできた女中だった。

フランチェスカはいぶかしげに目をすがめ、廊下に顔を覗かせて、マイケルが暗がりに身をひそめて飛び込む機会を狙っているのではないかと左右を確かめた。

マイケルの姿は見あたらない。

「奥様が空腹でいらっしゃるのではないかと旦那様が心配されていました」女中は言い、盆を書き物机の上におろした。

フランチェスカは盆の上に書付や花といったマイケルの意思を示すものがないかと探したが、何もなかった。

そしてその晩は何事もなく過ぎ、翌朝も同じだった。

朝食の盆が運ばれてきて、女中が膝を曲げてお辞儀をして、またも「奥様が空腹でいらっしゃるのではないかと旦那様が心配されていました」と伝えた。

時間を与えてほしいと頼んだので、マイケルはそのとおりにしているということだろうか。

胸がざわついた。

とはいえ、マイケルが頼みを聞き入れず、ひとりになるのを許してくれなかったら、もっと恐ろしい思いをしていただろう。彼の前に出ると自分が信用できなくなる。思わせぶりな目つきで質問を囁きかける彼のことはなおさら信用できない。

キスしてくれるかい、フランチェスカ？　キスしてもいいか？

マイケルにすぐそばから、愉快そうに銀色にきらめく瞳で伏し目がちにじっと焦がすように見つめられると、フランチェスカは拒めなかった。

ただうっとりさせられてしまう。それ以外、説明のしようがない。

その朝、フランチェスカは自分ひとりで、屋外に出ても動きやすい丈夫な生地のドレスに着替えた。部屋に引きこもっているのは耐えられないし、キルマーティン邸の廊下を、いつマイケルが現れはしないかと角を曲がるたび息をひそめて歩きたいとも思わない。

マイケルにほんとうに探す気があるのなら外へ出てくるかもしれないが、少なくとも屋敷のなかをある程度歩きまわってからになるだろう。

フランチェスカはこのような状況でも食欲がある自分に驚きつつ朝食を食べ終え、部屋を出て廊下をそっと見まわして、まるで泥棒のごとく必死に人目を避けている自分に呆れて首を振った。

いつからこれほど臆病になったのだろうと気が滅入った。

けれど廊下を歩いているあいだにマイケルに会うことはなく、階段をおりても見かりなかった。

どの客間や広間にも見あたらず、とうとう玄関までやって来て、フランチェスカは眉をひそめずにはいられなかった。

マイケルはどこにいるの？

たしかに会いたくないと思ってはいたものの、気を揉んだぶん拍子抜けした気分だった。

玄関扉の取っ手に手をかけた。

走ろう。いますぐ出かければ顔を合わせる心配もなくしばらく過ごせるのだから。

でも、フランチェスカはためらった。

「マイケル？」無駄だと知りながら呼びかけてみた。マイケルがそこにいて自分を見ているのではないかという気がしてならなかった。

「マイケル？」ひそやかな声で繰り返し、辺りを窺った。

誰もいない。

フランチェスカは首を振った。頭がどうかしてしまったのだろうか。想像力が働きすぎて妄想までみるようになっているのかもしれない。

最後にもう一度だけ後ろを見やってから、屋敷の外に出た。

曲がりくねった階段の裏で、ほんのかすかに本物の笑みを漏らした彼にけ気づかずに。

フランチェスカはできるかぎり外にいようと粘っていたが、とうとう疲労と寒さの二重のつらさに音をあげた。およそ六、七時間も歩きまわると疲れきって空腹を覚え、なにより紅茶が飲みたくてたまらなくなった。

永遠に屋敷を避けてはいられない。

仕方なく、出てきたときと同じようにこっそり屋敷に入り、部屋に戻ってひとりで食事をとろうと考えた。

ところが、階段にたどり着く前に自分の名を呼ぶ声が聞こえた。

「フランチェスカ！」

マイケル。思ったとおりだった。いつまでも放っておいてくれるはずがない。

どういうわけか、その声を聞いて自分がいらだっているのか、ほっとしているのかわからなかった。

「フランチェスカ」マイケルはもう一度呼びかけて、図書室の戸口へ手招きした。「一緒に来てくれ」

柔らかな物言いだった——信じられないけれど、機嫌のよさそうな口ぶりだ。マイケルが選んだ部屋についても不自然に思えた。情熱的な交わりを呼び起こさせるためなら薔薇の客間に引き入れようとするのではないだろうか？　せめて、張りぐるみの長椅子とふっくらしたクッションを揃え、華やかで趣きのある緑の広間を選びそうなものだ。

誘惑するにはキルマーティン邸のなかでおそらく最もふさわしくない図書室で、いったい何をするつもりなのだろう。

「フランチェスカ？」今度は迷う様子を面白がっているような表情で呼びかけた。

「そこで何をするつもり？」怯えを隠した声で尋ねた。

「茶を飲もう」

「お茶？」

「沸騰した湯に茶葉を浸せばいいんだよな？」低い声で言う。「きみもやったことがあるだろう？」

フランチェスカは唇をすぼめた。「でも、どうして図書室で？」

マイケルが肩をすくめる。「ちょうどいい場所だと思ったんだ」脇へずれ、さっと腕を振ってなかへ入るよう勧めた。「どこより無害な部屋だから」と言い添えた。

フランチェスカは顔を赤らめないようつくろった。

「散歩は楽しめたかい？」マイケルがいたって気さくに問いかけた。

「えっ、ええ」

「出かけるには最適な日だ」

フランチェスカはうなずいた。

「といっても、まだところどころ地面が湿ってるだろうな」

いったい何が言いたいの？

「紅茶を飲むかい？」

フランチェスカはうなずき、マイケルが紅茶を注ぎだしたのを見て目を大きく開いた。男性はけっしてそのようなことはしない。

「インドでは自分のことを自分でしなくてはならないときも多かった」マイケルは彼女の胸のうちを完璧に読みとって説明した。「さあ、どうぞ」

フランチェスカは腰をおろして優美な陶のカップを受けとり、紅茶のぬくもりを器を通してじんわりと手に感じた。そっと息をついてから、ひと口飲み、温かみを味わった。

「ビスケットはいかがかな？」マイケルがおいしそうな焼き菓子を取り揃えた皿を差しだした。

お腹が鳴り、フランチェスカは黙って一枚つまんだ。

「なかなかいけるんだ」マイケルが言う。「きみを待っているあいだに四枚も食べてしまった」

「ずっと待ってたの？」思わず尋ねて、自分らしくない声の響きに少しどきりとした。

「一時間くらいかな」

紅茶に口をつけてから言った。「まだとても温かいわ」

「十分おきにポットの湯を入れ替えていた」

「まあ」そのような気配りをするとは、意外とは言えないまでも、思いがけないことだった。

マイケルは片方の眉を上げたが、ほんのわずかなので、わざとなのかどうかは見定めがつかない。いつもはしっかりと自分の表情を意識していて、意図したとおりに表現できる駆け引き上手な男性だ。でも、左眉の動きだけは違った。フランチェスカは何年も前から、彼があきらかに無表情を装おうと考えているときにたまに左眉が動くことに気づいていた。そしてずっと、彼の心の動きを覗ける自分だけの秘密の小窓のように思っていた。

けれどいまは、その窓を覗きたいのかどうかもわからない。もう、親密さの証しのようなものをすなおに喜べはしない。

それにいうまでもなく、彼の心の動きを読めていると感じていたのはどうやら自分の思いあがりだったのだから。

マイケルは皿からビスケットを一枚つまみあげ、その真ん中に入ったラズベリー・ジャムの部分をぼんやりと眺めてから口のなかに放り込んだ。

「いったいどういうことなの？」フランチェスカは好奇心を抑えきれなくなって訊いた。まるで自分が食べられる前に肥やされている獲物のような気がする。

「紅茶のことかい？」マイケルはビスケットをごくりと飲み込んで言った。「紅茶についてはさっきも話したと思うが」

「マイケル」

「寒いんじゃないかと思ったんだ」肩をすくめて説明する。「だいぶ長く外に出ていたから」

「わたしがいつ家を出たか知ってるの？」

マイケルが皮肉っぽい目を向けた。「もちろん」

フランチェスカは驚かなかった。むしろ、自分が驚いていないことのほうが意外だった。

「きみに渡したい物がある」と、マイケル。

フランチェスカは目を狭めた。「渡したい物？」

「そんなに驚くようなことじゃないだろう？」マイケルは低い声で言い、脇の椅子に手を伸ばした。

フランチェスカは息を凝らした。指輪ではないわよね。どうか、指輪ではありませんように。

受け入れる心の準備はできていない。

断わる心の準備も。

けれども、マイケルはまだ完全には咲ききっていない小さな花束をテーブルの上に載せた。

フランチェスカは花に詳しいほうではなく、名前もあまり知らなかったが、茎の長い白い花と、紫色の花が少しと、青みがかった花が銀色のリボンで上品に束ねられている。

フランチェスカはどのような意味が込められているのか読みとれず、ただじっと花束を見つめた。

「触れても平気だ」マイケルの声にはどこかおどけた響きが聞きとれた。「病気はうつらない」

「違うの」即座に言って、小さな花束に手を伸ばした。「そういうことではないの。ただ……」花束を顔に近づけて香りを吸い、テーブルの上に置くと、すぐさま手を膝の上に戻した。

「ただ、なんだい？」マイケルが穏やかな声で訊いた。

「よくわからないわ」と答えた。事実だった。自分が何を言いかけたのか、ほんとうに何か言おうとしていたのかもわからなかった。小さな花束を見おろし、何度か瞬きを繰り返したあと、尋ねた。「これは何？」

「わたしは花と呼んでいるが」

フランチェスカは目を上げて、まっすぐしっかりと視線を合わせた。「そのことではないわ。これはなんなの？」

「どういう意味があるのかということかい？」マイケルは微笑んだ。「つまり、きみを口説いている」

フランチェスカは唇をわずかに開いた。

マイケルは紅茶をひと口含んだ。「そんなに驚くことかな？」

ふたりはすでにあのようなことをしているのに？

驚くのは当然でしょう。

「自然なことではないかな」

「でもあなたはたしか――」にわかに気恥ずかしくなって口ごもった。マイケルは妊娠させてやろうと脅かしていたのだ。

そのために、きょうも三度するのだと。三度するのだと断言しながら、きょうはまだ一度もしていないのだから……。

フランチェスカは頰を染め、脚のあいだに彼がいた感触を思いださずにはいられなかった。どうかしている。

けれどありがたいことに、マイケルはそしらぬ顔でさらりと言った。「戦略を練りなおしたんだ」

フランチェスカは忙しくビスケットを嚙み砕いた。どんな口実であれ顔に手を近づけて少しでも動揺を隠したかった。

「むろん、そちら方面での戦法もまだ捨てたわけじゃない」マイケルは熱っぽい目つきで身を乗りだした。「わたしもやはり男だからな。それにきみだって、もう互いにわかりきっていることだとは思うが、女以外のなにものでもない」

フランチェスカは食べかけのビスケットを口に押し込んだ。

「だが、それだけではきみには足りないと思ったんだ」マイケルはまだいたぶり足りないとでもいうように、いったん間をおいて穏やかな表情で椅子の背にもたれた。「そうだろう?」

いいえ、そんなことはない。いまはもうじゅうぶんに思える。そのせいでちょっとした問題も生じていた。

なにしろ必死に食べ物を口に詰め込んでいても、すでに彼の唇から目を離せなくなっていた。物憂げに微笑みかけている、うっとりさせられてしまうすてきな唇。

フランチェスカは思わずため息を漏らした。あの唇がどれほど心地よい気分にさせてくれたことか。

全身に、隅々まで心地よさをもたらしてくれた。

ああ、いまでもその感触をありありと思いだせる。

フランチェスカはいたたまれず椅子の上で身を動かした。

「大丈夫か？」マイケルが気遣わしげに訊いた。

「ええ」どうにか答えて、紅茶を大きくひと口飲んだ。

「椅子の坐り心地が悪いのか？」

フランチェスカは首を振った。

「わたしに何かできることはあるかな？」

「どうしてこんなことするの？」唐突に訊いた。

「なんのことだ？」

「どうして親切にするの」

マイケルが眉を上げた。「だめなのか？」

「そうよ！」

「親切にしてはいけないのか」問いかけるのではなく、面白がっているような口調だった。

「そういう意味ではないわ」フランチェスカはかぶりを振った。混乱させられているのが我慢できなかった。冷静さと理性をなにより自負してきたのに、マイケルのたった一度のキスでそれを砕かれてしまった。

しかも彼はそれ以上のことをした。

もっと大変なことを。

もう、もとの自分には戻れない。

もう、分別を取り戻せない。

「気分が悪そうだな」マイケルが言った。

フランチェスカはその首を絞めたくなった。

マイケルが首を傾けてにやりとした。

彼にキスしたい。

マイケルがティーポットを持ちあげた。「もっといるかい？」

もちろんよ。ああ、わたしは何を考えてるの。

「フランチェスカ？」

テーブルを乗り越えて、彼の膝の上に飛び乗りたい。

「ほんとうに大丈夫かい？」

呼吸すらむずかしくなってきた。

「フラニー？」

マイケルが話すたび、口を動かすたび、息をついただけでも、その唇に目がいってしまう。

フランチェスカは無意識に唇を舐めていた。

そして、経験豊富で誘惑に長けた彼に、そそられているのを完全に見抜かれていることに気づいた。

いま手を伸ばされたら、拒めはしない。触れられたら、たちまち燃えあがってしまう。

「行かなきゃ」と言ったものの、息が乱れ、頼りない口調だった。しかもなお彼の顔から目を離せそうになかった。

「寝室で休むのは大切なことだ」マイケルが低い声で言い、唇をゆがめた。

フランチェスカはからかわれているのを知りつつうなずいた。

「では、また」マイケルは促したが、その声は穏やかで、それどころかあきらかに甘く誘いかけるような口ぶりだった。

フランチェスカはどうにかテーブルの端に手を動かした。木をつかんで、腰を上げて何かしなければ、動かなければと自分に言い聞かせた。

でも、動けなかった。

「ここにいたいのかな？」マイケルがつぶやくように言う。

フランチェスカは首を振った。少なくとも自分ではそうしたつもりだった。

マイケルが立ちあがり、椅子の後ろにやって来て、耳もとに身をかがめて囁いた。「手をかそうか？」

ふいにそばに寄られたことで逆にいくぶん魔法が解けて、フランチェスカはもう一度首を振り、ほとんど飛びあがるように立ちあがった。肩が彼の胸にぶつかってふらりとよろけ、これ以上近づけば後悔するようなことをしてしまいそうで怖くなった。

もうすでにこれだけではもの足りないような気がしている。

「階上《うえ》へ上がるわ」早口に言った。

「そうだよな」マイケルが静かに言う。

「ひとりで」フランチェスカは強調した。

「これ以上、無理につきあわせようとは思ってないさ」

フランチェスカは目をすがめた。彼はどういうつもりなのだろう？　それにだいたい、わたしはどうしてがっかりした気分になっているの？

「でもその前に……」マイケルの囁き声がした。

フランチェスカは心臓が跳び上がったように思えた。

「……お休みのキスはしておかなければ」と言葉を継いだ。「もちろん、手に。せめてもの礼儀だろう」

まるでロンドンではその礼儀を欠いていたとでもいうように。

マイケルは彼女の手を軽く握った。「われわれは交際中だ。違うかい？」

フランチェスカは、自分の手を取ってひざまずいたマイケルを見おろし、その頭から目を離せなくなった。彼の唇が手に触れた。一回……二回……そのまま唇を触れさせている。

「わたしの夢をみてくれ」マイケルは静かに言った。

フランチェスカは唇を開いた。彼の顔に釘づけになった。うっとりと魂を奪われていた。動けない。

「夢ではもの足りないのならべつだが」マイケルが続けた。もの足りない。

「ここにいるかい？」囁き声で言う。「それとも行くかい？」

フランチェスカはそこにとどまった。天に助けを求めつつ、とどまることしかできなかった。

それから、マイケルは図書室がどれほど甘美な場所になるかを教えてくれた。

21

……取り急ぎ、スコットランドに無事着いたことをお知らせしておきます。じつを言うと、こちらに戻れてほっとしています。ロンドンはいつものように刺激に満ちていたけれど、いまの私には少し静かな時間が必要なのかもしれません。こうして田舎にいると、とても集中して考えられるし、穏やかな気持ちでいられるような気がします。

——前キルマーティン伯爵の未亡人がキルマーティン邸に着いた翌日、母、ブリジャートン子爵未亡人に宛てた手紙より

三週間後、フランチェスカはいまだどうすべきか決めかねていた。

あれから二度、マイケルは結婚の話を持ちだし、二度ともフランチェスカはどうにか話をはぐらかした。求婚の答えを出すには、本気で考えなければならない。マイケルについて、ジョンについて、そして最も厄介なのは自分自身について考えなければならないことだった。そもそも、いったい自分がいま何をしているのかを見つめなおさなければならない。妊娠

したら結婚しなければならないのは承知しつつ、マイケルに誘惑されるたび抗えずにベッドをともにすることを繰り返していた。

けれどそれさえ真実とは言いきれなかった。誘惑されなければベッドをともにしてはいないと信じようとしているだけのことだ。ふしだらな女性になっているのはわかっていても、晩に寝間着姿で屋敷のなかを歩くのは眠れないからで、彼を求めているからではないと必死に自分に言い聞かせようとしていた。

でも、フランチェスカは必ずマイケルを見つけた。もしくはいつの間にか彼に見つけてもらえるところに身をおいていた。

そして、けっして拒みはしなかった。

マイケルはしだいにいらだちをつのらせていた。本人はうまく隠しているつもりなのかもしれないが、フランチェスカにははっきりとわかった。彼のことはこの世の誰のことよりよく知っていて、本人がいくら甘い言葉やしぐさで愛しあおうとしているだけなのだと否定しようと、口もとをかすかにゆがめるいらだちのしるしを見逃しはしなかった。フランチェスカはいつも結婚の話を持ちだそうとする気配を察し、その言葉が出る前に巧みにかわした。

マイケルは黙ってそれを許しながら目つきは変わり、顎をこわばらせ、そういうときには決まってすぐに抱き寄せて、にわかに切迫し、怒りすら感じさせる激しさで交わった。

けれども、それだけでは彼女を決断に駆り立てることはできなかった。

フランチェスカは求婚を受け入れられなかった。なぜなのかはわからないけれど、どうしてもできなかった。

といって、断わることもできない。たぶん、自分はみだらで、ふしだらな女で、この状態を終わらせたくないからなのかもしれない。情熱に駆られても、理屈を説かれようと、答えは出せなかった。

ふたりで過ごす時間は情熱的な交わりだけでは終わらなかった。果てるとすぐにマイケルはまた彼女を抱き寄せ、気だるげに髪を撫でた。ふたりとも黙っているときもあれば、いろいろなことを話すときもあった。マイケルはインドにいたときのことを語り聞かせ、フランチェスカは子供時代の思い出話をした。フランチェスカは政治問題について意見を述べ、マイケルは静かに耳を傾けた。マイケルは、一般に男性が女性の前では言わないし、女性もふつうは楽しめない破廉恥な冗談も口にした。

そして、ベッドを揺らすフランチェスカの笑いがおさまるとすぐに、ふっと笑みを浮かべて唇を触れあわせた。「きみの笑い声が好きなんだ」マイケルはつぶやいて、彼女を抱き寄せた。フランチェスカはくすくす笑いながらも吐息をついて、ふたりはふたたび情熱を燃やしはじめる。

そうして、ふたたびふたりだけの世界に引きこもることができた。

やがて、月のものが訪れた。

いつものように綿のシュミーズに付いた数滴の血を見て、始まりに気づいた。驚くようなことではないのだろう。フランチェスカの周期はつねに規則正しいとは言えないもののほぼ定期的にやって来るし、妊娠しやすい体ではないこともわかっていた。

でもどういうわけか、まだこないだろうと思っていた。いまはまだ。

涙がこみあげた。

驚くようなことではなく、体をさほど疲れさせるわけでも神経にさわるものでもないはずなのに、小さな血の染みを目にするとはっとして、いつの間にかこみあげた涙が頬を伝っていた。

理由はわからない。

子供を授かれなかったからなのか、ひょっとして結婚できないからなのだろうか。

その晩にマイケルが部屋に来ると、フランチェスカは適切な晩ではないことを伝えて追い返そうとした。マイケルは耳もとに唇を寄せ、そのようなときでもふたりでできるみだらなことをあれこれほのめかしたが、フランチェスカはそれを拒んで、去るよう頼んだ。

マイケルはがっかりしたような顔をしたもののしぶしぶ承諾した。女性はそのようなときには神経質になりやすいのだと察したのだろう。

けれども、フランチェスカは真夜中に目が覚めて、その晩もまた彼に抱きしめられたいと思った。

月のものはそう長く続きはしない。必ず終わりがくる。マイケルが終わっただろうかとそれとなく訊いてきたときには、嘘はつかなかった。嘘をついたところで必ずばれてしまう。

そのような嘘はマイケルには通用しないのだから。

「よかった」マイケルはひそやかな笑みを浮かべて言った。「きみが恋しかった」

フランチェスカは自分も恋しかったことを伝えようと唇を開きかけて、なぜだか怖くなって、その言葉を口にできなかった。

ベッドのほうへ押されて、手脚を絡ませあって転がった。

「きみのことを夢みていた」マイケルがかすれ声で言い、スカートを腰まで捲り上げる。「毎晩、きみが夢に現れた」指で脚のあいだを探り、なかへもぐらせる。「すばらしくいい夢だった」熱っぽく、いかにも思わせぶりな声で言い添えた。

フランチェスカは唇を噛み、彼に確実にとろけさせられてしまう部分を指で愛撫されるうち呼吸がせわしくなってきた。

「夢のなかで」耳もとに熱い息を吹きかけるように言う。「きみはとても口に出せないようなことをしてくれた」

フランチェスカは昂ぶらされて悶えた。彼に触れられただけでも体がほてりだすのに、そのように話しかけられているとたちまち燃え立った。

「今夜は」マイケルは囁きかけて彼女の脚をさらに開かせた。「きみに新しいことを教えようと思う」

「あ、ああ」フランチェスカは声を漏らした。彼の唇が太腿のあいだに近づき、これからされようとしていることを想像した。

「だがまずは確実なところからいこう」マイケルが肌をくすぐるように唇を目的地へ滑らせ

る。「ひと晩かけて探検だ」

マイケルは彼女の好みを心得ていて、唇をそこへつけると、両手でしっかりと腰を押さえて、情熱のきわみへ徐々に導いていった。

きわみに達する直前、マイケルが体を引いてズボンの留め具を外しにかかった。指がふるえてボタンがうまく外れず、罵り言葉をつぶやいた。

それがフランチェスカに考える隙を与えた。

ほんとうは考えたくなどなかった。

けれど頭は容赦なく冷酷に働いて、「待って！」と口走ると、自分が何をしようとしているのかわからないままベッドから這いおりて、部屋の向こう側まで離れた。

「どうしたんだ？」マイケルが呆気にとられている。

「できないわ」

「できないって……」マイケルは言いかけて、大きく息をついてから続けた。「……何が？」

そのときようやく留め具が外れてズボンが床に落ち、隆起した見事な股間がさらされた。

フランチェスカは目をそむけた。とても見ていられない。彼の顔も、彼の……。「できないの」ふるえる声で言った。「だめなのよ。どうしたらいいかわからない」

「わたしにはわかっている」マイケルが唸るように言い、足を踏みだした。

「だめ！」フランチェスカは声をあげて、急いでドアのほうへ寄った。この数週間、情熱に浮かされ、向こうみずにも運命に賭けを挑んで、どうにか勝ちつづけてきた。その賭けから手を引けるときがあるとすれば、いまだ。そして、どれほど去りがたくても、そうしなければならないこともわかっていた。自分はこのような女性ではない。こんなふうではいられない。

「こういうことはできないの」フランチェスカは言い、背中はすでに堅い木のドアに張りついていた。「できないのよ。わたし……わたしは……」

ほんとうはこうしていたい。そう思った。間違っているとは知りつつ、このままでいたいという気持ちは否定できなかった。でも、それを口にすれば、彼に思いとどまらされてしまうかもしれない。マイケルはそうしようとするだろう。彼にならそれができることもわかっている。一度のキス、そっと触れられただけで、決意はすべて砕かれてしまう。

マイケルは低く毒づいて、ズボンを引き上げた。

「もう自分のことがわからなくなってしまったの」フランチェスカは言った。「わたしはこういう女ではないのよ」

「こういう女というのはどういう意味だ？」マイケルは聞き返した。

「ふしだらで」か細い声で言う。「堕落した女よ」

「だったら、わたしと結婚すればいい」マイケルが語気を強めた。「最初からきちんと申し込んでいたのに、きみが拒んでいたんだ」

それを指摘されるのはフランチェスカもわかっていた。でも、このところ、とうてい論理的に考えられるような精神状態ではなかった――どうして彼と結婚できるだろうかということとばかり頭をめぐっていた。マイケルと結婚できるはずがある？

「相手がほかの男性だったなら、こんなふうには感じられなかったと思うわ」その言葉を声に出して言えたことが自分でも信じられなかった。

「どう感じるんだ？」マイケルがせかすように訊く。

フランチェスカは唾を飲み込み、どうにか彼の顔に目を向けた。「情熱を感じるのよ」と認めた。

マイケルはどことなく厭わしそうにも見える妙な表情を浮かべた。「そうか」間延びした声で言う。「なるほど。きみに満足してもらえているのなら光栄じゃないか」

「だめなのよ！」彼の冷笑まじりの物言いにぞっとして声をあげた。「そういうことじゃないの」

「違うのか？」

「違うわ」でも、どう言えばいいのかわからない。

マイケルはいらだたしげに息を吐きだし、身をこわばらせて背を向けた。フランチェスカはその背中に無性に惹きつけられ、目を離せなくなった。シャツが緩んでいる。顔は見えなくとも、その体の隅々まで知りつくしている。マイケルは寂しげで、何かに耐えているかのように見えた。

疲れきっている。

「どうしてここにいるんだ？」マイケルはベッドの端に両手をついて低い声で問いかけた。

「どうして？」

「どうしてここにいるんだ？」マイケルは感情を抑えつつ声を大きくして繰り返した。「わたしをそれほど嫌っているのなら、どうしてここにいる？」

「あなたを嫌ってはいないわ。あなたもそれはわかっているはず——」

「わかるはずがないだろう、フランチェスカ」マイケルは遮って続けた。「きみのことがもうわからなくなった」肩を張り、マットレスをぎゅっとつかんだ。フランチェスカのいるところからは片手だけが見えた。指関節が白くなっている。

「あなたを嫌ってはいない」フランチェスカはもう一度言った。繰り返せば、その言葉が目に見えるものとなって、彼を納得させられるとでも信じているように。「嫌ってない。そんなはずがないでしょう」

マイケルは黙っている。

「あなたではなくて、わたしのせいなの」自分が何を求めているのかよくわからないまま、懇願するように言った。たぶん、自分も彼には嫌われたくないからなのだろう。それだけは耐えられないと思った。

ところが、マイケルは笑い声をあげた。低く苦々しげな、ぞっとさせられる声だった。

「なあ、フランチェスカ」情味を欠いた、いやみな口ぶりで言う。「わたしもよくそういう言い訳を……」

フランチェスカは唇をきつく引き結んだ。自分の前に交わった女性たちがいたことなど思いださせてほしくない。彼女たちのことなど知りたくないし、そういう女性たちが存在していたことすら考えたくない。

「どうしてここにいる？」マイケルはもう一度尋ねて、ようやく向きなおった。

フランチェスカは彼の燃え立った目に怯んだ。「マイケル、わたし――」

「どうしてなんだ？」怒気を含んだざらついた声が低く響いた。険しい皺が刻まれた顔を見て、フランチェスカは衝動的にドアノブに手を伸ばした。

「どうしてここにいるんだ、フランチェスカ」マイケルが繰り返し、獲物を狙う虎のような身のこなしで近づいてくる。「きみがこのキルマーティンにいる理由は、これしかないだろう」

フランチェスカは肩をきつくつかまれて息を呑み、唇で口をふさがれた衝撃にかすかな悲鳴を漏らした。乱暴で投げやりな怒りのこもったキスなのに、フランチェスカの体は気持ちとは裏腹にたちまち彼の腕のなかで溶けて、されるがままに、あらゆるみだらなことをしてもらいたいと望んでいた。

彼が欲しかった。ああ、こんなふうにされても、彼が欲しい。

そして、もう二度と拒めなくなるような気がして恐ろしかった。

するとマイケルが身を離した。こちらが離れる前に、彼のほうから。

「こうしてほしいんだろう？」荒々しいかすれ声で言う。「これだけのためなのか？」

フランチェスカは押し黙り、微動だにせず目を見張っていた。

「どうしてここにいるんだ？」きつい声で尋ねられ、フランチェスカはそれが最後の問いかけなのだと悟った。

答えられない。

マイケルはじっと待っている。恐ろしげな沈黙が流れ、フランチェスカは何度口を開いても言葉が出ず、その場でふるえながら彼の顔を見つめていることしかできなかった。

マイケルが口汚く毒づき、背を返した。「出ていけ。いますぐ。この屋敷から出ていってくれ」

「ど、どういうこと？」フランチェスカは耳を疑った。彼に放りだされようとしていることが信じられなかった。

マイケルが背を向けたまま言う。「わたしと一緒にいて、身をゆだねられないのなら、出ていってほしい」

「マイケル？」かろうじて低い声が出た。

「こういう中途半端な状態には耐えられない」マイケルの声はとても低く、フランチェスカは正しく聞きとれているのか不安になった。

どうにかひと言だけ発した。「なぜ？」

フランチェスカは答えてはもらえないのだろうと思った。マイケルの後ろ姿はあまりに張りつめていて、そのうち小刻みにふるえだした。

フランチェスカは片手で口を覆った。泣いてるの？　まさかマイケルが泣くなんて……。

笑ってる？

「まいったな、フランチェスカ」マイケルは冷ややかな笑い声を立ててから、言葉を継いだ。「まったく、傑作だよ。なぜ？　なぜ？　なぜだって？」まるで人々にためつすがめつ問いかけているかのように、三度とも声色を変えて言った。

「なぜ？」もう一度、今度は声量をあげて言うと、彼女のほうへ向きなおった。「なぜ？　なぜなら、厄介なことにきみを愛しているからだ。なぜなら、ずっときみを愛してきたからだ。きみがジョンといたときも、わたしがインドにいたときも愛していたし。その資格がわたしにあるかどうかは神のみぞ知るだが、ともかく、きみを愛しているからだ」

フランチェスカはドアにもたれかかった。

「なかなか洒落た皮肉だろう？」マイケルがおどけた調子で言う。「きみを愛してるなんて。従弟の妻であるきみを愛してしまった。けっして手に入らない女性を。きみを愛してるんだ、フランチェスカ・ブリジャートン・スターリング――」

「やめて」フランチェスカは声を詰まらせた。

「もうかい？　やっと告白を始めたばかりなのに？　それはないだろう」威厳たっぷりに言い、芝居がかったしぐさで大きく片腕を振った。息苦しく気詰まりに感じるほど身を近づけた。怖がらせるような笑みを浮かべて訊く。「もう怯えてるのか？」

「マイケル――」

「まだ話しはじめたばかりじゃないか」彼女の声に被せるように続けた。「きみがジョンと結婚していたとき、わたしがどんな気持ちでいたか知りたくないか？」

「知りたくないわ」フランチェスカは懇願するように言い、首を振った。

マイケルはなおもみずからの情熱をあざ笑うような表情で、言葉を継ごうと口をあけたが、そのとき何かが起こった。目つきがどこか変わった。その目のなかで熱く燃え立っていた怒りが、いつの間にか……。

消えた。

冷ややかな、疲れた目に変わっていた。

やがて、その目を閉じた。疲れきってしまったというように。

「行くんだ。いますぐ」

フランチェスカは彼の名をつぶやいた。

「行けよ」マイケルは彼女の呼びかけを無視して繰り返した。「わたしのものにならないのなら、ここにいてほしくない」

「でも、わたしは――」

マイケルは窓辺へ歩いていき、窓敷居にぐったりともたれかかった。「こういうことを終わりにしたければ、そうしなければいけない。きみは行かなければならないんだ、フランチェスカ。もう……いろいろありすぎて……さよならを言う気力がない」

フランチェスカはしばしその場に立ちつくし、ふと、このままではふたりのあいだの緊張に体が引き裂かれてしまうように思えて衝動的に足を踏みだし、部屋を飛びだした。

フランチェスカは走った。

走りつづけた。

ひたすら走った。

何も考えず、やみくもに駆けていた。

外に出て、夜空の下を雨に濡れながら。

胸がひりついてきて、バランスを崩してつまずき、ぬかるみに足を滑らせた。

それ以上走れなくなるまで走って、ようやく安心して休める場所を見つけて坐り込んだ。

そこは何年も前にジョンが妻の長歩きを思いとどまらせることをあきらめたと宣言して建ててくれたあずまやで、屋外でも自分ひとりでほっとできる貴重な場所だった。

フランチェスカは何時間もそこに坐りつづけ、体は寒さにふるえながら、心は何も感じていなかった。ただひとつの疑問だけが頭をめぐっていた——。

自分はいったい何から逃げてきたのだろう？


マイケルはフランチェスカが出ていった直後のことを何も憶えていなかった。一分か、十分くらい経ったのだろうか。壁を突き破らんばかりにこぶしを叩きつけたとたん、はっと目が覚めたように思えた。

それでもどういうわけか、ほとんど痛みは感じなかった。

「旦那様？」

レイヴァーズが轟音に驚いてひょっこり顔を覗かせた。

「ほっといてくれ」マイケルは唸り声で言った。誰の顔も見たくないし、誰の声も、息遣いさえ聞きたくない。

「ですが、なるべく氷で冷やされたほうが——」

「ほっといてくれ！」怒鳴って、体が怪物のごとく巨大化したような気分で振り返った。誰かをぶちのめし、空気であれなんであれ掻きむしりたかった。

レイヴァーズが逃げていった。

マイケルは爪が食い込むほどこぶしを握りしめ、右のこぶしはついにむくみだした。自分のなかから飛びだしかけている悪魔を封じ込め、部屋を破壊しないようこらえるにはそうするしかないように思えた。

六年。

じっと立っているとただひとつ、その年数だけが頭に浮かんだ。

六年もだ。

六年間、胸のうちに秘めた感情を誰にも明かさず、フランチェスカを見ているときにもみじんも表情に出さなかった。

六年間、彼女を愛しつづけて、その結果がこの始末だ。

どうせなら心をテーブルに載せ、彼女にナイフを手渡して、切り開いてほしかった。

〝さあ、フランチェスカ、存分にやってくれ。こうしてじっとしているのだから、簡単に切りつけられるだろう。いっそ、切り刻んでもかまわない〟

気持ちは正直に伝えるべきだなどと言っていたやつは愚か者だ。すべてをなかったことにできるなら、両脚だろうとなんでもくれてやる。

だが、言葉だけはどうにもならない。

マイケルは哀しげに笑った。

いったん口から出てしまった言葉は取り消せない。

〝切り刻んだ心は床にばらまいてくれ。そうしたら、踏みつけるんだ。だめだ、もっと強く。もっと思いきって。フラニー、きみならできる〟

六年。

六年の歳月がほんの一瞬で水の泡と消えた。そして、自分はどうやらほんとうに幸せになれる権利があるのだと思い込んでいたのだと気づいた。

考えればわかったことではないか。

〝仕上げに、血まみれの残骸を燃やしてしまえ。いいぞ、フランチェスカ！〟

これで、わが心は消え去った。

マイケルは両手を見おろした。手のひらに半月形の爪の痕が付いている。皮膚にまで食い込んでいる。

いったい何をしてるんだ？　いったいこれからどうすればいい？

真実を知った彼女とどうつきあっていけばいいのかわからない。六年間、どんなときも彼女に自分の気持ちを知られないようにすることを第一に物事を考え、行動してきた。男の誰もが持つ行動規範が、自分にとってはまさにそれだったのだ。

フランチェスカにはけっして想いを気づかれないようにすること。

狂気じみた笑いをこらえきれなくなり、椅子に腰をおろした。

〝おい、マイケル〟と胸のうちで自分に呼びかけた。椅子が揺れだし、両手に顔を埋めた。

〝ようこそ、余生へ〟


およそ三時間後、思いがけず軽いノックの音を聞いて、予想よりだいぶ早く人生の第二幕があいた。

その間、両手に埋めていた頭を椅子の背にもたせかけただけで、マイケルはほとんど動かずにいた。かなり長い時間、そのように首をややきつい角度に曲げたまま椅子に寄りかかり、どこを見るともなく、壁に掛けられた亜麻色の絹の織物に視線をさまよわせていた。

魂を抜かれたような心地で、最初にノックの音がしたときには反応できなかった。

けれども、もう一度、最初と同様に遠慮がちながら根気強いノックの音がした。

どいつであれ、立ち去る気配はなさそうだ。

「どうぞ！」吼《ほ》えるように応えた。

男ではなく、女だった。

フランチェスカ。

腰を上げるべきだ。そうしたかった。どのようなことがあったにしろ、彼女を嫌いにはなれず、敬意を欠く態度は取りたくなかった。とはいえ、自分から気力も目的も、すべてを根こそぎ奪った相手だ。マイケルはわずかに眉を上げ、疲れた声で「なんだ？」と尋ねるのが精一杯だった。

フランチェスカは唇を開いたが、何も言わなかった。濡れそぼり、どこかぼんやりとしている。外にいたのだろう。この寒さのなかで、愚かなことを。

「どうしたんだ、フランチェスカ？」

「あなたと結婚するわ」聞こえたというより唇の動きから読みとれたというほうが正しいように思えるほど低い声だった。「まだ、あなたがその気でいてくれるなら」

こういう場面ではふつう椅子から飛び上がるものなのだろう。少なくとも、湧きあがる喜びを抑えられず立ちあがってもいいはずだった。そして、決然と大股で歩いていき、彼女を抱き上げて、顔にキスを浴びせ、ベッドに横たえさせて、しごく単純な手段で契約を結ぶ。

けれども実際は疲れはてていて、坐ったまま「どうして？」と、尋ねることしかできなかった。

いぶかしげな声にフランチェスカはびくりと怯んだが、マイケルはすぐに寛容な気持ちにはなれなかった。自分がされたことを考えれば、少しぐらい苦しみを味わわせてもかまわないはずだ。

「わからないわ」フランチェスカはすなおに答えた。両腕を脇に垂らし、じっと立っている。

硬くなっているのではなく、懸命に動かないようにしているように見える。

おそらく動けば、部屋から逃げだしてしまうからなのだろう。

「もっといい選択もあるんじゃないか」

フランチェスカは下唇を嚙んだ。「わからないわ」囁くように言う。「そんなことを考えさせないで」

マイケルは冷ややかに片方の眉を上げた。

「せめて、いまはまだ」フランチェスカが言い添えた。

言葉とは厄介なものだと、マイケルは醒めた気分で考えた。先ほどの自分と同じように、今度は彼女のほうが取り返しのつかない言葉を口にした。

「撤回できないんだぞ」低い声で言った。

フランチェスカはうなずいた。

マイケルはゆっくりと立ちあがった。「取り消しも、逃げるのも、心変わりもなしだ」

「ええ」フランチェスカが言う。「誓うわ」

それでようやく、マイケルは彼女を信じられた。フランチェスカは軽々しく誓いはしない。そして、けっしてその誓いを破らない。

マイケルはすぐさまドアのほうへ歩いていき、彼女の背に腕をまわして抱き寄せ、キスを顔じゅうに浴びせた。「きみはわたしのものになる。これで決まりだ。わかったか?」

フランチェスカがうなずいて顎をそらせると、マイケルはそのほっそりとした首から肩へ唇でたどった。

「わたしはベッドにきみを縛りつけて妊娠するまで抱きつづけることもできる」

「ええ」フランチェスカは喘ぐように答えた。

「きみは黙って従わなければならない」

フランチェスカは大きくうなずいた。

マイケルはドレスを引きおろし、瞬く間に床に落とした。「こうしてほしいんだよな」唸り声で言う。

「ええ、ああ……そうよ」

フランチェスカをベッドに運んだ。やさしさもなければ気遣いもしなかったが、彼女のほうもそれを望んでいるそぶりはなく、マイケルは飢えた男のようにのしかかった。「きみはわたしのものになる」先ほどの言葉を繰り返して、彼女の尻をつかみ、自分のほうへ引き寄せた。「わたしのものだ」

そして、フランチェスカは自分のものとなった。たとえ、その晩だけであろうと。

22

……あなたならなんでも自分できちんとやれるわ。いつもそうなのだから。

――ブリジャートン子爵未亡人が、娘で前キルマーティン伯爵未亡人のフランチェスカからの手紙を受けとってすぐにしたためた返信より

マイケルとの結婚を進めるにあたって最大の難問は、人々にどう伝えればいいのかということなのだと、フランチェスカはまもなく気づいた。

自分自身が受け入れるのに苦労したのだから、ほかの人々がどのように受けとめるのかについては想像もつかなかった。ああ、なにより、ジャネットはなんと言うだろう？　再婚の決意には心から賛同してくれていたが、マイケルがその花婿候補になろうとはよもや考えていなかったはずだ。

何時間も机の前に坐って便箋《びんせん》の上でペンをかまえていても適切な言葉はなかなか思いつけなかったが、心のどこかに自分は正しいことをしているのだという思いが湧いていた。

マイケルとの結婚を決意した理由はいまだよくわからない。彼の驚くべき告白をどう受けとめればいいのかもわからないが、自分が本心では彼の妻になることを望んでいるのはわかっていた。

それを自覚したからといって、ほかの人々に伝えやすくなるわけでもないけれど。

自分の書斎で家族に手紙を書こうとしてまたも書き損じて紙を丸め、床に放り投げた。そのとき、マイケルが郵便物を手に部屋に入ってきた。

「きみの母上からだ」マイケルは優美な仕立てのクリーム色の封筒を手渡した。

フランチェスカは開封刀《ペーパーナイフ》で封を切ってなかの手紙を取りだし、ぎっしり四枚にわたって綴られていることに驚いた。「どうしたのかしら」思わずつぶやいた。母はふだん伝えたいことを一枚か、多くても二枚の便箋にまとめるよう心がけている。

「何か妙な点でも？」マイケルが机の端に腰かけて訊いた。

「いえ、なんでもないわ」フランチェスカはうわの空で答えた。「ただ……まあ、大変！」

マイケルは身をひねって伸びあがり、手紙を覗き込もうとした。「どうしたんだ？」

フランチェスカは手ぶりで静かにしていてと合図した。

「フラニー？」

便箋の二枚目を読みはじめた。「信じられない！」

「見せてくれよ」マイケルは手紙のほうへ手を伸ばした。

フランチェスカは取られないようすばやく向きを変えた。「なんてこと」と息をついた。

「フランチェスカ・スターリング、見せてくれないのなら――」

「コリンとペネロペが結婚したのよ」

マイケルはぐるりと目をまわした。「そんなことならもう――」

「違うのよ、もう結婚したというのだから、結婚式の日取りを……一カ月以上も繰り上げたことになるわ」

マイケルは平然と肩をすくめた。「喜ばしいことじゃないか」

フランチェスカはむっとした目を向けた。「誰もわたしに知らせてくれなかった」

「時間がなかったんだろう」

「でも」いらだちをあらわに続ける。「それだけではないのよ」

「ほかに何があると――」

「エロイーズお姉様も結婚するの」

「エロイーズ？」マイケルはいささか驚いて訊き返した。「誰かに求婚されていたかな？」

「いいえ」フランチェスカは手早く二枚目を後ろに移して三枚目を読みはじめた。「会ったこともない相手らしいわ」

「といっても、いまは会ってるわけだよな」マイケルは淡々と言った。

「誰も知らせてくれなかったなんて信じられない」

「きみはずっとスコットランドにいたんだぞ」

「それにしたって」フランチェスカは不機嫌につぶやいた。

　マイケルは、いらだたしそうにぶつくさこぼす彼女の姿に含み笑いを漏らした。

「まるで初めからわたしはいないみたいじゃない」いらだちはおさまらず、じろりと彼を睨みつけた。

「おい、わたしはけっして――」

「ええ、そうね」フランチェスカがすばらしい勘を発揮して言う。「フランチェスカを忘れないわよね」

「フラニー……」マイケルはいまやすっかり面白がっている調子で言った。

「誰かフランチェスカに伝えた？」当の本人が家族のなごやかな会話を真似て言う。「誰だっけ？　八人きょうだいの六番目？　青い瞳の？」

「フラニー、ふざけるのはよせ」

「冗談にもならないわ。忘れられてしまったんだもの」

「きみは望んで家族から距離を取っているのだと思っていたが」

「ええ、そうよ」不満げに言う。「でも、こういうことは特別でしょう」

「まあな」マイケルは低い声で応じた。

　その皮肉っぽい口ぶりにフランチェスカが目を剝いた。

「これから準備して結婚式に駆けつけるとするか」

「それができればそうしてるわ」いらだたしげに大きくため息をついた。「三日後なのよ」

「賛辞を送ろう」マイケルは感心して言った。

フランチェスカがけげんそうに目を狭めた。「何が言いたいの？」

「そのように迅速に事を成せる御仁には、最大の敬意を表さずにはいられない」と肩をすくめた。

「マイケル！」

マイケルはわざとらしく横目を向けた。「わたしも成し遂げたが」

「わたしたちはまだ結婚してないわ」フランチェスカは指摘した。

マイケルがにやりと笑う。「結婚のことではないさ」

フランチェスカは顔が赤らむのを感じた。「もうやめて」口ごもった。

「そうはいかないな」彼の指が手をくすぐる。

「マイケル、そんなことをしているときではないでしょう」手を引き戻した。

マイケルはため息を吐いた。「これからなのに」

「どういう意味？」

「べつに」マイケルはそばの椅子にどっかと腰をおろした。「ただ、まだ結婚前だというのに、これでは古い連れあいみたいだろう」

フランチェスカは呆れた目を向けて、すぐに母の手紙に視線を戻した。親切に同意の言葉を返すつもりはないものの、たしかに古い連れあいのように感じるのは認めざるをえなかった。ほとんどの婚約中の男女と違って、何年も前から互いに知っているからなのだろう。この数週間でふたりの関係が急激に変化したとはいえ、マイケルが以前からの親友であることに変わりはない。

フランチェスカはぴたりと動きをとめた。

「どうかしたのか？」マイケルが訊く。

「なんでもないわ」フランチェスカは小さく首を振った。このところ考えが混乱しているあいだに、いつしかその事実を見失っていた。マイケルは結婚相手として最も考えられない相手だったけれど、親友であるというのは好ましい条件ではないだろうか？

親友と結婚するとは考えてもみなかった。

でも、夫婦になるふたりに友情があるのはきっと好ましいことに違いない。

「結婚しよう」だし抜けにマイケルが言った。

フランチェスカはいぶかしげな目を向けた。「そのことについてはもう答えたわよね」

「違う」マイケルは彼女の手をつかんだ。「きょう、結婚するんだ」

「きょう？」フランチェスカは上擦った声をあげた。「どうかしてるわ」

「そんなことはない。ここはスコットランドだ。結婚予告の儀式は必要ない」

「ええ、そうよ、でも――」

マイケルは目を輝かせてひざまずいた。「結婚しよう、フランチェスカ。血迷っていようが、恥知らずだろうと、向こうみずでもかまうものか」

「誰も信じないわ」フランチェスカはゆっくりと言った。

「誰も信じなくてもいいじゃないか」

彼の言うとおりだと思いつつ口走った。「でも、家族が……」

「きみはさっき、彼らに祝い事から除け者にされていると文句を言ってたよな」

「ええ、でも、たぶんみんなわざとではなかったのよ」

マイケルは肩をすくめた。「だからどうなんだ？」

「だから、つまり、ほんとうにそうしようと思ってしたのでは――」

マイケルは立ちあがって彼女の手を引いた。「行こう」

「マイケル……」心のどこかが押しとどめているのか、足が動かなかった。なにしろ結婚なのだから、このように慌ててするのは少し軽率ではないだろうか。

マイケルが片方の眉を吊り上げた。「まさか贅沢な結婚式をしたいと思ってるのか？」

「違うわ」本心だった。そのような結婚式は一度すませている。贅沢な挙式は二度目にふさわしいとは思えない。

マイケルが前かがみに唇を耳もとに寄せた。「八カ月の早産だと言い訳できるか？」

「いまは間違いなくいないもの」フランチェスカはややむきになって言った。

「わが子に堂々と九カ月で生まれたんだと話してやりたいじゃないか」陽気に言う。

フランチェスカは気詰まりそうに唾を飲み込んだ。「マイケル、わたしが妊娠しにくい体なのはあなたも気づいてるわよね。ジョンとも、妊娠するまでに――」

「関係ない」マイケルが遮った。

「そんなことないでしょう」フランチェスカは穏やかに言った。どのような反応をされるのか不安はあっても、やましい気持ちを残していては結婚できない。「あなたは何度も子供のことを言うけれど――」

「きみに結婚を決断させるためだったんだ」マイケルは最後まで聞かずに言い、すばやく彼女を壁までさがらせると、どきりとするほど親密に体を押しつけた。「きみが妊娠しにくいかどうかなど気にならない」耳もとに熱い息で囁いた。「赤ん坊が生まれてくるかどうかなんて関係ないんだ」

ドレスの下から手を入れて、太腿のあいだへたどる。「大事なのは」深みのある声で言い、指をみだらにもぐらせた。「きみがわたしのものかどうかということだけだ」

「ああ！」フランチェスカは手脚が溶かされていくように感じて声をあげた。「いいわ」

「ここのことか？」いたずらっぽく問いかけて、さらに昂ぶらせようと指をくねらせた。

「それとも、きょう結婚することを承諾したのか？」

「そこのこと」フランチェスカは喘ぎながら言った。「やめないで」

「結婚はどうする？」

フランチェスカは彼の肩につかまって体を支えた。

「結婚はどうなんだ？」マイケルは忙しく指を出し入れしながら質問を繰り返した。

「マイケル！」咽《むせ》ぶように言う。

マイケルはにやりと笑みを広げた。「結婚はどうなんだ？」

「いいわ！」切迫した声で言う。「そうして！　あなたの好きなようにして」

「何をしてもいいんだな？」

「ええ」フランチェスカは吐息を漏らした。

「よし」マイケルは言うと、いきなり身を引いた。フランチェスカは呆然と口を開き、乱れた格好で壁ぎわに残された。

「きみの外套を取ってこようか？」マイケルが袖口を直しながら言う。髪型もそのままに落ち着き払っていて、完璧に洗練された紳士の姿だった。

かたや、自分は泣き女の妖精《バンシー》に見えかねない姿なのだろうとフランチェスカは思った。

「マイケル？」彼が下半身に残したひどく落ち着かない感覚は意識しないようにして、どうにか問いかけた。

「最後までいきたければ」マイケルはまるでライチョウの狩りの打ち合わせでもしているような口ぶりで続けた。「キルマーティン伯爵夫人となってからだ」

「わたしはキルマーティン伯爵夫人だわ」むっとした声で言った。

マイケルはしたりげにうなずいた。「わたしのキルマーティン伯爵夫人になってからだ」

彼女の返答を待ち、聞けそうもないとわかると、もう一度尋ねた。「きみの外套を取ってこようか？」

フランチェスカはうなずいた。

「すばらしい選択だ」マイケルが低い声で言う。「ここで待ってるかい？　それともわたしと一緒に行けるか？」

フランチェスカは歯をこじあけるようにして答えた。「一緒に行くわ」

マイケルは彼女の腕を取り、ドアのほうへ導きながら、身をかがめて囁いた。「少々目を引かないかな？」

「すぐに外套を着るわ」フランチェスカは唸るように言った。

マイケルは含み笑いをしたが、その声は温かで深みがあり、フランチェスカはすでにいらだちがやわらいでいくのを感じた。彼はいたずらな放蕩者で、ほかにもいろいろな呼び方ができるけれど、いつもそばにいてくれて、この世のどの男性にもまさるのではないかと思うくらい誠実でやさしい心の持ち主であることも知っている。ただ……。

フランチェスカはつと足をとめて、指で彼の胸を突いた。

「もうほかに女性はいないわよね」きつい声で言った。

マイケルは片方の眉を吊り上げてちらりと見やった。

「本気で言ってるのよ。もう愛人も、ご婦人方との悪ふざけも――」

「おいおい、フランチェスカ」マイケルは遮った。「そんなことができると思うか？　そういう言い方はよしてくれ。わたしがほんとうにそういうことをする男だと思ってるのか？」

フランチェスカは目の前の表情に釘づけになり、これまでちゃんと彼の顔を見たことがなかったのではないかとさえ思った。マイケルはそれを尋ねられたというだけでいらだち、怒っていた。でも、長年の悪行を知らないふりはできないし、そんなふりを求める権利が彼にあるとも思えない。わずかに声を低くして言った。「あなたの評判はけっして褒められたものではなかったわ」

「いい加減にしてくれ」マイケルは彼女の手を引いて廊下に出た。「すべてきみを頭から振り払うためにしていたことだ」

フランチェスカは意外な言葉に黙り込み、おぼつかない足どりで玄関扉のほうへ導かれていった。

「ほかにご質問は？」マイケルは、どうみてもたまたまではなく、伯爵に生まれついていたとしか思えない傲慢な表情を向けて訊いた。

「ないわ」フランチェスカは甲走った声で答えた。

「よし。では行こう。結婚式を挙げるんだ」


その晩遅く、マイケルは一日の出来事を思い返して喜びに浮き立たずにはいられなかった。「ありがとう、コリン」寝支度を整えながら、陽気に独りごちた。「それに、誰かは知らないが、エロイーズと即刻結婚を決めてくれた相手にも感謝だ」

兄と姉のふたりがスコットランドにいる妹に知らせずにさっさと結婚を決めてくれていなかったら、フランチェスカは早急な挙式に同意してくれなかったかもしれない。

おかげで、彼女はわが妻となった。

わが妻。

いまでも信じられないような気がする。

この数週間、結婚を目指してきて、昨夜ようやく彼女の同意を引きだし、きょうその指に古めかしい金の指輪を滑り込ませてついに実現に至った。

フランチェスカは自分のものになった。

死がふたりを分かつまで。

「ありがとう、ジョン」陽気さの消えた声で言った。けっして亡くなったことを感謝しているのではない。後ろめたさを振り払わせてくれたことへの礼の言葉だった。理由は定かではないのだが、フランチェスカと庭師小屋で交わったあと部屋でひとりになってふとジョンの気持ちを考えた運命の晩以来、彼が認めてくれているという確信のようなものを感じていた。

祝福してくれているように思えて、さらに空想はふくらんで、ジョンがフランチェスカに新たな夫を選ぶとすれば、自分を選んでくれるに違いないと考えるようになった。

マイケルは暗紅色のローブを羽織り、フランチェスカの寝室との境にあるドアへ歩いていった。キルマーティンに着いた日からすでに親密な関係になっていたが、伯爵の寝室に移ったのはつい先ほどのことだった。皮肉なものだ。ロンドンでは体面をさほど気にせずにいられた。ふたりは伯爵と夫人の正式な寝室をそれぞれ使っていたが、むろんその境のドアに両側からしっかりと鍵が掛けられているのは屋敷にいる誰もが信じて疑わなかった。

いっぽうこのスコットランドでは醜聞を立てられて当然の振るまいに及びながら、人目を気にしてフランチェスカの部屋からできるだけ離れた部屋に荷をほどいたままにしていた。

実際はふたりがしじゅうこっそり行き来していようと、最低限の体裁をつくろうことは欠かさなかった。

使用人たちも愚かではない。みな何が起きているか知っていたのは間違いないが、フランチェスカを敬愛し、幸せを願っているので、彼女を揶揄する言葉はいっさい口にしようとしない。

それ以上に、面倒なことは見てみぬふりをするのが得策ということなのだろう。

マイケルはドアノブに手を伸ばしたがすぐにはつかまず、しばし隣の部屋の物音に耳を澄ました。何も聞こえそうにない。なぜ聞こえるかもしれないなどと考えてしまったのだろう。ドアは頑丈な年代物で、秘密を明かしてくれそうには見えない。それでも、なんとなく自分が呼ばれているように、味わってくれと請い求められているように感じられた。

マイケルはフランチェスカの寝室に入ろうとしていた。

自分にはそこにいて当然の権利がある。

これで愛しているという言葉を聞けていたなら、さらに気持ちよく足を踏みだせたに違いない。

ささいなわだかまりかもしれないが、べつの喜びで掻き消せる類いのものでもなかった。思ってもいないことを言わせたくはない。それに、たとえ夫として愛してくれてはいないとしても、多くの妻が夫に抱いているものより強く気高い感情を抱いてくれているのはわかっていた。

フランチェスカは自分を大切に思い、友人として愛してくれている。そしてもしこの身に万が一のことがあれば、心の底から悼んでくれるはずだ。

これ以上何を望めるだろう。

いまはさらに望めるものがあるにしても、もうすでに望めるとは思わなかったものを手に入れている。欲をかくべきではない。せめても、情熱は思いのままなのだから。

情熱は燃えている。

それがいかに彼女を驚かせたかを思い、これからも毎日驚かせることができると考えただけで笑いだしてしまいそうだった。マイケルは情熱の力を巧みに利用した。それを恥じてはいない。きょうの昼間も情熱の力を利用して即座に結婚することを説得した。

そして、成功した。

ありがたいことに、成功したのだ。

思春期の少年のように胸が躍った。すぐに結婚しようとひらめいたとき、電撃のようなものが全身に走り、どうにも自分を抑えきれなくなった。その瞬間、どのような手を使ってでも彼女を納得させなければならないという思いに駆られた。

そしていま結婚して初めて彼女の部屋の前に立ち、何か変わるのだろうかと考えずにはいられなかった。妻となった彼女を抱いた感触はこれまでとは何か違うのだろうか？　人々がひしめく舞踏場では彼女の顔を見れば、何かいままでと違うものを感じるのだろうか？　翌朝、人々がひしめく舞踏場では彼女がどんなふうに見えるのだろう。

マイケルは小さく首を振った。無駄な感傷にひたっている。いまでも人々がひしめく舞踏場で彼女を見ると必ず鼓動が速まりだしてしまう。これ以上反応しては張りつめた股間の痛みに耐えられなくなるだろう。

マイケルはドアを押しあけた。「フランチェスカ?」穏やかなかすれ声が夜の静けさに響いた。

フランチェスカは濃い青色の寝間着をまとって窓辺に立っていた。慎ましやかな形状だが、生地が肌に張りついていて、束の間、マイケルは息ができなくなった。

そして、なぜなのかわからないが、いつもこうして始まるのだという予感がした。

「フラニー?」静かに呼びかけて、ゆっくりと近づいていく。

振り返ったフランチェスカの顔にためらいが見てとれた。まるで彼女もこれからすべてが変わってしまうことを察しているかのように、緊張しているというより不安げな、なんとも愛らしい表情をしている。

「われわれは結ばれた」と言い、つい相好を崩した。

「いまだに信じられないわ」と、フランチェスカ。

「わたしもだ」そう打ち明けて、手を伸ばして彼女の頬に触れた。「だが、現実だ」

「わたし――」フランチェスカは首を振った。「なんでもないわ」

「何を言おうとしたんだ?」

「なんでもないの」

マイケルは両手を取って彼女を引き寄せた。「なんでもないわけがない」低い声で言った。

「きみがいて、わたしがいて、何もないことなどありえない」

フランチェスカは唾を飲み、優美な首の内側をその影が伝いおりてから、ようやく言葉を発した。「わたしはただ……言いたかったのは……」

マイケルはふたりの指を絡ませて力づけた。まだいまは言ってはもらえないだろうと思っていたが、それでもやはり、大切なひと言を聞きたくてたまらなかった。

「あなたと結婚して、とてもよかったと思ってる」フランチェスカはその表情と同じようにいつになくはにかんだ口ぶりで言った。「正しいことをしたんだわ」

落胆を抑え込もうとして絨毯を踏みしめるように爪先に力が入った。彼女がそのようなことを言ってくれるとは思わなかったが、ほんとうに期待していた言葉とも少し違っていた。

それでも、彼女はわが妻としてこの腕のなかにいるのだから、意味のある言葉なのだと懸命に自分に言い聞かせた。

「わたしも同じ気持ちだ」マイケルは穏やかに答えて、彼女を引き寄せた。唇が触れあい、これまでのキスとは違うと感じた。これまでにはなかった一体感のようなものがあり、ひそやかさや性急さは消えていた。

マイケルはゆっくりとやさしく時間をかけて唇を探り、そのひと時をじっくりと味わった。絹の寝間着を両手でたどり、布地を鷲づかみにすると彼女が吐息を漏らした。

「愛してる」たとえ相手が同じ言葉を返してくれなくとも、もはやこらえていても仕方がないと思い定めて囁いた。唇を頬に擦らせ耳へたどり、耳たぶをそっと噛んでからうなじをおりて、そそられる鎖骨の上のくぼみに口づけた。

「マイケル」フランチェスカがため息まじりにつぶやき、前のめりにもたれかかった。「ああ、マイケル」

マイケルは彼女の尻をつかんでぐいと自分に押しつけ、彼女の温かく引き締まった部分が股間に擦れるのを感じて呻き声を漏らした。

いままでもつねに彼女を求めていたが、今回は……何かが違っていた。

「きみが欲しい」しゃがれた声で言い、膝をつくと、絹地の上から彼女の太腿のあいだに唇を押しつけた。「きみが欲しくてたまらない」

フランチェスカは彼の名をつぶやき、見おろして、懇願されているような体勢にとまどった声を漏らした。

「フランチェスカ」マイケルは特に理由もなく呼んだ。たったいまこの世で最も重要なものが彼女の名だからなのかもしれない。それに、彼女の体と、美しい魂も。

「フランチェスカ」もう一度呼び、顔を彼女の腹部に押しつけた。

彼女が上から手を伸ばし、髪をまさぐっている。マイケルはそうして何時間でも彼女の前にひざまずいていたかったが、そのうちフランチェスカも膝をつき、身を乗りだして互いの唇を触れあわせた。「あなたが欲しいわ。お願い」

マイケルは唸るように声を漏らすと彼女を抱き寄せて立たせ、ベッドのほうへ導いていった。マットレスに上がり、ふたりは抱きあったまま柔らかな弾力にくるまれた。

「フラニー」マイケルはふるえる手で絹の寝間着の裾を腰まで捲り上げた。フランチェスカが彼の頭の後ろを片手で支え、自分のほうへ引き寄せて、先ほどより深く熱いキスをした。「あなたが欲しい」切なげに請うように言う。「欲しくてたまらないの」

「きみのすべてが見たい」マイケルは絹の寝間着を彼女の体からぐいと引き剝がした。「きみのすべてを感じたいんだ」

フランチェスカも同じように逸る思いで彼のローブの腰帯《サッシュ》に手を伸ばし、結び目をほどいて前を開き、逞しく広い胸をあらわにした。肌をうっすら覆う体毛に触れ、ふいに好奇心が湧いて下へ手をたどらせた。

ここでこのようなときを迎えるとは考えていなかった。彼の剝きだしの肌を見るのも、触れるのも初めてではないはずなのに、今回は何かが違っていた。

彼はわたしの夫なのだ。

まだ信じられないような気もしつつ、それでも、完全に正しいことなのだと感じた。「マイケル」フランチェスカは低い声で呼びかけて、ローブを彼の肩から滑り落とした。

「うん？」マイケルの返事はそれだけだった。彼女の膝裏の辺りを慈しむのに忙しいらしい。

フランチェスカは枕に背をあずけ、何を言おうとしていたのかすっかり忘れてしまった。ほんとうに言おうとしていたことがあったのかどうかすらわからなくなっていた。

マイケルは彼女の太腿を上から軽く握ったあと、尻をたどって腰に戻り、それから胸の両脇に手をのぼらせた。フランチェスカもそうしてさわられながら大胆に彼に触れたかったが、心地よさに力を奪われ、ただぐったりと横たわって愛撫にひたりながら、どこであれ手が届く彼の肌を時おり撫でることしかできなかった。

フランチェスカは慈しまれているのを感じた。

賛美されている。

愛されている。

敬うような、甘美な愛し方だった。

艶めかしくも神聖な愛し方に、フランチェスカは息を凝らした。

マイケルは手をのぼらせた道筋を唇でたどって欲望を疼かせつつ、乳房の谷間に着いた。

「フランチェスカ」マイケルが囁き、唇を乳首に移した。舌で舐めてから口に含み、やさしくしゃぶる。

その刺激は強く、性急だった。体がふるえ、突如地軸が傾いたかのようにフランチェスカは振り落とされまいときつくシーツをつかんだ。

「マイケル」息を乱して背をそらせた。彼の手が脚のあいだに滑り込んだときにはすでに招き入れる準備は整っていた。いますぐ彼が欲しくて、この時間がいつまでも続くことを願った。

「きみの体はとても心地いい」マイケルがかすれた声で言い、肌に熱い息を吹きかけた。体を上にずらし、彼女の入口に腰の位置を合わせる。顔と顔が向きあい、鼻先が触れあい、マイケルの目は熱っぽく輝いていた。

フランチェスカは彼の下で身をくねらせ、より深く招き入れられるよう腰の角度をずらした。「早く」命令のようで懇願のようでもある声を発した。

マイケルが思わせぶりにじれったいほどゆっくりなかに入ってきた。フランチェスカは押し広げられるのを感じながら迎え入れ、ふたりの体は密着し、彼がなかにおさまった。「ああ、まずい」マイケルが切迫した顔つきで声を漏らした。「とても……こらえられない」

フランチェスカはそれに応えて腰を上げ、さらにしっかりと自分を擦りつけた。

マイケルが動きだし、突かれるたびフランチェスカの全身に新たな刺激の波が熱くめぐった。彼の名を呼び、やがて話せなくなり、動きが差し迫って激しさを増すにつれ空気を求めて喘ぐことしかできなくなった。

そしてとうとう、フランチェスカの体を快感の波が閃光のごとく貫いた。吹き飛ばされたような衝撃に耐えられず叫び声をあげた。マイケルはさらに激しく突いて、それを何度も繰り返した。きわみに達すると同時に祝禱《しゅくとう》のように彼女の名を唱え、崩れ落ちた。

「重いだろう」マイケルは言い、半ばうわの空で脇へずれようとした。

「いいの」フランチェスカは言って、まだ離れてほしくなかった。そのうち息苦しくなってずれてもらうことになるとしても、いまはそうしているのがなんとなく自然に思えて離れがたかった。

「だめだ」その声には笑みが聞きとれた。「きみを押しつぶしてしまう」マイケルは脇へずれたものの、体を離しはしなかった。フランチェスカは後ろから乳房の下を抱きかかえるようにぴたりと引き寄せられ、背中に彼のぬくもりを感じながら重ねられたスプーンのように身を丸めた。

マイケルがうなじに唇を寄せて何か囁きかけている。はっきりと言葉は聞きとれないが、それでかまわなかった。言いたいことはわかっている。

そのうち、うとうととしてきたらしく、穏やかな安定した寝息が聞こえてきた。でも、フランチェスカは眠らなかった。疲れていて、眠気を感じ、満ち足りていても、眠らなかった。

今夜はこれまでと違っていた。

それがなぜなのかを考えつづけた。

23

……マイケルからも手紙が届くと思いますが、心から信頼する友人であるあなたに、私たちが結婚したことをどうしても自分でご報告したかったのです。驚かれましたか？　じつを言うと、私自身も驚いています。

——前キルマーティン伯爵の未亡人が現キルマーティン伯爵と結婚して三日後、ヘレン・スターリングへ宛てた手紙より

「顔色が悪いわ」

マイケルは、どことなくそっけなく顔を上げた。「おはよう、きみもじゃないか」うそぶいて、卵とトーストのほうへ視線を戻す。

フランチェスカは朝食のテーブルを挟んで向かい側の席についた。結婚して二週間が経っていた。その朝、マイケルは早く起きたらしく、フランチェスカが目覚めたときにはベッドの反対側にぬくもりはなかった。

「冗談で言ってるのではないのよ」フランチェスカは言い、案じる気持ちから眉間に皺を寄せた。「顔が青白いし、まっすぐ坐れてないじゃない。ベッドに戻って、少し休んだほうがいいわ」

マイケルは咳《せき》をした。いったんとまって、また咳をしはじめ、今度は長引いて体を激しく揺らした。「大丈夫だ」と言いつつ、ひどく苦しげな声だった。

「大丈夫ではないわ」

マイケルが目をぐるりとまわす。「結婚して二週間で、もう――」

「小うるさい妻はいらなかったのなら、わたしと結婚しなければよかったんだわ」フランチェスカは遮って言い、テーブルの幅を推し量り、夫の額に触れて熱を確かめるのは無理だと断念した。

「大丈夫だ」マイケルは言いきって、ロンドン・タイムズ紙を手に取ると――スコットランドの国境地域では最も早く手に入る新聞でも数日前の日付だ――そしらぬふりを決め込んだ。

フランチェスカはそういうつもりならかまいはしないとばかりに、いつでも意欲をそそられる、マフィンにジャムを塗る作業に集中した。

マイケルがまた咳をした。

フランチェスカは椅子の上で身じろぎつつ発言をこらえた。

マイケルがふたたび咳き込みだして、今度はテーブルから体をずらし、やや前かがみに咳をしている。

「マ――」

じろりと睨まれ、口をつぐんだ。

フランチェスカは目を狭めた。

マイケルは腹立たしいほど横柄なそぶりで頭をやや傾けたが、すぐに次の咳に体をふるわせ、威厳も台無しだった。

「そこまでよ」フランチェスカは宣言して立ちあがった。「ベッドに戻りなさい。いますぐ」

「大丈夫だ」マイケルが唸り声で言う。

「大丈夫じゃないわ」

「大――」

「病人だもの」フランチェスカは遮って言った。「あなたは病人なのよ、マイケル。軽い病気なのか、疫病なのか、なんであれあなたは病人だわ。とても具合が悪そうだもの。ほかには説明のしようがないわ」

「疫病じゃない」マイケルがぼそりと言う。

「ええ」フランチェスカはテーブルの反対側に来て彼の腕をつかんだ。「でも、あなたはマラリアにかかっていて――」

「これはマラリアじゃない」マイケルはまた咳き込んで胸を叩いた。

フランチェスカは夫の腕を引いて立たせせた。といっても、彼のほうにも多少なりとも体を動かす気がなければ、これほどすぐに立たせることはできなかっただろう。「どうしてわかるの？」

「わかるからだ」

フランチェスカは唇をすぼめた。「だいたい、どこからそんな医学の専門知識を――」

「マラリアとはもう長らくつきあっている」マイケルが言葉を差し挟んだ。「だからこれは違うんだ」

フランチェスカは夫をドアのほうへせきたてた。

「それに」マイケルは頑として続けた。「まだ早すぎる」

「何が早すぎるの？」

「発作が来るのがだ」億劫そうに言う。「ロンドンに戻ってから一度起きてる。あれは――二カ月前だろう？　まだ早すぎるんだ」

「どうしてそれで早すぎるの？」フランチェスカはとたんに静かな声になって訊いた。

「早すぎるからだ」マイケルはぼそりと答えたが、内心ではまたべつの見方もあることを知っていた。早すぎるとは決めつけられない。二カ月後にふたたびマラリアの発作を起こした人々も大勢知っている。

その人々はみな長く病に伏した。重い病に。

そのうちの大多数が命を落とした。

発作の間隔が縮まったのだとしたら、病に負けかけているということなのだろうか？

だとすれば、なんたる皮肉だろう。ようやくフランチェスカと結婚できたというのに、死が目の前に迫っているとは。

「マラリアではない」もう一度言うと、その語気の強さに彼女が足をとめてじっと夫の顔を見つめた。

「違うんだ」

フランチェスカは黙ってうなずいた。

「たぶん風邪だ」

妻はまたうなずいたが、自分をなだめるためであるのはマイケルにもはっきりとわかった。

「ベッドまで付き添うわ」フランチェスカは穏やかに言った。

マイケルは黙ってともに歩きだした。


十時間後、フランチェスカは怯えていた。マイケルの熱は朝より上がり、うわごとを言うような意識の混濁は見られないとはいえ、症状がきわめて重いのはあきらかだった。夫は、これはマラリアではないとか、マラリアではないはずだと繰り返し、そのたび説明を求めても、理由を語ろうとはしなかった――少なくとも、納得できるようなことは。

フランチェスカはマラリアについてあまりよく知らなかった。上流社会の婦人たちが利用するロンドンの書店は医学書を置いていない。かかりつけの医師に尋ねたり、英国内科医師会の専門医に問いあわせたりしたくても、病気のことは秘密にするというマイケルとの約束は破れなかった。マラリアについてロンドンじゅうを尋ね歩けば、いずれはその理由を誰かに気づかれてしまうだろう。結局、マイケルがインドから帰国して以来、ほんの数カ月のあいだに本人から聞かされたこと程度しか知識は得られていない。

それでも発作の間隔が縮まるのがいいことであるとは思えなかった。もちろん、そのような仮説を立てられるような医学の知識は持ちあわせていない。でも、マイケルはロンドンで発作を起こしたとき、半年ぶりの発作で、その前は三カ月しかあいていなかったと言っていた。

突如周期が変わって、発作の間隔が早まるということもありうるのだろうか？　だとすればその理由がわからない。よくなっているわけではなかったのだろうか。

マイケルにはよくなってもらわなければならない。よくなってもらわなくては。

フランチェスカはため息をついて、夫の額に手を伸ばした。マイケルは鼻風邪をひいた人のような低いいびきを立てて眠っている。実際、本人は風邪だと言っていた。その言葉を鵜呑みにしていいのかどうか見きわめられるほど、結婚生活はまだ長くない。

マイケルの皮膚は燃え立っているというほどではないにしろ熱い。口が乾いているようなので、ぬるい紅茶を、寝ていても楽に飲み込めるよう顎をそっと持ち上げてスプーンで唇に含ませた。

マイケルがむせて目を覚まし、紅茶をベッドに吐きだした。

「ごめんなさい」フランチェスカは詫びてシーツの汚れを調べた。さいわい、ほんの小さじ一杯ぶんしかこぼれていない。

「いったい何がしたいんだ？」マイケルは唾を飛ばして訊いた。

「わからないわ」正直に答えた。「看病の経験はあまりないのよ。喉が渇いているように見えたから」

「今度喉が渇いたときには自分で言う」マイケルはぼやくように返した。

フランチェスカは同意のしるしにうなずき、また楽な姿勢に戻ろうとしている夫を見つめた。「いまは喉が渇いてない？」やんわりと尋ねた。

「少しだけ」マイケルはやや苦しげな声で答えた。

黙って紅茶のカップを差しだすと、夫はそれをいっきに飲み干した。

「もう一杯いかが？」

マイケルは首を振った。「これ以上飲むと、用を足し――」言葉を途切らせ、咳払いをした。「失礼」くぐもった声で言った。

「わたしには兄や弟が四人もいるのよ」フランチェスカは言った。「それぐらい気になさらないで。便器を取ってきましょうか？」

「自分でできる」

夫は自分で歩いていけるほど体調がいいようには見えないが、男性がこのようにいらだっているときに言い争うべきではないことは承知している。実際に立とうとしてベッドによろければ分別を取り戻してくれるだろう。いくら口論したり自分の言いぶんを並べ立てたりしても納得してはもらえない。

「とても熱が高いわ」穏やかに言った。

「マラリアではない」

「そう言おうとしたわけでは――」

「きみはそれを疑っているだろう」

「マラリアだとしたら、どうなるの？」フランチェスカは訊いた。

「だからマラリアでは――」

「もしもの場合よ」と遮った。恐ろしさに喉が締めつけられ、息苦しさを無理やりやわらげたような声に自分でもぞっとした。

マイケルはいかめしい目つきでしばし妻を見つめた。やがて寝返りを打って言った。「違うんだ」

フランチェスカは喉のつかえを呑みくだし、自分なりに答えを導きだした。「部屋を出てもいいかしら？」唐突に言い、いきなり立ったのでふっと血の気が引いた。

夫は何も言わなかったが上掛けの下で肩をすくめたのが見てとれた。

「ちょっと散歩してくるわ」つかえがちに言い訳し、ドアのほうへ歩きだした。「日が沈む前に」

「こっちは心配ない」マイケルがぼそりと言った。

フランチェスカは相手に見えていないのを承知でうなずいた。「またあとで」

けれども夫はすでにまた眠りに落ちていた。

外は霧雨まじりで、さらに降ってきそうな気配だったので、フランチェスカは雨傘を手にしてあずまやへ向かった。そこなら四方を遮る壁はないものの屋根は付いているので、土砂降りにでもならないかぎり、ほとんど濡れずにいられるはずだった。

歩を進めるうちにだんだんと息苦しさを覚えはじめ、目指す場所にたどり着いたときには歩いてきた疲れのせいではなく、必死に涙をこらえようとしてしゃくりあげていた。

腰をおろしたとたん、堰《せき》を切ったように泣きはじめた。

啜り泣きは大きくなり、淑女らしくない泣き声になったが気にしてはいられなかった。

マイケルが死ぬかもしれない。もしかしたら彼がいなくなって、自分はまたも未亡人になってしまうかもしれない。

一度目のときは死んでしまうのではないかと思うようなつらさを味わった。

また同じことがあったら耐えられるのかわからない。それほど強くなりたいとも思えない。

とても多くの女性たちがひとりの男性と生涯をともにできるというのに、ふたりの夫を失わなければならないのはどう考えてもおかしいし、不公平だ。しかも、そうした恵まれた女性たちのなかには夫を好きでもない人々もいるけれど、自分はふたりともほんとうに愛して――。

フランチェスカは息を呑んだ。

愛している？　マイケルを？

いいえ、愛してはいない、と自分に言い聞かせた。そんなはずはない。おそらくは友情と言うつもりが頭のなかで自然にその言葉に置き換えられてしまったのだろう。もちろん、マイケルを友人として愛しているからだ。そういう意味でなら、ずっと愛してきたでしょう？ジョンが生きていた頃からずっと親友だった。

マイケルの顔が、その笑顔が思い浮かんだ。

彼のキス、ともに屋敷のなかを歩くときに軽く腰にまわされた手の心地よい感触がよみがえり、フランチェスカは目を閉じた。

そしてようやく、最近ふたりの関係がいままでとはまるで違うように感じる理由に思い至った。これまで考えていたように、結婚したからではなかったのだ。彼が夫となり、自分の指に結婚指輪がはめられているからではない。

愛しているからだ。

欲望をそそられ、情熱を分かちあえるだけでなく、ふたりのあいだには絆がある。神聖な、愛という絆が。

いまジョンが目の前に現れてスコットランドの民族舞踊を踊ってみせてくれたとしても、これほど驚きはしなかっただろう。

マイケル。

マイケルを愛している。

友人としてだけではなく、夫として、そして恋人として。ジョンに感じていたものと同じぐらい深く熱い愛情を抱いている。ふたりは違う男性なのだから愛し方は違うし、自分も前といまでは違うけれど、同じところもある。男性を愛している女性で、その愛に心は満たされている。

だからけっして、マイケルを死なせてはならない。

「あなたはそんなことはしないわよね」フランチェスカはあずまやのベンチの端から身を乗りだして空を見あげながら呼びかけた。大きな雨粒が鼻梁に落ちて、目に滴が飛んだ。

「もう、許さないわよ」不機嫌にこぼし、水気をぬぐった。「あなたがそんなことをするなんて――」

今度は立て続けに三滴落ちてきた。

「もう」フランチェスカはつぶやいて、雲に向かって「言いすぎたわ」と返した。

あずまやの内側に頭を戻し、木の屋根の下で強く降りだした雨をしのいだ。

これからどうすればいいのだろう？　報復の天使のごとくひたむきな決意で戦いを挑むのか、自分を哀れんでさめざめと泣くのか。

それとも、どちらも少しずつ？

あずまやの外を見やると、きわめて決意の固い報復の天使たちすら怯えさせそうな凄まじい豪雨となっていた。

やはりどちらも少しずつすることになりそうだった。

マイケルは目覚めて、朝であるのを知って驚いた。何度か瞬きをして、どうにかその事実を受け入れた。カーテンは閉められているが完全にではなく、射し込む明るい陽光が絨毯に筋を描いている。

なんと、朝か。相当に疲れていたのだろう。最後に憶えているのは、誰の目にも雨が降るとわかる空模様だというのに、フランチェスカが散歩に行くと言って突然部屋を出ていったことだった。

愚かなご婦人だ。

マイケルは起きあがろうとして、すぐにどさりとベッドに背中を落とした。くそっ、まるで重病人ではないか。いまの状況を考えるとけっして気持ちのいい喩えではないが、ほかにこの全身に感じる痛みを表現するのにふさわしい言葉も思いつけない。ぐったりと体が重く、シーツに貼りついているような気がする。起きあがろうと考えただけでも、呻き声が出た。

なんという体たらくだ。

額に手をあてて熱を確かめようとしたが、額が熱いのなら手も同じように熱いはずで、ひどく汗ばんでいるので、しっかりと入浴しなければならないということだけしかわからなかった。

臭気を確かめようにも、詰まっている鼻を利かせようとすると咳が出てしまう。

マイケルはため息をついた。悪臭がするのだとすれば、嗅げないだけましだと思うべきなのだろう。

ドアのほうから静かな物音がして、ちらりと見やると、フランチェスカが部屋に入ってきた。夫を起こさないよう気遣っているらしく、ストッキングを穿いた足を忍びやかに進ませている。ベッドのそばまで来てようやく夫の顔に目を向けて、「あら！」と小さく驚きの声を漏らした。

「起きてたの」

マイケルはうなずいた。「何時だい？」

「八時半よ。寝坊というほどではないわ。たしかにゆうべは夕食の時間より早く、お休みになられてたけど」

そのやりとりに付け加えるべき言葉も見つからないので、もう一度うなずいた。それにそもそも、疲れていて話す気力がない。

「気分はどう？」フランチェスカは尋ねて、脇の椅子に腰をおろした。「何か食べたいものはある？」

「最悪の気分だ、何もいらない」

妻の唇がわずかにゆがんだ。「飲み物は？」

マイケルはうなずいた。

フランチェスカはそばのテーブルに置いてある小さな器を手に取った。冷めにくいよう、その上に受け皿を被せてあった。「起きてすぐに用意させておいたものなの」遠慮がちに伝えた。「でも、蓋《ふた》をしておいたから、飲めないほどではないと思うわ」

「スープか？」

フランチェスカはうなずいて、スプーンを彼の口へ運んだ。「冷たくない？」

マイケルは少し啜って、首を振った。生ぬるくなっているが、熱いものを飲み込めるとも思えない。

フランチェスカはほんの数分黙ってスープを飲ませて、マイケルがもうじゅうぶんだと言うと、器にまた丁寧に蓋をして、テーブルに戻した。フランチェスカのことなので、次の食事のために新たなスープを用意させるのは間違いないのだが。「熱はどう？」

マイケルはのんきな笑みをとりつくろった。「どうかな」

フランチェスカは手を伸ばし、夫の額に触れた。

「入浴する時間が取れなくてね」彼女の前で汗ばんでいるとは言いたくないので、そうつぶやいて顔のぬめりを言い訳した。

フランチェスカは冗談めかした言葉には反応せず、眉をひそめてさらに強く夫の額に手を押しつけた。それから、驚くほどすばやい動きで立ちあがり、身を乗りだして額に唇を触れさせた。

「フラニー？」

「熱いわ」ほとんど囁くように言った。「熱いわよ！」

マイケルは呆然と目をしばたたいた。

「あなたはまだ熱があるわ」興奮した口ぶりで言う。「わかるでしょう？　まだ熱があるということは、マラリアではないのよ！」

束の間、マイケルは呼吸を忘れた。彼女の言うとおりだ。みずから気づけなかったのは信じがたいことだが、そのとおりだ。マラリアの発熱は必ず翌朝にはさがっている。むろん、その翌日にはまた発熱し、時にはさらにひどい有様になるのだが、必ずいったんは鎮静し、一日の休みを与えられ、そのあとふたたび寝込むことになる。

「マラリアではないのよ」フランチェスカは一段と目を輝かせて繰り返した。

「そう言ったじゃないか」マイケルはそう答えたものの、内心では自信がなかったことを認めざるをえなかった。

「あなたは死なない」フランチェスカは囁いて、下唇を嚙みしめた。

マイケルはさっと目を上げて妻の目を見つめた。「そんなことを心配してたのか？」静かに訊く。

「当然でしょう」もはや咽び声を隠そうともせず続けた。「もう、マイケルったら、あなたのことを信じられるはずがないでしょう――わたしがどんな気持ちでいたか、あなたにはわからないわよ――ああ、ほんとうによかった」

マイケルは何を言われているのか皆目わからなかったが、悪い気はしなかった。

フランチェスカは勢いよく立ちあがり、椅子の背が壁にぶつかった。スープの脇に置いてある布のナプキンを引っつかみ、目頭を押さえている。

「フラニー？」マイケルはそっと呼びかけた。

「あなたはそういう人なのよ」しかめ面で言う。

マイケルは眉を上げることしかできなかった。

「わたしの気持ちも――」フランチェスカはみずから言葉を切り、口をつぐんだ。

「どうしたんだ、フラニー」

フランチェスカは首を振った。「まだいいわ」どちらかといえば自分自身に言っているように見える。「すぐに言うけど、いまはまだいいの」

マイケルは目をしばたたいた。「なんだって？」

「出かけるわ」なんともそっけなく、唐突な言葉だった。「やらなければいけないことがあるのよ」

「朝の八時半に？」

「すぐに戻るわ」フランチェスカはそう言うと、さっさとドアのほうへ歩きだした。「じっとしてるのよ」

「だがあいにく」マイケルは冗談を飛ばそうとした。「国王のもとに参上する予定がある」

けれども、フランチェスカはまるでうわの空で、おどけようとした夫の涙ぐましい努力をあしらうそぶりも見せなかった。「すぐに」なぜか誓うような口ぶりで言った。「すぐに戻るわ」

マイケルは仕方なくただ肩をすくめ、彼女が出ていったドアを見つめた。

24

……この事実をあなたにどう伝えればいいのか、まして、あなたがそれを知ってどのように思われるのか、私にはわかりません。でも、私は三日前、マイケルと結婚しました。結婚に至った経緯をどう説明すればいいのかわからないのですが、正しいことだと感じたというよりほかに言いようがありません。ジョンに抱いていた愛情が薄れたわけではないことはどうか信じてください。あなたにとってもそうであるように、ジョンはこれからもずっと私にとってかけがえのない大切な存在でありつづけるでしょう……。

——フランチェスカが現キルマーティン伯爵のマイケルと再婚して三日後、亡き夫で前キルマーティン伯爵のジョンの母へ宛てた手紙より

十五分後、マイケルの症状は思いのほか改善した。当然ながら、万全ではない。どれほど想像力を働かせても、ふだんの活力あふれる状態に戻ったとは他人はおろか、自分を納得させるのも無理だろう。それでもスープと妻との会話に少しばかり元気づけられたのか、便器

を使おうと立ちあがると、思ったほど脚がふらつかなかった。そこで、用を足したあと、湿らせた布で体の特に汗をかいている部分を拭き、その場しのぎに入浴代わりの簡単な手入れをすませた。清潔なローブをまとうと、やっと人間らしく戻れたように思えた。

ベッドのほうへ歩きだしたが、汗で湿ったシーツの上に戻るのは気が進まず、使用人を呼ぼうと呼び鈴を鳴らし、革張りの袖付き椅子に腰をおろして窓の向こうを眺められるよう向きを調整した。

晴れている。喜ばしい天候の変化だった。結婚してから二週間、鬱陶しい天気が続いていた。時間の取れるかぎり妻と交わろうとしている男にとって、太陽が照っていようがいまいが支障はないので、たいして気にかけていたわけではない。

だが、こうしてちょうど病床を離れられたところで、露に濡れた草が陽光にきらめいているのを見ると、気持ちが励まされた。

窓の向こうで動くものが目に留まり、草地を足早に進むフランチェスカだと気づいた。もうだいぶ離れていてはっきりとは見えないが、きわめて動きやすそうな外套に身をくるみ、手に何かを握りしめている。

マイケルはもっとよく見ようと身を乗りだしたが、その姿はたちまち生垣の向こうに隠れて見えなくなってしまった。

そのとき、レイヴァーズが部屋に入ってきた。「お呼びでしょうか、旦那様」

マイケルは近侍のほうへ顔を向けた。「ああ。誰か呼んでシーツを替えるよう申しつけてくれ」

「かしこまりました、旦那様」

「それと――」ほんとうは入浴の湯を溜めるよう指示するつもりだったのだが、どうしたわけかべつの言葉が口をついた。「ひょっとして、レディ・キルマーティンがどこへ出かけたのか聞いてないだろうか？　草地を歩いていくのが見えたんだが」

レイヴァーズは首を振った。「存じません、旦那様。わたしは奥様からそのようなお話をお伺いできる立場ではございません。ですが、デイヴィスが奥様から庭師に花を摘ませるよう仰せつかったと言っておりました」

マイケルはうなずいて、頭のなかでその情報がここへたどり着くまでの伝達の流れを追った。使用人たちの恐るべき情報伝達力にもっと敬意を払わなくてはいけない。「花か」つぶやいた。ということは、数分前、草地を歩いていくフランチェスカが持っていたのは花だったのだろう。

「芍薬《しゃくやく》を」レイヴァーズが言い添えた。

「芍薬を」マイケルは繰り返し、興味を覚えて身を乗りだした。芍薬はジョンが好きだった花で、フランチェスカが結婚式で持っていたブーケの中心を飾っていた。そんな細かなことまで記憶しているとは自分でも呆れるが、ジョンとフランチェスカが祝宴から立ち去るとすぐにしこたま飲んで正体をなくしただけに、式の最中のことはよけいに細かく鮮明に憶えているのだろう。

フランチェスカは青いドレスを着ていた。淡い青色だ。そして、手にしていた花は芍薬だった。わざわざ温室栽培のものを取り寄せなければならなかったのだが、フランチェスカはどうしてもその花を使いたいと望んだ。

ふいに、フランチェスカが肌寒い朝に外套を着込んで出かけた場所がはっきりとわかった。ジョンの墓へ向かったのだ。

マイケルもここへ戻ってから一度訪れていた。自分の部屋でふしぎな思いを抱いた晩から数日後、ひとりで墓地へ向かった。あの晩、突如フランチェスカとの結婚をジョンが認めてくれるはずだと確信し、それどころか、ジョンがすぐそばにいて、くすくす笑いながらすべてを見守ってくれているようにすら思えたからだ。

マイケルは考えずにはいられなかった――フランチェスカも同じようなものを感じたのだろうか？　ジョンがふたりのために、この結婚を望んでいるのではないかと。

それとも、いまだ後ろめたさにとらわれているのか？

マイケルは思わず立ちあがった。後ろめたさがどれほど人の心を苦しめ、魂を苛むものであるかはよくわかっている。そのつらさも、みぞおちが差し込むような痛みも。

あのような思いはフランチェスカには味わわせたくない。けっして。

彼女は自分を愛してはいないだろう。これから先も愛してはもらえないかもしれない。だが、結婚する前よりは幸せに感じているはずだ。マイケルはそう確信していた。けれども、フランチェスカがその幸せに少しでも後ろめたさを感じているとすれば、とても耐えられない。

ジョンはフランチェスカの幸せを望んでいるだろう。彼女が人を愛し、愛されることを。でももし、フランチェスカ自身がどうしてもそのように考えられずにいるとしたら――。

マイケルは着替えに取りかかった。まだ体は弱っていて、熱っぽいが、なんとしても教会墓地までたどり着かなければならない。それでたとえ死にかけようが、彼女を、自分が長年苦しめられてきたような後ろめたい絶望感に陥らせるわけにはいかない。

フランチェスカは夫を愛する必要はない。愛さなくてもかまわない。マイケルはほとんど信じられないうちに終わってしまった簡素な結婚式のあいだ、そう何度も自分に言い聞かせていた。

自分は愛されなくてもかまわない。だが、フランチェスカは自由な気持ちで生きられなくてはいけない。なんの気兼ねもなく幸せにならなければ。

彼女が幸せでいなければ……。

たぶん、自分は死んでしまうだろう。フランチェスカに愛されなくとも死にはしないが、彼女が幸せでなければ生きていけない。

フランチェスカは地面がぬかるんでいるのを見越して、小さな毛布を持ってきていた。スターリング家の緑と金色の格子縞の毛布を草地の上に広げ、切なげに微笑んだ。

「こんにちは、ジョン」呼びかけてひざまずき、墓石のたもとに芍薬の花を丁寧に供《そな》えた。

ジョンの墓は慎ましく、貴族の多くが故人のために建てる記念碑に比べて飾り気がない。

でも、ジョンの好みを考えて建てたものだった。彼のことはよくわかっているので、何かを話される前に内容を言いあててしまうこともしょっちゅうだった。

ジョンなら慎ましいものを望み、大のお気に入りだったキルマーティンの丘陵地に程近い、この教会墓地の一番奥に眠ることを望むはずだ。

だから、そのとおりにフランチェスカが設《しつら》えたものだった。

「いいお天気ね」地面に腰をおろした。スカートの裾を引き上げて胡坐《あぐら》をかいて坐り、裾をおろしてきちんと脚を隠した。礼儀を重んじる人々の前ではできない格好だけれど、ここなら許される。

ジョンならくつろいでいてほしいと望んでいるはずだ。

「何週間も雨の日が続いてたのよ」話しはじめた。「もちろん、だいぶましな日もあったけれど、たとえ数分でも毎日必ず雨が降ってたの。あなたは天気を気にしない人だものね。でも、わたしはやっぱり太陽が恋しくて仕方なかったわ」

茎が一本、気に入らない方向に飛びだしていることに気づいて、身を乗りだして正しい位置に直した。

「雨だからといって、外に出かけるのをやめたわけではないけれど」気恥ずかしげに笑った。「最近はしじゅう雨に濡れているような気がするわ。どうしてなのかしらね——以前はもっとお天気に気をつけていたのに」

ため息をついた。「嘘ね、ほんとうはどうしてなのかわかってるの。怖くてあなたに言えないだけ。ほんと、変でしょう、でも……」ふたたび笑った。自分の口から出たとは思えない上擦った笑い声だった。ジョンといるときに、緊張など一度も感じたことがなかったのに。出会った瞬間から彼の前ではとてもくつろぐことができて、互いに心から気を許しあえていた。

でもいまは……。

いまは緊張せずにはいられない理由があった。

「何かが起きてるのよ、ジョン」フランチェスカは言いながら、外套の布地をつまんだ。「わたし……何か特別な感情を、きっとほんとうは抱いてはいけない相手に感じはじめてる」

天からのお告げのようなものを半ば期待して、辺りを見まわした。風に穏やかにさざめく葉擦れの音がするだけで、何も見あたらない。

フランチェスカは喉のつかえを呑みくだし、ジョンの墓石に目を戻した。たったひとつの石をひとりの人間の代わりだと見なさなければならないのはむなしいけれど、ほかに彼に話しかけられる場所も思いつかない。「たぶん、感じてはいけないものだったのよね。もしくは、感じて当然のものなのに、わたしがそうしてはいけないのだと思っていただけなのかもしれない。わからないわ。わかるのはただ、もうそれが起きてしまったということ。思ってもみなかったことだけれど、実際にいつの間にか……」

言いよどみ、唇をゆがめ、哀しげな笑みを浮かべた。「もう、あなたなら、誰に対してなのかきっとわかってるわよね。信じられる？」

そのとき、たしかに変化を感じた。大地が動いたのか、天からの一条の光に墓地が照らされたのかもしれないとさえ思った。けれど、そのような様子はない。目に見えるものも、耳に聞こえる音も、はっきりとわかる変化は何もなく、ただまるで自分のなかで何かが、ようやくあるべき場所におさまったようなふしぎな感じを覚えた。

そして、フランチェスカは間違いなく、ジョンにはその相手がわかっているのを悟った。それだけでなく、ジョンはその相手を望ましいと思っている。

マイケルとの再婚を望んでくれている。ジョンなら、遺した妻が恋に落ちた相手であればどの男性であれ再婚に賛成してくれるだろうが、その相手がマイケルであったことに喜んでさえいるように感じられた。

どちらも彼にとっては愛する存在で、そのふたりが結ばれたことに満足してくれているのだろう。

「愛してるの」フランチェスカは言い、その言葉を初めて声に出したことに気づいた。「マイケルを愛してるの。そうなのよ、ジョン――」墓石に刻まれた彼の名に触れた。「あなたなら賛成してくれるでしょう」囁きかけた。「時どき、すべてはあなたが仕組んだことではないかとさえ思えるの」

「そんなの、おかしいわよね」目に涙を溜めて続けた。「わたしはもう二度と恋に落ちることはないとずっと思ってたわ。そんなことができるわけないって。もちろん、誰かにあなたはわたしの再婚を望んでいるのではないかと訊かれたときには、あなたならきっとわたしがまた誰かを見つけることを望んでくれるだろうと答えてたわ。だけど、ほんとうは――」切なげに微笑んだ。「ほんとうは、そんな人は見つからないって思ってた。誰かほかの人を愛せるはずがないって。それがわかってたのよ。確信があったの。だから、あなたがわたしのために何を望んでいようと関係なかったのよね」

「それなのに、起きてしまった」フランチェスカは静かに言った。「想像もできなかったことが起きてしまった。それも相手はマイケルだった」フランチェスカは静かに言った。彼をとても愛してるのよ、ジョン」こみあげる感情に声がつかえた。「愛してるはずがないとずっと自分に言い聞かせていたのよ。でも、彼が死んでしまうかもしれないと思ったとき、そんなのひどすぎるし、それで、わたし、わかったの……ああ、気づいたのよ、ジョン。彼が必要だと。マイケルを愛していると。彼がいなくては生きられない。だから、あなたにはどうしても伝えたかった、あなたには……この気持ちを……」

続けられなかった。どうしても伝えたいことがいっきにこみあげ、感情があふれだしそうなほど胸が詰まっていた。フランチェスカは両手に顔を埋め、泣きだした。悲しいからでも嬉しいからでもなく、ともかく感情を胸に押しとどめきれないからだった。

「ジョン」咽びながら言った。「彼を愛してるの。あなたもきっとこうなることを望んでくれていたのよね。そう信じてるわ、でも――」

そのとき、背後から物音が聞こえた。足音と息遣い。フランチェスカは振り返ったが、誰がいるのかはすでに気づいていた。彼の気配を感じていた。

「マイケル」つぶやいて、亡霊でも現れたかのように見つめた。マイケルは青白い顔をしてやつれていて、木に寄りかからずには立っていられなかったが、フランチェスカには完璧な姿に見えた。

「フランチェスカ」ためらいがちに言葉を発した。「フラニー」

フランチェスカは彼の目を見据えたまま立ちあがった。「聞こえた？」囁くように訊く。

「きみを愛してる」マイケルがかすれ声で言う。

「わたしの声は聞こえたの？」もう一度繰り返した。確かめなければいられなかった。もし聞こえていなかったのなら、どうしても伝えなければいけない。

マイケルはぎこちなくうなずいた。

「愛してるわ」フランチェスカはすぐにも彼のもとへ飛び込んで、抱きしめたかったが、どういうわけかその場から動けなかった。「愛してるわ」もう一度繰り返した。「あなたを愛してる」

「もう言わなくても――」

「いいえ、言うわ。言わなくてはいけないの。どうしても伝えたいのよ。あなたを愛してる。ほんとうに。あなたを心から愛してるわ」

ふたりの距離はたちまち縮まり、マイケルが腕をまわした。フランチェスカは彼の胸に顔を寄せて、シャツを涙で濡らした。なぜ泣いているのかわからなくても、そんなことは気にならなかった。彼に抱きしめられるぬくもりを感じていられればそれでいい。

そうして抱きしめられていると未来を感じ、それはすばらしいものに思えた。

マイケルが妻の頭に顎をのせた。「言わなくていいと言いたかったんじゃない」低い声で言う。「繰り返さなくてもいいと言いたかったんだ」

フランチェスカが涙をとめどなく流しながらも笑い、抱きあったふたりの体が揺れた。

「言ってほしいさ。そう感じているのなら、言葉にしてほしい。わたしは欲ばりな男だからな、いくらでも聞く」

フランチェスカは目を輝かせて彼を見あげた。「愛してるわ」

マイケルは彼女の頬に触れた。「そう言ってもらえるようなことができたとは思えない」

「何もしてくれる必要はなかったのよ」フランチェスカは囁いた。「そばにいてくれただけで」手を伸ばし、彼がしてくれたのとまったく同じように頬に触れた。「わたしが気づくまでに少し時間がかかっただけ、それだけのことよ」

マイケルは自分の頬に触れている彼女の手が正面にくるよう顔の向きをずらし、彼女の手の上に自分の両手を被せた。彼女の手のひらにキスをして、唇を少し離して肌の香りを吸う。これまでは彼女に愛されずとも妻でいてくれるだけでじゅうぶんだと必死に自分に言い聞かせようとしていた。だがいまは……。

フランチェスカがその言葉を口にし、自分はその想いを知って、大人げなくも、気持ちが舞いあがっている。

天にも昇る心地だった。

これぞ至福の喜び。

このような喜びはこれまで望むべくもなく、このように感じられるものが存在するとは想像できなかった。

これが愛だ。

「生涯、きみを愛しつづける」マイケルは誓った。「一生をかけて。この人生をきみに捧げると約束する。きみを敬い、大切にする。それに――」言葉に詰まろうが、気にしなかった。伝えなければならない。どうしても知ってもらわなければ。

「帰りましょう」フランチェスカが穏やかに言った。

マイケルはうなずいた。

フランチェスカは夫の手を取り、やさしく引いて、教会墓地とキルマーティン邸のあいだに広がる緑豊かな地へ導こうとした。マイケルは手を引かれて前のめりになりながら、歩きだす前にジョンの墓を振り返ってつぶやいた。ありがとう。

それから、妻に手を引かれて家へ向かって歩きだした。

「あとで言いたかったのに」フランチェスカが言う。その声はまだ涙の名残でややふるえていたが、口ぶりは徐々にいつもの彼女らしさを取り戻していた。「もっと思いきりすてきな雰囲気で言おうと思ってたのよ。もっと大がかりに。もっと……」顔を振り向け、残念そうな笑みを浮かべた。「もうわからなくなっちゃったわ。とにかく、すばらしい場面になるはずだったのよ」

マイケルは静かに首を振った。「そんなものはいらない。わたしがほしいのは……ほしいのはただ……」

マイケルがどう言えばいいのかわからずに言葉を詰まらせても問題はなかった。なぜだか妻にはちゃんと伝わっていた。

「わかってるわ」フランチェスカは囁いた。「わたしもまったく同じものがほしいから」

エピローグ

親愛なる甥へ

ヘレンは、あなたとフランチェスカとの結婚の知らせは意外ではなかったと言うけれど、私はたぶん少し想像力が足りないらしくて、じつのところ、とても驚いています。

けれどもどうか、驚いているからといって気分を害しているのだと勘違いしないでね。たいして考えるまでもなく、あなたとフランチェスカが理想的な組みあわせだというのはすぐに納得できたわ。どうしてもっと早く気づけなかったのかしら。私は形而上学《けいじじょう》に通じているわけではないし、正直に言うと、そういう蘊蓄《うんちく》を語る方々にはうんざりしてしまいがちだけれど、あなたたちふたりは高い次元で心と魂が結びついていて、わかりあえるものがあるのだと思うの。

ふたりは間違いなく、お互いのために生まれてきたのよ。

このような言葉を綴るのは私にとってけっしてたやすいことではないわ。ジョンはいまもこの胸のなかに生きていていて、毎日その存在を感じています。息子をいつも思いだしているし、これからもそれは変わらない。あなたとフランチェスカも同じ気持ちでいてくれると知って、どれほど慰められたことでしょう。

あなたたちの幸せを祝福する私を、どうか傲慢だとは思わないでください。

そして、あなたたちに感謝している私を、どうか愚かだとは思わないでね。

マイケル、最初に私の息子に彼女を愛させてくれて、ありがとう。


――前キルマーティン伯爵の母、ジャネット・スターリングから、現キルマーティン伯爵、マイケル・スターリングへ　一八二四年六月

読者のみなさまへ

本書では、登場人物が見舞われる病も物語の大きな要素となっています。ジョンとマイケルそれぞれの病の症状については複雑な下調べが必要でした。疾患の経過を科学的に辻褄の合ったものにしなければならないだけでなく、それを一八二四年当時の英国で医学的に明らかにされていた情報のみで伝えなければならなかったからです。

ジョンは脳動脈瘤の破裂によって亡くなりました。脳動脈瘤は脳内の血管壁の先天的に弱くなっている部分に生じるものです。何年もそのままのこともあれば、急激に膨らんで破裂し、脳内出血を起こし、意識を失い、昏睡状態に陥り、死に至ることもあります。脳の動脈瘤が突発的に破裂して頭痛が生じるのですが、前兆の症状としてしばらく頭痛が続いたあと動脈瘤が破裂する例もあります。

当時の状況ではジョンを救う手立てがあったとは思えません。今日ですら、脳動脈瘤が破裂した人のおよそ二分の一が死に至っています。

十九世紀には、解剖以外に脳動脈瘤の破裂を診断する手立てはありませんでした。とはいえ、伯爵の死後解剖はまず考えられないことでした。そのため、ジョンの死因は、彼を愛する人々にとって謎のままとなったのです。フランチェスカが知り得たのは、夫が頭痛を訴え、ベッドで休み、亡くなったということだけでした。

一九五〇年代に血管造影技術が普及したことが脳動脈瘤治療の転機となりました。脳に栄養を運ぶ血管に造影剤を注入し、血管状態をX線写真に撮影するこの技術は、一九二七年にエガス・モニスによって発明されました。モニスは一九四九年にノーベル生理学・医学賞を受賞しているのですが、血管造影法という救命分野における画期的発明より、精神疾患の治療法として前頭葉切断手術を考案したことを称えられたのは歴史的に興味深い事実です。

一方、マラリアは古くから知られていた病です。記録上の歴史をさかのぼると、高温で湿潤な空気にさらされることによって周期性の発熱、衰弱、貧血、腎不全、昏睡、死を引き起こす疾患であると考えられていました。マラリアという病名はイタリア語の〝悪い空気〟に由来しており、先人たちが空気自体を原因と信じていたことを示しています。本書でも、マイケルが病を発症した原因について〝毒気〟だと語っています。

今日では、マラリアが実際には寄生虫性疾患であったことが明らかになっています。熱帯多湿の気候自体は原因ではないのですが、感染症の媒介生物であるハマダラカ属（Anopheles）の蚊を繁殖させやすい環境であるのは確かです。雌のハマダラカ属の蚊が人間の皮膚を刺すと同時に微生物が入り込み、不運にも刺された人間は宿主となります。この微生物がプラスモディウム属の単細胞生物、マラリア原虫です。このうち、人に感染するのが、熱帯性マラリア、三日熱マラリア、卵形マラリア、四日熱マラリア原虫の四種。熱帯性マラリアの場合には、感染細胞に粘り気が出て、腎臓と脳の血管内部に接着し、腎不全、昏睡を引き起こし、処置が遅れれば死に至ることもあります。

マイケルは幸運でした。本人は知らなかったのですが、感染していたのは三日熱マラリアで、肝臓に何年もとどまるものの、患者が死に至る例はほとんどありません。ただし、疲労感と発熱の症状が重いのが特徴です。

本書の終わりのほうで、マイケルとフランチェスカが、発作の間隔が縮まったのは病との闘いに負けかけているしるしではないかと案じる場面があります。実際には、三日熱マラリアでは、発作の間隔を気にする必要はありません。マラリア熱の症状が表れる周期に一貫性はまったくないからです（癌患者、妊婦、エイズ患者など、免疫抑制状態にある場合はこのかぎりではありません）。現に、感染者のなかには症状が完全に途絶えて、生涯健康を持続できる人々もいます。マイケルはそうした幸運な人々のひとりであると思いたいですし、たとえそうではなくても、長く生きられない理由があるとは思えません。さらに、マラリアは間違いなく血液によって感染する疾患なので、家族の誰かに感染する恐れもありません。

マラリアの原因が明らかになるのは本書の舞台の数十年後ですが、基本的な治療法は当時からすでに知られていました。熱帯樹木のキナの皮を摂取することで治療できたのです。キナの皮はたいてい水と混ぜられ、〝キニーネ水〟が作られました。キニーネは一八二〇年にフランスで市販されはじめましたが、それ以前から使用はかなり広まっていました。

マラリアは先進国ではおもに蚊の駆除対策によってほぼ根絶されています。とはいうものの、発展途上国ではいまだ多くの人々を苦しめ、死に至らせる病であることに変わりありません。毎年、百万から三百万人が熱帯性マラリアで死亡しています。平均すれば、三十秒に一人がマラリアで死亡している計算になります。死者の多くがサハラ砂漠以南のアフリカに集中しており、その大半が五歳以下の子供たちです。

本書の収益の一部はマラリア薬剤開発研究に寄付されます。

心を込めて
ジュリア・クイン

訳者あとがき

　もし、大切な友人が想いを寄せる同じ相手に心惹かれてしまったら……それはいつの世にも、男女問わず、多くは思春期に経験し、あるいは耳にする恋の悩みのひとつです。当事者たちは胸締めつけられる葛藤に苦しみますが、いつしかおのずと決着がついて、友情を犠牲にして恋人を得ることもあれば、一過性の熱病のごとくすべてが丸くおさまるということもあるでしょう。けれどももし、思わぬ友人の悲しい不幸によって、意図せずして手の届くはずのなかったものを得られる機会が与えられたとしたら……。

〈ブリジャートン〉シリーズ第六作は、そのような立場におかれた美しき伯爵、マイケルが、良心とせめぎあいながら愛を貫こうとする切なくも熱いロマンス・ストーリーです。そのお相手はもちろん、あのブリジャートン一族の三女、フランチェスカ。既刊の『もう一度だけ円舞曲《ワルツ》を』でまだ二十歳の機知の働く妹として登場し、その後は『恋心だけ秘密にして』ですでにいきなり未亡人として描写されているといった具合で、ブリジャートン兄弟姉妹のなかでおそらくはこれまで最も登場場面が少なかった人物です。すでに既婚婦人となっているところから始まる設定というだけでも、著者がシリーズ開始当初からひそかに温め、満を持して送りだす物語であることがおわかりいただけるのではないでしょうか。

――物語の舞台は、一八二〇年のロンドン。

社交界でも際立つ容姿で女性たちを魅了しているマイケル・スターリングは、爵位の継承者ではないこともあり気ままな放蕩暮らしを続けつつ、内心では、従弟で親友でもあるジョンの妻へのひそかな想いに悩み苦しんでいた。けっして叶わぬ恋だと知りながらどうしてもほかの女性を愛することはできず、想いをひた隠すことを固く誓って、大好きな従弟夫妻と笑顔でつきあうよりほかになかった。いっぽう、心通じあえるジョンと結婚し満ち足りた日々を送るフランチェスカは、夫の従兄に想いを寄せられているとは知る由もなく、気を許せる異性の親友としてマイケルに接していた。

ところがある日突然、ジョンが病に倒れてこの世を去り、ふたりの友人関係はぎくしゃくし始める。悲しみに暮れ、あくまで信頼する友人として助けを求めるフランチェスカと、同じように親友の死に打ちのめされながら、もはや独り身となった彼女に友人のふりはできなくなってしまったマイケル。思いがけずジョンの爵位を継がねばならない立場となり、彼女への想いも断ち切れず苦悩するマイケルはとうとうつらさに耐えかねて、インドへ旅立つ。そして四年後、月日に悲しみを癒され、互いに新たな人生を歩みだしていると信じて、ロンドンで再会するふたりだったが……。

〝再婚もの〟のロマンスは概して、一度目に何らかの理由で愛のない結婚をしたものの、二度目でようやくほんとうに愛する人と結ばれるという筋書きが多く見受けられますが、著者ジュリア・クインは本書で、あえて亡き夫が魂の通いあった相手だったという高いハードルを設け、新たな愛がそれを克服して育まれていく過程を読みどころとして描いています。フランチェスカはブリジャートン一族らしい聡明さのみならず、ほかの姉妹とはまた違う落ち着きや穏やかさ、若くして愛する人を亡くす試練を乗り越えた芯の強さを備えた女性です。かたやマイケルは、社交界で屈指の人気を誇るブリジャートン兄弟をもしのぐ端麗な容姿と魅力の持ち主。女性たちにとびきりもてるだけでなく、従軍経験で養われた逞しさもあり、あらゆる面で世慣れた大人の男性だけに、許されない恋をして心ひそかにもがき苦しむ姿はよけいに読み手の胸を打ちます。つまり今回の主人公たちは本来どちらも恋愛に奥手なふたりではないので、ひとたび情熱が燃え立てば切なくも激しく求めあい、その熱烈な描写が、このシリーズではかつてない官能的でしっとりとした情感を与えています。

本作単独でもじゅうぶん堪能できる物語ですが、当然ながら連作としての面白みも見逃せません。シリーズの読者の方々はすでにお気づきかもしれませんが、既刊の第四作『恋心だけ秘密にして』、第五作『まだ見ぬあなたに野の花を』と本書の三冊は、ほぼ同時期に並行して話が進行しています。ただし結婚を決意するのはわずかな時間差とはいえ、刊行順番どおり、コリン、エロイーズ、フランチェスカとなっており、本書をその最後に配するため、三作品の描き方に苦労したことを、著者が公式ウェブサイトでもちらりと明かしています。

その工夫は本書のあちらこちらに見てとれ、たとえばレディ・ブリジャートンの誕生日舞踏会の場面では、第四作であの〝懸賞金の発表〟を行なうレディ・ダンベリーがその直前にフランチェスカに不気味な言葉を投げかけていますし、コリンは紳士のクラブで偶然顔を合わせたマイケルに、その日の昼に突然求婚をしてペネロペを舗道に〝転がる〟くらい驚かせたことを打ち明けており、さらに物語終盤では、フランチェスカが母からの手紙で姉のエロイーズがどうやら〝会ったこともない相手〟(詳しい事情は第五作参照)との結婚を決めたことを知らされます。今回は物語の性質上、ブリジャートン家の特徴とも言うべきドタバタな騒動が鳴りをひそめているぶん、いうなればもう少し高度な洒落た仕掛けでくすりと笑わせてくれます。こうした著者のたくらみがシリーズの大きな魅力となり、本国アメリカではまるで全八冊で一作品であるかのように読者に愛され、人気を博している所以《ゆえん》なのでしょう。

いつもながら物語に差し挟まれる手紙の使い方も秀逸で、本文の流れを追いかけるように各章の冒頭部分とエピローグにかけてやりとりされる手紙の引用の文面からは、手書き文字がふと思い浮かんできそうなほど登場人物たちそれぞれの心情がじんわりと滲みでています。ロンドンの寒さの比ではないにしろ、日本でもちょうど肌寒さが身に沁みてくる季節、ぬくもりある物語を楽しんでいただければ幸いです。

二〇〇九年十一月　村山美雪

青い瞳にひそやかに恋を

2009年11月17日　初版第一刷発行

著……………………………ジュリア・クイン
訳……………………………………村山美雪
カバーデザイン…………………………小関加奈子
編集協力………………………アトリエ・ロマンス

発行人……………………………………高橋一平
発行所…………………………株式会社竹書房
〒102-0072　東京都千代田区飯田橋2-7-3
電話：03-3264-1576(代表)
03-3234-6208(編集)
http://www.takeshobo.co.jp
振替：00170-2-179210
印刷所…………………………凸版印刷株式会社

定価はカバーに表示してあります。
乱丁・落丁の場合には当社にてお取り替え致します。
ISBN978-4-8124-4010-0 C0197
Printed in Japan

ラズベリーブックス

甘く、激しく——こんな恋がしてみたい

大好評発売中

「恋のたくらみは公爵と」

ジュリア・クイン 著　村山美雪 訳／定価 910円（税込）

恋の始まりは、少しの偶然と大きな嘘。

独身主義の公爵サイモンと、男性から“いい友人”としか見られない子爵令嬢ダフネ。二人は互いの利害のため“つきあうふり”をすることにした。サイモンは花嫁候補から逃げられるし、しばらくして解消すればダフネには“公爵を振った”という箔がつく。——初めは演技だったはずが、やがてサイモンはこの状況を楽しんでいることに気づく。しかし自分には、ダフネの欲しがる家庭を与えることはできない……。すれ違う恋の結末は?

〈ブリジャートン〉シリーズ、待望の第1作!

「不機嫌な子爵のみる夢は」

ジュリア・クイン 著　村山美雪 訳／定価 920円（税込）

ついに結婚を決意した、放蕩者の子爵。「理想の花嫁候補」を見つけたが、なぜか気になるのはその生意気な姉……。

放蕩者として有名なブリジャートン子爵アンソニーは、長男としての責任から結婚を考えるようになった。花嫁に望む条件は3つ。ある程度、魅力的であること。愚かではないこと。本当に恋に落ちる女性ではないこと。今シーズン一の美女で理想的な候補エドウィーナを見つけ、近づこうとするアンソニー。だが、妹を不幸にすまいと、エドウィーナの姉ケイトが事あるごとに邪魔をする。忌々しく思うアンソニーだったが、いつしかケイトとの諍《いさか》いこそを楽しんでいる自分に気がついた……。

大人気〈ブリジャートン〉シリーズ!

「もう一度だけ円舞曲《ワルツ》を」

ジュリア・クイン 著　村山美雪 訳／定価 910円（税込）

午前零時の舞踏会。手袋を落としたのは……誰?

貴族の庶子ソフィーは普段はメイド扱い。だが、もぐりこんだ仮面舞踏会でブリジャートン子爵家の次男ベネディクトと出会い、ワルツを踊る。ベネディクトは残されたイニシャル入りの手袋だけを手がかりに、消えたソフィーを探すことを決意するが……。

運命に翻弄されるふたりのシンデレラ・ロマンス。